TOŻSAMOŚĆ NIEZNANA, NN

KAROLINA WÓJCIAK

TOŻSAMOŚĆ NIEZNANA, NN

Vancouver 2017

Mojemu mężowi,
który nazywa mnie artystką tylko wtedy,
gdy mu jakoś podpadnę.

Kejsi *Jesień 2007*

– Słyszałeś coś? – Pedro zatrzymał się i nadstawił ucha.

– Nic – skłamałem. – Pośpiesz się.

– Kurwa! Jestem pewien, że coś słyszałem – szepnął nerwowo.

„Jeden, dwa, trzy, cztery" – odliczyłem kroki w bok, w kierunku ściany, ale moje nogi były miękkie, nie byłem nawet pewny, czy w ogóle się posuwałem. Mimo że starałem się opanować emocje, słyszałem swój głośny oddech.

– Idź na dół – zaczął po chwili – a ja tu dokończę z sejfem.

Stałem. Czekałem. Gdzie on był? Czemu to tak długo trwało? Pedro gapił się na mnie, a ja, jak nigdy, nie reagowałem na jego polecenia. Patrzyłem mu prosto w oczy, a serce biło mi tak głośno, że nie słyszałem momentu, w którym otworzyły się drzwi.

– Stać! Policja! – dotarły do nas krzyki.

Nie umiałem określić, kto krzyczy i skąd dochodzą odgłosy. Wszystko zlewało się w jeden hałas, a pokój wypełniły światła. Widziałem jedną czerwoną wiązkę skierowaną prosto w klatkę piersiową swojego kolegi.

– Na ziemię! Na ziemię!

Pedro objął mocno worek ze ściągaczem, który zawsze – wypchany kosztownościami lub pieniędzmi – nosiliśmy jak plecak i rzucił nim we mnie. Odruchowo go złapałem. On ruszył z miejsca. Ku mojemu zaskoczeniu wyskoczył przez okno, ale nie to, którym dostaliśmy się do środka. Wszystko trwało zaledwie sekundy.

– Stój!

Pedra już jednak nie było. Obróciłem się z workiem w kierunku dobiegających głosów. Krzyczeli, żebym się nie ruszał, ale czułem, jakby ten worek palił mnie w ręce, więc rzuciłem go na podłogę. Jakby to miało teraz jakiekolwiek znaczenie. Zrobiłem krok w tył, co policja odczytała zapewne jako chęć ruszenia śladami Pedra. Nie minęła sekunda, jak oberwałem. Nigdy nie sądziłem, że mała kula jest w stanie znokautować potężnego chłopa. Upadłem na deski, czując przenikający ciało ból. Gdybym miał sobie kiedyś to wyobrażać, powiedziałbym, że postrzał to ból miejscowy. Ale nie, to byłoby zbyt piękne. Nerwy w całym moim ciele dały o sobie znać od razu, a dopiero po jakimś czasie poczułem to jedno miejsce, źródło wszechogarniającego bólu.

– Mamy postrzał! Potrzebna karetka.

Leżąc plackiem na podłodze, zauważyłem, że sufit w tym domu był nietypowy. Ktoś ułożył tu wzór, dbając o prowadzenie linii, która nagle kończyła się na ścianie. Po chwili w moim polu widzenia pojawiły się jakieś twarze.

– Gdzie dostał? – słyszałem głosy nad sobą.

– Nie wiem… gdzieś wysoko… w klatkę. – Szarpali mnie, próbując ściągnąć mi kurtkę.

Jeśli tak miała wyglądać moja śmierć, to było to okropne. Umierałem bez możliwości naprawienia swojego życia, bez możliwości, dla odmiany, zrobienia czegoś dobrego. Nie tak miało być.

– Czemu on tak krwawi?

– A co ja lekarz jestem?

– Gdzie ta karetka?! – Miałem wrażenie, że znałem ten głos, ale wszystko zlewało się w jeden hałas brzmiący jak bełkot w zwolnionym tempie. – Tracimy go!

Lena *Lato 2015*

Nie cierpiałam wracać do domu. Najchętniej zostawałabym w akademiku przez cały rok. W ciągu ostatniego miesiąca zamieszczałam ogłoszenia w każdej gazecie, licząc na znalezienie pracy. Byłam gotowa pracować jako kelnerka, pomywaczka czy nawet sprzątaczka, ale niestety ojciec nie pozwalał mi na podjęcie jakiegokolwiek zajęcia. Tłumaczył, że mamy wystarczająco dużo pieniędzy, żebym nie musiała się martwić swoim utrzymaniem do śmierci. Oferował przelewy na kwoty, jakie tylko bym chciała. Nie rozumiał jednego: moja chęć pracy nie wynikała z potrzeby posiadania własnych pieniędzy. Nie chciałam wracać do domu i zrobiłabym wszystko, by uniknąć przebywania z ojcem pod jednym dachem. Zmieniłam w końcu taktykę i zaczęłam mówić o chęci usamodzielnienia się, znalezienia sensu w życiu. Nie słuchał tego. Każde tłumaczenie przerywał, zanim dokończyłam myśl. Według niego wszystko to dało się kupić za pieniądze.

Nasze negocjacje skończyły się w momencie, w którym zaszantażował mnie i powiedział, że jeśli nie pojawię się w ciągu najbliższego tygodnia, wyśle po mnie kogoś, kto zaciągnie mnie siłą do samochodu. Chciało mi się wyć. W końcu spakowałam się i swoim luksusowym escalade, zupełnie niepasującym do studentki mieszkającej w akademiku, sunęłam w kierunku morza. O tym też powinnam wspomnieć, opisując swojego ojca. Wydawało mu się, że jako dziewczynka z dobrego domu powinnam mieć jakieś wygodne, fikuśne auto, najlepiej różowe, które według niego pasowałoby do mojej osobowości. Nie miałam bladego pojęcia o samochodach, ale pewnego dnia, oglądając film o mafii, zobaczyłam to auto. Wielkie, pełne gangsterów. Rzuciłam do ojca, że to samochód moich marzeń. Na początku sądził, że żartowałam, ale z czasem zrozumiał, że mówiłam poważnie. Tak wyglądało nasze życie. Robiłam wszystko wbrew temu, co o mnie myślał. Jeśli wydawało mu się, że powinnam nosić jeansy, wkładałam sukienki. Kiedy uważał, że powinnam zacząć grać w tenisa, wybierałam lekcje boksu. Brzmi dziecinnie, ale tylko w taki sposób mogłam mu się sprzeciwić. Za wszelką cenę chciał, żebym, jako dziecko z dobrego domu, napawała go dumą. By mógł chwalić się mną na prawo i lewo, zwłaszcza swoim zarozumiałym, bogatym koleżkom z pracy. Uważałam, że nie miał prawa na mnie niczego wymuszać. Nigdy nie angażował się w moje dzieciństwo. Wychowanie według niego to były rozkazy. Zresztą gdy byłam mała, rzadko bywał w domu. Zawsze zajęty sprawami swoich klientów – morderców, przestępców. Kłamał dla nich, wymyślał metody, by ochronić ich nic niewarte dupska. Tylko po to, by się obłowić, żerując na ludzkim nieszczęściu. Im większa była wina, tym lepiej płacili. Po jakimś czasie ojca zaczęto nazywać adwokatem diabła. Potrafił wybronić każdego, co więcej, postępował niczym pisarz, wymyślał bowiem scenariusz wydarzeń, naginając prawdę tak, jak było wygodnie. Słynął z tego, że nawet złapany za rękę gangster wychodził z aresztu i unikał kary. Miał liczne kontakty niemal wszędzie, a kilka razy słyszałam, że również głębokie kieszenie. Najpierw wydawało mi się, że były to aluzje do jego zarobków, ale potem zrozumiałam, że to były żarty o tych wszystkich, którzy mu siedzieli w kieszeni. Praca go napędzała, sukcesy cieszyły, a my z mamą zostałyśmy odłożone na bok. Zdawało mi się, że w pewnym momencie zapomniał, że ma rodzinę. Raz zostawił nas nawet na kilka miesięcy i przeprowadził się do innego miasta po to, by móc być na bieżąco z jakąś ważną sprawą. Przejmował się tym bardziej niż nami. To przez niego mama zachorowała. Siedziała teraz nafaszerowana proszkami w szpitalu psychiatrycznym. Nic nie rozumiała. Nawet nas nie rozpoznawała. Gdy ją odwiedzałam, nie mogłam wydobyć z niej żadnej reakcji. Kiedyś sądziłam, że jeśli sprowokowałabym ją do czegoś, obudziłby się w niej ten martwy umysł, ale nigdy to nie nastąpiło. Mogłabym ją nawet uderzyć w twarz, a ona nadal pozostawałaby obojętna na otoczenie. Gapiła się w kierunku, w jakim się ją posadziło. Jeśli przodem do ściany – wpatrywała się w nią godzinami.

Ojciec co chwilę zapisywał ją do różnych doświadczalnych programów i na testowanie nowych leków. Zapewne w jego rozumowaniu pomagał jej w ten sposób. Być może także nie dawały mu spokoju wyrzuty sumienia i starał się wynagrodzić jej to, że okazał się dupkiem. Zastanawiam się, czy gdyby kiedyś nastąpił taki dzień, że doszłaby do siebie, przyjąłby ją do domu – jak żonę, jak matkę swego jedynego dziecka.

Każdy inny facet w jego sytuacji znalazłby sobie jakąś kobietę. On od kilku długich lat żył sam, albo nie miał czasu na związek, albo nie potrzebował nikogo obok siebie. Czasami miałam wrażenie, że był szczęśliwszy bez niej. Mogłabym stwierdzić, że gdyby miał wybrać pomiędzy seksem a interesującą, trudną sprawą, wybrałby to drugie.

Muzyka dudniła z głośników, ale nie była w stanie stłamsić moich myśli. Sam przyjazd tutaj wywoływał we mnie ochotę na zniszczenie czegoś. W moim wnętrzu narastała agresja na samą myśl o pobycie w domu. Pocieszałam się, że to tylko kilka tygodni wakacji. Jednocześnie obiecałam sobie, że zajmę się czymś intensywnie, by spędzać jak najwięcej czasu poza domem. Tylko co by to miało być? Każde moje wakacje wyglądały tak samo. Przyjaźniliśmy się z dziećmi innych bogatych ludzi z okolicy, więc każdy wolny czas spędzaliśmy w swoim gronie. Bawiłam się z nimi, bo nie miałam żadnej alternatywy.

Zaparkowałam na podjeździe i zanim wysiadłam, służąca przywitała mnie radośnie, biegnąc truchtem w kierunku bagażnika. Uchyliłam jej klapę, żeby mogła wyciągnąć bagaże, i weszłam do środka.

– Lena! – Ojciec otworzył ramiona, licząc na to, że przytulę go stęskniona.

– Cześć – odezwałam się sucho, kładąc klucze na stoliku.

Przejrzałam się w lustrze zawieszonym w hallu. Wyglądało zjawiskowo. Było ogromne, okolone złotą ramą. Ja zaś miałam wrażenie, że moją twarz wykrzywiło niezadowolenie. Tak jakby rysy zmieniały się od samego przebywania w tym domu.

Ojciec podszedł do mnie i obejmując mnie, pocałował w czubek głowy. Tego też nie cierpiałam – tej wymuszonej czułości.

– Zmęczona drogą? – zagadnął wesoło.

Ewidentnie był zadowolony. Zapomniał już o naszej ostatniej rozmowie, w której zmusił mnie szantażem do przyjazdu tutaj. Teraz grał rolę stęsknionego tatusia. Nie miałam ochoty na rozmowę z nim.

– Tak. – Oszukiwanie go przychodziło mi już bardzo łatwo.

– Wszystko na górze już na ciebie czeka.

– Czy mogłabym tym razem pomieszkać w domku gościnnym?

Służąca zaczęła wnosić walizki do środka. Nie pomógł jej nawet wtedy, gdy siłowała się z przepchaniem ich przez próg. Gdybym wyciągnęła rękę, by jej pomóc, zatrzymałby mnie i upomniał, że to praca tej kobiety, a nie moja. Potem usłyszałabym kazanie o tym, jak wygląda rynek pracy i jaką szczęściarą była ta kobieta, że zyskała zatrudnienie mimo niskiego wykształcenia. Wprawdzie ojciec płacił bardzo dobrze, a ludzie wręcz zabijali się, żeby coś dla niego zrobić, ale dziwnie się czułam, obserwując jej zmagania. Ojciec zatrzymał ją, gdy ruszyła z walizkami na górę, i poprosił, by przeniosła moje rzeczy do domku gościnnego. Dlatego właśnie nie chciałam przebywać z nim w domu. Odizolowanie się od niego dawało mi złudne wrażenie normalności. Kiedyś ten dodatkowy domek miał być przeznaczony dla naszych znajomych, aby cieszyli się oddzielnym, niezależnym miejscem. Jednakże nie przypominam sobie, bym kogokolwiek tam widziała, gdy tu mieszkałam.

– Dziękuję – uśmiechnęłam się delikatnie.

– Nie ma sprawy! Wszystko dla mojej księżniczki.

Tego też nie cierpiałam. Gdy nazywał mnie księżniczką. Nie odbierałam tego jako czegoś pozytywnego. Wręcz przeciwnie – w mojej ocenie sugerowało to, że zadzierałam nosa i oczekiwałam specjalnego traktowania.

Przeszliśmy przez dom do drzwi tarasowych, a następnie pięknie ułożonym chodnikiem do oddalonego o kilkadziesiąt metrów domku. Tak naprawdę wielu ludzi uznałoby ten „domek" za willę. U nas nazywany był w ten sposób, bo przy głównym domu wyglądał jak miniaturka.

Ojciec dreptał za mną, wypytując o egzaminy, o moje studia. Cieszył się z sukcesów. Sądził, że chciałam wypaść jak najlepiej, by był ze mnie dumny. Prawda wyglądała jednak zupełnie inaczej. Starałam się zdawać wszystko najlepiej, jak umiałam, bo gdybym zawaliła, ojciec ściągnąłby mnie tutaj. Moje studia były moim jedynym pomysłem na ucieczkę z tego piekła. Jeśli to by mi dawało wolność, stałabym się wiecznym studentem.

Gdy doszliśmy do drzwi, ojciec wyprzedził mnie i otworzył je kartą magnetyczną. Od razu zapewnił, że poprosi o mniejszy klucz zbliżeniowy. W środku, zupełnie nie wiadomo czemu, pokazywał mi wszystko tak, jakby to robił, gdybym była jego gościem. Mimo że doskonale znałam plan domu, oprowadzał mnie po wnętrzach, pokazując kuchnię, łazienki i sypialnie.

– Będziesz parkować pod domem, w garażu czy chcesz wjeżdżać od drugiej strony posiadłości?

– Od drugiej – odpowiedziałam szybko.

Każda forma niezależności była na wagę złota. Gdybym parkowała pod domem i używała głównego wejścia, miałby wgląd w to, co robiłam. Moje nowe lokum przylegało jedną ścianą do bocznej uliczki, więc zupełnie nierozsądne byłoby korzystanie z głównego wejścia.

– Chodź, pokażę ci monitoring.

– Daj mi po prostu kod i już.

– Nie – sprzeciwił się stanowczo ojciec – musisz wiedzieć, jakie masz tutaj opcje. Dla własnego bezpieczeństwa.

Podczas mojej nieobecności po raz któryś z kolei ojciec wymienił systemy monitorujące posiadłość. Jak tylko na rynku pojawiały się jakieś nowinki, my to mieliśmy w użyciu. Niektóre z funkcji były takie same, ale mimo wszystko pokazał mi guziki, których należy użyć w razie napadu, umieszczone w kilku punktach w ścianach, i piloty, które można było nosić ze sobą. Jedyną nowością dla mnie okazał się pełny monitoring przez kamery. Praktycznie każdy pokój miał zainstalowane urządzenie, które nie dość, że nagrywało, to jeszcze miało mikrofony zbierające najmniejszy szum. Moje pragnienie niezależności, niewidoczności dla jego oczu legło w gruzach.

– Nie będę miała żadnej prywatności! – Irytacja wzięła górę.

– To dla twojego dobra.

– Kto to obserwuje? Bo zakładam, że ktoś się na to gapi.

– Tak, ochroniarze. Ci sami, którzy są w budce wjazdowej.

To był ten mój moment, moja jedyna szansa na dotarcie do niego.

– I chcesz, żeby banda chłopów obserwowała twoją córkę? – Posunęłam się do manipulacji.

– Ale to dla twojego bezpieczeństwa… – Urwał, co było jednoznaczne z tym, że zmiękł.

Jego zawahanie było dla mnie znakiem, że powinnam drążyć temat, więc nie zwlekając, kontynuowałam:

– Będę tu brała prysznic, chodziła nago, a oni będą na mnie patrzeć. Dzięki – rzuciłam niby od niechcenia, ale wiedziałam, że to na niego podziała.

Zmarszczył czoło, intensywnie rozważając wszystkie za i przeciw. Zadowolona z siebie podeszłam bliżej do urządzenia zamocowanego w suficie i teatralnie pomachałam, pozdrawiając potencjalnie obserwującego nas ochroniarza.

– Dobrze… – zgodził się. – Ale tylko górę. Tam będziesz miała prywatność. Na dole jesteś monitorowana.

– Ale…

– Żadnego ale. – Ojciec spojrzał na mnie surowo. – Koniec dyskusji.

Tego też nie cierpiałam. Gdy mój ojciec wypowiadał te słowa, doskonale wiedziałam, że choćbym się płaszczyła, choćbym płakała, nie uległby mojej prośbie. Taki już był. Wydawało mu się, że zawsze wiedział najlepiej, że miał prawo podejmować decyzje za nas. Wbrew nam. Potem tłumaczył to koniecznością. Powtarzał, że słuchając jego poleceń, nigdy nie wyjdę na tym źle.

– Poza tym – dodał, nie czekając na moją reakcję – jeśli na noc nie zostanie włączony alarm, przyjdę osobiście sprawdzić, czy wszystko w porządku. Możesz do mnie wysyłać SMS-y o każdej porze dnia i nocy. Muszę wiedzieć, że wszystko gra. Mam aplikację w telefonie, która informuje mnie na bieżąco o wszystkich aktywnościach. Dostaję powiadomienia.

Po raz kolejny pocałował mnie w głowę. Zadowolony z siebie przeczesał pomieszczenie wzrokiem tak, jakby wypatrywał nieprawidłowości w tym nieskazitelnie czystym pokoju. Gdy uznał, że inspekcja dobiegła końca, zostawił mnie, życząc miłego wieczoru. Minął się w drzwiach ze służącą, która wreszcie dotargała tu wszystkie walizki. Poleciłam, żeby zostawiła je w korytarzu, i odesłałam ją do domu. Zatrzymałam ją jednak w drzwiach i zaznaczyłam, że nie musi do mnie przychodzić, że jeśli będę jej potrzebowała, to ją poproszę. W odpowiedzi zaprosiła mnie na późny obiad w domu za jakąś godzinę. Ścisnęło mnie w żołądku, że nawet jeść miałam na zawołanie. Nikt nie pytał, czy byłam głodna, czy miałam ochotę na coś konkretnego. Jakie to smutne. Z przekąsem – choć to nie była jej wina – rzuciłam, że mogą zjeść sami, bo ja miałam już inne plany. Moją niegrzeczną odpowiedź przyjęła z takim samym uśmiechem jak zawsze. Potraktowałam ją jak worek treningowy, ale miałam już po prostu dość. Zostawiła mnie samą. Klęknęłam przy walizce i wyciągnęłam z niej sukienkę. Zdecydowanie w typie, którego mój ojciec nigdy by nie zaakceptował. Kiedy weszłam na górę się odświeżyć, ojciec zakomunikował mi w wiadomości przysłanej telefonem, że tak jak ustaliliśmy, kamery zostały wyłączone. Odetchnęłam z ulgą. Z jego poglądami to był naprawdę duży sukces.

Umówiłam się z koleżanką. Jedną z tych, które mają piękną buźkę, ale cierpią na totalny brak mózgu. Ona jedyna była dzisiaj dostępna. Reszta sensowniejszych znajomych wracała w najbliższym czasie, bo nie udało im się uporać z wszystkimi egzaminami na czas. Choć odwlekałam swój przyjazd tak długo, jak mogłam, to właśnie dotarło do mnie, że zaliczenie w drugim terminie dałoby mi kilka dodatkowych dni wolności. U mnie poprawki odbywały się dopiero we wrześniu, ale obiecałam sobie, że sprawdzę, czy są jakieś późniejsze, dodatkowe terminy. Jeśliby były, mogłabym świadomie zawalić pierwszą turę, wydłużając tym samym czas pobytu w Warszawie.

Mój samochód został przed głównym wejściem do domu. Nie chciałam, żeby ojciec widział mnie ubraną w taki sposób, więc uniknęłam tego, zamawiając taksówkę. Do klubu dojechałam lekko spóźniona, bo jak się okazało, taksówkarze byli bardzo oblegani. Agata już na mnie czekała. Przywitała mnie piskiem, zupełnie jakbym powiedziała jej coś bardzo ekscytującego, a to było jedynie standardowe: „hej, jak się masz?". Moje zwyczajne pytanie okazało się dla niej dobrym pretekstem do wylewnego monologu o tym, jak dużo się zmieniło od momentu, gdy widziałyśmy się ostatni raz. Rozpływała się nad jakimś chłopakiem, którego notabene poznała na jednym z przyjęć organizowanych przez jej ojca. Zdumiałam się, kiedy zaczęła wachlować pierścionkiem z kamieniem wielkości gałki ocznej.

– Ślub będzie za rok, latem – wyjaśniła, kiedy usiadłyśmy przy stoliku.

– Nie jesteś za młoda, żeby się hajtać? – nie ukrywałam zaskoczenia.

– A ile czasu masz zamiar czekać? Mamy już po dwadzieścia lat. Jak dobrze pójdzie, za rok będę mężatką, za dwa będę miała pierwsze dziecko, za trzy drugie…

– Czekaj! – przerwałam jej lawinę radości. – A szkoła? Nie chcesz do czegoś dojść?

Kelner podsunął nam menu na błyszczącym papierze.

– Coś na początek?

– Sangria – odpowiedziałam, nie zaglądając nawet w ofertę.

Znałyśmy to miejsce bardzo dobrze. Rok temu po raz pierwszy mogłyśmy tutaj przyjść za oficjalną zgodą rodziców. Oczywiście wymagali, byśmy przychodzili całą paczką. Nie wiedziałam, jakie ojciec miałby zdanie o naszym samotnym wyjściu, ale też nie czułam potrzeby pytania go o pozwolenie.

– To samo. – Agata uśmiechnęła się szeroko do kelnera, a gdy się oddalił, zwróciła się do mnie: – To o czym mówiłyśmy?

– O tym, że jesteś za młoda na ślub.

– Nie jestem. – Spuściła wzrok, jakby się zawstydziła.

– Myślałaś o jakichś podróżach, odkrywaniu świata? Teraz ślub biorą tylko ci, którzy wpadli… – dodałam, wytrzeszczając oczy. – Nie wolisz poczekać, aż dorośniesz do tej decyzji, do wypowiedzenia słów przysięgi świadomie, odpowiedzialnie.

Chciałam dać jej do zrozumienia, jak śmiesznie wyglądała jej wizja szczęścia u boku jakiegoś faceta, którego dopiero co poznała, a któremu chciała powierzyć swoje życie, rezygnując z planów i marzeń. Choć być może ona takich nie miała.

– Nie wierzysz w miłość od pierwszego wejrzenia? – zapytała mnie, odbiegając od tematu.

– Wiesz, w co wierzę? – Przekrzywiłam głowę na bok. – Wierzę w to, że dwoje ludzi czuje do siebie miętę i chcą się bzyknąć tak szybko, jak to możliwe. To właśnie nazywają miłością od pierwszego wejrzenia, a tak naprawdę to tylko chęć prokreacji albo zwykły popęd.

– Lena! – upomniała mnie.

– No co?

W zasadzie mogłabym teraz zacząć żałować, że to z nią wyszłam, ale stwierdziłam, że przy którejś z kolei sangrii będę wystarczająco pijana, by cieszyć się jej towarzystwem. To tylko kwestia czasu – pocieszałam sama siebie. Kelner postawił przed nami dwie sangrie. Na moje szczęście serwowali tu drinki w hektolitrowych kielichach. Pociągałam ze słomki tak długo, aż zassałam cząstkę truskawki. Roztarłam ten zupełnie pozbawiony smaku owoc, a następnie znów nachyliłam się do słomki, licząc, że zaraz alkohol dobije się do mojego krwiobiegu i otumani mnie do poziomu mojej rozmówczyni.

– Chciałabyś go poznać? – zaproponowała radośnie Agata.

Zaczęłam się krztusić.

– Kogo? – Starałam się szybko odkaszlnąć. – Ja tu zasysam jak szambiarka, a ty...

– Lena! – upomniała mnie z uśmiechem Agata, a zaraz po tym wyjaśniła: – Mojego narzeczonego, Bartka.

– Pewnie! – krzyknęłam głośniej, niż powinnam. – Dawaj go!

– Czemu podchodzisz do wszystkiego tak...

– Jak? – dopytywałam.

– Lekceważąco? – zgadła niepewna, czy nie urazi mnie takim słowem.

– Hm – westchnęłam ciężko. – Nie widzimy się pół roku, a w tym czasie poznajesz jakiegoś gacha...

– Nie mów tak o nim! – zaprotestowała.

– O, przepraszam. – Położyłam rękę na piersi.

Przy okazji podciągnęłam gorset mojej skąpej sukienki. Brak ramiączek był jednak uciążliwy. Może i odkryte ramiona są seksowne, ale miałam już za duży biust na takie ubrania.

– Nie chciałam nikogo urazić – dodałam już bardziej serio.

– Nic nie szkodzi – zapewniła.

„To po co protestujesz?" – pomyślałam. Czemu nie mogłyśmy pogadać na luzie, tylko w kółko zachowywałyśmy te pozory. Tak było, odkąd pamiętam. Gdy któreś z nas, dzieci, rzuciło jakiś mniej smaczny żart, byliśmy zmuszani do przepraszania, a czasem nawet odsyłani do odbycia kary. Bardzo dbano o nasze maniery, co według mnie jedynie blokowało prawdziwe myśli, prawdziwe intencje. Nasze osobowości.

– Kim on jest? – dopytałam, udając bardziej zainteresowaną.

Zorientowałam się, że nie powinnam była nigdy zadać tego pytania. Agata nie przestawała wychwalać gościa. Z jej opowiadania wynikało, że znalazła kopię boga. Jej przyszły mąż miał być wszechwiedzący, do tego wszechmocny – dzięki kontaktom z prawnikami i sędziami. A na koniec, jakby tego było mało, zniewalająco przystojny. Zaczynałam się zastanawiać, czy czasem nie zmyśliła sobie tego wszystkiego. Tak jakbym miała za mało wariatów w swoim życiu. Jednakże im więcej opowiadała, tym mocniej docierało do mnie, że to wszystko niestety prawda. Jej paplanina zajęła nam kilka dobrych godzin. Przy którejś z kolei sangrii jej opowieści wydawały się nawet śmieszne i zajmujące. Od czasu do czasu puentowałam jakimś kąśliwym komentarzem, za który od razu przepraszałam.

Pijana wróciłam do domu. Pierwsze, co mi się rzuciło w oczy, to brak moich walizek w korytarzu. Byłam więcej niż pewna, że tutaj leżały, gdy wychodziłam kilka godzin temu. Z trudnością wdrapałam się na górę po schodach, otworzyłam nerwowo wszystkie szafy i zobaczyłam swoje ubrania starannie poukładane. Łapiąc wieszaki, klęłam, ile wlezie. Wyrzucałam ubrania z szafy, czując łzy spływające po policzkach. Mówiłam, prosiłam, żeby dali mi tu spokój. Nie mogli mi pozwolić na niezależność. Opadłam z sił i szlochając, rzuciłam się na łóżko. Czemu? Czemu nie pozwalał mi podejmować własnych decyzji? Czemu nie szanował moich próśb? Czemu nie mogłam jak normalny człowiek zostawić swoich rzeczy tam, gdzie chciałam? Nie cierpiałam tego.

Obudziło mnie pukanie do drzwi. Miałam wrażenie, że ktoś dobijał się prosto do mojej głowy. Ledwo usiadłam na łóżku, gdy do pokoju wszedł ojciec. Wyglądał świeżo i schludnie. Ubrany w najlepszej klasy garnitur.

– Jeśli to jest twoja codzienność, gdy jesteś sama… poza zasięgiem moich oczu, to musimy porozmawiać. – Stanął nad moim łóżkiem jak kat.

– Jaka codzienność? – dopytywałam.

– Nie podoba mi się to picie, wracanie po nocy, spanie do… – spojrzał na zegarek – do czwartej.

– O rany… – Potarłam dłońmi twarz.

Starałam się to robić delikatnie, tak żeby nie odczuwać większego bólu. Każdy ruch, każde dotknięcie głowy było jak tortura.

– Agata się zaręczyła, postanowiłyśmy to uczcić – wytłumaczyłam, choć to nie był prawdziwy powód.

Wiele razy byłam pijana do nieprzytomności, ale nie musiałam mu o tym mówić. Wiedziałam doskonale, że gdyby tylko znalazł się w posiadaniu takiego argumentu, ukróciłby moją wolność.

– Gdybym piła na co dzień, to by mnie tak nie sponiewierało – skłamałam, patrząc mu prosto w oczy.

– Racja – dodał. – Uważaj na siebie.

Odwrócił się i skierował kroki do wyjścia.

– A co tutaj się stało? – Pokazał ręką na zawartość szafy porozwalaną na podłodze. – Nie mogłaś się zdecydować, co założyć?

Jego żart był nawet zabawny, więc zareagowałam inaczej, niż to sobie wyobrażałam. Chciałam sceny, krzyku, a jedynie zaśmiałam się krótko. To był odruch. Pewnie i tak nie zrozumiałby, czego od niego oczekiwałam.

Wieczorem pojechałam na plażę. Siedziałam na piachu, przesypując go z miejsca na miejsce, i obserwowałam zachodzące słońce. Morze to był jedyny magnes, który mnie tutaj ciągnął. Uwielbiałam tu przebywać, słuchać tego niespokojnego szumu, tego zewu natury domagającego się czegoś z plaży. Wyobrażałam sobie fale jako dłonie wyciągane co chwilę w kierunku piachu.

W drodze powrotnej do domku otworzyłam szyby i rozkoszowałam się ciepłym wieczorem. Są takie dni w lecie, kiedy noc wydaje się taka upalna, że nie chce się wracać do środka. Jest coś magicznego w takiej czarnej, parnej czeluści.

Ojciec czekał na mnie z kolacją, więc zmuszona byłam usiąść z nim do stołu. Jak zwykle pouczał mnie o konieczności podejmowania tylko właściwych wyborów w życiu. Zachwycał się Agatą, jej planami, jej… przewidywalnością. Byłam pewna, że najbardziej martwiło go to, że nie wiedział, w jakim kierunku zmierzałam. Może gdybym sama wiedziała, byłoby łatwiej. Czułam też, że w pewnym sensie czekałam na jego opinię na temat mojego życia tylko po to, by zrobić coś przeciwnego. On jednak rzucał bardzo ogólne pomysły. Po raz pierwszy od dawna słyszałam, jak mówił o moim szczęściu, choć rozumiał je błędnie, patrząc przez pryzmat planów Agaty.

– Może pojechałabyś do matki? – wypalił znienacka.

– A co to zmieni? – zapytałam, kończąc posiłek.

Rozmowa z nim zmęczyła mnie bardziej, niż mogłoby mnie wykończyć przekopanie rowu – choć nigdy tego nie robiłam, wyobrażałam sobie, że to musi być wycieńczające. W ostatnim czasie nie mieliśmy już żadnych wspólnych tematów poza jego pytaniami o szkołę albo o mamę. To wszystko, co nas łączyło.

– Nigdy nie wiesz. – Ojciec składał widelce, dając sygnał służącej, że skończył posiłek. – Może ona jednak rozumie.

– Taaak... – przeciągnęłam świadoma tego, że oszukiwał sam siebie. – Gdyby cokolwiek rozumiała, nie zostałaby w tym miejscu ani minuty. Jest jej obojętne... wszystko i wszyscy.

Miałam już dość. Wstałam od stołu, podziękowałam grzecznie za posiłek, z ukłonem przeprosiłam i pobiegłam do swojego domku. Na górze nie było śladu po moim bałaganie. Mogłabym to wywalić jeszcze raz, ale tak jak w tym amerykańskim filmie o świstaku jutro wszystko byłoby włożone z powrotem do szafy.

Krystian *Zima 2006*

Pamiętam taki dzień, jak mama zrobiła obiad, a my usiedliśmy razem do stołu. Tata włożył odświętną koszulę, mama krzątała się po kuchni, stawiając ciasno półmiski z parującym jedzeniem na małej powierzchni blatu. Uśmiechałem się na wspomnienie tego, jak gorące naczynia przywierały do ceraty w kwiatki. Szczegóły, takie jak dźwięk odrywanego talerza od tego sztucznego tworzywa imitującego obrus, sprawiały, że moje wspomnienia nadal żyły. Mój obraz sielankowego życia z tamtych czasów uzupełniała Malwina, unieruchomiona w krzesełku do karmienia. Stukała plastikową łyżką w blat. Odtwarzałem ten moment w pamięci tak często, jak mogłem. Chciałbym, żeby każda sekunda tamtej chwili wyryła się w mojej głowie jak w kamieniu. Byliśmy szczęśliwi.

Żaden nastolatek nie opisywałby swojej rodziny w ten sposób. Prędzej narzekałby na niedogodności, surowe traktowanie czy kary za nieposłuszeństwo, niż zwracał uwagę na takie drobnostki. Odróżnia mnie od innych to, że przeszedłem przez piekło. Dopiero te przejścia nauczyły mnie tęsknić do tego, co już nigdy nie wróci, co przeminęło na dobre. Jednocześnie uzmysłowiły mi, jak bardzo tego wcześniej nie doceniałem…

Ale od początku… Mama pracowała w piekarni razem z ojcem. Przeważnie tak układali grafik, by ktoś był zawsze z nami w domu. Głównie z powodu Malwiny. Nie mogliśmy sobie pozwolić na żłobek, ja byłem za mały, by się nią opiekować, a zatrudnienie kogoś nie wchodziło w grę ze względu na wysoki koszt wynagrodzenia niani. Dzięki temu, że moja młodsza o cztery lata siostra musiała zostać w domu, przez kilka lat każdego dnia mieliśmy jednego rodzica obok. Nasze życie było naprawdę dobrze zorganizowane. Mijały lata, a my cieszyliśmy się tym, co mieliśmy. Nie mogliśmy wyjeżdżać na wakacje, ale ojciec zabierał nas nad jezioro. To nam wystarczało. Liczyła się frajda.

Nie mogłem zrozumieć, czemu los zdecydował, że to mama zachorowała. Gdy miałem dziesięć lat, miała już pierwsze objawy astmy, od pracy w pyłach, ale było w niej nadal wiele radości i miłości. Nie pokazywała, że traciła oddech. Na początku maskowała objawy i oszukiwała nas, twierdząc, że wszystko było w porządku. My albo byliśmy ślepi, albo po prostu chcieliśmy wierzyć w jej kłamstwo. W końcu zemdlała w trakcie pracy. Została przetransportowana do szpitala na badania. Tam przepisali jej garść leków i kazali wszystko sumiennie zażywać. Mama wykupiła lekarstwa tylko raz. Widzieliśmy gołym okiem, że po nich było znacznie lepiej. Wydawało się, że sprawy się unormowały, aż do dnia, w którym właściciel piekarni wezwał ją do siebie, by wyjaśnić czy plotka o jej astmie to prawda, czy tylko pomówienie. Wytłumaczył jej, że ze względu na chorobę nie może dłużej pracować w piekarni, że musi znaleźć sobie inną pracę. Błagała go, żeby jej nie wyrzucał, że ona aż tak źle się nie czuje, że w szpitalu mocno przesadzili. Od niechcenia wspomniał, że wyśle ją do lekarza medycyny pracy po pozwolenie. Nigdy jednak tego nie zrobił. Skoro mówiła, że nic jej nie dolegało, tak też była traktowana. Nikt nie miał litości. Na dodatek w piekarni pracownicy robili wszystko sami, począwszy od sprzątania, przynoszenia produktów, przez mielenie ziarna, produkcję, aż po pakowanie pieczywa w żółte skrzynki, przygotowane do transportu. Wszystko toczyło się bezproblemowo, aż któregoś dnia podczas zmiany mama przesypywała mąkę do ogromnego pojemnika mieszającego wszystkie produkty na chleb. Pojemnik był tak duży, że musiała wejść na drabinę, by przytrzymać worek w trakcie przesypywania. Jeden z pracowników przynosił towar, wnosił go na górę po drabinie i przewieszał przez ostatni szczebel. Ona jedynie rozcinała worki i dodawała do mieszanki potrzebne składniki. Nikt nie wie, co poszło nie tak. Prawdopodobnie mama zaczęła się dusić i zemdlała. Worek, który trzymała, przeważył ją i pociągnął do środka. Wielkie łopaty mielące ciasto poharatały jej ciało. Mężczyzna, który z nią pracował tego dnia, szukał jej przez jakiś czas, nie rozumiejąc, gdzie się oddaliła.

Dopiero gdy wszedł na drabinę i zerknął w dół, zrozumiał, co się stało. Słyszałem, jak ludzie mówili, że z tego krwistego ciasta wyciągnęli kawałki jej ciała, przełożyli do czarnego worka i wynieśli. Sprawa bardzo wszystkich poruszyła. Musieli zamknąć zakład na kilka dni, głównie z powodu konieczności wyczyszczenia maszyn. Szef piekarni na pewno obawiał się, że nikt nie chciałby jeść chleba z ciasta przygotowanego w pojemniku, w którym doszło do poćwiartowania człowieka. Bardziej martwił się o swoje interesy niż o nas. Byliśmy pozostawieni samym sobie.

Po wypadku ojciec nie mógł sobie poradzić. Na początku rozpaczał w typowy dla takiej tragedii sposób, z czasem zaczął pić. Mówił, że tylko alkohol pozwalał mu zapomnieć. Zresetować myśli – przestać myśleć o niej, o życiu, o tym, co stracił. Nieraz znajomi prosili mnie, bym pomógł ojcu, ale co ja mogłem zrobić. Miałem tylko dwanaście lat i Malwinę, trzymającą się mnie na każdym kroku. Obiecywałem, że to zrobię, ale nie wiedziałem, czego ode mnie oczekiwali. Sam byłem jeszcze mały, czekałem na ojca, na jakieś polecenie od niego. On jednak skupiał się na sobie, na swoim bólu. My z Malwiną byliśmy jak dwa meble w domu. Omijał nas szerokim łukiem. Musiałem się zainteresować obowiązkami w domu. Przygotowywałem jedzenie – jeśli znalazłem jakieś produkty, poza tym sprzątałem i zajmowałem się siostrą. Dopóki ojciec pracował, jakoś nam się układało, choć bez mamy dom był pusty i smutny. Potem ktoś mądrze doradził tacie, że za wypadek przy pracy należało nam się spore odszkodowanie. Jak się okazało – bardzo nieszczęśliwie dla nas – zakwalifikowaliśmy się do renty po mamie i jednorazowej wypłaty z ubezpieczalni. Była to najniższa możliwa kwota ze zbiorowego pracowniczego ubezpieczenia, ale dla nas okazała się ogromna. Gdy się o tym dowiedziałem, cieszyłem się jak na gwiazdkę, wyczekując normalnego jedzenia, nowych ubrań. Nic takiego się nie stało. Co więcej, ojciec rzucił pracę i przepijał wszystko, co dostawał od państwa. Po dwóch latach takiej przepychanki poszedłem do opieki społecznej poprosić o pomoc. Przyniosło to zarówno coś dobrego, jak i złego. Dobre było to, że ludzie zainteresowali się nami. Dostaliśmy kartki na żywność, potrącane z renty po mamie. Złe było to, że ojciec stłukł mnie, bo kurator mu powiedziała, że jeśli się nami nie zajmie, zostaniemy przeniesieni do domu zastępczego, a on straci rentę. Nie mógł sobie na to pozwolić, więc jak tylko dostawał pieniądze, rzucał we mnie dwoma stuzłotowymi banknotami, za które miałem kupić coś, czego potrzebowaliśmy. Miało to mydlić oczy opiece. Naprawdę żałowałem, że nie zabrali nas do domu zastępczego. Pobiegłbym i doniósł na niego już dziś, ale bałem się, że nas rozdzielą. Ja bym sobie dał radę, ale Malwina... ona bała się wszystkiego. Zaczęła mieć nocne koszmary, krzyczała, płakała, zaczęła się moczyć. Musiałem z nią spać, bo nie chciała zostać sama. Budziłem się nieraz w zasikanej pościeli. Nic nie mogłem na to poradzić. Prosiłem ją, żeby się postarała. Zapewniałem, że ze mną mogła czuć się bezpiecznie, ale oboje wiedzieliśmy, że nie było dla nas przyszłości. Walczyliśmy o przetrwanie, o każdy dzień. Musiałem motywować siostrę, żeby chodziła do szkoły. Nie chciała, ale w szkolnej stołówce opieka załatwiła nam obiady, więc to okazało się wystarczającym powodem, żeby jednak iść. Jeden ciepły posiłek. Obiad, coś, czego nie widzieliśmy na oczy od dwóch lat.

Pewnego razu wróciliśmy ze szkoły, a ojciec był trzeźwy. Zrobił nam francuskie tosty i nawet pytał, jak minął nam dzień. Patrzyliśmy na niego podejrzliwie, czekając na jakieś uderzenie. Baliśmy się, że chciał nam coś zakomunikować, ale usłyszeliśmy jedynie obietnicę, że on się postara, że ze względu na pamięć o mamie weźmie się w garść. W przeciwieństwie do Malwiny nie uwierzyłem mu. Nie po dwóch latach ciągłego picia. Zaskoczył mnie wtedy i zapisał się na odwyk. Program był finansowany przez państwo, więc jedyne, co on musiał zrobić, to powstrzymywać się od picia i regularnie chodzić na spotkania. Na jedno nawet nas zabrał i przedstawił grupie. Wszyscy patrzyli na nas z litością z powodu mamy. Chciałem im powiedzieć, że już dawno pogodziliśmy się z jej śmiercią, a jedyne, czego naprawdę powinni nam współczuć, to ojca. To przez niego doświadczyliśmy biedy, prawdziwego głodu, zimna i strachu.

Na tym spotkaniu byli zwykle nieudacznicy życiowi. Ludzie, którym większy lub mniejszy powód przyćmił sens życia. Wszyscy mieli jedną wspólną cechę: byli mizerni, zrezygnowani i bardziej tęsknili do stanu upojenia niż normalnego funkcjonowania. Jakimś jednak cudem rozumieli się i rozmawiali o tych problemach z całą grupą. Czasami nawet zostawali po oficjalnym zakończeniu, żeby omówić swoje lęki w cztery oczy. Wydawało mi się, że może ktoś obcy do niego bardziej dotrze niż my. Chodził na spotkania ochoczo, a z czasem poznał jakąś kobietę, która rozpiła się bez większej przyczyny. Po prostu lubiła wódkę i w pewnym momencie straciła kontrolę. Najpierw widywali się na spotkaniach, a potem przyprowadzał ją do domu. Po raz pierwszy w życiu widziałem nagą kobietę. Nie zwracała uwagi na to, czy zobaczymy ją roznegliżowaną. Po głośnym seksie z ojcem wychodziła z sypialni i mijała nas w drodze do kuchni po napoje lub jedzenie. To był koszmar. Po jakimś czasie zaczęli popijać, co skończyło się powrotem do nałogu. Oficjalnie ojciec wytrzymał niecałe trzy tygodnie. Jak się potem okazało, jego wybranka miała też epizod z narkotykami. Jak już wpadła w ciąg, sięgała po kokainę. Po raz pierwszy zobaczyłem swojego ojca odurzonego narkotykiem, gdy leżał nieprzytomny na łóżku przez dwa dni. Myślałem, że umarł, ale bałem się zawiadomić policję. Stwierdziłem, że jeśli nie żyje, to tak jak mięso zacznie się psuć i śmierdzieć, a wtedy będę wiedział na pewno, że to już koniec. On jednak doszedł do siebie. Mijały tygodnie, a pieniądze zamiast na alkohol szły na prochy, które były dużo droższe od wódy. W rezultacie ojciec potrzebował więcej i nie dawał mi już ani grosza. Wszystko szło na używki.

Pewnego razu obudził mnie w nocy. Malwina spała obok mnie, więc po cichu wyszedłem na korytarz w oczekiwaniu na wyjaśnienia. Ojca oczy wyglądały dziwnie. Jego źrenice były olbrzymie, a on sam gadał od rzeczy. Zaciągnął mnie do pokoju i pokazał swoją kochankę. Leżała w nienaturalnej pozycji na łóżku, a w pokoju okropnie śmierdziało. Zaciągnąłem sobie koszulkę na twarz, starając się odciąć od odoru. Ojciec pociągnął mnie do jej nagiego ciała. Protestowałem, ile mogłem, nie rozumiejąc, czego ode mnie chciał. Mimo tego, że był otumaniony, miał więcej siły niż ja. Szybko dowlókł mnie na tyle blisko, że zrozumiałem powód jego paniki: ona nie żyła. Zadusiła się własnymi wymiocinami. Pojąłem, że ojciec obudził mnie po to, żebym pomógł mu pozbyć się ciała. Opieka społeczna miałaby teraz wystarczające argumenty, by nas zabrać. Wahałem się, czy mu pomóc. On, zapewne domyślając się, co zrodziło się w mojej głowie, uderzył mnie w twarz. Chwycił ją za ręce, a mnie kazał złapać jej nogi. Mimo że była chuda, zniszczona przez nałóg, potwornie dużo ważyła. Na dodatek była lodowato zimna i blada jak ściana. Domyśliłem się, że leżała martwa już jakiś czas, a ojciec zauważył to dopiero po obudzeniu się z haju. Nieśliśmy ją przez korytarz, ale nie wiedziałem, gdzie dokładnie z nią pójdziemy. Dopiero teraz poczułem, jak strużka krwi spływa mi z nosa na wargę. Chciałem się wytrzeć, ale obie ręce miałem zajęte. Starałem się sięgnąć twarzą do ramienia, ale ojciec wydarł się na mnie, że przez moje kręcenie się prawie by ją upuścił. Nakazał mi iść prosto i nie wiercić się. Nie chciałem obudzić Malwiny. Dla niej ten widok byłby nie do zniesienia. Pozwoliłem, by krew płynęła. Jej smak pomieszany z odorem tej kobiety poruszył mój żołądek. Zacząłem prosić ojca o chwilę przerwy, on zaś powiedział, że nie zatrzyma się i że mogę rzygać na nią, że jej już to nie robiło różnicy. Walczyłem z odruchem, wyobrażając sobie coś innego. W końcu wyszliśmy na dwór. Nie puszczając jej nóg, wymiotowałem – na nią, obok niej. W ogóle tego nie kontrolowałem. Po chwili jednak świeże powietrze pomogło mi uporać się z nudnościami. Ojciec nie dbał o to, że wyciągnął mnie w zimną noc bez butów. Nieśliśmy ją nagą przez drogę. Starczyło nam sił tylko na kilkadziesiąt metrów. Wrzuciliśmy ją do rowu, a potem biegiem wróciliśmy. Ojciec kazał mi wracać do łóżka, jakby nic się nie stało. Tak, jakbym nie niósł przed chwilą trupa. Nie wiedziałem, jak to było w ogóle możliwe, że udało nam się niepostrzeżenie wynieść trupa z mieszkania w bloku.

Po kilku dniach zapukała do nas policja. Ojciec był na tyle mądry, że spalił jej ubrania, pościel i zatarł ślady. Podczas rozmowy w naszym domu, przy stole, zachowywał spokój. Co więcej, wyzywał ją od dziwek, która spała z każdym. Tak, jakby był oburzony jej niewiernością. Podsunął policjantom myśl, że ktoś ją przeleciał, zostawił nagą na drodze, a ona przewróciła się i umarła od zadławienia się wymiocinami. Modliłem się w duszy, żeby mu nie uwierzyli, żeby go wsadzili, ale uszło mu to na sucho. Policjant go jeszcze poklepał, mówiąc, że ojciec nie miał szczęścia do kobiet. Życzył mu, żeby kiedyś znalazł godną zaufania partnerkę.

Ta jedna noc zmieniła sporo w naszym układzie. Zacząłem go szantażować, że na niego doniosę. Jak czegoś chciałem, używałem tego argumentu. Niestety musiałem uciekać się do tego bardzo często, bo w domu brakowało wszystkiego. Był sprytny. Szybko zorientował się, że blefowałem. Coraz częściej mnie bił. W ciągu kolejnych dwóch lat doszło do tego, że dostawałem regularnie. Na początku tylko zasłaniałem się przed jego ciosami, ale złość we mnie narastała, aż któregoś dnia zacząłem mu oddawać. Mając szesnaście lat, byłem już na tyle zwinny i silny, że nokautowałem go w kilka minut.

Malwina zaczęła mnie obwiniać o problemy w domu. Według niej gdybym nie prowokował ojca, nie żądał od niego opieki i pieniędzy, dał mu spokój, nasze życie wyglądałoby inaczej. Starałem się jej pokazać, że gdybym nie walczył, to on by o nas zapomniał, nie mielibyśmy obiadów, kartek, ale nie dałem rady jej przekonać. Miała już swoje zdanie. Czasami nawet stawała w obronie ojca. Kiedy mu oddałem, klękała obok niego i pomagała mu wstać.

To był moment, w którym zacząłem szukać jakiejś naszej dalszej rodziny. Mój wywiad nie przyniósł nic dobrego. Ludzie wypierali się jakiegokolwiek pokrewieństwa, bojąc się odpowiedzialności. Nasi dziadkowie od strony mamy już nie żyli, a od strony ojca nigdy nie utrzymywali z nami kontaktu. Nie miałem nikogo, żadnej pomocy, a na dodatek Malwina obwiniała mnie o każdą kłótnię, każdy problem. Dochodziło do tego, że my też na siebie krzyczeliśmy. Nasza solidarność upadała.

Kiedy ojciec przychodził pijany, był jeszcze na tyle przytomny, że zaczynał się mnie czepiać. Nazywał mnie nierobem i pasożytem. Powtarzał w kółko, że przynoszę wstyd matce, że ona się w grobie przewraca. Wtedy powiedziałem coś, o czym nigdy nie powinienem był nawet pomyśleć. Wykrzyczałem mu, że to jego wina, że to przez niego mieliśmy takie złe życie, że to on doprowadził mamę do choroby, że nie był w stanie sam zarobić na rodzinę, a jego dzieci gniły w brudzie i smrodzie, bo dla niego dupy i wóda były ważniejsze. Wyrzucił mnie za drzwi. Zamknął je na zamek i kazał nigdy nie wracać. Krzyknął jeszcze, że już nigdy nie pomyśli o mnie jak o swoim synu i że od tamtej pory już dla niego nie istniałem.

Tego dnia zostałem bezdomnym szesnastolatkiem.

Lena Lato 2015

Siedziałam na leżaku przed basenem. Upalny dzień dawał się we znaki. Czytałam jakieś ogłupiające gazety z biurka ojca. Wzięłam sobie za cel znalezienie czegoś pozytywnego w całym szmatławym tygodniku, ale było to dość trudne zadanie. Po kilku tekstach o pożarach, morderstwach, przekupnych urzędnikach i dochodzeniach odłożyłam pismo na bok. Przyniosłam komputer i chowając się pod parasolem, starałam się zalogować na pocztę i inne serwisy. Szybko weszłam na Facebooka i wyszukałam profil Agaty. Faktycznie przeoczyłam, jak kilka tygodni temu obwieściła całemu światu zaręczyny z Bartkiem. Kliknęłam jego konto, ale oprócz zdjęcia jego stóp na plaży nie było nic. Miał zablokowany profil, więc jako osoba spoza kręgu jego znajomych widziałam jedynie zdjęcie główne. Zaczęłam przeczesywać galerię Agaty w poszukiwaniu jakiejś fotki jej narzeczonego. Było kilka, na których wyglądał naprawdę dobrze.

Musiałam przyznać, że poczułam ukłucie zazdrości, że w ogóle kogoś ma. Nie byłam brzydka, nie miałam też problemów w kontaktach z płcią przeciwną, a jednak pozostawałam sama. Nie mogłam znieść dziecinnego podejścia chłopaków do życia. Chciałam faceta, który zadałby mi jakieś pytanie, ale takie zmuszające do myślenia. Chciałam faceta, który byłby pewny siebie, ale nie pyszny, który jak John Cusack trzymałby boomboxa nad głową pod moim oknem, faceta, który byłby dumny, że jest ze mną nie dlatego, że mam duże cycki, ale dlatego, że mógłby ze mną przegadać całą noc, że byłabym dla niego inspiracją. Kimś wyjątkowym, kimś, dla kogo dałby radę coś poświęcić. Miałam wrażenie, że wszystkie moje związki były jak wymiana handlowa – coś za coś. Na początku mnie to bawiło, a pierwsze miesiące w akademiku przyniosły naprawdę sporo wrażeń. Szybko znudziło mnie wyskakiwanie na jedną noc. Owszem, było przyjemnie, ale brakowało mi kogoś, komu mogłabym powiedzieć, jak się czuję, kto chciałby mnie wysłuchać. Przez pierwszy rok mojego studiowania nie spotkałam nikogo takiego.

Ciekawiło mnie, jaki był chłopak Agaty. Wyglądał na takiego, który nie miał własnego zdania. Wysłałam jej wiadomość z pytaniem o plany na wieczór. Szybko odpisała, że idą na plażę ze znajomymi Bartka i że bardzo by chciała, żebym do nich dołączyła, bo zawsze ma tremę przed spotkaniem z nimi. Zgodziłam się od razu.

Zaparkowałam escalade niedaleko głównego wejścia na plażę i poszłam w miejsce, o którym Agata wspomniała w wiadomości. Grupka znajomych siedziała w kole na piachu, tuż przy boisku do gry w siatkówkę. Rozmawiali o czymś, gdy niepewnie podeszłam do nich. Agata od razu przedstawiła mnie wszystkim. Nie zapamiętałam ani jednego imienia, ale za to Bartek przykuł moją uwagę. Chłopak wyglądał jak marzenie każdej dziewczyny. Wysoki, przystojny i uśmiechnięty, jak amerykański aktor. Agata nie odstępowała go na krok. Trzymała jego rękę tak, jakby chciała potwierdzić zawłaszczenie przez dotknięcie.

– Lena, tak? – Spojrzał na mnie z sympatią.

– Tak – potwierdziłam.

– Chcesz coś do picia? Piwo? Wodę? Colę?

– Może piwo? Zależy, jak długo będziemy tu siedzieć. Przyjechałam samochodem. – Skrzywiłam się, dając do zrozumienia, że nie przemyślałam swojego wyboru.

– Jak masz ochotę, to się napij, odwieziemy cię z Sylwią moim autem – zapewnił chłopak trzymający na kolanach jakąś blondynkę w szortach tak krótkich, że widziałam jej bieliznę.

– Coś ty! Ojciec by mnie zabił, gdybym zostawiła samochód na parkingu – wyjaśniłam szybko. – Pozostaje mi woda.

– To co robisz? – Bartek przyglądał mi się uważnie. – Wiesz, na co dzień?

– Studiuję.

– Co?

– Polonistykę. Mam zamiar pisać.

– Pisać? – Chłopak blondynki uniósł brwi. – Ale co? Donosy?

– Nie.

Ludzie zawsze tak reagują. Nie traktują pisania serio. Przywykłam już do tego. Żadna nowość. Doskonale wiedziałam, jak potoczy się ta rozmowa.

– To co? Do gazety? Jak reporter? – Bartek nie dawał spokoju.

– Nie, myślałam nad fikcją.

– Fikcją? Taką jak kosmos, ufoludki?

– Nie, ale nie zadałeś mi ani jednego pytania, którego bym nie usłyszała wcześniej. Dokładnie tak ludzie reagują.

– Wiesz – Bartek uśmiechnął się szeroko – każdy wie, że dentysta będzie leczył zęby, chirurg operował, murarz murował, a…

– Pisarz pisał – dokończyłam za niego. – Dokąd zmierzasz z tymi przykładami?

Dotknęła go moja odpowiedź, bo zmarszczył brwi.

– Tak tylko pytam. Czyżbyś była jedną z tych agresywnych aktywistek? Feministek?

– Wiesz – patrzyłam na niego z przekorą – słyszałam raz, że każda kobieta może zostać tak nazwana, gdy w jakikolwiek sposób sprzeciwia się mężczyźnie. Definicja jest bardzo niejednoznaczna, a przez to, że budzi emocje, nie wiadomo kiedy używa się jej jako terminu, a kiedy jako obelgi.

– Tak – Bartek klasnął w dłonie – nadajesz się na pisarza. Najlepiej w jakimś niezależnym magazynie, jak „Charaktery" czy „Obcasy".

Wszyscy się we mnie wpatrywali, nawet Agata. Zastanawiałam się, czy to właśnie był powód, który przyprawiał ją o zakłopotanie w tym towarzystwie. Sama czułam się dziwnie. Zastanawiałam się, czy powinnam bronić swojej profesji, aktywistek, czy skomentować jego szpanerską postawę.

– O tak! Najlepiej napiszę o współczesnym równouprawnieniu i facetach takich jak ty czy mój ojciec, którzy w sposób akceptowalny dla społeczeństwa pozbawiają kobiety prawa do własnego zdania, bo… są kimś znaczącym w biznesie. O takich, co to władzą i pieniędzmi załatwiają każdą sprawę. Mam już powyżej uszu widoku pseudodżentelmena, który ma od dawna zdefiniowane oczekiwania wobec kobiety. To nieme porozumienie obu stron, w którym to kobieta skacze tak wysoko, jak mężczyzna jej każe.

– Taa… – Bartek machnął nieuprzejmie ręką – Agata mówiła, że jesteś asertywno-agresywna.

– Co to ma znaczyć? – spytałam zbita z tropu. – Wydawało mi się, że rozmawiamy.

– Może zagramy w siatkę? – zwrócił się do reszty znajomych Bartek, zupełnie mnie lekceważąc.

– Ej! – upomniałam go.

– Słuchaj – odwrócił się do mnie – gdybyś była miła, rozmowa mogłaby się potoczyć w różnych kierunkach, ale to przez twoje nastawienie jest, jak jest. Nie chcę spędzać swojego wolnego czasu na gadkach o takich głupotach. Chcesz, spalaj się. Ja nie mam zamiaru.

Podniósł się i z worka leżącego na piachu obok kłody wyciągnął piłkę. Jego znajomi wstali i poszli w kierunku rozciągniętej profesjonalnie siatki do gry. Agata została ze mną.

– On nie jest taki zły – tłumaczyła jego zachowanie, gdy zostałyśmy same.

Grali w siatkę, a my rozmawiałyśmy, nie odrywając od nich wzroku.

– Jak rozumiem, to była jego słodka strona?

– Czemu masz takie negatywne nastawienie? Czemu zakładasz, że to atak, gdy ktoś zada ci pytanie?

Agata była poważna. Patrzyła na mnie tak, jakbym to ja zrobiła coś złego.

– Nie słyszałaś, co on mi powiedział?

– Nic – wypaliła poirytowana. – Czasami myślę, że te opowieści o tym, jak to ojciec źle cię traktuje, są takie same.

– Czyli jakie? – Przeniosłam na nią wzrok i odsunęłam się lekko, żeby lepiej ją widzieć.

– Wyolbrzymione. – Jej gorzki ton przyprawił mnie o grymas.

– Nic nie rozumiesz – zaczęłam spokojnie. – Nie masz matki w wariatkowie, ojca uzależnionego od zdobywania pieniędzy…

– Lena! – przerwała mi. – Moi rodzice od jakiegoś czasu nie robią nic innego, tylko skaczą sobie do oczu. Wyzywają się, czasami idą w ruch talerze, ale jakoś mam do nich szacunek. Za to, co robili, co robią dalej. Zrób może dla odmiany krok w tył i zobacz, kto stoi za tobą, bo jesteś tak skupiona na tym, co przed tobą, że walczysz z tym, co cię trzyma, a tak naprawdę walczysz z dłońmi, które asekurują cię, żebyś nie upadła.

– Sądzisz, że jestem rozkapryszoną księżniczką, tak?

– Nie – Agata wstała z wielkiej kłody i stanęła naprzeciw mnie – uważam, że jesteś niesamowicie niezależna, intrygująca, odważna i zabawna, ale... nieukształtowana.

– Mówisz dokładnie tak, jak zalecają w podręcznikach o negocjacjach. W jednym zdaniu najpierw mnie długo chwalisz, a potem krótko mówisz, co naprawdę myślisz, odwracając moją uwagę od krytyki.

– Zamiast skupiać się nad formą, pomyśl nad słowami. – Ścisnęła moją dłoń. – Idę grać. Chcesz dołączyć?

– Chyba pojadę do domu pomyśleć o sobie – rzuciłam z przekąsem.

Agata mnie nie zatrzymywała. Nawet nie oczekiwałam tego od niej. Wsiadłam w swój samochód i skierowałam się w stronę domu. Po drodze miałam nieprzyjemny epizod z jakimś chłopakiem, który jechał na desce i omijając coś na ulicy, wyjechał mi prosto pod koła. Zatrąbiłam na niego, a on w odpowiedzi walnął pięścią w maskę auta. Przestraszył mnie tym ogromnie. Nie mogłam zrozumieć, czemu nie jechał chodnikiem. Gdy jednak zerknęłam w bok, zobaczyłam falę ludzi idącą z plaży. Kobiety z wózkami musiały czekać na lukę pomiędzy ludźmi, żeby móc przejechać. To mi wystarczyło, by zrozumieć, czemu wybrał ulicę. Nadal jednak nie pojmowałam jego zachowania wobec mnie.

Zatrzymałam się przy restauracji, która oferowała najlepszą rybę w mieście. Miałam nadzieję, że to będzie ta jedyna przyjemna rzecz tego dnia. Z tym miejscem wiązało się mnóstwo pozytywnych wspomnień i liczyłam, że przesiąknę nimi, a to z kolei poprawi mi humor. Usiadłam wygodnie na wiklinowym krześle. Nawet nie oglądałam menu, doskonale wiedziałam, co chciałam zamówić. Kelner przyjął moje zamówienie.

– Hej! – krzyknął ktoś obok.

Spora część stolików w tej restauracji stała na chodniku, co pozostawiało ludziom jedynie wąski pas do przejścia. Przechodnie formowali dwa rzędy z ruchem przeciwnym. Siedziałam blisko chodnika, ale początkowo nie sądziłam, że ten okrzyk był skierowany do mnie.

– Hej! – usłyszałam ponownie, ale dopiero tym razem odszukałam głos w tłumie. Dostrzegłam tego samego chłopaka, z deską w ręce. – Naucz się jeździć tą kolubryną, bo jeszcze kogoś zabijesz!

Wyglądał agresywnie. Z samochodu nie miałam okazji mu się przyjrzeć. Teraz wlepiłam w niego oczy i nie wiedziałam, jak zareagować. Poczułam nagle suchość w ustach.

– Słyszałaś?! – krzyczał dalej. – Mogłabyś chociaż przeprosić!

Chłopak nie odchodził. Ludzie zaczęli na nas patrzeć, nie rozumiejąc przyczyny jego wybuchu. Pasował z wyglądu do typu awanturnika, który tylko szukał okazji, by dać komuś w twarz. Poczułam się zaatakowana, bo to przecież on wyjechał prosto pod mój samochód, a teraz nie dość, że mnie obrażał, to jeszcze domagał się przeprosin. Tak, jakbym była mu coś winna. Jak tylko o tym pomyślałam, przypomniały mi się opowieści o ludziach rzucających się pod luksusowe auta w celu wyłudzenia odszkodowania. Wiedzieli doskonale, że skoro stać kierowcę na taki pojazd, to będzie też w stanie słono zapłacić za uszczerbek na zdrowiu. Nic mu nie zrobiłam, więc nie miałam obowiązku rozmawiania z nim. Byłam zaskoczona, że obsługa restauracji przyglądała się wszystkiemu, zamiast przegonić chłopaka.

– Czy mogłabym się przesiąść do środka? – zwróciłam się do kelnera stojącego obok mnie, ale wpatrującego się w tego gościa.

Moje pytanie przywołało go z powrotem do obowiązków.

– Tak. Oczywiście – odpowiedział zmieszany.

Przesunął się nieco w bok, dając mi możliwość przejścia. Bez słowa chwycił mój talerz i szklankę wody. Nie oglądałam się nawet i weszłam do wewnątrz. Wzięłam głęboki oddech, licząc, że to ostatnia nieprzyjemność dzisiaj. Potwornie wytrąciło mnie to z równowagi. Jadłam, ale nadal w środku się trzęsłam. Nie umiałam się cieszyć tym miejscem. Byłam zła, że ten jeden raz może popsuć moje wspomnienia. Na dodatek ryba nie smakowała tak, jak zapamiętałam, choć być może to gorzkie przeżycia wpłynęły na moje kubki smakowe.

W domku czekał na mnie ojciec. Siedział wygodnie w fotelu, z nogami na szklanym stoliku kawowym. Czytał jakieś dokumenty i popijał złoty płyn z fikuśnej kwadratowej szklanki, której spód wysadzany był kamieniami.

– Głodna jesteś? – spytał, gdy tylko zamknęłam za sobą drzwi.

– Nie. Jadłam w smażalni niedaleko plaży. – Odłożyłam klucze na stolik obok drzwi i przeszłam do pokoju.

Stanęłam nad nim. On jednak najpierw wskazał mi kanapę i dopiero, gdy usiadłam, zaczął mówić dalej:

– W sobotę jest przyjęcie w domu Agaty, z okazji zaręczyn…

– Ale przecież oni zaręczyli się dawno temu – zauważyłam.

– Tak. Agata czekała, aż wszystkie jej koleżanki wrócą do Sopotu...

– Niech zgadnę – przewróciłam oczami – chciała się pochwalić.

– Nawet jeśli – ojciec odłożył papiery do kremowej teczki – ma do tego prawo. Jesteśmy zaproszeni z osobami towarzyszącymi. Jeśli nie masz nikogo, pójdziesz sama, dobrze?

– A ty masz kogoś? – spytałam podchwytliwie.

– Sobota, jedziemy razem. Bądź gotowa na dziewiątą.

Wstał i zostawił mnie samą. Zastanawiało mnie, czemu Agata o tym nie wspomniała, gdy się spotkałyśmy w klubie pierwszego dnia po moim przyjeździe. Doszłam do wniosku, że mogła coś powiedzieć, kiedy ja już nie kontaktowałam. Niezależnie od tego, jak było, miałam wrażenie, że przez ten fakt nagle stała się ode mnie starsza o jakieś dziesięć lat. Stwierdziłam, że powinnam kupić sobie coś szykownego, by pasować do tego nadętego towarzystwa.

Krystian *Zima 2006*

Spędziłem pod drzwiami naszego mieszkania kilka godzin. Najpierw dobijałem się, żeby mnie wpuścił, potem krzyczałem, że zrozumiałem... aż w końcu nawet przepraszałem go za swoje słowa. Tak naprawdę nie czułem się w ogóle winny i uważałem, że każde słowo, które ode mnie usłyszał, było prawdą. Bałem się jedynie tego, co czekało mnie na ulicy. Pomyślałem, że to test, że ojcu przejdzie i przyjmie mnie, że chciał mi tylko pokazać, kto tu rządzi.

Wyszedłem na ulicę. Jedyne schronienie, jakie przyszło mi do głowy, to centrum handlowe. Na moje szczęście sklepy były czynne do dziesiątej, a te z kinami nawet do północy. Siedziałem tam tak długo, aż ochroniarz poprosił mnie o wyjście. Kolejne miejsce z ogrzewaniem to dworzec centralny. Przerażały mnie podziemia i główna poczekalnia, ale nie miałem wyboru. Byłem świadomy, że na ulicy zamarznę. Powtarzałem sobie w myślach, że to na krótko, że muszę przeczekać, aż ojcu minie złość, a potem wrócę do domu.

Pozostałem czujny przez całą noc w obawie, że ktoś mógłby mnie zaatakować lub okraść z tego, co miałem. Kilka razy prawie urywał mi się film, ale udało mi się dotrwać do rana. Trząsłem się z zimna. Oddałbym wiele za kurtkę i czapkę. Na moje szczęście ojciec nie płacił rachunków za ogrzewanie i w mieszkaniu było zimno. To dzięki temu miałem na sobie ciepły sweter i buty. Nie ściągaliśmy ich aż do momentu, gdy szliśmy spać.

Pobiegłem do łazienki i umyłem twarz, żeby się obudzić. Wydawało mi się, że centrum handlowe będzie bezpiecznym miejscem. Wróciłem tam i wtulając się w kąt, obok jakiegoś zielonego sztucznego kwiatka oplecionego lampkami, zasnąłem na dobrych kilka godzin. Nie wyglądałem jak menel, więc ludzie mnie nie zaczepiali. W zasadzie tylko dwa razy ktoś spytał, czy wszystko w porządku, ale uśmiechałem się i mówiłem, że mama jest na zakupach, a ja na nią czekam. Dawali mi szybko spokój. Obudziłem się potwornie głodny. Poszedłem w kierunku restauracji. Pytałem ludzi, czy mogliby mi kupić coś do jedzenia, ale nie traktowali mnie serio. Byli tacy, którzy pytali, gdzie jest kamera i jaki test psychologiczny przeprowadzam, ale byli też tacy, którzy myśleli, że robię to dla żartów. W pewnym momencie dostrzegłem znajomych ze szkoły. Szybko uciekłem. Pojechałem na gapę przez miasto, zmieniłem centrum handlowe na inne i bardziej natarczywie prosiłem o jedzenie, a potem nawet o pieniądze. Gdy w końcu udało mi się znaleźć kogoś, kto kupił mi kanapkę, byłem bliski łez. Połykając łapczywie posiłek, doszedłem do wniosku, że powinienem nauczyć się zdobywać pieniądze, a nie tylko polegać na czyjejś łasce. Najpierw pomyślałem o uczciwej pracy, ale byłem niepełnoletni i bez mieszkania. Może wtedy jeszcze nie wyglądałem jak bezdomny, jednak miałem świadomość, że prędzej czy później zacznie ode mnie śmierdzieć, a ludzie będą odwracać wzrok na mój widok. Wieczorem wróciłem do restauracji i pytałem w każdej po kolei, czy nie potrzebują pomocy. Ktoś zaoferował mi jakieś niesprzedane resztki jedzenia. Wziąłem wszystko, co dali, i zjadłem szybko. Wtedy przyszło mi do głowy, że powinienem zacząć planować, odkładać coś na później, na wypadek gdybym miał znów długą przerwę albo trudności w zdobyciu posiłku.

Po raz kolejny ochroniarz wygonił mnie, gdy zamykali centrum. Tak jak wcześniej pojechałem na dworzec i tam spędziłem noc na obserwowaniu ludzi. Zauważyłem chłopaka, który w sprytny sposób okradał turystów. Udawał, że na nich wpadał i zwinnie wyciągał im portfele oraz telefony. Siedząc tam całą noc, doskonale poznałem jego sposób. Dotarło do mnie, że mógłbym to samo robić w centrum handlowym. Jedyne, co musiałem, to nauczyć się zabierać przedmioty z taką samą sprawnością jak ten chłopak tutaj. Obserwowałem go jak zaczarowany. Śledziłem jego ruchy od momentu wypatrzenia ofiary, przez kradzież, do szybkiego odejścia. Po każdym numerze znikał na paręnaście minut, ale zawsze wychodził z podziemi. Musiał mieć gdzieś dodatkowe wejście.

Następnego dnia w centrum handlowym namierzyłem faceta, który włożył portfel w wewnętrzną kieszeń marynarki. Wyszedłem mu naprzeciw i kopiując ruchy podpatrzone u tamtego chłopaka, zderzyłem się z nim. Wszystko działo się tak szybko, że nawet nie dotknąłem ręką jego marynarki. Przeprosił mnie i poszedł dalej. Wyglądało to prosto, ale nie dało się tego tak łatwo zrobić. Cały dzień wpadałem na ludzi, ale nikomu nic nie zabrałem. Wieczorem wróciłem do błagania o jedzenie. Tym razem wiedziałem już mniej więcej, kto w życiu nie kupiłby nawet opakowania frytek, a kto był w stanie postawić cały zestaw. Nie marnowałem już długich godzin na zaczepianie każdego. Nauczyłem się, jak znaleźć właściwą osobę. Właśnie takie drobne rzeczy, które zauważałem, ratowały mi skórę i bardzo pomagały.

– Hej! – odezwał się do mnie jeden z aniołów chodzących po centrum z koszyczkiem i opłatkiem w środku.

– Hej! – rzuciłem, nie patrząc na nią.

Dopijałem ostatnie łyki napoju. Nie byłem w nastroju na pogaduchy. Miałem nadzieję, że ona szybko odczyta moje nastawienie.

– Cały dzień obrabiałeś ludzi – stwierdził anioł.

– Co? – Podniosłem na nią wzrok.

– Nie sypnę cię, jeśli podzielisz się ze mną łupem.

– Nie powinnaś być dobra, skoro jesteś aniołem? – zapytałem naiwnie.

– To kostium – gwizdnęła i wyśmiała mnie. – Nie sądzisz chyba, że jestem… ej, nie odwracaj mojej uwagi. Wyskakuj z kasy albo zepsuję ci metę.

– Nie mam nic – wyznałem zgodnie z prawdą.

Zdałem sobie wtedy sprawę, że mnie też ktoś mógł obserwować tak jak ja tamtego chłopaka. Wyrzucałem sobie, że nie przyszło mi to wcześniej do głowy. Być może mieli kamery i obserwowali na bieżąco ruch w całym centrum. Zadziwiało mnie, że do tej pory nie zorientowali się, że tutaj koczowałem. Jaki ja byłem głupi!

– Taak… na pewno. – Usiadła na krześle obok mnie.

– Naprawdę – powiedziałem otwarcie. – Jestem bezdomny od dwóch dni, myślałem, że to łatwe kogoś okraść, ale nie wyciągnąłem ani jednego portfela.

– I ja mam w to uwierzyć? – Przypatrywała mi się uważnie, po czym zaczęła się śmiać. – Masz ostatnią szansę. Jak nie dasz mi kasy, jutro przywita cię ochrona.

Miałem ochotę nią potrząsnąć. Byłem wściekły.

– Jesteś tak tępa, że nie rozumiesz, co się do ciebie mówi? Nie mam grosza. Nic. Nawet kurtki. Ślepa jesteś?

– Różne historie już słyszałam – zapewniła z tym samym uśmiechem.

– Spierdalaj! – rzuciłem ostro.

– Nie przychodź tu jutro! – zagroziła.

Wstałem z miejsca i zostawiłem ją samą. Obiecałem sobie lepiej obserwować tłum. Nie skupiać się tylko na jednej osobie – mojej ofierze, ale skanować otoczenie, zauważać, kto się przygląda, kto siedzi dłużej na ławce, kto pije kawę w knajpkach i obserwuje przejścia między sklepami.

Tej nocy na dworcu była policja i sprawdzała wszystkich bezdomnych. Nie wiedziałem, że już wtedy wyglądałem na takiego, więc nawet nie uciekłem na widok mundurowych. Nie wiem, na jakiej podstawie, ale od razu się do mnie przyczepili. Zadawali setki pytań. Głównie o mój wiek. Skłamałem, że jestem pełnoletni, ale oni upierali się, że mojej twarzy do tej pory nie widzieli i że muszą mnie zabrać, by sprawdzić, czy ktoś mnie szukał. Gwarantowałem im, że nikogo nie obchodziłem, choć po cichu liczyłem, że Malwina za mną tęskni. Starałem się nie myśleć o niej, bo automatycznie zbierały mi się łzy w oczach.

W bazie osób poszukiwanych nie było mojego zdjęcia. Policja, traktując mnie jak idiotę, zaproponowała, że dla mojego bezpieczeństwa może mnie dopisać do tego spisu. Odmówiłem. Nie chciałem być notowany w ich aktach. Już wtedy czułem, że moje życie nie będzie proste.

Ku mojemu zaskoczeniu odstawili mnie do noclegowni. Tego dnia zmienił się mój uliczny schemat. Nie wiedziałem nawet o istnieniu takich miejsc, z tak dobrze zorganizowaną pomocą dla bezdomnych, gdzie raz dziennie wydawali ciepły posiłek – głównie zupę bez smaku. Nawet to dawało mi poczucie, że przetrwam. Nie bardzo rozumiałem, dlaczego w ogóle walczyłem, ale instynktownie nie poddawałem się.

Kiedy po raz pierwszy brałem prysznic w obskurnej łazience, czułem się jak nowo narodzony. Nuciłem, ciesząc się z ciepłej wody, z zapachu mydła. Niestety musiałem włożyć stare ubrania, ale sam fakt, że przez chwilę byłem czysty, należał do momentów niezwykłych.

Mężczyzna wyglądający na narkomana po odwyku wskazał mi łóżko piętrowe i polecił, bym schował pod poduszkę wszystko, co miałem. Zaśmiałem się wtedy, mówiąc, że nie mam nic. Zaskoczył mnie stwierdzeniem, że mało jeszcze wiedziałem o ulicy. Rano przekonałem się o tym boleśnie, kiedy moje buty zniknęły, a w ich miejsce ktoś postawił za małe, znoszone półbuty, które musiałem przygnieść na piętach i chodzić w nich jak w klapkach. To była spora nauczka. Zacząłem cenić to, co miałem. Każdą drobnostkę.

Wróciłem do centrum handlowego i tak jak przepowiedział mój anioł, przywitała mnie ochrona. Poinformowała ich o mnie, więc wypatrywali mnie w tłumie. Szybko mnie zauważyli na monitoringu i poprosili, żebym wyszedł. Zaoferowali, że jeśli opuszczę to miejsce dobrowolnie, nie zawiadomią policji. Wyszedłem, przeklinając wszystko i wszystkich dookoła. Byłem wściekły na tego przeklętego anioła, na gościa, który mi zwinął buty, na ojca, a nawet na mamę. Postrzegałem jej odejście jako przyczynę swoich problemów. Może i bylibyśmy biedni jak myszy kościelne, gdyby odeszła z pracy, ale nie mieszkałbym na ulicy, a ojciec nie zszedłby na psy.

Zdesperowany przyjechałem do domu. Czekałem na rogu, aż Malwina przyjdzie ze szkoły. Chciałem najpierw wypytać, co ojciec zrobił lub powiedział, kiedy zniknąłem. Przemarzłem do szpiku kości, ale jej nie spotkałem. Znałem doskonale plan lekcji siostry, więc szybko zrozumiałem, że wcale nie poszła do szkoły. Pomyślałem, że może zachorowała, że może źle się poczuła. Wbiegłem na górę, czując, że potrzebowała mojej pomocy. Zapukałem do drzwi kilka razy, ale nikt nie otwierał. Zacząłem wykrzykiwać jej imię. W końcu pojawiła się w drzwiach. Od razu dała mi kurtkę, a ja poczułem na nowo, że miałem dom, że miałem miejsce, do którego mogłem uciec, gdyby było bardzo źle.

– Jest ojciec? – zapytałem od drzwi.

– Nie ma – powiedziała ściszonym głosem.

– To czemu szepczesz?

– Nie wiem… boję się…

– Nie bój się… – Przytuliłem ją, zamykając za sobą drzwi. – Masz coś do jedzenia?

– Tak, już jadłam. – Założyła, że pytałem o nią.

Nawet nie przyszło jej do głowy, że to ja prosiłem o kromkę chleba, że to ja byłem głodny. Poszedłem do kuchni i jadłem wszystko, co znalazłem. Nawet nie usiadłem. Nie pomyślałem o tym, czy Malwina będzie miała coś na później, kto pójdzie do sklepu. Instynkt wziął górę.

– Ojciec powiedział, że cię zabije, jak się tu pojawisz – zakomunikowała mi, gdy przełykałem napakowane do buzi jedzenie.

Bolał mnie przełyk od zbyt dużych kęsów. Nie miałem czasu na przeżuwanie. Najpierw ze względu na głód, a potem ze względu na świadomość, że nie mogłem zostać w domu.

– To niech mnie zabije – zażartowałem, ale ona się nie zaśmiała.

Opuściłem mieszkanie tak szybko, jak było to możliwe. Wmawiałem sobie, że miałem możliwość zniszczenia tego człowieka, że wystarczyłoby, że poszedłbym do opieki społecznej, by na niego donieść. Przecież byłem nieletni, nie można wyrzucić na ulicę szesnastolatka. Wierzyłem, że jak będzie bardzo źle, to tak zrobię, tym samym gwarantując sobie powrót do normalności.

Następnego dnia nie było wolnego miejsca w noclegowni, do której zostałem przywieziony uprzednio, a innych miejsc nie znałem, więc czekała mnie noc na dworcu. Znów obserwowałem złodzieja kieszonkowego. Znów wydawało mi się to banalnie proste, ale kiedy następnego dnia próbowałem okradać w centrum handlowym, po raz kolejny nie zwinąłem nic. Po południu, licząc na szybki posiłek w domu, pobiegłem czym prędzej w kierunku swojej ulicy. Wiedziałem mniej więcej, o jakich godzinach ojciec wychodził i kiedy wracał, więc starałem się wstrzelić w ten czas tak, żeby się o tym nie dowiedział.

Malwina znów nie poszła do szkoły. Tak jak uprzednio zacząłem ją wołać pod drzwiami, ale jedynie uchyliła je. Kiedy ją zobaczyłem, moje serce na chwilę przestało bić. Miała zmasakrowaną twarz. Białka jej oczu były przekrwione. Wyglądała tak, jakby przejechał ją pociąg.

– Nie przychodź tutaj... – wyszeptała.

– Boże, co się stało? – rzuciłem głupio, wiedząc, że to ojciec ją zbił.

– Nie przychodź... – powtórzyła. – On mnie zbił, bo cię wpuściłam.

– Dość tego! – krzyknąłem, rzucając się w kierunku schodów.

Biegłem ile tchu. Już mnie nie obchodziło, czy nas rozłączą, czy będziemy razem, ale musiałem coś zrobić. Jeśli uderzył ją raz, będzie to robił non stop. Tak samo było ze mną – tak to się zaczęło, a potem każdy powód był wystarczająco dobry. Kiedy wpadłem do opieki społecznej, kobieta, z którą zawsze rozmawiałem, przywitała mnie kwaśno.

– Proszę, kto nas odwiedził.

– Proszę pani... – łapałem oddech – musi pani do nas przyjechać... stało się coś złego...

– Tak, już wiemy – zapewniła mnie i podniosła słuchawkę telefonu.

– Skąd? Malwina tu była? – dopytywałem zaskoczony.

– Nie, twój tata – wyjaśniła, jakbym był głupi. – Powiedział nam, że narozrabiałeś, pobiłeś siostrę i uciekłeś z domu.

Jej słowa sprawiały, że kręciłem odruchowo głową, nie mogąc uwierzyć, że bydlak był taki przebiegły.

– Ale to nieprawda! – krzyczałem. – On to zrobił! On ją zbił! Musicie nam pomóc.

– Wielokrotnie ojciec się na ciebie skarżył, mówił, że masz problemy z agresją...

W słuchawce ktoś się zgłosił.

– Przyszedł syn Chmielewskiego. Przyślij kogoś do pomocy.

– Jak to?! – wydarłem się do niej.

– Szybko! – rzuciła do słuchawki, a po chwili zwróciła się do mnie spokojniej i wolniej: – Pomożemy ci. Nie martw się. Dostaniesz kuratora. To twój pierwszy występek. Będzie dobrze...

– Mój?! Mój? Ale to ojciec ją zbił, on mnie wyrzucił. Spałem na dworcu! – wykrzykiwałem, nie mogąc zrozumieć, że mi nie uwierzyła.

– Nie bój się – zapewniła łagodnie, wstając z miejsca i nerwowo spoglądając w drzwi po drugiej stronie holu. – Pomożemy ci.

Zrozumiałem, że starała się mnie zatrzymać, żeby mnie złapać. Ukarać za coś, czego nie zrobiłem. Odwróciłem się na pięcie w tym samym momencie, w którym w drzwiach pojawił się opasły ochroniarz. Wypadłem przez drzwi na ulicę, potrącając jakiegoś przechodnia. Biegłem przed siebie na tyle, na ile pozwalały mi moje kłapiące buty. Nikt mnie nie gonił, ale uciekałem. Sam nie wiedziałem dlaczego. Łzy płynęły mi ciurkiem po twarzy. W tamtej chwili dotarło do mojego pustego łba, że „nie mieć nic" to pojęcie względne. Facet z noclegowni miał rację. Bolało jak cholera.

Lena *Lato 2015*

Kupiłam sobie sukienkę, która była wystarczająca, by spełnić oczekiwania ojca. Kosztowała majątek, pochodziła z najnowszej kolekcji znanego projektanta i sprawiała, że wyglądałam jak elegancka młoda dama, choć był to wizerunek, z którym zawsze walczyłam. Kiedy ojciec odebrał mnie o umówionej porze, wsiadłam w jego porsche, czując się tak, jakbym brała udział w jakimś filmie. Byłam pewna, że ktoś zaraz krzyknie „akcja", zapalą się światła, a my zaczniemy jakiś ciekawy dialog. Nic takiego nie nastąpiło. Ojciec prosił mnie o powstrzymywanie się od kąśliwych uwag i o zachowanie się tak, jak wypadało komuś w moim wieku i z moją pozycją. Zamknęłam na chwilę oczy, chcąc obudzić się gdzieś indziej. Mknęliśmy do domu Agaty, mijając ulice po brzegi wypełnione ludźmi.

– Wiesz, jak teraz turystyka się dobrze rozwija? – rzucił ojciec, kiedy jechaliśmy jedną z głównych ulic.

– Właśnie widzę. – Nie odrywałam wzroku od szyby. – Tyle nowych sklepów, których nie widziałam rok temu.

– Tak – potwierdził – i wszystko czynne do późna w nocy. Nawet spożywcze czy kioski. Rynek kwitnie.

– To chyba dobrze. Dla miasta, dla mieszkańców.

Przeskakiwałam od budki do budki. Skanowałam ludzi na ulicy. Uśmiechnęłam się, widząc, jak dobrze się bawili.

– Zdecydowanie, ale jest jeden duży minus. – Ojciec podniósł rękę, wyciągając jednocześnie palec wskazujący.

– Jaki? – Przeniosłam wzrok na ojca.

– Przyciąga to niezbyt ciekawych ludzi. Wzrasta przestępczość, coraz więcej awantur. Rozróby nocne to już nie nowość.

– No to chyba powinieneś się cieszyć. Będziesz miał więcej klientów – zażartowałam.

– Nie wiesz, co mówisz – zaczął. – Z przestępcami jest jak z graffiti. Jeśli pojawi się nowy rysunek, trzeba go jak najszybciej zamalować. Inaczej w ludzkim umyśle rodzi się przekonanie, że społeczeństwo to akceptuje, że nie ma oburzenia. Tak samo jest z szumowinami.

– Trzeba ich zamalować? – Nie opuszczał mnie dobry humor.

– Tak! – przytaknął. – Dokładnie tak. Sprawić, by zniknęli, by ludzie czuli się bezpiecznie.

– A to w ogóle możliwe? Tak oszukać? Czy ktokolwiek łyknie, że może sobie beztrosko hasać po ulicach w przekonaniu, że nic mu nie grozi?

– Oczywiście. Manipulowanie opinią publiczną to świadomy zabieg stosowany od wielu lat. Dlatego mówię – spojrzał na mnie wymownie – tam, gdzie się pojawiają pieniądze, rodzą się też problemy. Trzeba bardzo uważać.

– Rozumiem.

Na miejsce dojechaliśmy razem z całą masą innych samochodów. Podjazd przed domem był wypełniony po brzegi. Ludzie parkowali po jednej stronie wzdłuż drogi prowadzącej do posiadłości, zostawiając jedynie wąski przejazd. Ojciec, jak reszta kierowców, dojechał pod drzwi, a następnie zawrócił dookoła fontanny znajdującej się na środku podjazdu. Byłam pewna, że tak jak pozostali zostawi auto w linii, ale znaleźliśmy kartkę z jego nazwiskiem będącą rezerwacją miejsca parkingowego. Gwizdnęłam, dając do zrozumienia, że potraktowali go naprawdę specjalnie. Na nim nie zrobiło to wrażenia. Kwestia przyzwyczajenia. Sprawnie zaparkował w ciasnym miejscu, jakie pozostawili mu pozostali VIP-owie. Ku mojemu zaskoczeniu położył kluczyki w schowku obok skrzyni biegów, zostawiając swoje porsche otwarte.

– Jeszcze sekundę temu mówiłeś mi o szumowinach, a teraz zostawiasz samochód otwarty? – skrytykowałam jego postępowanie.

– Tak – uśmiechnął się szeroko. – Nikt go nie weźmie, a my tak robimy od zawsze. Poza tym brama wjazdowa jest strzeżona, a auto ma system GPS. Ktokolwiek je ukradnie, znajdę go prędzej czy później.

– OK. Wiesz, co robisz – potwierdziłam.

– Baw się dobrze. – Popchnął mnie w kierunku drzwi.

– Nie wchodzisz ze mną?

– Wchodzę, ale najpierw wypalę papierosa.

– To ty palisz? – Nie mogłam wyjść z szoku.

Miałam nawet wrażenie, że moje usta nie chciały się zamknąć. Nigdy nie widziałam go z papierosem, więc tym bardziej nie spodziewałam się, że przyznałby się otwarcie do nałogu. Co innego, gdybym go przyłapała, ale powiedział mi o tym sam, dobrowolnie.

– Mogę dotrzymać ci towarzystwa – wydukałam w końcu.

– Nie. Moja księżniczka nie będzie biernym palaczem. Wejdź, znajdę cię.

– Jak chcesz – odwróciłam się.

Wdrapałam się po schodach na górę. Zanim przekroczyłam próg domu, zatrzymałam się, by na chwilę spojrzeć w dół schodów. Ojciec stał tyłem i wydmuchiwał chmury dymu w powietrze.

W środku impreza trwała w najlepsze. Przez krótką chwilę pomyślałam nawet, że byliśmy spóźnieni, ale zaraz po tym, jak ta myśl zrodziła się w mojej głowie, ktoś za mną ponownie otworzył drzwi wejściowe. Najpierw myślałam, że to ojciec, i już miałam się odezwać, gdy dobiegły mnie rozbawione głosy starszej pary. Obydwoje wyglądali bardzo dostojnie. Zapytali nawet, czy się zgubiłam, ale skłamałam, że właśnie kogoś poszukuję. Dziadek wyciągnął rękę do swojej małżonki. Ona wsparła się na jego łokciu i zapytała mnie o pokrewieństwo z narzeczonymi. Rzuciłam, że jestem koleżanką Agaty i chcąc uciąć rozmowę, ruszyłam w tłum. Witałam się ze swoimi przyjaciółkami. Ściskałyśmy się, żartowałyśmy i rozmawiałyśmy dokładnie tak jak pół roku temu, kiedy widziałyśmy się z okazji świąt. Niewiele się w zasadzie zmieniło. W końcu ktoś zaproponował, żebyśmy wyszli na dwór, na taras z tyłu domu, i odłączyli się od rodziców. Zatrzymał nas na chwilę toast za narzeczonych. Agata przytulała się do Bartka, kiedy jej ojciec wychwalał ich jako parę. Na twarzach wszystkich gości malowało się wielkie rozczulenie połączone z podziwem i zachwytem. Uśmiechałam się jak reszta, ale czułam, że te emocje nie były prawdziwe, że w zasadzie nikogo nie obchodziło, jak oni się poznali i jacy szczęśliwi byli ze sobą. Odetchnęłam z ulgą, gdy po wypiciu lampki szampana podążyliśmy razem na zewnątrz.

W basenie pływały dmuchane fotele z przywiązanymi balonami w kształcie serc. Wszystko w tym domu udekorowane było już jak na dzień ślubu. Na szklanym stoliku stały butelki z alkoholem, lód w wiaderku i szklanki. Co chwilę podchodzili kelnerzy, sprawdzając, czy wszystko szło zgodnie z planem, czyli idealnie.

– Wow – odezwałam się – spore przyjęcie.

– Zaskoczona? – zapytał lekko Bartek.

– Chyba tak… – przyznałam.

– To fajnie. Teraz tak trudno zaskoczyć młodych ludzi, wywołać u nich jakąś reakcję.

– Tak! – przytaknęłam podekscytowana. – Tak ciężko ludzi czymś zachwycić.

Bartek zaczął się śmiać głośno.

– No proszę, czyli zgadzamy się w jakichś kwestiach. – Wyciągnął do mnie rękę. – Chyba mieliśmy zły start.

– Zdecydowanie! – przyznałam.

Ten chłopak był naprawdę uroczy. Może to za sprawą alkoholu był teraz uwodzicielski i szarmancki, a ta jego szpanerska strona poszła w zapomnienie. Może też źle odczytywałam jego intencje, może po prostu był szczęśliwy i nie spalał się niepotrzebnym udowadnianiem sobie, kto tu był mądrzejszy.

Mama Agaty zawołała ze środka, że czas otworzyć prezenty. Wszyscy zerwali się z miejsc i pośpiesznie przeszli do salonu.

– Nie idziesz? – zapytała mnie Agata, trzymając rękę Bartka.

– Zaraz dołączę. Od szampana kręci mi się w głowie – skłamałam. Wypiłam za mało, by czuć się pijana, ale chciałam sobie oszczędzić kolejnej udawanej życzliwości.

Na dowód swoich słów usiadłam na schodku prowadzącym do ogrodu i oparłam się o balustradę.

– Może poczekam z tobą chwilę? – zaproponowała serdecznie, wręcz typowo dla siebie.

– Nie! – zaprotestowałam. – To twój moment, idź się nim cieszyć.

– Boisz się, że fikniesz? – rzucił zabawnie Bartek, a Agata wciągnęła powietrze tak, jakby zobaczyła coś, co ją zszokowało.

– Może poczekaj tu z Leną chwilę, a ja zaraz wrócę. – Pocałowała go przelotnie i odbiegła, nie czekając na jego odpowiedź.

– No błagam, a kim ja jestem? Piętnastolatką, która podkradła starym alkohol? Idź! – poleciłam mu.

On jednak uśmiechał się szeroko. Dołączył do mnie na schodku, siadając bardzo blisko.

– Nic nikomu nie mów, ale to nie jest dla mnie frajda – zażartował.

– Nie cieszysz się z prezentów? – przedrzeźniałam go.

– Ciiii... – przyłożył palec do swoich ust – nikt się nie może dowiedzieć, ale... niepotrzebny mi do życia ani toster, ani żelazko... ani... co nam kupiłaś?

– Nic! – wybuchnęłam śmiechem.

– To dlatego chciałaś się tutaj ukryć – szturchnął mnie.

Nie mogłam przestać się śmiać. To, jak go wcześniej oceniłam, było bardzo krzywdzące i nijak miało się do tego, jaki był naprawdę.

– Kupię wam coś z gustem… może kolekcję płyt z muzyką klasyczną – parsknęłam śmiechem, kończąc zdanie.

Bartek spojrzał na mnie rozbawiony.

– Ładnie wyglądasz, kiedy nie jesteś rozzłoszczoną zołzą.

– Słucham?

Byłam pewna, że on nadal ze mnie żartuje, ale ton, jakim to powiedział, nie pasował zupełnie do sytuacji. Spoważniałam, przyglądając mu się badawczo. On po chwili nachylił się i pocałował mnie mocno. Jednocześnie złapał mnie za pierś, ściskając tak, jakby chciał mi ją oderwać od ciała. Odepchnęłam go gwałtownie i zobaczyłam stojącą w drzwiach Agatę. Oboje zerwaliśmy się na równe nogi, a ona podeszła do nas spokojnie. Przez krótką chwilę chciałam jej powiedzieć, że Bartek był bez wątpienia pijany i że nie zrobił tego świadomie, ale ona wymierzyła mi policzek. Uderzyła mnie mocno, nazwała podłą suką i pobiegła w głąb ogrodu. W najczarniejszych scenariuszach nie przypuszczałabym, że tak się zachowa. Wahałam się, czy powinnam za nią pobiec, czy też zniknąć jak przebita mydlana bańka. Bartek ruszył jej śladem i rozwiązał w ten sposób mój problem.

Szybko przeszłam do salonu, a następnie przez drzwi wejściowe na schody. Pobiegłam truchtem do samochodu. Usiadłam w fotelu kierowcy, przystosowałam siedzenie do swoich potrzeb i wyciągnęłam kluczyki. Zawahałam się jednak. Odruchowo uciekłam, ale zatrzymałam się na chwilę, starając się zrozumieć, co się stało. Potrzebowałam odizolowania, by móc zebrać myśli, ale okazało się to niemożliwe. Tysiąc pytań przebiegało mi przez głowę. Czy ja zawsze musiałam zrobić coś niewłaściwego? Czy ja mu wysłałam jakieś mylne sygnały? Owszem, podobał mi się, ale nigdy bym nie zrobiła czegoś takiego Agacie. Przyszło mi do głowy, że może zechce zerwać zaręczyny. Wyciągnęłam kluczyki ze stacyjki. Nie, nie mogłam tego tak zostawić. Musiałam coś zrobić, ale kiedy zobaczyłam ojca stojącego w drzwiach, zmieniłam zdanie i zdecydowałam się odjechać. Krzyknęłam mu, że wszystko w porządku, że to kobieca sprawa i uruchomiłam silnik. Jeśliby się dowiedział, że Agata nas przyłapała, zraniłoby go to ogromnie, zwłaszcza po tym, jak upominał mnie w drodze na przyjęcie. Zrobiłam dokładnie to, czego sobie nie życzył. Nie chciałam o tym myśleć. Wyjechałam poza bramę i dojechałam do głównej ulicy, gdzie samochody, tak samo jak na przyjęciu, wiły się na kształt długiego tasiemca. Trudno było znaleźć choć małą lukę. W końcu ktoś wyjeżdżał, więc nie zwlekając, wskoczyłam na jego miejsce.

Nie przestawałam myśleć o Agacie. Chciałam być miła, a wyszło źle – jak zawsze. Żałowałam, że nie można cofnąć czasu. Wychodziło na to, że lepiej było pozostać tą zezłoszczoną zołzą, bo ona nie powodowała dramatów, co więcej, odpychała je na kilometr. Na pewno ludzie ocenią mnie bezlitośnie, zupełnie nie zwracając uwagi na winę Bartka. Byłam wściekła, że uciekłam. Pozbawiłam się prawa do zajęcia stanowiska. Zwiałam jak ktoś winny, kto nie ma odwagi odpowiedzieć na pytania.

Wysiadłam z samochodu i zaczęłam iść ulicą w nieokreślonym celu. Chciałam zająć się czymś, stłamsić ten wewnętrzny głos, który szydził z moich wyborów. Przeszłam kilka metrów, aż zatrzymała mnie młoda dziewczyna oferująca ulotkę studia tatuażu.

– Nie, dziękuję. Za bardzo boli – stwierdziłam gorzko, wyciągając dłoń i blokując wręczenie mi reklamy.

Ona jednak jak zamrożona trzymała wyciągniętą w moim kierunku rękę. Nie chcąc zrobić jej przykrości, wzięłam od niej ten skrawek papieru z zamierzeniem wyrzucenia go do kosza po kilku metrach.

– Zależy, kto robi – uśmiechnęła się zachęcająco. – Mamy naprawdę świetnego artystę. Jeśli myślisz o tatuażu, nie mogłaś trafić lepiej.

– Nie mam nastroju. – Starałam się ją wyminąć, ale ona była szybsza i zastawiła mi przejście.

– To są właśnie najlepsze momenty. Szczere.

Przysunęła się krok bliżej i pokazała tył ulotki z przykładami tatuaży. Miała na sobie czarny ubiór, krótkie spodenki i kabaretki. Jej mroczny wygląd uzupełniał drewniany kolczyk w uchu i dwa srebrne w nosie. Usta były pociągnięte szminką, której kolor określiłabym jako zgniła czerwień. Nie wyglądała zbyt dobrze, a na pewno nie jak ktoś, kto zachęciłby mnie do wytatuowania sobie czegoś na całe życie.

– Ludzie robią tatuaże przeważnie z trzech powodów – zaczęła. – Z radości, z żalu i z nudów.

Zaśmiałam się razem z nią, a ona, korzystając z okazji, że mnie zatrzymała, zaczęła opowiadać o certyfikatach, jakie posiadało ich studio. Z tego, co mówiła, ich usługi były naprawdę na poziomie. Zaprosiła mnie do środka, żebym tylko zerknęła na wzory i sprawdziła ich ofertę. Gdy weszłam do środka, ona została na ulicy, a inna dziewczyna przywitała mnie z sympatią.

– Szukasz czegoś konkretnego czy potrzebujesz rady?

– Nie wiem w ogóle, co ja tu robię – odpowiedziałam zgodnie z prawdą.

– Jak każdy na tej planecie – spuentowała trafnie. – Wolisz napis czy rysunek?

Wyszła zza kontuaru i dołączyła do mnie w mojej powolnej przechadzce po studiu. Oglądałyśmy zawieszone na ścianach zdjęcia jak w muzeum.

– Zawsze podobały mi się napisy na żebrach.

– Seksowne – uśmiechnęła się do mnie. – Jak tylko weszłaś, wiedziałam, że nie będzie to ani standardowy cyc, ani ramię.

Po raz kolejny wybuchnęłam śmiechem. Zerknęłam na tablicę z najlepszymi tekstami jako propozycjami na tatuaż. Jeden z nich szczególnie przykuł moją uwagę: „Są tylko dwa sposoby przejścia przez życie. Jeden, jakby nic nie było cudem, i drugi, jakby wszystko było cudem".

– Do tego cytatu proponuję dmuchawiec. – Pokazała mi rysunek z lekko rozpadającym się suchym kwiatkiem.

– Wow! – zachwyt odebrał mi mowę.

Ten tatuaż był piękny. Naprawdę piękny. Zastanawiałam się jednak, czy takie coś do mnie pasuje. Ja i tatuaż?

– Bardzo boli? – Po raz kolejny szukałam powodu, by jednak tego nie robić.

– Zależy, jaki masz próg bólu – tłumaczyła fachowo. – Jeśli jesteś typem twardzielki, to nic nie poczujesz, jak beksą, to będzie bolało.

– Od dziewczyny przed drzwiami usłyszałam, że to zależy od tego, kto tatuuje.

– Wiesz – uśmiechnęła się – im bliżej drzwi studia, tym szczerzej gadają, a przekonasz się u Igora. Chcesz spróbować?

– Chyba nie dziś – wahałam się, trzymając dmuchawiec w dłoni. – Mam na sobie sukienkę, którą musiałabym zdjąć…

– Ale to żaden problem. Możesz zostać w staniku albo zakryć się materiałem. Jesteśmy przygotowani na każdą ewentualność.

– Czy ja wiem...

– Do odważnych świat należy – powiedziała i wyciągnęła dłoń po dmuchawiec.

Sam fakt, że chciała odebrać mi rysunek, podziałał na mnie.

– OK – rzuciłam szybko, bojąc się, że jeśli dam sobie więcej czasu do namysłu, to się nie zdecyduję.

Dziewczyna wyciągnęła do mnie rękę i przedstawiła się. Miała na imię Kinga, ale wolała, jak ludzie nazywali ją Inga. Tak, jakby pominięcie jednej litery cokolwiek zmieniło.

Zaprowadziła mnie do blatu, za którym stała uprzednio, i wyciągnęła spod niego arkusz papieru. Zaczęła mi zadawać pytania o alergie, o przebyte operacje, szczepienia. Składałam podpis z sercem bijącym jak u ptaszka. Inga zaprowadziła mnie do pokoju, gdzie było łóżko, takie samo jak u lekarza. Powtórzyła to samo o rozbieraniu się, ale ze względu na to, że nie miałam na sobie biustonosza, poprosiłam ją o przykrycie. Poinstruowała mnie o kolejnych krokach. Miałam się rozebrać, położyć na boku i czekać na artystę. Wykonałam wszystko, o co mnie prosiła, i czułam, jak moje dłonie zaczynały się robić wilgotne. Miałam już wstać, gdy ktoś zapukał do drzwi. Odruchowo zaprosiłam artystę do środka. Kiedy go zobaczyłam, szybko usiadłam, przyciskając do siebie biały sztywny materiał zakrywający moje piersi. Dół sukienki wisiał mi na biodrach.

– Co za spotkanie – rzucił i po chwili zaczął się krzątać po pokoju.

To był dokładnie ten sam chłopak, który nawrzeszczał na mnie, gdy siedziałam w restauracji, ten, który domagał się przeprosin. Siedząc na łóżku, znajdowałam się niżej, więc wydawał mi się jeszcze większy. Jeszcze bardziej potężny i groźny.

– Ja… – zaczęłam oddychać szybko.

– Nie bój się – zapewnił. – Jestem profesjonalistą. To, że mnie prawie zabiłaś, nie wpłynie na moją pracę.

Obrócił się i zaczął szykować igły.

– Ja chyba spasuję… – wycedziłam.

– Wyluzuj. Połóż się, jak leżałaś, i się nie przejmuj. W końcu żyję, nie? – Spojrzał na mnie i uniósł brwi. – Chciałaś tatuaż, to się nie spinaj.

Wyciągnął zafoliowane przyrządy i stanął do mnie tyłem. Kiedy objęłam wzrokiem narzędzia, poczułam przytłaczającą falę strachu.

– Ale… ale ja wcale nie chciałam.

Odwrócił się rozbawiony.

– Wybrałaś napis, rysunek. Wypełniłaś ankietę i rozebrałaś się, a teraz mówisz, że nie chcesz? Czuję, że boisz się, że ci wydziergam coś, żeby pomścić swoją krzywdę.

– Ale nic ci się nie stało! – zauważyłam. – To ty wyjechałeś mi pod koła.

Przyciągnął sobie spod ściany taboret na kółeczkach i usiadł na nim. Nadal zakrywałam się gotowa wyskoczyć z pokoju w każdej chwili. On tymczasem położył dłonie na swoich kolanach i spojrzał na mnie chłodno.

– Jakbyś patrzyła ciut dalej niż twój czubek nosa, to byś zauważyła, że tam był płot miejski odgradzający remont studzienki. Nie wiem, gdzie indziej miałbym jechać.

– Ale pod koła?! – rzuciłam.

– Nie, nie pod koła.

Włożył czarne lateksowe rękawiczki i klepnął łóżko. Nie zareagowałam.

– Czarne? – zapytałam zaskoczona.

– Krwi nie widać – wytłumaczył. – Kładź się.

– Wiesz co… – zaczęłam przesuwać się w nogi łóżka. – Myślę, że to była pochopna decyzja.

– Od razu wyglądałaś na tchórza. Tak samo było w restauracji. Nie miałaś odwagi stawić mi czoła. – Ściągnął rękawiczki i nogą otworzył kosz.

Wrzucił je do środka. Odsunął też stoliczek na kółkach, na którym leżały wciąż nieodpakowane sterylne narzędzia.

To nie brak odwagi sprawił, że schowałam się w środku. Nie chciałam robić sceny na środku ulicy, bo przecież nic się nie stało. Wbrew sobie wróciłam na środek łóżka i położyłam się, odsłaniając swój lewy bok.

– Jednak? – Pokiwał głową i wyciągnął kolejną parę rękawiczek. – Definitywnie? Jak u Huberta Urbańskiego?

– Definitywnie! – powiedziałam, zamykając oczy.

Obiema dłońmi przyciskałam materiał do siebie, starając się zasłonić tak szczelnie, jak mogłam. On dotykał mnie, pytając o umiejscowienie i kierunek napisu, o układ, w którym chciałabym mieć dmuchawiec. Było mi wszystko jedno, więc zadeklarowałam, że pozostawię decyzję jemu. Miałam nadzieję, że udając zaufanie do niego, będę wyglądała na silną. Taką, która się nie boi.

– Poluzuj z tym materiałem, bo naciągasz skórę – zaczął, układając moją lewą rękę płasko na łóżku i jednocześnie ściągając odrobinę materiału tak, że odsłonił lekko moją pierś. – Widziałem tyle wagin i cycków, że to dla mnie nic nowego. Nie spinaj się.

Kiedy ukłuł mnie po raz pierwszy, zaklęłam. Kolejne wbicia igły były jeszcze gorsze.

– Wiesz, co jest kluczem? – Przerwał i popatrzył mi w twarz.

Otworzyłam oczy i spojrzałam na niego. Wyglądał groźnie. Miał ciemne włosy i kilkudniowy zarost. Udało mi się ukradkiem zerknąć na niego w trakcie pierwszych minut i rzuciła mi się w oczy jego dość nietypowa fryzura. Na szerokości około dwóch centymetrów na karku, od ucha do ucha, miał wygolone włosy. Resztę upiął w śmieszny kucyk na czubku głowy. Ze swoimi szerokimi ramionami wyglądał wręcz jak barbarzyńca. Był bardzo męski i bardzo atrakcyjny. Taki typ, co to podoba się każdej kobiecie, ale żadna nie chciałaby go mieć za męża.

– Oddychaj spokojnie – tłumaczył. – Jak będziesz wstrzymała powietrze, będzie bardziej bolało.

– OK. – Wzięłam głęboki oddech, a on czekał z igłą w powietrzu, dając mi możliwość zrelaksowania się.

– Jeśli wolisz, dziś zrobimy napis, a dmuchawca za jakiś miesiąc.

Wrócił do pracy, a ja starałam się wyregulować swój oddech.

– OK – przytaknęłam, wypuszczając powietrze.

– Albo dziś zrobimy tylko pierwsze słowo, a resztę za jakiś miesiąc – zaproponował, śmiejąc się.

– OK – powtórzyłam, rozważając czy samo „there" nie byłoby wystarczająco tajemnicze, a przez to unikatowe.

– Albo samo T? – nie przestawał się ze mną droczyć.

– Nawet nie wiesz, jak to boli – rzuciłam bezmyślnie, a dopiero po tych słowach zerknęłam na jego wytatuowane ramiona.

– Mnie musieli robić jacyś lepsi, bo nic nie bolało.

Wytarł moją skórę.

– Bardzo krwawię? – zapytałam pośpiesznie.

– Nie, tusz ścieram, ale masz dobrą skórę.

– Właśnie znalazłam sens wcierania w siebie hektolitrów kremów – zażartowałam.

– Tak, to prawda. Z suchą skórą jest trudniej.

Po raz kolejny wytarł moją skórę, ale widząc, że zerknęłam na ręcznik, położył go koło mojego kolana, poza zasięgiem mojego wzroku. Z czasem otworzyłam oczy i przypatrywałam mu się uważnie. Nie wyglądał aż tak groźnie, jak zdawało mi się na początku. Zagadywał mnie, a ja z minuty na minutę się odprężałam. Rozmawiało nam się lekko i przyjemnie. Zaskakiwało mnie jego spojrzenie na świat. Zwracał uwagę na rzeczy, które mi umykały lub na które patrzyłam poprzez pryzmat swojego wychowania. Niesamowicie było poznać czyjś tak odmienny punkt widzenia. Uśmiechałam się do niego niezależnie od tego, czy żartował, czy mówił o czymś serio. Kiedy powiedział, że powinnam pokazać tatuaż ojcu, dopytywałam o powód. Wybrałam specjalnie takie miejsce, które mogliby zobaczyć tylko nieliczni, a ojciec był akurat w kręgu tych, którzy nigdy mieli się o tatuażu nie dowiedzieć. Chłopak wypalił, że może dzięki temu ojciec się na mnie wścieknie i zabierze mi auto, a ulice Sopotu ponownie staną się bezpieczne. Nie mogłam przestać się śmiać. Musiał mnie upomnieć, poprosić o powagę, tłumacząc, że moje ruchy przeszkadzają mu w pracy.

Jedno szybkie puknięcie do drzwi sprawiło, że drgnęłam, ale Igor oderwał igłę na sekundę przed moim ruchem, wyczuwając jakimś dodatkowym zmysłem, że tak zareaguję.

– Jest gościu – zaczęła Inga, wchodząc do pokoju – który chce tatuaż zakrywający jego poprzedni.

– Nie ma szans... Jak duży?

– Cała łopatka.

– Nie dam rady. – Jedną ręką przycisnął mnie do łóżka, tak jakbym miała zaraz uciec.

Odwrócił się na taboreciku i patrzył na swoją rozmówczynię.

– Może umów go na jakiś konkretny dzień – zaproponował.

– Spoko, a jak nie będzie chciał wrócić? To w sumie spora kasa.

– W dupie z tym, ja już nie mam siły.

– OK. Wytłumaczę mu.

Ruszyła do drzwi, ale zatrzymała się na chwilę.

– Lena?

– Tak? – Miałam wrażenie, że do tej pory byłam niewidoczna, że ten materiał zakrywający moją goliznę był jak czapka niewidka.

– Mogłabym zrobić zdjęcie i umieścić je w galerii tatuaży?

– Takie zakrwawione? – upewniłam się.

– Nie! – zaśmiała się. – Pokaż jej lusterko.

Igor, nie wstając z taboretu, podjechał pod kontuar pod ścianą i sięgnął po lusterko z rączką. Odepchnął się ręką od blatu i zatrzymał się w miejscu, w którym był wcześniej. Ustawił lusterko w odpowiednim punkcie, ale musiałam go lekko pokierować, by zobaczyć napis. Skóra była czerwona, ale czysta, bez cieknącej krwi. Wyglądało to świetnie. Litery były równe, ładne. Perfekcyjnego rozmiaru.

– Wow... – wydobyłam z siebie uśmiechnięta.

– Zajebisty, nie? Igor potrafi zrobić cuda! – Klepnęła go w ramię. – To jak? Zgodzisz się? W galerii zdjęcia wyglądają naprawdę ładnie. Usuwamy czerwień i drukujemy. Teoretycznie fajnie by było zrobić fotę, jak się już zagoi, ale pewnie, jak większość ludzi, przyjechałaś tu na krótkie wakacje.

– Nie – zaprzeczyłam. – Ja tu mieszkam, a przynajmniej przez okres lata.

– Zajebiście! – Klasnęła w ręce. – To cykniemy dwie foty. Jedną teraz, na wypadek gdybyś miała jednak nie wrócić, a drugą, jak się zagoi.

– OK – potwierdziłam.

– Ale ja dzisiaj nie zrobię wszystkiego – przerwał entuzjazm Ingi Igor. – Dmuchawiec będzie musiał poczekać. Jest już po północy.

– Po północy?! To ile ja tu siedzę? – dopytywałam.

– Ponad półtorej godziny – rzucił, przyglądając mi się uważnie. – Jesteś gdzieś umówiona? – Uśmiechnął się kokieteryjnie. Po raz pierwszy zobaczyłam go w takiej wersji.

– Nie.

– To może – pokazał na sukienkę – uciekłaś jak Kopciuszek z balu? Może jakiś książę cię szuka?

– Nie gadaj, tylko kończ – strofowała go Inga, wychodząc.

Zamykając oczy, wzięłam głęboki oddech gotowa na kolejne ukłucia igły, ale on zwlekał. Spojrzałam na niego, nie rozumiejąc, czemu nie wracał do pracy.

– Uciekłaś komuś? – powtórzył pytanie, świdrując mnie wzrokiem.

– Nie – skłamałam. – Możesz skończyć?

– Jasne.

Być może już przyzwyczaiłam się do bólu, ale ostatnich kilkanaście minut było naprawdę do zniesienia. Igor milczał, więc czekałam na koniec, oddychając spokojnie. Starałam się odpłynąć myślami gdzieś indziej. Chciałam opracować jakiś plan wyjaśnienia Agacie tego, co się stało, ale im dłużej o tym myślałam, tym bardziej utwierdzałam się w przekonaniu, że lepiej będzie, jeśli to jemu zaufa. To Bartek będzie jej mężem, to z nim będzie dzieliła życie. Oczywiście w mojej głowie zrodziła się myśl, że lepiej by było dla niej, gdyby teraz poznała, jaki naprawdę jest jej narzeczony, zamiast żałować za kilka lat. Z drugiej strony może to była tylko głupia chwila ekscytacji. Może spanikował na myśl monogamicznego związku aż do śmierci, jak to miał za rok przysięgnąć. Każde z tych tłumaczeń było tak żałosne, że śmiałam się w myślach ze swoich koncepcji.

– Usiądź. Zawinę cię w folię – polecił Igor. – Możesz oderwać kawałek papieru i zasłonić sobie biust albo zawinąć całość bez niczego.

Usiadłam, przyciskając papier do siebie. Czułam dyskomfort. Widząc, że siedzę bez zmian, zrozumiał, że nie wybieram żadnej z opcji, które mi zaproponował.

– Albo poproszę Ingę, żeby cię zawinęła.

– Folią? – powtórzyłam, upewniając się, czy dobrze usłyszałam.

– Tak. Jak wrócisz do domu, ściągnij ją od razu. Nie możesz jej zostawić dłużej niż trzy godziny. Po ściągnięciu folii nasmarujesz tatuaż maścią, nie kremem. Dostaniesz od nas niewielką tubkę, ale musisz jutro kupić sobie swoją. Zresztą dostaniesz od Ingi kartkę z wszystkimi informacjami. Najważniejsze, że skóra goi się u każdego inaczej, więc nie panikuj, jeśli przez kilka dni to miejsce będzie czerwone czy bolące.

– OK.

– Zawołać Ingę?

Skinęłam głową. Zdjął rękawiczki i wrzucił je do kosza. Rzucił mi krótkie „dzięki" i wyszedł. Po chwili weszła jego koleżanka. Najpierw poprosiła mnie, żebym stanęła koło ściany, objęła dłońmi piersi, a łokcie podniosła do góry.

– Ale masz fajną skórę – powiedziała, kiedy dotknęła mojego tułowia, żeby ustawić mnie pod najlepszym kątem do zdjęcia. – To solarium czy taką masz karnację?

– Taka już naturalnie jestem. – Posłałam jej uśmiech.

Wyglądałam jak córka Hiszpana. Włosy mi się same kręciły, a skóra była ciemniejsza niż u przeciętnego polskiego dzieciaka. Te geny otrzymałam po mamie, która twierdziła, że był w jej rodzinie krewny z południa Europy. Byłam bardzo do niej podobna. Natomiast zupełnie nie przypominałam ojca, który miał jasne włosy i bladą skórę. Kiedy ojciec zrobił coś, co po raz kolejny budziło we mnie odrazę, cieszyłam się, że istniał między nami taki kontrast. Nie chciałam być do niego podobna – nawet fizycznie.

Ta niewinna uwaga Ingi przywołała masę wspomnień. Czasy, kiedy mama mówiła na moje oczy „węgielki", kiedy głaskała moje włosy, mówiąc, że kocha mnie najmocniej na świecie. Czasami gdy patrzyłam w lustro, widziałam ją w sobie, ale najbardziej tęskniłam do jej uśmiechu, który sprawiał, że nawet jej oczy były radosne.

Kiedy ja odpływałam w myślach, Inga pstrykała zdjęcia. Gdy tylko zrobiła tę perfekcyjną fotkę, przekręciła aparat w moją stronę i pokazała mi zdjęcie.

– Zajebisty! – Kiwała głową, wpatrując się w wyświetlacz.

– To prawda o tych waginach i cyckach? – zapytałam, korzystając z okazji.

Nie miałam odwagi, by zapytać o to Igora wcześniej. Wierzyłam, że z nią nie będzie to takie niezręczne.

– Ale co?

– No, że kobiety robią sobie tam tatuaże.

– Pewnie. – Spojrzała na mnie wyczekująco. – Każde miejsce, jakie tylko przyjdzie ci do głowy, jest wystarczająco dobre na tatuaż. Wewnętrzna strona warg sromowych, wargi sromowe, odbyt…

– I babki się nie wstydzą?

– No weź! Igor jest profesjonalnym artystą. Jeszcze nie spotkałam się z sytuacją, by ktoś mu uciekł z pokoju. Umie dotrzeć do ludzi. Rozładować napięcie nawet u najbardziej zestresowanego klienta.

Do momentu, w którym mnie oświeciła, byłam przekonana, że mnie i chłopaka od tatuażu połączyła jakaś nić porozumienia, że dobrze się ze mną czuł, a to był po prostu jego styl omamiania klienta. Uzmysłowiłam sobie, że gdybym wtedy wyszła, on by nie zarobił, dlatego załatwił mnie psychologicznie, nazywając tchórzem.

– Poza tym – zaczęła, zapewne zakładając, że myślałam nad tym, co mi przed chwilą wyznała – zwykle takie kobiety mają już wiele innych tatuaży, więc wiedzą, co je czeka. Są takie, które nawet nie chcą znieczulenia.

– O matko! To musi potwornie boleć.

– Próg bólu – powtórzyła to, co już wcześniej od niej usłyszałam – każdy ma inny. No i teraz te miejscowo znieczulające maści są naprawdę dobre. Skuteczne.

– Są specjalne maści do smarowania wagin?

– Nie – zaśmiała się. – Jest jedna maść lub spray do każdej części ciała. Też miałaś to zaaplikowane.

– Nie – zaprzeczyłam.

Pamiętałam dokładnie każdy jego ruch i nie widziałam, żeby nakładał mi cokolwiek przed wbiciem się igłą w moją skórę. Przypuszczałam, że właśnie w ten drobny sposób zemścił się za ten incydent, który według niego był prawie śmiertelnym. Prawie.

– Byłaś tak przejęta, że nie pamiętasz – zapewniła.

– Z pewnością – uśmiechnęłam się gorzko.

– Usiądź. Zawinę cię.

Inga nałożyła kilka warstw folii na moje piersi, a następnie pomogła mi z sukienką. Obcisła góra naciskała na miejsce tatuażu. Ograniczałam ruchy, jak tylko mogłam, ale mimo wszystko bolało. Zdawało mi się, że teraz, kiedy opadała adrenalina, ból był większy niż w trakcie wbijania igły. Podążając za Ingą, stanęłam naprzeciw kontuaru. Igora nigdzie nie było. Drzwi studia już zamknięto, a światła lekko przygaszono. Dziewczyna, którą spotkałam jako pierwszą, poszła odkażać pokój po mnie.

– Płacisz kartą czy gotówką? – Inga wystukała coś na małej kasie z rolką papieru na czubku.

– Yyy – zawahałam się.

Przyjechałam tu samochodem ojca, nie wzięłam portfela i nie miałam przy sobie grosza. Wyrzucałam sobie, że nie pomyślałam o tym wcześniej. W zasadzie nigdy pieniądze nie były dla mnie ograniczeniem, więc ten temat nie przychodził mi do głowy zbyt często.

Inga poprosiła mnie, żebym się nie ruszała, a sama poszła zapytać Igora, co powinna zrobić. Po chwili wrócili, rozmawiając. Oboje się śmiali, a ja czułam coraz większe zażenowanie.

– Masz coś wartościowego, żeby zostawić w zastaw? – zapytał, gdy podszedł bliżej.

– Tylko pierścionek mamy… – Zerknęłam na niego.

W szpitalu psychiatrycznym pacjenci nie mogli mieć żadnej biżuterii, więc gdy mamę tam zamknęli, oddali ojcu wszystko, co miała na sobie. Nie chciałam, żeby jej rzeczy gdzieś po prostu leżały. Założyłam więc jej pierścionek. Obrączka była niestety za duża.

– Ale może ojciec ma coś w samochodzie? – rzuciłam, ponieważ nie chciałam się rozstawać z tak osobistą rzeczą.

– Gdzie zaparkowałaś? – dopytał.

– Kilka metrów dalej.

– OK – zwrócił się do Ingi – spisz jej dane, adres, numer telefonu i poczekajcie na mnie. Pójdę po deskę.

Podałam jej adres. Prosiła wprawdzie o dowód, żeby potwierdzić moje dane, ale tego też przy sobie nie miałam. Wyszliśmy we czwórkę na ulicę. Dziewczyny rozmawiały o dalszych planach na wieczór, a Igor zamykał drzwi.

– Który to twój samochód? – zapytał, wskazując na rząd aut.

– Porsche. – Wskazałam ręką.

Kiedy zerknęłam w kierunku samochodu, zobaczyłam, że stoi obok niego mój ojciec.

– O Boże! – wyrwało mi się nerwowo. – Mój ojciec przyjechał.

Szybko odwróciłam się na pięcie, stając tyłem do niego i starając się ukryć przed jego przeczesującym otoczenie wzrokiem. Modliłam się, żeby mnie nie poznał.

– No to sprawa załatwiona – rzucił Igor. – Tatuś zapłaci.

– Nie! – sprzeciwiłam się od razu. – Posłuchaj, dam ci te pieniądze, nawet z procentem. Ile tylko będziesz chciał, ale nie zmuszaj mnie do proszenia go o coś.

– Zrobiłaś sobie dziarę na złość tatusiowi? – przedrzeźniał mnie Igor, zupełnie nie zważając na to, o co go przed chwilą błagałam.

– Rzuć kwotę.

– Trzy tysiące. – Igor parsknął śmiechem.

– OK. Do jutra – powiedziałam i poszłam w kierunku samochodu.

Ojciec szybko mnie spostrzegł i wyszedł mi naprzeciw. Krzyczał na mnie, nie przejmując się, że skupiał na nas uwagę ludzi dookoła. Złapał mnie za lewe ramię, a wierzchnią stroną dłoni uderzył mnie w tatuaż. Uklęknęłam z bólu.

– Przepraszam – usłyszałam głos z tyłu. – Czy wszystko w porządku?

Ktoś z przechodniów zainteresował się sytuacją, widząc, jak ojciec mną poniewierał. On nawet się nie obejrzał, za to ja zerknęłam w kierunku studia tatuażu. Oni też nam się przypatrywali. Ojciec otworzył drzwi od strony pasażera i wepchnął mnie do samochodu.

– Ej – chłopak nie ustępował – nie tak się traktuje dziewczyny.

– Wiesz, kim ja jestem, szumowino? – ryknął ojciec.

Stanął tuż obok niego. Dzieliło ich zaledwie kilka centymetrów.

– Mam to w dupie, ale być może policja się tym zainteresuje – rzucił chłopak.

– Ja jestem władzą, ja jestem prawem! – Ojciec dźgnął go palcem w ramię, a mój obrońca zrobił krok w tył, oddając pole.

Ojciec obszedł auto dookoła, wsiadł i odjechał z piskiem opon.

Krystian *Zima 2006*

Kiedy tak stałem pod dworcem, zdecydowałem, że położę się na torach. Nic już na mnie nie czekało. Nic nie miało już sensu. Los ze mnie zakpił.

Poszedłem na torowisko. Pomyślałem, że jeśli położę głowę na szynie, to przejeżdżający pociąg utnie mi ją i zginę na miejscu. Nie będę cierpiał. Byłem zdecydowany na taką śmierć, ale kiedy wibracja torów zasygnalizowała nadjeżdżający pociąg, poczułem narastający strach. Ogarnęło mnie przerażenie i zerwałem się, uciekając w rów, zanim pociąg zbliżył się na tyle, by maszynista mógł mnie dostrzec. Okazało się, że nie miałem odwagi, by odebrać sobie życie. Bałem się i życia, i śmierci.

Poszedłem do noclegowni. Tym razem mi się poszczęściło i dostałem miejsce. Facet, który spał na dole, zaoferował mi jakąś pigułkę. Wspominając ojca sposób na radzenie sobie z bólem, skusiło mnie, żeby też spróbować zapomnieć w taki sposób. Wyciągnąłem rękę, ale po chwili się wstrzymałem. Nauczony doświadczeniem uzmysłowiłem sobie, że prochy szybko przestaną działać, a ja mogłem przez to stracić kurtkę i te stare klapki tak samo szybko jak poprzednią dobrą parę. Podziękowałem i poszedłem spać. W kurtce, z butami pod poduszką.

W nocy obudził mnie ten sam facet. Najpierw powiedział, że musi ze mną o czymś pilnie porozmawiać, a potem, gdy się opierałem, wyciągnął nóż i przystawił mi go do twarzy. Kazał mi wyjść na dwór, przed noclegownię. Czekał już tam na nas drugi menel. Bez ogródek rozkazali, żebym oddał wszystko, co mam, a co mogło mieć jakąś wartość. Szarpałem się z nimi, ale przez to, że byłem głodny i osłabiony, ich przewaga była znacząca. Kilka razy dostałem w twarz i w brzuch. Poddałem się szybko. Zabrali mi kurtkę i sweter.

Kiedy wróciłem do środka, okazało się, że ktoś leży na moim łóżku. Gość upierał się, że się pomyliłem. Nie zamierzał się ruszać. Poszedłem do opiekuna noclegowni i doniosłem na złodziei.

– Synu – spojrzał na mnie wtedy tak, że zrozumiałem wszystko, zanim dokończył zdanie – ulica to dżungla. Co mam zrobić? Wezwać policję? Zabrać im twoje rzeczy? Jak raz cię okradli, zrobią to po raz drugi. Znajdź sposób na przetrwanie.

Kiwnąłem głową i mimo że nie spodziewałem się niczego dobrego, zapytałem, czy ma jakiś sweter lub bluzę. O kurtce nawet nie marzyłem. Nie miał nic.

Wróciłem na dworzec. Po drodze zmarzłem do tego stopnia, że wydawało mi się, że wychłodzenie załatwi sprawę i zatrzyma krew w moim organizmie. Szukałem chłopaka, który okradał podróżnych, ale nigdzie go nie było. Poszedłem w podziemia. Już się nie bałem, że coś mi zrobią. Włóczyłem się, aż jakiś stary menel zaproponował mi, żebym się położył na kartonach obok niego. Śmierdział nie do zniesienia, ale przyjąłem jego propozycję. Nakrywając się kartonem jak kocem, szczękałem zębami aż do momentu zaśnięcia. Obudziłem się, jak było już widno. Mój przypadkowy kompan rzucił na mnie cały swój śmierdzący dobytek, ale to pewnie dzięki temu nie odmroziłem sobie tyłka. Minusem było to, że jego woń przestała mnie już drażnić, co jednocześnie uzmysłowiło mi, że nią przesiąkłem. W autobusie jadącym do noclegowni ludzie ode mnie uciekali. Nikt nie stał koło mnie, a jakiś młody ulizany chłopak rzucił, że dla dobra społeczeństwa powinienem jeździć komunikacją poza godzinami szczytu. W noclegowni błagałem o coś do jedzenia, ale dostałem jedynie stary, suchy chleb. Kiedy pojechałem do centrum handlowego, zostałem wyrzucony, zanim dotarłem do restauracji. Stanąłem więc obok wejścia do fast foodu i zaczepiałem przechodniów. W końcu ktoś kupił mi kanapkę. Wróciłem na dworzec do gościa, który dał mi schronienie, ale już go tam nie zastałem. Poszedłem do głównej poczekalni i zobaczyłem chłopaka, który wrócił, by dalej ograbiać. Zdziwiłem się, bo zwykle grasował w nocy.

– Hej – zaczepiłem go.

– Nie mam drobnych, spierdalaj! – rzucił od razu.

– Naucz mnie kraść – powiedziałem bez zwlekania.

– A co ja jestem? Jeszcze będziesz mi zabierał łup.

– Obiecuję, że pójdę gdzieś indziej, jeśli ci to przeszkadza, ale błagam, pomóż mi. Zdycham tu jak szczur.

– I śmierdzisz jak szczur.

Ruszył przed siebie, a ja za nim.

– Spałem dziś z jakimś dziadem – tłumaczyłem, jakby to miało powiedzieć, że źródłem tego smrodu był ktoś inny.

– Od jak dawna jesteś na ulicy? – Zatrzymał się.

– Kilka dni.

– O kurwa! I już zdychasz? Nie wiesz nic – prychnął.

– A ty? – Odbiłem piłeczkę.

– Sześć lat.

– To ile masz lat?

– Dwadzieścia dwa.

– Byłem pewien, że jesteś w moim wieku – stwierdziłem.

– Bierzesz coś? – zmienił temat.

– Nic. – Przypomniał mi się ten nieszczęsny wieczór.

– Jak chcesz, wciągnę cię w biznes – zaoferował, przechwalając się.

– Cokolwiek! – zgodziłem się ochoczo. – Zrobię wszystko, żeby tylko mieć jakieś pieniądze.

– Jak masz na imię?

– Krystian.

– Co to za imię? – Wyciągnął rękę. – Pedro.

– Pedro to w ogóle imię? – Uściskałem go wdzięczny za jego pomoc.

Ruszyliśmy do wyjścia. Podążałem za nim w nadziei, że dzięki temu zmieni się moja sytuacja.

– Nie możesz na ulicy używać swojego prawdziwego imienia – zaczął, gdy przebiegliśmy przez tory.

– Niby czemu?

– Temu, że ludzie słyszą, a potem policja wie. Potrzebujesz ksywki.

– OK. Rozumiem.

– To jak chcesz, żebym cię wołał.

Doszliśmy do jakiegoś ogrodzenia, a on odciągnął siatkę od słupka i przytrzymał ją tak, żebym mógł wejść na podwórko.

– Nie wiem. Wymyśl coś, skoro wiesz lepiej.

– Może Kris? – rzucił, spoglądając na mnie tak, jakby chciał dopasować nowe przezwisko do mojej twarzy. – Nie! Nie może być Kris, ten durny chłopak, co pomaga Czarnemu, tak ma na imię. Jak masz na nazwisko?

– Chmielewski.

– To może Chmiel?

– O nie! – sprzeciwiłem się. – Tak mnie przezywali w szkole i nie cierpiałem tego.

Pedro wziął patyk i napisał moje imię i nazwisko na śniegu. Zaczął wykreślać litery, starając się ułożyć coś, co by mu się podobało.

– Wiem! – krzyknął podekscytowany. – Zostawimy tylko K i C. Będziesz od dziś używał wyłącznie swoich inicjałów, ale czytanych po angielsku: Kej Si. Podoba ci się?

– Może być – rzuciłem, obejmując się rękami w nadziei, że to pomoże mi zablokować utratę ciepła.

– Słuchaj – zatrzymał się na chwilę i odwrócił w moją stronę. – Nie pytaj o nic Czarnego. Jak cię przyjmie, spoko, jak nie, sorry.

– Dobra! – przytaknąłem. – A kim jest Czarny?

– Nie pytaj – pouczył mnie. – Zorientujesz się.

Chciałem go pospieszyć, ale on odwlekał wejście do środka. Staliśmy przed obskurnym budynkiem, który wyglądał jak stara kamienica. Okna były zabite płytą pilśniową i deskami ułożonymi na krzyż. Pedro podszedł z boku i otworzył drzwi prowadzące jakby do piwnicy. Weszliśmy do ciemnego pomieszczenia, a następnie schodami w górę dostaliśmy się do środka. Było ciepło i to miało dla mnie teraz największe znaczenie. Nic innego mnie nie interesowało. Pedro kazał mi zostać i ruszył długim korytarzem. Wbrew pozorom ta kamienica wyglądała porządnie od środka.

– Kejsi! – zawołał ktoś, a ja nieświadomy, że o mnie mowa, nadal oglądałem dekoracje na ścianach.

Za dawnych czasów ta kamienica musiała być własnością jakiegoś bogacza, bo gipsowe łuki i rzeźbienia wskazywały na wielki przepych tego pomieszczenia. Co kilka metrów zamocowano mosiężne, ozdobne żyrandole. Niektóre żarówki były przepalone, a inne wciąż dawały żółte światło.

– Kejsi! – Nowe imię w ogóle mi nie pasowało, nie reagowałem na nie.

Pedro strzelił mnie w plecy tak, że się zachłysnąłem.

– Wołałem cię, debilu!

Pociągnął mnie za ubranie na karku i pchnął w kierunku korytarza. Kazał iść przed siebie i skręcić w pierwsze drzwi po lewej.

– Pamiętaj, co ci powiedziałem – przestrzegł po cichu i weszliśmy do środka.

Grupka mężczyzn grała w karty przy stole. Obok jednego z nich leżał pistolet. Oni zdawali się w ogóle nie zwracać na to uwagi.

– Pedro, niedługo mi przedszkolaki zaczniesz przyprowadzać – upomniał go jeden z nich i zaciągnął się cygarem.

– Ile masz lat? – Pedro spojrzał na mnie.

Zastanawiałem się, ile sobie dodać, żeby być wystarczająco dobrym do pracy dla nich i żeby nie było to podejrzane.

– Siedemnaście – powiedziałem.
– Taaa... a masz czternaście.
– Szesnaście – poprawiłem go.
– Ale my nie negocjujemy! – ryknął, a wszyscy buchnęli śmiechem.

Ktoś rzucił kartę na stół, a reszta wyciągnęła po banknocie i dołożyli do kupki.

– Co umiesz robić? – zapytał.

– Gotować, sprzątać – wymieniłem uczciwie, co wzbudziło u nich atak śmiechu.

Nie mogli się opanować przez kilka minut. Rzucali dowcipy, że jakby mnie ubrać w sukienkę, to mógłbym być niezłą służącą. Naśmiewali się, że moją specjalnością są klopsy. Zrozumiałem wtedy, że on pytał o umiejętności potrzebne na ulicy, takie jak kradzież.

– Mam wolę walki i jestem gotowy zrobić wszystko – zdeklarowałem, widząc, że nie traktowali mnie serio.

– A zabiłbyś kogoś? – Facet z cygarem wstał od stołu i podszedł do mnie. – Jezu, jak ty cuchniesz!

– Nie wiem, czy bym zabił, ale już niosłem trupa za nogi i porzuciłem go w rowie.

Pokój wypełniły gwizdy i inne pełne uznania lub ironii dźwięki. Nie umiałem ich rozszyfrować, ale za wszelką cenę chciałem zrobić dobre wrażenie.

– Podobasz mi się. – Facet z cygarem złapał mnie za ramię i spojrzał głęboko w oczy. – Jestem Czarny i to ja tu rządzę. Jak mówię „skacz", ty pytasz, jak wysoko. Jak mówię, że masz wsadzić rękę w ogień, pytasz, na jak długo. Każde moje słowo jest święte. Kapujesz?

– Tak jest! – odpowiedziałem, czując, że on chciał mi pomóc.

To też wyśmiał, ale pochwalił mnie za dobrą postawę.

– Pedro – zwrócił się do mojego wybawiciela. – Jesteś za niego odpowiedzialny. Jak gówniarz coś spierdoli, to ty za to bekniesz. On daje dupy, ty płacisz. Może zostać u ciebie, ale na litość niech najpierw zmyje z siebie ten syf, bo inaczej szczury się tu zejdą.

Chciałem mu podziękować, ale Pedro pociągnął mnie za rękaw. Wyszliśmy z pokoju. Od razu zaprowadził mnie do łazienki. Miałem ochotę śpiewać, skakać z radości, ale Pedro, widząc moje podekscytowanie, powiedział z powagą, że jeszcze mam czas się wycofać, że potem będzie już za późno. O nie! To była moja szansa na odbicie od dna. Nie wiedziałem wtedy jeszcze tak naprawdę, jak słono będę musiał za to zapłacić.

Lena *Lato 2015*

Aż do momentu dojechania do domu ojciec nie przestawał prawić mi kazań. Na moje szczęście Agata nie powiedziała nic o nieporozumieniu na tarasie, a ojciec był zły jedynie za wzięcie samochodu bez uprzedzenia go. Odstawił mnie do domku, poczekał, aż wysiądę, i odjechał, zanim weszłam do środka.

Pobiegłam od razu na górę i ściągnęłam folię. Samo odwijanie jej było bolesne. Wrzuciłam na siebie delikatną koszulę nocną i pobiegłam na dół po jakieś proszki przeciwbólowe. Niestety nic nie znalazłam, więc zadzwoniłam do domu. Nikt nie odbierał. Biegnąc boso po drewnianym podeście, czułam, jak każdy krok rezonował, a ból wyciskał łzy z moich oczu. Szybko dotarłam do apteczki i łyknęłam trzy tabletki. Wróciłam pospiesznie do siebie i położyłam się. Kręciłam się, bo w każdej pozycji było mi niewygodnie. Stwierdziłam, że nie zrobię dmuchawca. Choćby ktoś mnie miał pokroić nożem, nie zdecydowałabym się już na taką głupotę. W pewnym momencie męczyło mnie nawet leżenie w łóżku. Wyszłam do ogrodu zawinięta w kołdrę i obserwowałam wschód słońca. Nie zmrużyłam oka przez całą noc. Dopiero gdy słońce wstało, wróciłam do łóżka i w końcu udało mi się zasnąć. Byłam już tak zmęczona, że nawet ból mi nie przeszkadzał.

Obudził mnie telefon. To była Pati, czyli Patrycja. Moja najlepsza przyjaciółka. Do końca szkoły średniej byłyśmy nierozłączne. Wiedziałyśmy o sobie wszystko, dosłownie wszystko. Miałam do niej pełne zaufanie, a ona nigdy mnie nie zawiodła. Zawsze była pomocna, poza tym czułam się z nią jak z siostrą, której nigdy nie miałam. Potrafiłyśmy spędzać czas godzinami i nigdy się nie nudziłyśmy. Wczoraj widziałam się z nią jedynie przelotnie. Chwilę pogadałyśmy, ale przez to, że przyjechała dzień wcześniej, rodzice nie odstępowali jej na krok. Było widać, że przyszli tylko dlatego, że tak wypadało, ale naprawdę chcieli się nacieszyć swoją córką. Ona też wyjechała na studia, ale z powodów innych niż moje. Kierowała nią renoma uczelni. Studiowała prawo tak jak nasi ojcowie i chciała dołączyć do nich w przyszłości.

– Coś ty odwaliła? – zaczęła od razu.

– To nie ja! To Bartek – starałam się wybrnąć.

– Taaa… podobno z nim flirtowałaś i nachyliłaś się, żeby cię pocałował.

– Wierzysz w to? – Usiadłam, a ból z boku sprawił, że syknęłam.

– Nie wiem, w co wierzyć. Sama mam chłopaka i nie chciałabym, żeby jakaś pindzia się do niego kleiła.

– Pindzia? Mówisz tak o mnie? – Irytował mnie sposób, w jaki ze mną rozmawiała.

– Jeśli nią nie jesteś, to co się burzysz? – zauważyła.

– Nie burzę się, tylko ten dupek mnie pocałował i na dodatek złapał mnie za pierś tak, że musiałam potem sprawdzić, czy nadal mam dwa cycki.

Patrycja się zaśmiała, ale po chwili dopytywała dalej:

– To czemu zostałaś na tarasie?

– Bo mam po dziurki w nosie tej słodko pierdzącej Agaty. Wszystko jest takie cudowne, wspaniałe. Chciałam pobyć sama, a ten dupek został, bo tak mu kazała.

– To nie ma sensu – podsumowała słusznie Pati.

– Mnie to mówisz? Dlatego odjechałam, bo wyjaśnienie tego to jak walka w gównie. Nieważne, co powiem, i tak każdy stwierdzi, że śmierdzi.

– No dokładnie.

– I co teraz? – zapytałam, licząc, że podpowie mi coś mądrego.

– Szczerze? Agata skontaktowała się z każdą z nas. Ostrzegała nas, według jej wersji kradniesz chłopaków.

– Serio? – Nie dowierzałam, że zdyskredytowała mnie wśród znajomych.

Głupio założyłam, że wyjaśnią to sobie z Bartkiem we dwoje i sprawa nie wyjdzie na jaw. Nigdy.

– Wczoraj zachowała pokerową twarz i dotrwała do końca imprezy bez pokazywania, że coś ją dotknęło, ale dzisiaj od razu zadzwoniła do wszystkich z paczki, opisując ze szczegółami twoją zdradę.

– Zdradę? – powtórzyłam.

– Nie w sensie aktu seksualnego – wyjaśniała spokojnie. – Chodziło o to, że zdradziłaś ją jako przyjaciółka.

– Nigdy nie była moją przyjaciółką. Znajomą tak, ale nikim więcej. Dramatyzuje, żeby uwiarygodnić swoją wersję.

– Tu nie ma wersji – zaznaczyła ostro Pati. – Jak się rodzice dowiedzą, będziesz miała przechlapane. Ojciec na bank się wścieknie.

Miała rację. Nie podobały mu się moje komentarze, a co dopiero takie zachowanie. Nasza rodzina i tak była na świeczniku, bo małżeństwo im się nie udało. Matka siedziała w odosobnieniu, a na domiar złego córka kradła narzeczonych koleżankom. Gdyby nie kasa ojca, już dawno by nas przestali zapraszać.

– Znajdź sobie jakiegoś chłopaka i temat ucichnie, bo jako singielka nie wyglądasz wiarygodnie. Każdy myśli, że kręcą cię tylko skoki w bok bez zobowiązań.

– A chłopak to bursztyn na plaży, że wyjdę i go znajdę?

– To wynajmij kogoś. Masz hajs.

– Pati! Na litość – zaprotestowałam. – Nikomu nic nie będę udowadniała. Wiem, jak było, i nie czuję potrzeby, by kłamać. Jeśli mi nie wierzą, nie są godni mojej przyjaźni.

– Nawet nie wiesz, co mówisz! Nie masz żadnych znajomych poza tą grupą burżujów, dla przeciętnego zjadacza chleba będziesz rozwydrzonym bogatym bachorem.

– To tylko kilka tygodni – przypomniałam jej. – Zaraz wrócę do siebie i nie będę widziała tych ludzi przez kolejne pół roku.

– Walczysz z systemem, wiesz?

– Nie obchodzi mnie to.

Zamilkłyśmy na chwilę. Poprawiłam się na łóżku, opierając się delikatnie o zagłówek wyścielony poduszkami.

– Idę wieczorem popływać w morzu. Idziesz ze mną?

Za to właśnie ją kochałam, tak szybko potrafiła nabrać do czegoś dystansu. Nie należała do osób, które wałkowałyby temat aż do porzygania.

– Nie mogę pływać – wyjaśniłam. – Nie przez najbliższe trzy dni.

– Ciota?

– Nie. Zrobiłam sobie tatuaż – sprecyzowałam.

– Nie gadaj! Musimy się spotkać. Chcę zobaczyć. Mogę do ciebie wpaść?

– Dawaj! Nie mam nic lepszego do roboty.

Poszłam pod prysznic, a następnie, stojąc nago przed lustrem, oglądałam swój nowy nabytek. Wyglądało to okropnie. Do czerwoności i obrzęku doszły siniaki. Umiejscowienie tatuażu blokowało mnie przed założeniem biustonosza. Pasek przechodził przez środek napisu. Mimo kilku prób ostatecznie założyłam koszulkę bez niczego pod spodem. Przyszło mi do głowy, że powinnam sprawdzić, czy taki wygląd tatuażu był normalny, czy nie. W ulotce ze studia było napisane, czego się spodziewać i jak reagować. Niby wszystko się zgadzało, ale dyskomfort okazał się znacznie większy od tego, jak opisano w informacjach.

Gdy poszłam do ojca na śniadanie, była tam tylko służąca. Szybko zaoferowała mi przygotowanie posiłku. Siadając przy stole, usłyszałam dzwonek do drzwi. Pobiegłam otworzyć. Pati z miejsca zaczęła mnie obracać, szukając mojego tatuażu.

– Nie tutaj. – Odsunęłam się poza zasięg jej rąk. – Tutaj są kamery, a ojciec nic nie wie.

– Jesteś szurnięta, wiesz? – wypaliła Pati i pocałowała mnie w policzek.

Weszłyśmy do środka. Zjadłyśmy śniadanie w porze wczesnego obiadu i po przejściu do mojego domku schowałyśmy się na górze. Pokazałam jej napis. Skrzywiła się, mówiąc, że nie wygląda to zachęcająco, że spodziewała się czegoś ładnego, a tymczasem był to jedynie kawałek zmasakrowanego ciała. Ona też nie miała pojęcia, jak powinien wyglądać tatuaż „dzień po".

Pojechałyśmy do centrum. Od razu zaparkowałam tuż pod studiem. Chciałam być słowna i oddać pieniądze tak szybko, jak to możliwe. Pati weszła ze mną do środka. Oglądała rysunki, kiedy ja podeszłam z kartą do kasjerki. Inga od razu mnie poznała. Podałam jej kartę, a ona zaznaczyła, że ściągnie z niej tylko należność za tatuaż, resztę zaś, którą obiecałam Igorowi, miałam przynieść w gotówce. Zgodnie z poleceniem poszłyśmy na spacer w poszukiwaniu najbliższego bankomatu. Wracając z gotówką, spotkałyśmy na ulicy tę samą dziewczynę, która wczoraj mnie zaczepiła. Rozdawała ulotki i rozmawiała z przechodniami. Zazwyczaj jednak ludzie mijali ją, odmawiając.

– Czemu płacisz kartą i gotówką? – zapytała Pati.

– To zbyt skomplikowane, by wyjaśniać.

– Wygląda to podejrzanie, wiesz? – Zatrzymała się. – Sprawdziłaś w ogóle to miejsce? Opinie, certyfikaty?

– Nie, to był impuls.

– HIV i AIDS to też impuls.

– Rozmawiałam z nimi wcześniej i zapewniali, że są najlepsi w mieście.

– Tak. I dlatego płacisz jakąś kombinacją. Brzmisz bardzo przekonująco.

Kiedy weszłyśmy do środka, Inga przywitała nas uśmiechem. Przyjęła gotówkę, związała pieniądze gumką recepturką i schowała w szafce, którą zamknęła na kluczyk.

– Obstawiałam, że nigdy nie wrócisz – zaśmiała się. – Założyłam się o dychę.

– Słuchaj – zapytałam, korzystając z okazji – czy to normalne, że mam siniaka?

– Tak nie powinno być – wtrąciła się Pati, choć nie miała pojęcia o tatuażach.

Do tej pory oglądała z uwagą propozycje napisów i rysunków zawieszonych na ścianach, ale słysząc moje pytanie, podeszła do kontuaru. Stojąc obok, przybrała pozę osoby gotowej do walki.

– To zupełnie normalne. Kupiłaś maść?

– Jeszcze nie.

– To kup, a jak masz wątpliwości, to mogę poprosić, by Dawid na to zerknął.

– Nie Igor? – dopytywałam.

– Igor ma dzisiaj wolne. Wolałabyś, żeby on to zrobił? – uśmiechała się szeroko.

– Nie, nie ma to dla mnie znaczenia – stwierdziłam szybko zmieszana.

Inga zniknęła i po chwili pokazał się drugi artysta. Wyglądał jeszcze groźniej niż jego zmiennik. Miał totalnie łysą głowę, pokrytą tatuażami. Nigdy wcześniej nie widziałam czegoś takiego. Spostrzegając moje zszokowanie, ukłonił się nisko, tak żebym mogła zerknąć na czubek jego głowy. Pacnął się w nią i poprosił, bym poszła za nim do pokoju. Na łóżku, na którym ja wczoraj przeżywałam katusze, leżał teraz młody chłopak. Tatuował sobie łydkę. Jedyne wolne miejsce na jego ciele. Widząc mnie, obrócił się na bok. Dawid poprosił, żebym przysunęła się do łóżka, a konkretnie do światła. Chłopak od razu zmienił pozycję i klepnął zmięty papier obok siebie. Podeszłam, ale jedynie oparłam się pupą o łóżko. Dawid poprosił, bym pokazała mu tatuaż. Lekko niepewna podwinęłam bluzkę. Podciągnął mi ją wyżej, po raz kolejny odsłaniając fragment piersi. W tym momencie pomyślałam, że ramię byłoby dużo wygodniejsze.

– Usiądź na łóżku – polecił.

Wyciągnął parę lateksowych rękawic i przygotował sobie odpowiednie narzędzia. Przemywając skórę, wychwalał robotę Igora. Po raz kolejny zaaplikował warstwę maści i zaproponował założenie folii. Odmówiłam. Kiedy zapytał o przyczynę, tłumacząc się niepewnie, wycedziłam, że nie chcę się rozbierać. Zaproponował więc, że przyklei mały kawałek folii, używając taśmy do przytrzymania boków. Kiedy skończył, tak jak Igor powiedział, żebym usunęła ją za około godzinę.

– Każdy goi się inaczej. Masz wrażliwą skórę, więc reakcja była mocna, ale jutro już będzie lepiej. Jakbyś miała jakieś wątpliwości, zawsze możesz wpaść. My chętnie popatrzymy na cycki… a nie, sorry, chętnie pomożemy – wybuchnął śmiechem.

– Tylko ja nic nie widziałem – rzucił chłopak za mną.

– I dobrze – skwitowałam.

Podziękowałam i już miałam wyjść, kiedy chłopak na łóżku zaproponował mi randkę. Zważając na rady Pati, powinnam go przyjąć z otwartymi ramionami, ale odmówiłam z uśmiechem. On, zupełnie niezbity z tropu, powiedział, że gdybym zmieniła zdanie, to tutaj, w studiu, dobrze go znali. Był stałym klientem, więc mieli jego dane. Przekonywał, że w każdej chwili mogłabym wrócić po jego numer telefonu. Wyszłam, posyłając mu kwaśny uśmiech.

– Przyjdź na zdjęcia – przypomniała mi Inga, kiedy kierowałyśmy się do wyjścia.

– OK – potwierdziłam.

– Nie podoba mi się to miejsce – skomentowała Pati, gdy wsiadałyśmy do samochodu.

– Mleko się rozlało – rzuciłam, przekręcając kluczyk w stacyjce. – Dokąd?

– Molo? Zresztą jak byłaś w środku, Darek do mnie zadzwonił i poprosił o rozmowę za godzinę.

– Ej – upomniałam ją – myślałam, że spędzimy ze sobą trochę czasu.

Wzruszyła jedynie ramionami. Siedziałyśmy potem na molo i obserwowałyśmy tłum. Czasami żartowałyśmy z ludzi, ale głównie rozmawiałyśmy o naszych planach na resztę wakacji. Pati przez to, że jej chłopak był z innego miasta, musiała spędzić część wakacji sama. Pozostawał im jedynie Skype na pogadanie i „coś jeszcze" do poradzenia sobie z tęsknotą. Moja najlepsza przyjaciółka okazała się mistrzynią wirtualnego seksu. To zapewne dlatego Darek wzywał ją na rozmowę, bo przecież gdyby chodziło o zwykłe zapytanie, jak minął jej dzień, mogliby to zrobić przez telefon. Było mi przykro, bo zostawała tutaj tylko przez półtora tygodnia, a potem znikała ze swoim facetem. W planach mieli zwiedzenie Rzymu. Błagałam ją, żeby zabrała mnie ze sobą, żeby porozmawiała z moim ojcem i pomogła mi go przekonać. Chciałam się gdzieś wyrwać. Odkąd mama zachorowała, nigdzie nie byłam. Teoretycznie mogłam sama o sobie decydować, ale nie miało to żadnego znaczenia, bo ojciec i tak nie pokryłby kosztów wycieczki. Z kolei zapracowanie na nią nie wchodziło w grę, bo blokował mi podjęcie jakiegokolwiek płatnego zajęcia. Dotarło wtedy do mnie, że to właśnie dzięki temu miał nade mną kontrolę, miał mnie w garści.

Po niedługim czasie musiałam wracać do domu, gdzie Pati zostawiła swój samochód. Będąc na fali, poszłam pogadać z ojcem. Jak zwykle usłyszałam, że wyjedziemy gdzieś razem, jak tylko będzie miał luźniejszy okres w pracy. Tę odpowiedź słyszałam już milion razy. Doskonale wiedziałam, że on nie miał ochoty na wyjazd i na dodatek blokował mnie. Czułam narastającą we mnie złość. Wróciłam do siebie. Siedząc na kanapie, patrzyłam w ścianę. Poirytowana samotnością zaczęłam szukać jakiegoś kompana na wyjście. Wszyscy po kolei mi odmawiali, znajdując ku temu najmniejsze powody. Wmawiałam sobie, że to nie miało żadnego związku z wczorajszymi rewelacjami. Wsiadałam w samochód i pojechałam do centrum. Wybrałam klub, do którego poszłam pierwszego wieczoru z Agatą. Muzyka była bardzo głośna i zakłócała moje myśli. Najpierw trochę potańczyłam, potem posiedziałam, przyglądając się młodzieży, a na koniec wyszłam na zewnątrz znudzona. Brak znajomych był straszny. Jeśli tak miały wyglądać moje kolejne dni, chciałam wrócić do Warszawy i akademika. Wsiadłam do samochodu i zaczęłam płakać. Oparłam czoło o kierownicę i szlochałam jak dziecko, użalając się nad swoim losem ptaszka w złotej klatce.

Gdy ktoś zapukał w szybę, podskoczyłam przestraszona. Podniosłam wzrok i zobaczyłam Ingę. Opuściłam szybę, jednocześnie wycierając łzy.

– Wszystko w porządku? – zapytała.

– Tak... – odpowiedziałam, wzdychając ciężko.

– Chcesz pogadać? – zaoferowała bardzo ciepło.

– Sama nie wiem, czego chcę – wyznałam otwarcie, a Inga obeszła samochód i usiadła w fotelu pasażera.

– To też twój samochód? – Rozglądała się po wnętrzu.

– Tak, ten jest tylko mój, tamten z wczoraj jest ojca.

– Okeej – przeciągnęła, a ja poczułam ukłucie.

– Jeśli masz zamiar się ze mnie naśmiewać, to mnie zostaw – stwierdziłam śmiało, czując, jak płyną mi łzy. – Mam już dość.

– Nie, sorry – przeprosiła, dotykając mojego kolana. – Po prostu taki świat jest mi totalnie nieznany. Nigdy nawet nie siedziałam w takim samochodzie. Co to w ogóle za auto?

– Cadillac Escalade.

– Wow – powiedziała na głos. – Nic mi to nie mówi, ale brzmi drogo.

Zaśmiałam się po raz pierwszy od jakiegoś czasu.

– Chcesz się przejechać? – zaproponowałam.

– Pewnie.

Zamieniłyśmy się miejscami, a Inga włączyła się do ruchu. Najpierw była cicha i skupiona na trasie, a potem zapytała, czy miałabym ochotę pojechać z nią do domu kolegi, gdzie czasem spotykają się ze znajomymi. Zgodziłam się, nie mając nic lepszego do zrobienia.

– Co robiłaś w klubie? – zapytałam.

– Nic. – Na krótką chwilę oderwała wzrok od trasy. – Wracałam z pracy i zobaczyłam, jak wsiadasz do auta, a potem się rozbeczałaś, więc pomyślałam, że może coś się stało, że może potrzebujesz pomocy.

– Dzięki – uśmiechnęłam się. – To miłe z twojej strony.

– Spoko, nie musisz dziękować. Przejażdżka cadillakiem wszystko mi wynagrodziła. Teraz mogę spokojnie umrzeć.

– A porsche? – zażartowałam. – Mamy jeszcze jedno cacko.

– Nooo – przytaknęła. – To by było mega!

Obiecałam jej, że pogadam z ojcem i załatwię jej przejażdżkę. Nie byłam pewna, czy uda mi się to dogadać, czy czasem nie obiecywałam czegoś niemożliwego, ale stwierdziłam, że w najgorszym wypadku znów mu nim ucieknę. Jeśli to u niego norma, że zostawiał kluczyki w stacyjce, nie powinno być problemu.

Inga prowadziła bardzo ostrożnie, nie przekraczając prędkości, a co gorsza, jechała wolniej, niż mówiły ograniczenia. W końcu dojechałyśmy do miejsca, w którym nigdy nie byłam. Zaparkowała pod jakimś domem, gdzie stało kilka starych samochodów.

Jedynym światłem była jedna stojąca samotnie lampa uliczna. Jej żółty blask nie był wystarczający dla okolicy, ale jak rozumiałam, zainstalowano ją tutaj, bo tuż za nią znajdowało się skrzyżowanie ze znakiem stopu. Mieszkańcy żyli pogrążeni w ciemności.

Wysiadłyśmy, a mnie zaskoczył chłód. Nie umiałam określić, czy był spowodowany mrocznością miejsca, czy też rzeczywistym obniżeniem temperatury. Inga wzięła mnie za rękę i pociągnęła za sobą. Tuż przed drzwiami zatrzymała się i swoimi kciukami wytarła moje policzki. Mrugnęła do mnie i zaprosiła do środka. W pokoju gościnnym nie było nikogo, przeszłyśmy więc przez kuchnię i jadalnię, a następnie wyszłyśmy na mały taras, gdzie paliło się ognisko. Po bokach tarasu ćmiło się żółte światło. Inga przedstawiła mnie wszystkim, krzycząc moje imię do ogółu. Podniosłam rękę na znak przywitania, czując się nieswojo. Dostałam w dłoń zimne piwo. Pociągnęłam łyk i wstrząsnął mną dreszcz. Wolałabym kubek gorącej herbaty. Inga, zapewne widząc moją reakcję, popchnęła mnie w kierunku ogniska. Ku mojemu zaskoczeniu ogień palił się w starej dużej misce grilla ułożonej na cegłach. Wyciągnęłam jednak rękę i cieszyłam się z ciepła. Kiedy podniosłam wzrok, po przeciwnej stronie zobaczyłam Igora z grupką ludzi. Zasalutował mi i wrócił do rozmowy. Po chwili pojawił się Dawid.

– Jak dziara? – zagadał.

Odwróciłam się do niego.

– Chyba dobrze.

– Choć nikt tego pytania nie lubi, to czemu ten cytat? – Pociągnął łyk piwa i posłał mi szeroki uśmiech.

– Może odpowiem nietypowo, ale nie planowałam tego. To był impuls.

– To bardzo standardowa odpowiedź. Spełniasz normę.

Uśmiechnęłam się, kiwając głową z wdzięcznością, że nie wyśmiał mojego wytłumaczenia.

– To co będzie następne?

– Nic – rzuciłam szybko. – Pieprzę to! Za bardzo boli. Miał być jeszcze dmuchawiec, ale po moim trupie.

– Mówią, że zależy, kto tatuuje, więc gwarantuję, że jeśli przyjdziesz z tym do mnie, nie będzie w ogóle bolało.

– Już to słyszałam – zapewniłam. – Nie łyknę tej ściemy.

– Igor – pokazał palcem na swojego kolegę – to partacz.

Przeniosłam na niego wzrok i zobaczyłam, że on też na nas patrzył. Słysząc jednak ostatnie słowo, odwróciłam się i uniosłam brwi z niedowierzaniem, że tak go nazwał.

– Dziewczyny zapewniały, że jest wyśmienitym artystą.

– A co miały mówić? Wolałabyś usłyszeć, że idziesz do rzeźnika. Ja dziaram od ponad dekady, on dopiero kilka lat.

– To czemu u was pracuje? – dopytywałam serio.

– Ma sukinkot talent – wybuchnął śmiechem Dawid. – Ale jak widać, zdarzają mu się wpadki. Słyszałem od Ingi, że nie zaproponował ci znieczulacza.

– Mówiłam! – krzyknęłam podekscytowana.

– Nie wierz w ani jedno słowo, które od niego usłyszysz. – Igor podszedł do nas. – Przynieść wam coś? Idę do lodówki.

– Tyskie – zamówił Dawid, dopijając zawartość puszki, którą trzymał w dłoni.

Igor spojrzał, czekając na mnie, ale podziękowałam, tłumacząc, że przyjechałam samochodem.

– Przy twoich umiejętnościach nie ma znaczenia, czy wypijesz jedno, czy sześć piw – rzucił i odszedł.

Dawid śmiał się w najlepsze. Po chwili dołączyła do nas Inga. Zapytałam ją o brak znieczulenia i potwierdziła, że miałam rację, ale nie chciała, by Igor źle wypadł. Pochwaliła mnie jednak za bycie bardzo dzielną i obiecała, że następnym razem dołoży starań, by było bezboleśnie. W ramach przeprosin przyniosła mi plastikowe krzesło tarasowe i usiadłyśmy blisko ogniska. Dawid gdzieś zniknął, a my zaczęłyśmy rozmawiać. Inga zadawała mi pytania o moje życie, ale widząc, że nie byłam skora do rozmowy, opowiadała o sobie. O tym, że kiedyś sama chciałaby tatuować i że w niedzielę zostawała godzinę lub dwie dłużej w studiu, żeby uczyć się tatuować na skórze świńskiej.

– Co?! – zawołałam ciut za głośno niepewna, czy dobrze usłyszałam.

– A ty myślałaś, że jak się ludzie uczą?

– Na innych – rzuciłam bez zastanowienia.

– Chciałabyś, żebym uczyła się na tobie?

– Nie.

– No więc właśnie. – Pokiwała głową. – Wcześniej Dawid mi pomagał, ale teraz zostawia mnie samą. Niektóre z tatuaży w naszej galerii to skóra świńska.

– Serio?

– Tak, wygląda to trochę jak obleśny facet, ale jak tatuaż jest ładny, to nikt się nie przygląda.

Obydwie zaczęłyśmy się śmiać. Stwierdziłam, że nie wiedziałam nic o tatuażach, mimo że miałam jeden. Przypomniało mi się, że od kilku godzin nie ściągnęłam opatrunku, a Dawid jasno mówił, że powinnam to zrobić po godzinie. Podzieliłam się swoim spostrzeżeniem z Ingą, a ona zaproponowała, że pójdzie ze mną do łazienki i mi pomoże. Jedna łazienka była zamknięta, a druga tak mała, że nie mogłyśmy się w niej zmieścić obie. Zaśmiewając się do łez, kręciłyśmy się tuż nad niewielkim kibelkiem. Inga, uznając te warunki za nieludzkie, zaproponowała sypialnię obok.

– Czyj to dom? – zapytałam, gdy zamykała za mną drzwi.

– Igora – powiedziała. A po chwili dodała: – Poczekaj, muszę iść umyć ręce.

Rozejrzałam się dookoła. Pomieszczenie wyglądało na puste. Oprócz łóżka, małego stolika i fotela stojącego po przeciwnej stronie nie było tu nic. Jak na faceta miał w miarę posprzątane. Przyszło mi do głowy, że mógł mieć kogoś, kto pomagał mu utrzymać porządek. To, że nie widziałam go z kobietą, nie oznaczało, że był sam. Usiadłam na łóżku i przyglądałam się malowidłom na ścianach. Namalował sobie coś na kształt tatuaży, tyle że układały się one w jedną całość. Nie rozumiałam ich znaczenia, ale wyglądało to ciekawie.

Inga nie wracała, a ja podeszłam do stolika obok łóżka i podniosłam książkę otwartą w połowie. Bracia Strugaccy. Nie zaskoczyło mnie to. Zdziwiłabym się, gdyby to była *Jane Eyre*.

– Widzę, że masz pełny pakiet usług – rzucił Igor, wchodząc z Ingą do pokoju.

Spojrzałam na nią wymownie, ale puściła do mnie oko.

– Sama sobie ściągnę – stwierdziłam.

– Nie no – zaprotestował, podając Indze białą butelkę.

Ona doskonale wiedziała, co robić. Zdjęła przezroczystą nakrętkę i naciskała na spust, psikając płynem na jego wyciągnięte dłonie.

– Inga mówiła, że zaczęło ci się babrać – tłumaczył, strzepując dłońmi nadmiar płynu. – Poza tym zapłaciłaś ekstra, więc muszę zasłużyć na kasę.

– Nawet nie podziękowałeś – rzuciłam przekornie.

– Podziękuję, jak mnie przeprosisz za prawie przejechanie mnie. – Pomachał jeszcze kilka razy dłońmi w celu osuszenia i podszedł bliżej. – Pokaż.

– Jak przeprosisz za nienałożenie znieczulenia – odbiłam piłeczkę.

– Nie będę przepraszał za coś, co było moim świadomym wyborem – spuentował boleśnie.

– Nie poznaję cię – wtrąciła się Inga, patrząc na Igora.

Uśmiechnął się i obszedł mnie tak, że miał światło lampki nocnej za plecami. Nie czekając na moje pozwolenie, podwinął mi bluzkę, a ja odruchowo złapałam się za pierś, przeczuwając, że zaraz znów mnie obnaży. Decyzja o niezałożeniu stanika nie była najlepszą, jaką dzisiaj podjęłam. Igor na szczęście nic nie skomentował. Typowo dla siebie, czyli profesjonalnie i w skupieniu zdjął mi folię, a następnie powiedział, że teraz jest czerwone od zbyt długiego zakrycia, że skóra musi oddychać. Wysłał Ingę do łazienki po opatrunek i Bepanthen. Zostaliśmy sami, ale nie odzywaliśmy się do siebie. Igor zerknął na mnie przelotnie, ale szybko odwrócił wzrok i odłożył na łóżko folię, którą do tej pory trzymał w ręce. Po chwili wróciła Inga. Rozerwała opakowanie sterylnego gazika i wyciągnęła go w kierunku Igora, pozwalając, by on swoimi sterylnymi dłońmi dotknął go pierwszy. Tak jak wcześniej spryskała wacik w jego palcach. Chwycił go i przemył cały mój bok, sięgając dużo dalej niż tatuaż. Piekło niemiłosiernie, ale poza jednym syknięciem nie wydałam z siebie żadnego dźwięku. Osuszył skórę kolejnym sterylnym gazikiem, klepiąc obolałe miejsce, i nałożył warstwę maści.

– Do wesela się zagoi – rzucił, zbierając zużyte gaziki, które uprzednio rzucał na podłogę.

– Dzięki.

– Się płaci, się ma – dopowiedział z pełną świadomością.

Byłam mu wdzięczna za pomoc. Ewidentnie wiedział, co robić, ale sposób, w jaki się do mnie zwracał, powodował we mnie złość.

– W przeciwieństwie do ciebie nie przeżywam tego aż tak, żeby przytłumiło mi normalność – stwierdziłam gorzko. – Nie wiem, co cię tak bawi. Nie znasz mnie. Masz jakieś ogólne wyobrażenie o głupiutkich bogatych panienkach, ale nie masz zasranego prawa tak mnie traktować. Gdy w grę wchodzą pieniądze, zachowujesz się jak idiota.

Może nie było to adekwatne do sytuacji, ale jego dogryzanie mi za to, że mogłam sobie pozwolić na zapłacenie mu więcej, niż to było warte, było już po prostu nudne. Wyszłam z sypialni, a Inga podążyła za mną.

– Chcesz wracać? – zagadałam, wiedząc, że była tuż za mną.

– Nie musisz uciekać dlatego, że Igor sobie głupio żartuje – stwierdziła. – On wcale taki nie jest.

– Trudno mi w to uwierzyć…

– Chodź – podeszła i zarzuciła mi ramię na szyję – posiedzimy przy ognisku. Nie zwracaj na to uwagi.

Typowo dla siebie wyszłabym bez oglądania się, ale Inga była dla mnie taka miła. Ona jedna zachowywała się naturalnie i wydawała się nie mieć problemów z moim statusem. Zostałam. Resztę nocy spędziłyśmy praktycznie nierozłącznie. Jeden z chłopaków opowiadał historię, jak kiedyś ukradli wózki na zakupy z parkingu centrum handlowego i urządzili sobie wyścigi. Nocą, kiedy natężenie ruchu było bardzo małe, wciągnęli je na szczyt wiaduktu. Wsiadali w nie, a następnie puszczali się w dół. Słuchałam tej opowieści, zaśmiewając się do łez. Opowiadający miał z pewnością świetne zdolności aktorskie, bo gdy doszedł do momentu, w którym opisywał, jak po kolei wózki się przewracały, każdy bez wyjątku płakał ze śmiechu. Później nie miało już znaczenia, co ten chłopak opowiadał – wszyscy ryczeli. Gdy już każdy się naśmiał, przeszli do opowiadania strasznych historii. Głównie były to jakieś miejskie legendy, ale gdy przypomnieli historię bogatego dzieciaka porwanego dla okupu, poczułam się nieswojo. Pamiętałam, jak ojciec używał tego przykładu do przekonania mnie o konieczności wzmożenia bezpieczeństwa w naszym domu i ogólnie w moim życiu. Bardzo się tego bał. Dlatego właśnie posłał mnie do prywatnej szkoły, gdzie dzieci bogatych biznesmenów oddzielone były od tych, które mogły im tego zazdrościć. Według mojego ojca to zazdrość sprawiała, że biedni uciekali się do takich rozwiązań. Uważał, że jeśli ukryje mnie przed oczami potencjalnego złoczyńcy, będę bezpieczna.

– Co byś zrobiła, gdyby ktoś cię porwał? – zapytał mnie wprost zabawny chłopak.

– Mam GPS tracker pod skórą, tak jak pies ma chip – odpowiedziałam pewnie. – Ojciec mnie wszędzie znajdzie.

Wszyscy wybuchnęli śmiechem. Czasami właśnie tak się czułam. Jak jego własność, jak hodowlany piesek.

Bawiłam się tak dobrze, że nie zauważyłam, kiedy kolor czarnego do tej pory nieba zaczynał się zmieniać w granat. Inga oddała mi kluczyki i powiedziała, że zostanie tutaj na noc. Przy ostatnim słowie pokazała palcami cudzysłów. Faktycznie z nocy to już niewiele zostało. Wzięłam od niej klucze do swojego auta i domu. Nawet nie zauważyłam, że nie oddała mi ich wcześniej. Ojciec by mnie zabił za taką bezmyślność, ale z jakiegoś powodu ufałam jej. Czułam, że ona była naprawdę fajną dziewczyną. Odprowadziła mnie do samochodu i ku mojemu zaskoczeniu poprosiła o numer telefonu. Zaproponowała, że może mnie zapraszać na jakieś wspólne wyjścia. Biorąc pod uwagę, że wszyscy moi znajomi się ode mnie odsunęli, jej propozycja była prawdziwym darem nieba.

Zgodnie z tym, czego mnie nauczył Pedro, przestałem używać swojego imienia. Niemniej jednak gdy ktoś na ulicy zawołał kogoś moim dawnym imieniem, reagowałem odruchowo. Pedro zawsze to krytykował. Naśmiewał się ze mnie, że nie umiałem niczego ukryć, że byłem jak otwarta książka, z której każdy mógł czytać, co chciał. Od razu nawiązywał do mojej odpowiedzi na pytanie Czarnego o umiejętności i dodawał, że byłem jak książka kucharska. Ta moja pierwsza bezmyślna odpowiedź ciągnęła się za mną przez długi czas. Nieraz słyszałem docinki z tego powodu. Głównie miałem do czynienia z chłopakami, bo od czasu tamtej rozmowy nie rozmawiałem z Czarnym ani razu. Widywałem go na korytarzu, ale nie wchodziłem do pokoju. Według mojej oceny Czarny pochodził z południa Europy. Musiał być albo Turkiem, albo ostatecznie Hindusem. Jego uroda była zbyt niespotykana, by pasował do typowego Rumuna. Nic dziwnego, że nazywali go Czarny.

Był dla mnie jak Bóg. Dał mi schronienie, jedzenie i nowe ubrania, a jedyne, co miałem dla niego robić w zamian, to nauczyć się kraść. Pedro zabrał mnie kiedyś w cichą uliczkę nieopodal i kazał zademonstrować, czego się nauczyłem w czasie swojego samotnego grasowania po centrach handlowych. Starałem się bardzo mocno naśladować jego zachowanie, ale kiedy pokazałem mu swoje umiejętności, Pedro zgiął się wpół ze śmiechu.

– Ja na nich nie wpadam – tłumaczył mi, śmiejąc się tak, że aż poleciały mu łzy. – Ja ich tylko szturcham, a oni wytrąceni z ruchu, tracą równowagę.

Dał mi portfel i kazał iść przed siebie. Wyszedł mi naprzeciw i tak jak mówił, szturchnął, a zanim się zorientowałem, zabrał mi portfel. Nie czułem nic. Mógłbym przysiąc, że mnie nawet nie dotknął. Zazdrościłem mu tej umiejętności. Powtarzaliśmy tę czynność wielokrotnie, aż w końcu załapałem jego system. On doskonale wiedział, co będę robił, więc mi utrudniał, ale by sprawdzić umiejętności, poszliśmy na dworzec. Rozdzieliliśmy się. Umówiliśmy się wcześniej, że każdy z nas będzie „pracował" godzinę. Wypatrywałem swoich ofiar jak lew na polowaniu. Ruszając pierwszy raz, czułem tremę. Moje poprzednie próby wpadania na ludzi były zupełnie inne, bo nie umiałem nic i działałem po omacku, ale teraz wiedziałem, jak to zrobić, i chciałem pokazać, że czas, który Pedro poświęcił na moje szkolenie, nie poszedł na marne. Szturchnąłem faceta z plecakiem na plecach i zabrałem mu portfel. Wychodząc z dworca, czułem taką adrenalinę, jakbym dokonał czegoś niesamowitego – chwalebnego. Mimo naszej umowy odszukałem Pedra i zakomunikowałem mu z radością, że ukradłem portfel. Pedro szturchnął mnie tak mocno, że prawie się przewróciłem. Gdy poszliśmy za tory, krzyczał na mnie, ile wlazło. Mówił o tym, żebym nigdy do niego nie podchodził na dworcu, że zawsze mamy się spotykać w umówionym miejscu, a nie tam, gdzie mi się podobało. Wyrwał mi z ręki portfel i przeszukał go. Rzucił nim teatralnie w górę i powiedział, że buchnąłem coś bezużytecznego. Dokumenty i karty. Wtedy dopiero powiedział mi, że oprócz wybierania celu muszę z góry wiedzieć, że ten ktoś będzie miał kasę.

– Patrzysz, jak gość płaci – tłumaczył cierpliwie. – Jak płaci kartą, to nawet nie zawracaj sobie głowy. Jak wyciąga gotówkę, a już najlepiej, jeśli płaci za kawę dużą cyfrą. To jest twój gość. Na takiego idziesz.

– Okej – potwierdziłem. – Rozumiem.

– Nie, nie rozumiesz – prychnął. – Jesteś tak dziecinny, że czuję się jak niańka. Myślałem, że jak jesteś szczery, to mnie nie zrobisz w jajo, ale nie pomyślałem, że będziesz oporny w nauce.

– Daj mi czas – prosiłem. – Nie pożałujesz.

– Ale ja już wiem, że pożałuję. Nie myślisz i to nas zgubi.

– Obiecuję...

– Nie! – przerwał mi ostro. – Nie składaj mi żadnych obietnic. Twardzielem się człowiek rodzi, a ty jesteś miękki jak baba.

Zapewniałem go, że zrobię wszystko, a on kazał mi być posłusznym. Powtórzył słowa Czarnego i zaznaczył, że jeśli Czarnego nie ma w pobliżu, to on jest moim szefem. Przytaknąłem.

Następnego dnia Czarny wezwał nas obu do siebie. Zupełnie nie zwracając na mnie uwagi, polecił Pedrowi wyjście na ulicę z towarem. Rzucił kwotę, którą mieliśmy przynieść z powrotem, i nas odprawił.

Pedro chodził nerwowo po pokoju, a następnie podszedł do mnie.

Słuchaj, Kejsi! – Złapał mnie za bluzkę pod szyją. – Jak mi spierdolisz akcję, to osobiście ci wpierdolę. Kumasz?

– Tak. Co mam robić?

– Idziemy z towarem. Czarny kazał dać ci część, więc słuchaj uważnie, co masz robić.

Z tego, co mi powiedział, sprawa wyglądała prosto. Szliśmy do dzielnicy, gdzie wiadomo było, że spotkamy dealerów. Gdyby ktoś podszedł i zapytał o towar, miałem podać cenę, wymienić kasę na prochy i odejść. Niby proste, ale brakowało mi umiejętności odróżnienia policjanta od narkomana. Pedro tłumaczył, że oni się przebierają, żeby z wiarygodnym wyglądem zmylić takich jak my. To miało stanowić największe ryzyko. Możliwość bycia zaczepionym przez policjanta w przebraniu. Czarny kazał mu zostawić mnie na jednym rogu z towarem. Miałem w końcu na siebie zarobić.

Nie miałem pojęcia, jak to się robi, więc zaproponowałem Pedrowi, że bez mówienia o tym Czarnemu najpierw skryję się w rogu i zobaczę, jak on będzie dokonywał transakcji. Zgodził się na taki układ i zabrał mnie na pole walki.

Siedziałem skulony w bramie kamienicy i patrzyłem, jak Pedro pracuje. Gdybym nie wiedział, że ma przy sobie prochy, pomyślałbym, że jest przeciętnym młodym człowiekiem włóczącym się po nocy. Miał w sobie taki trudny do opisania spokój. Podjechał do niego jakiś dzieciak na rowerze, rozmawiali chwilę, uścisnęli sobie dłonie i chłopak odjechał. Pedro odszedł na przystanek i zaczął czytać rozkład jazdy. Wydawało się, że było to proste do wykonania. Mając w pamięci, jak Pedro zareagował, gdy podszedłem do niego na dworcu, opuściłem bez słowa swoje schronienie i skierowałem się w przeciwnym kierunku.

Stałem przez jakiś czas na skrzyżowaniu, aż zatrzymał się stary golf. Zaparkował przy krawężniku, ale nie zgasił silnika. Po chwili szyba pasażera z tyłu się obniżyła. Zerknąłem przelotnie, ale nie chciałem się gapić. Bałem się, że ktoś może źle odczytać moje intencje w tej dzielnicy. Olśniło mnie wtedy, że to mógł być potencjalny klient, że oni też w sumie sporo ryzykowali. Byłem nowy, więc mieli prawo postępować ze mną zachowawczo. Zrobiłem kilka kroków w kierunku samochodu i spojrzałem na pasażera.

– Ej, nowy! – krzyknął do mnie z tylnej kanapy. – Co masz?

Nie chciałem się drzeć na ulicy, więc podszedłem bliżej i stanąłem bokiem do samochodu. Chłopak miał na sobie czapkę z daszkiem i ciemne okulary. Nie widziałem jego oczu. Bałem się, że mój głos zafałszuje jak w czasie mutacji, gdy się odezwę. Bałem się jak cholera. Powtarzając sobie w myślach, że jestem miękki jak baba, motywowałem się do działania. Nie chciałem taki być. W końcu wyrecytowałem im ceny i towar, jaki miałem. Poprosili o wszystko, a ja odruchowo sięgnąłem do kieszeni. Pedro nie mówił, jak wygląda transakcja, ale widząc jego działanie, domyśliłem się, że była to wymiana z ręki do ręki. Poprosiłem więc o kasę. Chłopak, trzymając plik pieniędzy zwinięty w rurkę, wyciągnął do mnie dłoń. Wsadziłem rękę w kieszeń i ścisnąłem torebeczki. Trzymałem towar kurczowo, bo bałem się, że przez moje drżące dłonie upuszczę wszystko na beton. Zaciskając dłoń, wyciągnąłem ją w kierunku gościa, a drugą dotknąłem pieniędzy. Chłopak złapał całą moją dłoń, a ktoś w środku zaczął zamykać szybę, przycinając mi przedramię. Kierowca wrzucił bieg i zaczął odjeżdżać. Szybko pojąłem, że chcieli mnie okraść.

– Puść, bo zginiesz! – wrzeszczał przez szybę chłopak.

– Nie puszczę! – odkrzyknąłem i jednocześnie przebierałem nogami tak szybko, jak tylko mogłem.

Prędkość była już tak duża, że wystarczyło, że wyrzucałem nogi w powietrze, a pęd robił swoje. Na zakręcie upadłem i wykręciłem rękę tak, że usłyszałem chrupnięcie kości złamanej na szybie. Nie puściłem jednak torebek. Obiecałem Pedrowi, że zrobię wszystko. To właśnie było wszystko. Po kilkunastu metrach auto zatrzymało się, a oni opuścili szybę. Byłem z siebie dumny, ale łzy ciekły mi po policzkach. Pedro przybiegł do mnie i kiedy zobaczył moją rękę ułożoną w nienaturalnej pozycji, złapał się za głowę. Odprowadził mnie pod drzwi szpitala i życzył powodzenia.

Najpierw odsiedziałem swoje w kolejce. Złamanie bolało jak cholera, ale wiedziałem, że zachowałem się jak twardziel. Gdy w końcu zostałem poproszony do rejestracji, recepcjonistki bezlitośnie pytały o moje ubezpieczenie. Powiedziałem, że jestem pod opieką ojca i że jeśli mi nie wierzą, mogą mu wysłać rachunek. Streściłem szybko historię mamy i zapewniłem, że dostaliśmy po niej rentę, co też miało potwierdzić moje ubezpieczenie. Chcieli zadzwonić do ojca, ale skłamałem, że po tym, jak się załamał, zrezygnował z telefonu. Ku mojemu zaskoczeniu współczuli. Było bardzo późno, wszystkich ogarniało zmęczenie, a to było tylko złamanie. Gdyby mieli do czynienia z pobitym nieletnim, pewnie zrobiliby dochodzenie, a tak założyli mi gips i odesłali do domu. Wtedy moim domem była kamienica Czarnego. Gdy tylko przekroczyłem próg naszego pokoju, Pedro, kiwając głową, zakomunikował mi, że wzywa nas szef. Czarny pogratulował mi odwagi i powiedział, że potrzebuje więcej takich ludzi jak ja. Tak zdeterminowanych jak ja. Czułem się tak jak wtedy, gdy przyniosłem świadectwo z czerwonym paskiem, jak w czasach, gdy Malwina uciekała do mnie, bojąc się wyimaginowanych strachów, i mówiła, że tylko ja mogę pomóc jej zasnąć.

Przez kilka tygodni byłem wyłączony z handlu, ale opracowaliśmy z Pedrem sposób na lepszą kradzież. Ja zagadywałem ludzi, udając zagubionego turystę, a on zachodził ich od tyłu i niczym magik czyścił ich z wszystkiego, co mieli. Zabieraliśmy telefony, iPady, cokolwiek. Po jednym ze skoków zapytałem Pedra, czy mógłbym zatrzymać jeden z telefonów dla siebie. Nie miałem do kogo zadzwonić, ale chciałem mieć coś swojego. Przy ilości sprzętu, jaką przynosiliśmy Czarnemu, jeden telefon nie robił różnicy. Poza tym zawsze mogłem powiedzieć, że go sobie kupiłem, przecież i tak by się nie zorientował. Wyrzuciliśmy kartę

SIM, w kiosku kupiłem nową i stałem się posiadaczem telefonu komórkowego, którego używałem tylko do grania. Chcąc, by szef był ze mnie zadowolony, ukradłem tego dnia jeszcze trzy inne. Czarny nas chwalił, mówiąc, że w końcu się odpłacamy. Im więcej słyszałem od niego pochwał, tym bardziej się starałem. Jego dobre słowo było dla mnie jak paliwo. Tak jak mi powiedział tego dnia, gdy go poznałem – skakałem tak wysoko, żeby tylko wywołać u niego zadowolenie. Ktoś wreszcie doceniał mój wysiłek.

Gdy zdjęli mi gips, ręka była jak zamrożona. Mięśnie zanikły, a ja nie mogłem dojść do wprawy. Pedro pomagał mi, ale zdarzało się, że zabolała mnie tak bardzo, że siadałem na asfalcie, wyjąc jak wilk. Włamaliśmy się wtedy do siłowni i ukradliśmy trochę sprzętu. Boksowaliśmy torby, podnosiliśmy ciężary. Zwykle robiliśmy to tak długo, aż przyszedł czas na sen. Pomogło mi to odzyskać sprawność, ale też wyrobiło lepszą równowagę. Poczułem się pewniej, silniej. W każdej wolnej chwili pracowałem nad swoim ciałem. Chciałem mieć tyle siły, by czuć się bezpiecznie na ulicy. Przygotowywałem się na walkę, którą prędzej czy później miałem stoczyć. Wracając kiedyś z Pedrem z pracy, poprosiłem go, żebyśmy udawali bójkę w celach edukacyjnych. Na początku było dziwnie, ale kiedy Pedro zasunął mi w gębę na tyle mocno, że uruchomiło to we mnie adrenalinę, złapaliśmy się za łby. Odezwała się w nas męska rywalizacja i walczyliśmy, starając się sprawdzić, który z nas był silniejszy. Choć miałem chwilę zwątpienia i chciałem się poddać, przypomniałem sobie ojca. Zacząłem sobie wyobrażać, że był nim Pedro. To mi dało kopa. Rozłożyłem go na łopatki. Później Pedro śmiał się, że z chłopaczka zmieniałem się w tura. Cieszyło mnie to, bo jeśli on to zauważał, inni też to dostrzegą. Miałem nadzieję, że to zagwarantuje mi względne bezpieczeństwo na ulicy.

Zwykle udawało mi się handlować bez obrażeń, ale był jeden dzień, kiedy dwóch narkomanów napadło na mnie z nożem. Dokładnie tak samo jak my z Pedrem obrabialiśmy ludzi na dworcu, jeden z nich podszedł z przodu zapytać o ceny, a drugi w tym czasie zakradł się od tyłu, rzucił się na mnie i przystawił mi nóż do gardła. Zupełnie przewidywalnie kazali mi oddać towar, a ja sięgnąłem do kieszeni, jednocześnie uginając lekko kolana. Przeważyłem narkomana na moich plecach i rzuciłem nim o ziemię. Zaskoczyłem go swoim ruchem, więc poleciał na beton jak wór. Wyrwałem mu nóż i przystawiłem mu do gardła. Drugi z nich uciekł, zostawiając kumpla na pastwę losu. Chciałem być groźny. Nigdy nie skrzywdziłem człowieka, ale wiedziałem, że jeśli na miasto pójdzie plotka, że można mi zabrać towar, stanę się łupem. Zaciskając zęby, przeciągnąłem ostrzem po jego policzku. Cięcie było równe jak kreska, a po chwili wypełniło się krwią. Narkoman złapał się za policzek, a po chwili zaczął krzyczeć. Wyzywał mnie od najgorszych, a potem splunął na mnie. Wstał pośpiesznie i zaczął się oddalać, a ja nie myśląc zbyt wiele, rzuciłem w niego nożem. Nawet tego nie planowałem, nie przemyślałem. Nóż trafił go w plecy. Upadł tak, jakby ktoś go kopnął od tyłu. Myślałem początkowo, że to ze strachu albo że się potknął. Widząc jednak, że się nie podnosił, dałem nogę. Z telewizji dowiedzieliśmy się, że mężczyzna został zadźgany przez zabójcę, który doskonale wiedział, co robił, bo wbił nóż pomiędzy trzecie a czwarte żebro, trafiając prosto w serce.

Czarny mnie wtedy pocałował trzy razy w policzki. Dokładnie tak jak się witają stare ciotki. Zadowolony, że zagwarantowałem nam nietykalność na długie miesiące, wręczył mi nóż automatyczny. Wykończenie rączki i ogólna jakość narzędzia wskazywały, że był to drogi prezent, ale nie łudziłem się, że kupił go specjalnie dla mnie. Musiał to komuś ukraść lub sam wcześniej od kogoś dostał. Chciał jednak, żebym wyglądał wiarygodnie i pasował do Kejsiego nożownika – postrachu ulic. Nosiłem go jak amulet. Jak order lub inne odznaczenie.

Ludzie się nas bali. Każdy w okolicy wiedział, że tym zabójcą był niejaki Kejsi. Czasami było tak, że moja ksywa mnie wyprzedzała i gdy się przedstawiałem, ludzie poważnieli. Podobała mi się ta władza, to rośnięcie w siłę. To zgubne rośnięcie w siłę. Z chłopca, jakim byłem jeszcze kilka miesięcy temu, nie zostało nic. Zmieniło się wszystko, począwszy od mojego ciała, przez nastawienie, aż do sposobu myślenia. Byłem kimś. Czarny też to wiedział. Kilka razy z rzędu zapraszał nas do siebie na kieliszek wódki. Pedro był ostrożny, a mnie rozpierała duma i zachowywałem się tak, jakby to oni teraz potrzebowali mnie. Któregoś dnia Czarny poprosił mnie na rozmowę sam na sam. Pedro był podenerwowany, ale starał się tego nie okazywać.

Wchodząc do pokoju, w którym zawsze przebywał Czarny, zauważyłem, że nikogo innego poza nim tam nie było.

– Usiądź. – Czarny pokazał miejsce przy stoliku.

Bez słowa wypełniłem jego polecenie. Wstał i zaczął chodzić po pokoju. Nie ruszałem się, śledziłem go jedynie ruchem gałek ocznych, a gdy znikał gdzieś z tyłu, pozostawałem jak zamrożony.

– Ludzie z ulicy szybko zapominają, że gdyby nie ja, byliby dziadami. Pomoc, jaką ode mnie dostali, traktują jak coś, co im się należało. Rosną w siłę i myślą, że ja tego nie widzę, że jestem ślepy…

W tamtej chwili pomyślałem, że w którymś momencie swojej wypowiedzi Czarny stanie za mną i strzeli mi prosto w łeb.

Wszystko, co mówił pasowało, do mnie. Byłem u niego zaledwie kilka miesięcy, a sądziłem, że to on potrzebował mnie bardziej niż ja jego.

– Ty... – Dotknął mojego ramienia.

Dawniej Krystian podskoczyłby ze strachu od tego dotyku, ale Kejsi był inny. Potrafił zapanować nad swoim ciałem, mimo że w środku był wrakiem człowieka.

– Ty... – powtórzył – jesteś inny. Na każdym kroku pokazujesz mi swoją wdzięczność. Wiesz, co Pedro powiedział, jak cię przyprowadził? Opisał cię jako dzieciaka szczerego jak złoto, a ja lubię złoto. Nie zawiodłem się.

– Dzięki – powiedziałem ściszonym głosem.

Klepnął mnie po plecach i obszedł stół. Usiadł naprzeciw mnie.

– Jest sprawa – zaczął, patrząc mi prosto w oczy, aż ściskało mnie od tego w brzuchu. – Zrobisz coś dla mnie.

– Wszystko – wyrwało mi się, mimo że jego wypowiedź była stwierdzeniem, a nie pytaniem.

W myślach zastanawiałem się, czy gdyby mnie zaatakował, miałbym jakieś szanse na obronę. Był w pokoju sam, ale nie miałem pewności, czy ktoś nam się nie przysłuchiwał. Szacowałem swoje możliwości, a Czarny kontynuował:

– Jest ktoś, kogo trzeba uciszyć.

– OK. – Poprawiłem się na krześle gotowy na wysłuchanie, komu mam utrzeć nosa.

– Musisz zająć się Krisem – powiedział spokojnie. – Gówniarz zaczął mnie oszukiwać.

Badaliśmy się przez moment nawzajem. Mnie ta chwila ciszy była potrzebna, by stwierdzić, jak poważnie do tego podchodzi. On chciał zapewne sprawdzić, czy nadaję się do wykonania zadania. Pamiętając, co kiedyś powiedział Pedro, czekałem na konkrety, nie pytałem o nic.

– Masz tydzień – wznowił. – Kris będzie was odbierał z ulicy. Jak to zrobisz i gdzie, to twój problem.

– Mam go zbić? – upewniłem się.

– Nie, masz go zabić. Możesz wziąć Pedra do pomocy, ale to twoja robota. Nawalisz i out. Kumasz?

– Tak. – Zaschło mi w ustach.

Odebrało mi mowę. Rozumiejąc, że to wszystko, co chciał mi przekazać, wstałem. Odsunąłem krzesło, a dźwięk metalowych nóżek na podłodze zjeżył mi włosy na ciele.

– Kejsi? – Czarny zatrzymał mnie przy drzwiach. – Kris ma być nie do rozpoznania, rozumiesz? Jak ktoś go znajdzie, ma go zapisać jako NN.

– Rozumiem.

Wróciłem do pokoju, a Pedro patrzył na mnie, wyczekując jakiejś informacji. Sam też stosował się do zasady, którą przedstawił mi pierwszego dnia: o nic nie pytał. Położyłem się na swoim łóżku i patrzyłem w sufit. Zastanawiałem się, jak powiedzieć o tym swojemu najlepszemu koledze. To były moje pierwsze miesiące w tej grupie i nie miałem pojęcia, czy takie rozkazy już wcześniej padały. Odkąd ja do nich dołączyłem, nikt nie zniknął w tajemniczych okolicznościach.

– Pedro… – zacząłem.

– Masz mnie sprzątnąć? – zapytał spokojnie.

Usiadłem szybko i zdałem sobie sprawę, że on musiał czuć się gorzej niż ja. Skoro już spodziewał się czegoś takiego, to prawda powinna była być dla niego łatwiejsza.

– Krisa. – Spuściłem głowę.

– Chodź, przejdziemy się.

Pedro wiedział, że nie powinniśmy byli rozmawiać o tym w kamienicy. Poszliśmy na torowisko, usiedliśmy na otwartej przestrzeni i pewni, że nikt nas nie podsłuchuje, wznowiliśmy rozmowę.

– Za co? – dopytywał Pedro.

– Nie powiedział dokładnie. Gadał coś luźno o tym, że Kris go oszukuje, ale mówił też o lojalności, o tym, że jego ludzie rosną w siłę i zapominają, że są u niego na łasce.

– A ty w ogóle wiesz, co Kris robi?

Dzieliłem pokój z Pedrem i nie spotykaliśmy się zbyt często z ludźmi Czarnego. Po pierwsze wszyscy byli od nas dużo starsi i traktowali nas z góry, a po drugie według mojego współlokatora lepiej było dla nas, jak nic nie wiedzieliśmy. Po pracy zamykaliśmy się w pokoju i ćwiczyliśmy. Czasami wychodziliśmy razem na miasto. Głównie wypady te inicjował Pedro, ja tylko za nim podążałem.

– On ma brata – wyjaśnił. – Genialny facet. O komputerach wie wszystko. Czarny go potrzebuje, żeby zacząć kręcić na boku, żeby nie musieć się dzielić kasą… ale Kris się nie zgodził. Nie chciał go wciągnąć w ten świat, a Czarny chciał mieć nowy biznes.

– A jaki biznes? – Szukałem powodu, dla którego uzasadnione byłoby zabicie człowieka.

– Nie wiem. – Pedro spojrzał na mnie. – Ale wiesz, co myślę? Boję się, że to jakaś próba, bo przecież mają noże, mają broń. Czemu kazał to zrobić tobie… gołymi rękami.

– Mam nóż – zaznaczyłem. – Ten, który dostałem od niego po tym, jak zadźgałem tego narkomana.

– Kejsi, jestem obsrany ze strachu.

Nigdy wcześniej nie słyszałem, żeby Pedro tak mówił o czymkolwiek. Obydwaj doskonale wiedzieliśmy, że nie było czasu na doszukiwanie się przyczyn. Należało wymyślić sposób na pozbycie się Krisa. Rozważaliśmy możliwe scenariusze, ale trudno było stwierdzić, czy Kris coś przeczuwał, czy się domyślał, czy coś wiedział. Największą niewiadomą było, czy zawalczy o swoje życie. W którymś momencie Pedro rzucił, że gdyby coś się stało, to miałem nie zwracać na niego uwagi, tylko wypełnić polecenie Czarnego. Bezwzględne posłuszeństwo choćby nie wiem co.

Przez dwa kolejne dni napięcie dawało nam się we znaki. Kłóciliśmy się o wszystko i o nic, obwiniając siebie nawzajem o jakieś niepowodzenia. Jeśli za mało zwinęliśmy na dworcu, była kłótnia, jeśli nie sprzedaliśmy towaru tak szybko, jak sobie założyliśmy, to samo. Kris po nas przyjeżdżał i zabierał z ulicy tak, jak było ustalone z szefem. Na początku burzył się, że Czarny zrobił z niego szofera. Podpytywałem go, niby po przyjacielsku, co wcześniej robił, ale wykręcał się od odpowiedzi. W środku tygodnia zaproponował, żebyśmy na chwilę zjechali z trasy i zabawili się. Byłem pewien – Pedro pomyślał o tym samym co ja – że Kris miał dokładnie takie samo zadanie, że miał na nas wykonać. Kiedy wysiadaliśmy z samochodu w okolicach mostu, Pedro, niby to przechodząc obok, zapytał, czy mam przy sobie nóż. Nie rozstawałem się z nim od dnia, w którym go dostałem, więc jedynie skinąłem głową. On w odpowiedzi mrugnął tylko nerwowo i ruszyliśmy za Krisem. Trzymałem się z tyłu i główkowałem, jak wtedy zabiłem tamtego narkomana, które to było żebro. Gdzie dokładnie wbiłem mu nóż. Rozważałem, czy powinienem go po prostu dźgnąć, czy też przytrzymać za ramię albo zacisnąć mu swoje ramię na gardle, a nóż wbić od przodu w serce. Kris niósł torbę przewieszoną przez ramię. Mierzyłem ją wzrokiem, kombinując, co mogło być w środku. Szedłem za nim posłusznie, czekając na jego ruch. Doszedł do wiaduktu. Spojrzał w górę, dotknął ręką szarej ściany, a my z Pedrem patrzyliśmy na siebie oszołomieni. W końcu wyciągnął coś z torby i rzucił w naszym kierunku. Zaskoczył nas tym ruchem, ale mój instynkt zadziałał i złapałem puszkę, Pedro zaś upuścił swoją. Dał nam spray z farbą. Rzucił hasło, żebyśmy się wyżyli na ścianie. Nie czekając na nas, zaczął coś pisać.

– Kris! – zawołał Pedro, nadal stojąc jak wryty. – Co ty, do kurwy nędzy, wyprawiasz?

– Maluję – rzucił radośnie. – Możesz zrobić, co chcesz. Postać, twarz, napisać coś. Nawet coś obraźliwego, to fajnie rozładowuje emocje.

– A co ja jestem baba z okresem? – nie ustępował Pedro.

Korzystając z okazji, podszedłem do ściany i zacząłem pryskać żółtym kolorem na szary mur. Odruchowo narysowałem świnkę, którą kiedyś w zabawny sposób szkicowałem dla Malwiny.

– Pedro, patrz! – Kris ryknął śmiechem. – Kejsi walnął wieprzowinę.

– Pojebało was. – On jeden nie widział w tym sensu.

Rzucił swoim sprayem w naszym kierunku i usiadł płasko na ziemi. Przyglądał się nam, a po chwili, niczym wytrawny krytyk, naśmiewał się z naszych malowideł. Szybko jednak dołączył do nas i śmiejąc się beztrosko, wypełniliśmy mur malowidłami. Przestaliśmy, gdy skończyła nam się farba. Podobało mi się to dzieło. Kris powiedział, że za tydzień zrobimy powtórkę, bo miasto prawie zawsze zamalowywało graffiti w poniedziałki. Wymieniliśmy z Pedrem spojrzenia, ale grając dobrych kolegów, podziękowaliśmy mu za zrobienie nam frajdy. Kris ewidentnie traktował nas jak parę dzieciaków, która musiała dorosnąć szybciej niż rówieśnicy.

Gdy zostaliśmy sami w pokoju, Pedro miał do mnie pretensje, że nie sprzątnąłem go, mając taką dobrą okazję. Głupio stwierdziłem, że umówiliśmy się na akcję na koniec tygodnia. Nie zmieniało to faktu, że zmarnowałem sposobność, którą dostałem jak prezent. Wystarczyło jedynie wcielić w życie moje myśli, gdy przedzieraliśmy się przez zarośla.

Następnego dnia Kris zabrał nas na kanapki do fast foodu. Zapłacił za wszystko, a my po raz kolejny rozluźniliśmy się, gdy nasze żołądki wypełniły się smacznym jedzeniem.

Wieczorem Pedro zauważył, że coś było nie tak, bo Kris przecież nigdy się nami nie interesował. Jeszcze kilka tygodni temu przeszedłby korytarzem obok któregoś z nas, ograniczając się do krótkiego „cześć". Wymyśliłem, że on wiedział, że mamy go sprzątnąć, i chciał, żebyśmy go polubili i nie mieli odwagi tego zrobić. Pedro przyznał mi rację, ale też wspomniał, że pozostali naprawdę świetnie się bawili, że w przeciwieństwie do nas szaleli non stop, a tylko my mieliśmy takie nudne życie. Byliśmy zamknięci w czterech ścianach jak więźniowie. Wyznał mi wtedy, że za każdym razem, gdy zabierał mnie na nocne wyjście, Czarny robił imprezy w domu. Wynajmowali prostytutki i balowali tak długo, jak udawało im się utrzymać na nogach. Zupełnie nie byłem tego świadomy.

Ostatniego dnia Kris przyjechał po nas o tej samej porze co zwykle. Od razu zauważył, że byliśmy zdenerwowani, ale Pedro sprytnie wytłumaczył, że nie poszło nam dobrze ze sprzedażą. Te wcześniejsze kłótnie podpowiedziały nam sposób na załatwienie sprawy. Zaczęliśmy sobie ubliżać w samochodzie. Czekaliśmy do momentu, gdy Kris będzie blisko wiaduktu. Na chwilę przed zakrętem zaczęliśmy się szarpać, co Krisa rozwścieczyło. Zjechał na pobocze. Pedro wyskoczył z samochodu i zaczął prowokować mnie do bójki. Wysiadłem, nie zwlekając. Pedro, skacząc w kółko, sprytnie odsunął się od samochodu tak, że wyszedł poza pole widzenia Krisa. Złapał mnie za głowę i szybko rzucił, żebym go uderzył w twarz. Walnąłem go mocniej, niż to było konieczne, ale przynajmniej wyglądało naturalnie. To dzięki temu Kris przybiegł do nas, starając się nas rozdzielić. Pedro zachowywał się jak wariat. Biegał, skakał jak bokser. Szybko zrozumiałem, że robił wszystko, żeby odwrócić uwagę Krisa. Ten z kolei, zupełnie nieświadomy, że to pułapka, darł się na pajaca przed sobą. Wyciągnąłem nóż i podbiegając, wbiłem go Krisowi w plecy, a zaraz potem objąłem ramieniem jego szyję, odcinając go od powietrza. W tym momencie Pedro stanął twardo na nogach i gapił się na mnie. Nie mógł mi nijak pomóc. Musiałem walczyć z Krisem sam. Od napierania moim ciałem na jego plecy nóż wbił się aż po rękojeść. Ruchy Krisa były coraz bardziej chaotyczne, a po chwili przestał reagować. Czekałem jednak do momentu, aż poczuję jego cały ciężar ciała. Opadł na mnie, a ja zwolniłem uścisk. Padł na ziemię jak rzucona lalka.

– Ja pierdolę, Kejsi! – Pedro złapał się za głowę. – Zabiliśmy go.

Nie chciało mi się z nim spierać, kto tak naprawdę był mordercą, ale poczułem swego rodzaju ulgę. Opuścił mnie strach o własne życie. Zrobiliśmy to, co nam kazano.

Pedro zaczął go ciągnąć za nogi w kierunku rzeki płynącej pod wiaduktem.

– Czekaj – zatrzymałem go. – Czarny kazał go zmasakrować tak, żeby nikt go nie rozpoznał.

– W sensie twarz? – Pedro był w szoku, ale szybko się otrząsnął. – Co proponujesz? Spalić go?

– Musielibyśmy mieć benzynę i ogień – zauważyłem.

– Idź i włącz zapalniczkę samochodową. Może uda nam się podpalić ciało bez paliwa.

Pomysł był dobry, ale niestety się nie sprawdził. Ubranie tliło się, ale nie chciało się zapalić. Obaj mieliśmy zerowe pojęcie o samochodzie i żadnym sposobem nie mogliśmy wyciągnąć ani kropli benzyny z baku. Pedro, wściekły, przyłożył mu zapalniczkę do policzka, ale oparzenie było tylko czerwoną plamą. Nie wypalało mu skóry do kości, czego byśmy oczekiwali.

Staliśmy nad nim, zastanawiając się, co zrobić. W pewnym momencie Pedro poprosił mnie o nóż. Wręczyłem mu go bez pytania, w jakim celu zamierza go użyć. Usiadł okrakiem na klatce piersiowej Krisa i przyglądał mu się przez chwilę. Delikatnie, tak jakby chciał sprawdzić ostrość noża, przeciągnął mu ostrzem po policzku. Kreska była tak samo prosta jak u tamtego narkomana. Zanim się obejrzałem, Pedro w szale siatkował jego twarz. Jednym szybkim cięciem odciął mu kawałek nosa. Poczułem, jak zawartość mojego żołądka zaczęła się cofać. Pedro w ogóle nie zwalniał. Bałem się podejść, bałem się widoku twarzy Krisa, a raczej tego, co po niej zostało. Wiedziałem bez patrzenia, że nikt go nie zidentyfikuje. Podszedłem do Pedra i dotknąłem jego ramienia. Błagałem go, żeby przestał. Zapewniałem, że to, co zrobił, było już wystarczające. Kiedy na mnie spojrzał, przestraszyłem się go, a przez sekundę pomyślałem, że był w takim amoku, że mógłby zabić i mnie. Chciałem zabrać mu nóż, ale kiedy zerknąłem przelotnie na ciało Krisa, zacząłem zwracać. Widziałem jego kości, jedno oko wypłynęło i wisiało na jakichś żyłkach z boku jego głowy, na skroni. Nie mogłem przestać wymiotować. Za każdym razem gdy się odwracałem, nowa fala zginała mnie wpół. Widząc, że Pedro się podnosi, odsunąłem się na bok. Byłem bezbronnym, łatwym celem, ale on w ogóle się mną nie interesował.

– Na wypadek gdyby miał teczkę na policji – wyjaśnił mi całkiem przytomnie – potnę mu też opuszki palców.

Powinienem był wtedy coś zrobić, ruszyć się, ale pozostawałem w szoku, zamrożony. Pedro wręcz z satysfakcją zaczął mu masakrować palce. Po chwili jednak doszedł do wniosku, że to za mało, więc siłując się, odcinał mu je jeden po drugim.

– Pedro! – zawołałem. – Pedro, na litość boską!

Nie odpowiadał. Dopiero wrzucenie dziesiątego palca do rzeki go uspokoiło. Pomogłem mu zaciągnąć ciało Krisa do brzegu. Zepchnęliśmy go w przepaść i poczekaliśmy na plunięcie. Pedro bez słowa złożył nóż i podał mi go. Odruchowo go wziąłem i poczułem, że był ciepły i lepki od krwi. Targnęła mną kolejna fala torsji, ale żołądek miałem już pusty. Bryza od rzeki szybko mnie orzeźwiła.

– Umiesz prowadzić? – zapytałem go, gdy obaj nadal wpatrywaliśmy się w czarną otchłań.

– Nie, a ty? – Pedro przetarł dłonią twarz.

Zapewne nie miał świadomości, że cały był ochlapany, bo rozmazał sobie krew na skórze twarzy. Nawet powieki miał brudne.

Wymyśliliśmy, że nie odpalimy silnika, że Pedro będzie siedział w środku, a ja zajmę się pchaniem auta aż do kamienicy Czarnego. Robiliśmy kilka przystanków po drodze, a w miejscach odludnych Pedro mnie zmieniał. Na dobrze oświetlonych ulicach chował się do środka. Nawet kłamstwo, że pracuje w rzeźni by nie przeszło jako wytłumaczenie krwi na jego ubraniu. Mieliśmy szczęście, że było już tak późno i nikt nas nie zatrzymał. Bałem się potwornie. Nie umiałbym wybrnąć z tej sytuacji. Mimo upływu czasu nadal trząsłem się w środku. Jedyne, co pomagało, to zmęczenie. Potrzebowałem tego wysiłku. To pchanie wypompowało mnie do zera. Byłem zbyt wyczerpany, by myśleć o czymkolwiek.

Na miejscu Czarny poprosił nas do środka. Kiedy zobaczył Pedra, odesłał go od razu do łazienki. Ku mojemu zaskoczeniu cała paczka siedziała w pokoju. Był Łysy – jego ochroniarz, który jako jedyny miał broń, był też Pablo, którego roli nie umiałem określić. Tuż po prawej stronie siedział Luka. Ten chłopak kradł dla niego samochody. Przy oknie z nogami na parapecie rozciągnął się Mario, który załatwiał prochy do rozprowadzenia.

Początkowo myślałem, że poczekamy na Pedra, ale Czarny zaczął zadawać mi pytania. Mimo że robiłem wszystko, żeby wyprzeć z pamięci to wydarzenie, opowiadałem je z najmniejszymi szczegółami. Pominąłem jedynie to, że wymiotowałem. Nie chciałem wyjść na delikatnego chłopca, zależało mi na tym, żeby widzieli we mnie twardziela.

– Czarny? – zwróciłem się do niego, gdy już skończyły mu się pomysły na komentarze. – Nigdy cię o nic nie pytałem, ale teraz chciałbym wiedzieć. Za co zabiłem człowieka? Co on takiego zrobił?

– Nic. – Czarny wstał od stołu. – Przestał mi być potrzebny, a wiedział za dużo, żeby pozwolić mu odejść.

– Rozumiem.

Pedro, odświeżony, wyglądał jak dawny on, ale było coś między nami, czego nie dało się łatwo nazwać. Czułem już do niego dystans, wiedziałem, że była w nim jakaś cząstka szaleńca.

Tego wieczoru Czarny był z nas taki dumny, że po raz pierwszy zaprosił mnie na jedną z imprez. Do tamtego momentu wydawało mi się, że zabicie Krisa to najgorsze doświadczenie w moim życiu.

Następnego dnia odwiedziłam mamę. Pojechałam do ośrodka w podłym nastroju. Pielęgniarz przyprowadził ją do pokoju rozrywki i posadził na krześle naprzeciwko okna. Dzięki takiemu ustawieniu wyglądała tak, jakby patrzyła na coś w dali.

W pomieszczeniu przebywała jeszcze jedna osoba odwiedzająca z innym chorym. Nie było wariatów biegających w szaleńczym pędzie, nie było bujających się starych kobiet ani ludzi zawieszonych nad szachami. Nic nie wyglądało tak jak w filmach. Wbrew pozorom pokój był dość przyjemny. Na podłodze leżała czysta ciemna wykładzina. Stoliki były stare, ale niezniszczone. Zwyczajne pomieszczenie, takie jak w świetlicach czy innych większych ośrodkach. Może w innych godzinach było tutaj tłoczniej, ale teraz zostałyśmy same, bo osoby, które widziałam wcześniej, właśnie wyszły.

– Mamo? – zawołałam ją, wiedząc, że nie odpowie.

Mrugała powiekami, ale był to jedynie odruch organizmu. Nic nieoznaczająca czynność życiowa, pozostałość po normalnie funkcjonującym człowieku.

– Mamo? – powtórzyłam. – Skiń głową, mrugnij. Pokaż mi, że rozumiesz. Chcesz tu być? Może chcesz wrócić do domu?

Nawet tak bezpośrednie pytania nie były w stanie wytrącić jej z tego stanu niebytu. Położyłam jej głowę na kolanach i zaczęłam płakać. Zwierzałam się jej, że wszystko w moim życiu wygląda inaczej, niż się tego spodziewałam. Nikt mnie nie ukoił, nie pocieszył. Tkwiłam tak, aż w końcu opadłam z sił. Pokazałam jej tatuaż, opowiedziałam o bólu, o tym, jak ciężko mi było wytrzymać, gdy Igor wbijał igłę. Zrelacjonowałam jej też wczorajszy wieczór. Przywykłam do jej milczenia, więc gdy już skończyły mi się pomysły, zamilkłam i patrzyłam razem z nią na drzewa za oknem.

Po jakimś czasie pielęgniarz wrócił po mamę. Zapewnił mnie, że ma najlepszą opiekę, ale że kolejny program, do którego ją ojciec zgłosił, nie przyniósł oczekiwanych zmian. Od dnia, w którym się tu zjawiła, jej stan nie ulegał poprawie.

– Myśli pan, że ona mnie słyszy? – zapytałam naiwnie.

– Słyszy – potwierdził, a ja zmarszczyłam brwi, przyglądając mu się uważnie. – Ale nie słucha. Jej mózg nie reaguje na bodźce. Podłączona do aparatury nie wykazywała zmian na dźwięki czy ruchy. Jej fale mózgowe są jak tafla spokojnego oceanu. Nie rejestruje otoczenia. To jak dzwonienie pod nieistniejący numer, nikt nie odbierze.

– Przynajmniej nie wie, że jest nieszczęśliwa – skomentowałam.

Uśmiechnął się do mnie wyrozumiale i powoli wyprowadził mamę w kierunku jej pokoju.

Wracałam do siebie w jeszcze podlejszym nastroju. Zastanawiałam się, czy nie lepiej by było dla niej, gdyby po prostu umarła. Co to za życie bez możliwości czerpania z niego tego, co piękne, co dobre.

Starałam się znaleźć sobie w domu zajęcie, żeby zmusić swój mózg do myślenia o czymś innym niż marny los mamy. Czytanie nie przynosiło ulgi. Owszem, posuwałam się w tekście, ale czytałam bez zrozumienia, nie rejestrowałam słów. Odłożyłam książkę i sięgnęłam po telefon. Zadzwoniłam do Pati i zaproponowałam jej wyjście, ale była już umówiona z grupą Agaty. Życzyłam jej miłej zabawy i rozłączyłam się. Telefon po chwili rozdzwonił się w mojej dłoni. Tym razem była to Inga. Zaprosiła mnie na plażę wieczorem. Dla nich niestety wieczór oznaczał prawie noc. Spotykali się po dziesiątej albo nawet jedenastej. W zależności od dnia tygodnia i tego, jak szybko udało im się zamknąć studio. Pracowali siedem dni w tygodniu i funkcjonowali jeszcze tylko dzięki temu, że Igor wymieniał się z Dawidem – dla jednej osoby byłoby to ponad siły.

Ochoczo potwierdziłam, że przyjadę. Inga delikatnie zapytała, czy mogłabym kupić napoje i przekąski. Przeprosiłam, że nie przyszło mi to wcześniej do głowy, ale Inga zapewniła, że to nie problem. Byłam wdzięczna, że mnie o to poprosiła, bo dzięki temu miałam zajęcie na najbliższą godzinę. Pojechałam do sklepu, zapakowałam auto odpowiednimi produktami i wróciłam do siebie, żeby się przebrać. Nie wiedziałam, co dokładnie będziemy robili, ale bojąc się chłodu nocy, zdecydowałam się na biały sweterek. Na wczesną noc było to zbyt ciepłe ubranie, ale później, przy bryzie od morza na pewno się przyda. Dodatkowo wrzuciłam do samochodu kurtkę, gdybyśmy zostali tam naprawdę długo. Zdecydowałam się na krótkie szorty. Kilka razy przeglądałam się w lustrze, zadając sobie pytanie, czy ten strój był właściwy na plażę.

Kiedy tam dojechałam, Ingi jeszcze nie było. Igor i Dawid też byli nieobecni. Zabawny chłopak wyszedł mi na powitanie.

– Przepraszam, ale nie zapamiętałam, jak masz na imię – wycedziłam zmieszana.

– Mop. – Wyciągnął do mnie rękę, przedstawiając się ponownie.

– Mop? M-O-P? – przeliterowałam, upewniając się, że dobrze zrozumiałam.

– Kamil w papierach, ale przez dredy mówią na mnie Mop.

– Ma to sens! – zawołałam radośnie. – Aż dziwne, że nie zapamiętałam.

– Bo bez skojarzenia to ciężko. – Wyciągnął rękę w kierunku trójki ludzi siedzącej na plaży. – To jeszcze raz. Wysoki chłopak z papierosem to Rafał, a ten mały, z dziewczyną na kolanach, to Nowy. Nawet nie wiem, jak ma na imię. Laska to Magda. Oni w kółko są najarani i mało gadają.

Zaczął się śmiać, więc dołączyłam do niego. Pomógł mi z zakupami i usiedliśmy razem z resztą. Bez Ingi ta grupa była jakby bezbarwna, zupełnie nieciekawa. Mop robił wszystko, żeby mnie zabawić. Przy jego naturalnym wdzięku nie było to trudne. Po chwili dołączyła Inga z Dawidem i z Kleo, którą poznałam jako pierwszą. To ona mnie zaczepiła, wręczając ulotkę. Dowiedziałam się, że była nieletnia i pracowała u nich tylko przez wakacje, stojąc na ulicy i wręczając ulotki przez kilka godzin wieczorem, kiedy teren ten był pełen ludzi. Pomagała też sprzątać studio przed zamknięciem. Nigdy w życiu bym nie powiedziała, że miała szesnaście lat. Wyglądała na dużo więcej. Może to przez ten strój. Kreowała się na fankę muzyki metalowej. Zresztą cała ich paczka pasowała do siebie. Nosili ciemne koszulki lub podkoszulki, a do tego głównie jeansy. Mimo lata chodzili w wysokich, wojskowych butach. Nawet dziewczyny.

Chciałam zapytać o Igora, ale nie miałam odwagi. Po chwili usłyszałam głosy za swoimi plecami. To paczka Agaty przyszła na plażę pograć w siatkówkę. Wśród nich była też Pati. Gdyby nie to całe zamieszanie z udziałem Bartka, pomachałabym jej. Nie wiedziałam, w jakiej pozycji stawiałoby ją okazanie mi sympatii, skoro byłam wyklęta przez Agatę.

Bartek, widząc, że Mop bawi się piłką, zapytał go, czy zajęliśmy już boisko, ale on odpowiedział, że czekamy na jeszcze jednego gracza i że mogą grać do czasu jego przyjścia. Pati dostrzegła mnie i przybiegła do nas.

– Hej! – przywitała się radosna jak skowronek. – A ty co? Do gangu się zapisałaś?

Parsknęłam śmiechem, a Mop wykorzystał sytuację.

– Przyjmujemy tylko te laski, które mają dziarę i są dziewicami.

– No to Lena się nie kwalifikuje – rzuciła triumfująco.

– Ej! – Schyliłam się, złapałam w garść trochę piachu i sypnęłam jej na nogi.

Pati zasłoniła twarz.

– Tylko nie w oczy!

Po chwili została przywołana do porządku przez Agatę i wróciła do gry. Patrzyliśmy, jak odbijali niezręcznie piłkę. Nie szło im. Być może publiczność, jaką niewątpliwie dzisiaj byliśmy, krępowała ich ruchy. Gdy Bartek serwował, Igor bezgłośnie dołączył do nas. Stanął tuż za moimi plecami. Piłka uderzyła w siatkę, a on gwizdnął i zaczął bić brawo. Przestraszył mnie tym ogromnie. Odwróciłam się szybko zdezorientowana. Nie odrywał wzroku od boiska, jakby w ogóle nie zdawał sobie sprawy, że byłam na dole.

Bartek, speszony, rzucił wyzwanie Igorowi, a ten, nie czekając długo, zaproponował, żebyśmy zagrali przeciwko sobie. Nie podobał mi się ten pomysł. Przewyższaliśmy ich liczebnością, ale Mop rzucił, że Nowy i Magda nie będą grać. Nie sprzeciwiali się. Nie chciałam brać w tym udziału, ale było już za późno. Nie za bardzo umiałam grać w siatkę. Byłam za niska, za drobna, za wolna i miałam za duży biust, by skakać. Na dodatek zupełnie nie przewidziałam, że rozegramy tu mecz. Agata i Pati miały na sobie kolorowe sportowe biustonosze, a ja sweter. Temperatura nadal była wysoka, ale nie mogłam się rozebrać. Miałam na sobie biały koronkowy biustonosz, przez który na bank prześwitywałyby mi brodawki. Przestałam się jednak nad sobą użalać i ruszyłam za tłumem w kierunku siatki. Kiedy Igor stwierdził, żebyśmy my, jako zespół, skopali tyłki burżujom, zatrzymałam się na chwilę. On chyba też zrozumiał, co powiedział, bo uśmiechnął się do mnie nieznacznie. Odebrałam to jako milczące przeprosiny, choć pewnie niesłusznie. Może po prostu pomyślał, że powinnam stać po drugiej stronie siatki.

– Ustawiamy się na przemian – zaczął Igor. – Chłopak, dziewczyna, chłopak i tak dalej. Nie będzie wtedy jednej silnej linii.

– Dobra – przytaknął Bartek. – Jeszcze jakieś reguły?

– Nie. – Igor ściągnął koszulkę.

Jego ciało zdobiło wiele tatuaży, ale nadal prześwitywała skóra. Można było bardzo łatwo określić, gdzie zaczynał się jeden, a gdzie drugi. Ciało Dawida wyglądało zupełnie inaczej, ponieważ on nie miał ani centymetra bez dziar, a tatuaż, który zauważyłam jako pierwszy, na jego czaszce, ciągnął się dalej przez szyję, aż do pleców. Było to coś na kształt chińskiego smoka, który wyglądał tak, jakby położył się na nim płasko. U Igora i Dawida prostą kreską oddzielona była czysta skóra dłoni od wytatuowanego ramienia aż po nadgarstek. U Ingi linia była nierówna. Dołączyła do gry. Miała na sobie co prawda zwykły czarny stanik, ale nie powstrzymało jej to przed rozebraniem się. Lustrowałam jej plecy w poszukiwaniu jakiegoś tatuażu, ale ograniczyła się do kilku tylko na jednej ręce. Choć normalnie i to byłoby dla mnie ogromnym szokiem, przy chłopakach wyglądała skromnie. Podobnie jak Mop, który miał jedynie jakieś koło na lewej piersi. Obserwowanie ich uświadamiało mi, że zupełnie do nich nie pasowałam, że faktycznie powinnam być po drugiej stronie siatki.

– Lena! – krzyknął Marcin, syn najlepszego kolegi mojego ojca. – Wyskakuj z ciuchów jak reszta twojego zespołu.

– To wy się znacie? – zapytał mnie Igor, podchodząc bliżej.

– Niestety tak – potwierdziłam.

Odwrócił się w stronę naszych przeciwników, a ja, stojąc tuż obok, miałam okazję mu się dobrze przyjrzeć. Jego wyrzeźbione ciało sprawiało, że gapiłam się tak, jakby był eksponatem w muzeum. Chciałam go dotknąć, jego ramienia. Poczuć tę ukrytą w nim siłę. Cieszyłam się, że stał tyłem i nie miał pojęcia, że go tak lustrowałam. Do tej pory trzymał piłkę pod pachą, ale widząc, że wszyscy zajęli już pozycje, podał ją do Bartka, sugerując, że potrzebują forów, żeby nam dorównać. Zanim gra się zaczęła, Inga mnie przestrzegła, bym uważała, bo chłopaki potrafili grać ostro. Jako najniższa w grupie czułam się jak cel ataku, a nie jak członek drużyny. Bartka serw był mocny, ale na szczęście nie skierował go w moją stronę. Mop, zajmujący pozycję pod siatką, wystrzelił piłkę wysoko w górę, a stojący obok Igor wyskoczył ponad siatkę i uderzył tak mocno, że piłka poleciała jak rakieta w dół. W życiu nie odważyłabym się odebrać takiego uderzenia.

Przesunęliśmy się zgodnie ze wskazówkami zegara, a Igor odszedł daleko, poza granicę boiska, co od razu sugerowało, że piłka przetnie powietrze jak brzytwa. Marcin rzucił się do odbicia, ale odgłos uderzenia piłki w jego ręce był z samego dźwięku bolesny. Jakimś cudem uporał się z tym. Piłka poleciała do mnie, a ja grając jak w szkole, od razu chciałam odbić ją z naszego pola i trafiłam w siatkę.

– Myśl o taktyce – polecił Igor. – Trzeba było podać do Dawida. Stoi pod siatką jak dziwka na rogu.

– Wow – Położyłam dłoń na biodrze – jaki trafny komentarz. Poza tym myślałam, że gramy dla zabawy.

– Ale postarać się możesz – dodał.

– Słuchaj – zwrócił się do mnie Dawid – wybijaj w górę. Tak wysoko jak dasz radę i uciekaj. Jeden z nas pośle im petardę.

– OK – potwierdziłam.

Gdy przyszła moja kolej na serwis, czułam się jak na zaliczeniach w szkole. Choć nie – presja była teraz jeszcze większa. Udało mi się posłać piłkę za siatkę, ale wróciła do mnie, więc ze skupieniem uklękłam nawet nieco i wybiłam ją tak wysoko, jak tylko mogłam, jednocześnie robiąc zamaszysty skok w bok i wpadając na Dawida, który wystartował z nadzieją, że przesunę się w stronę Igora – do środka. Straciliśmy punkt. Czułam, że to ja byłam powodem, przez który mój zespół przegrywał. Nie umiałam z nimi grać. Nie poddawałam się jednak i z każdym kolejnym odbiciem szło nam coraz lepiej. W końcu gdy było już ciemno, a ja stałam znów w drugiej linii, korzystając z okazji, ściągnęłam sweterek i rzuciłam go za siebie na piach. Z czasem gra wciągnęła mnie do tego stopnia, że przeżywałam porażki tak jak pozostali. Jakimś cudem udało nam się jednak wygrać. Łukasz, który do tej pory się nie odzywał, zaproponował rewanż, ale tylko pod warunkiem, że się wymieszamy. Wytypował Bartka i Igora na kapitanów, którzy mieli wybrać sobie zespół. Nie wiedziałam, czemu miało to służyć, bo Bartek od razu wziął swoich, dokładnie tak samo zrobił Igor. Zamiana nastąpiła jednak przy dziewczynach. Bartek jako pierwszą wybrał Ingę. W końcu była najlepsza z dziewczyn. Igor od razu wybrał Pati. Bartek, pozostawiony z wyborem pomiędzy Agatą, mną i Julką, wybrał swoją narzeczoną. Byłam pewna, że Igor poprosi mnie, ale nie. Jak kukułcze jajo zostałam podrzucona do zespołu Bartka. Nie wiem, czy tak właśnie to sobie wyobrażał Łukasz, pewnie nie, bo teraz ich osłabiałam.

Taki układ zapewniał Igorowi pewną wygraną bez konieczności grania, ale mimo to walka toczyła się przy pełnym zaangażowaniu obu stron. Rozmowy towarzyszące odbijaniu piłki miały być motywujące, a tak naprawdę było to wzajemne dogryzanie.

W pewnym momencie znaleźliśmy się z Igorem pod siatką. Staliśmy twarzą w twarz. Uśmiechnęłam się do niego, a on od razu odpowiedział jeszcze pełniejszym uśmiechem. Poczułam takie ciepło płynące z jego spojrzenia, coś bardzo pozytywnego. Wydawało mi się, że był uroczy, a to, że mnie nie wybrał, nie wynikało z tego, co o mnie myślał, tylko po prostu tak wypadło. Zatapiałam się w jego jasnopiwnych oczach. Byłam pewna, że na mnie patrzył inaczej niż na resztę dziewczyn. Nie przestając się uśmiechać, wyobrażałam sobie, jakby to było móc z nim porozmawiać raz jeszcze – sam na sam.

– Uważaj, żebyś nie zahaczyła cyckiem o siatkę – rzucił rozbawiony.

Jego słowa były jak policzek. Nie spodziewałam się, że tak się do mnie odezwie. Podeszłam do siatki, wczepiłam się w nią obydwiema dłońmi i ciszej, tak żeby nikt nie słyszał, stwierdziłam poważnie:

– Za każdym razem gdy myślę, że jesteś niesamowitym facetem, otwierasz buzię i rozwiewasz moje złudzenia.

Nie czekając na jego odpowiedź, odwróciłam się tyłem do siatki i obserwowałam, jak Łukasz serwuje. Piłka poszybowała na drugą stronę. W dwóch sprawnych odbiciach została wystawiona Igorowi na nokaut. Wyskoczył w powietrze tak jakby miał pod nogami trampolinę i huknął w piłkę z całej siły. Nikt się nawet nie ruszył.

– Ta gra nie ma sensu – zatrzymałam Agatę przed kolejnym serwem. – To jest jak walka o przetrwanie.

– Dlatego zaproponowałem wymieszanie – wyrzucił z rezygnacją w głosie Łukasz.

– Ale co z tego, skoro niektóre piłki są jak pociski z armaty – starałam się mówić ogólnikowo, ale każdy głupi wiedział, czyje zagrania miałam na myśli. – Dzięki za grę, ale ja spasuję.

Odeszłam w kierunku sweterka i włożyłam go na siebie.

– Komuś jeszcze jest za ciężko? – zapytał ironicznie Bartek.

Wszyscy pozostali na swoich miejscach. Wynikało z tego, że wręcz czekali na moje poddanie się. Wyjęłam z siatki butelkę wody, która przez to, że leżała na innych, była przyjemnie chłodna. Jedną pełną wylałam na siebie, a drugą zabrałam i poszłam w kierunku morza. Było ciemno, ale nie czarno. Księżyc odbijał się w wodzie, rozświetlając delikatnie plażę. Usiadłam na piachu, pozwalając, by woda obmywała mi nogi. Gdy się obejrzałam po jakimś czasie, zobaczyłam, że dziewczyny się poddały, a na boisku została grupa samców walczących o honor. Mogli wreszcie dać upust swojej frustracji, traktując piłkę jak worek treningowy. Nie chciałam na to patrzeć. Położyłam się na piachu i zamknęłam oczy. Wsłuchiwałam się w szum morza. Nie umiałam określić, jak długo tak leżałam, ale z czasem woda schłodziła moje ciało i musiałam podciągnąć się wyżej. Przy okazji zerknęłam w stronę boiska. Gra się już skończyła, a Dawid z Igorem szli w moim kierunku lub raczej w kierunku wody. Mop ich dogonił w połowie drogi i wszyscy trzej, mijając mnie, weszli do morza i zaczęli pływać. Zapraszali mnie, żebym do nich dołączyła, ale nigdy nie poszłabym pływać w morzu w takiej ciemności. Bałam się, że coś mogłoby mnie dotknąć lub ugryźć.

Pierwszy z wody wyszedł Igor. Usiadł koło mnie. Ociekał wodą.

– Obraziłaś się? – zaczął.

– Nie, dlaczego? – Spojrzałam na niego.
– Za to, co ci powiedziałem.
– Taki już jesteś – uśmiechnęłam się. – Nie przepraszaj za to, kim jesteś.
– Ale ja nie przepraszam – stwierdził rozbawiony. – Pytam po prostu, czy się obraziłaś.
– A jeśli – odwróciłam się do niego, usiadłam po turecku – to co z tym zrobisz?
– Naprawdę myślisz, że jestem zajebistym facetem? – zmienił temat.
– Tak tego nie powiedziałam – zaczęłam się śmiać. – Faceci mają naprawdę wybiórczy słuch.
– Skąd znasz tych ludzi? – rzucił mi po raz kolejny pytanie, pozostawiając poprzedni temat niedokończony.
– Chyba nie trudno się domyślić – zauważyłam. – Są to dzieciaki, z którymi się wychowałam. Miałam jedenaście lat, jak się tu przeprowadziliśmy, więc znam ich od dawna.
– To czemu tak cię traktują? Jak wroga?
Igor zmienił pozycję, położył się na boku i wsparł głowę na ręce. Spuściłam wzrok.
– To zbyt skomplikowane… – westchnęłam ciężko.
– Rozumiem, że jakiś babski dramat. – Położył się płasko na piachu i podłożył ramiona pod głowę.
Obserwowałam każdy jego ruch, zerknęłam na włosy pod pachą, a następnie na jego profil. Na linię brody, szyję. Wpatrywałam się w jego mięśnie na ramionach i klatce. Gdy się obrócił, przyłapał mnie na gapieniu się, więc lekko zmieszana chwyciłam jakiś kamyczek i zaczęłam go zakopywać.
– No więc? – ponaglił mnie.
– Kojarzysz Bartka, prawda?

Przytaknął. Trochę trudniej poszło mu z identyfikacją Agaty, ale gdy już wiedział, o kim mowa, streściłam mu przebieg tamtego wieczoru.

– Nie wiedziałam, gdzie pojechać – kończyłam – więc zaparkowałam ojca auto i szłam ulicą, gdy zaczepiła mnie Kleo. Resztę już znasz.

– Gość wygląda na łachudrę. Niby taki laluś, ale to zwykły złamas, tylko w lepszym opakowaniu.

Zapadła cisza. Ne odrywaliśmy od siebie wzroku. Tym razem on uśmiechnął się jako pierwszy. Zanim cokolwiek zdążył powiedzieć, Mop z Dawidem wyszli z wody i dołączyli do nas. Mop otrzepał się jak pies, ochlapując nas wodą z dredów. Nie było to zbyt przyjemne, ale on bawił się świetnie.

– To co dalej robimy? – zapytał, wyżymając wodę z włosów.

– Może pojedziemy do Leny? – zaproponował Dawid.

– Yyyy – skrzywiłam się. – Nie wiem, czy to jest dobry pomysł.

– Ojciec zamyka pałac po jedenastej? – zażartował.

– Nie – powiedziałam. – Mieszkam sama…

– No to nie ma problemu – przerwał mi.

– Ale jestem monitorowana i…

– W sensie, że ogląda cię jak w Big Brotherze? – Spoważniał, pytając o to, co miałam na myśli, mówiąc o monitoringu.

– Być może… – Zaczęłam się nad tym zastanawiać i doszłam do wniosku, że to dokładnie tak wyglądało. – Musielibyście zachowywać się grzecznie.

– My niegrzecznie? – Dawid puścił mi oko.

Wyciągnął do mnie rękę, żeby mnie podnieść z piachu. Przyjęłam jego pomoc. Igor bardzo sprawnie podskoczył na nogi. Kiedy doszliśmy do boiska, Inga siedziała sama i oglądała coś w telefonie. Reszta poszła już do domu. Jak się okazało, Inga została przypilnować naszych rzeczy. Podziękowałam jej za to, że jako jedyna o tym pomyślała.

Zapakowaliśmy się do mojego auta. Inga usiadła obok mnie, a panowie zajęli tył. Krępowało mnie prowadzenie z nimi na pokładzie, bo dość otwarcie krytykowali mój styl jazdy. Igor upominał mnie w kwestii trzymania kierownicy oburącz. W pewnym momencie zjechałam na przystanek i zaproponowałam mu, żebyśmy się zamienili miejscami. Bez słowa przesiadł się za kierownicę, Inga poszła na tył, a ja zajęłam miejsce koło niego. Przekonana, że będzie miał obiekcje nawet względem mojego pilotowania go, wprowadziłam adres mojego domu w nawigację. Jak tylko włączył się do ruchu, nikt już nie komentował jazdy. Rozmowy toczyły się na różne tematy, ale ja niewiele mówiłam. Czułam tremę. Byłam świadoma, że propozycja Dawida nie wynikała z braku lokum, raczej kierowała nim ciekawość. Chęć przekonania się, kim byłam. Jednak nie chciałam, by patrzyli na mnie przez pryzmat tego, co miałam.

Otwarcie drzwi wejściowych spowodowało, że czujnik ruchu włączył światła. Szybko rozbroiłam alarm i położyłam swoją torebkę na stoliku. Moi znajomi zachowywali się jak w muzeum. Zamilkli i oglądali wszystko z podziwem. Jedynie Igor wydawał się nieporuszony. Dawid usiadł na białej skórzanej kanapie.

– Mógłbym się do ciebie wprowadzić? – zapytał grzecznie jak dziecko, które prosi rodzica o zabawkę.

– Pewnie – stwierdziłam. – Siadajcie, przyniosę coś do picia.

Inga zaoferowała pomoc i poszła ze mną do kuchni.

– Matko, ale masz piękny dom – zaczęła. – Nigdy nie widziałam tak jasnych pomieszczeń. Wszystko jest takie nowe, eleganckie. Chciałabym mieć kiedyś takie miejsce na własność.

Nie skomentowałam tego. Oceniała tylko to, co widziała, nie miała pojęcia, jak wyglądało życie z moim ojcem. Jak trudno z nim wytrzymać. Wyciągnęłam puszki z napojami z lodówki i zaniosłyśmy je do pokoju gościnnego. Zapytałam, czy przynieść coś wysokoprocentowego, a Dawid stwierdził, że bez alkoholu i muzyki będzie sztywno. Poszłam więc do domu ojca. Zgarnęłam mu jakieś butelki i wróciłam do siebie. Cieszyłam się, że nie było go w domu. Mogłam odetchnąć, wiedząc, że nie dowie się o moim małym przyjęciu. Kiedy wróciłam, dobiegła mnie muzyka.

– Jesteś pewna, że to twój dom? – rzucił żartobliwie Mop.

– Tak, a czemu? – uśmiechnęłam się szeroko.

– Co to za muzyka? – Przeskakiwał po utworach. – Mam wrażenie, że to chata jakichś starych pryków. Kto tego słucha?

– To *Show me Heaven*, klasyk. – zauważyłam.

Mop podłączył swój telefon i zmienił na coś szybszego i bardziej młodzieżowego.

– I jak? – Popatrzył na mnie, czekając na reakcję.

Skrzywiłam się, ale nie chciałam zrobić mu przykrości. Wybierając najbardziej poprawną odpowiedź, wycedziłam:

– Wolę jednak swoje kawałki.

– Puść jeszcze raz tę piosenkę Leny – polecił Igor. – Może nie zaśniemy.

– Przecież to same pościelówy. – Dawid wyśmiał moje piosenki już po pierwszych dźwiękach.

Nie upierałam się przy swojej muzyce. Pozwoliłam im włączać, co tylko chcieli. Chłopaki, pijąc whisky i gin ojca, wychwalali smak. Inga zapytała, czy mogłabym pokazać jej resztę domu. Ku mojemu zaskoczeniu wszyscy wstali. Oprowadzałam ich po pomieszczeniach, pokazując, co gdzie miałam. Czułam się bardzo niezręcznie, wprowadzając pielgrzymkę do swojej sypialni.

– Przygarnij mnie – poprosiła Inga. – To by było jak bajka.

– Tylko co to za bajka bez księcia? – zapytałam, stojąc w drzwiach za nimi.

– To czekasz na księcia? – Inga aż uniosła brwi z wrażenia.

Igor rozłożył ręce i z pozycji stojącej rzucił się moje łóżko. Opadł na nie i zakomunikował, że on już się nigdzie nie rusza.

– Nie, nie czekam. Nie istnieje ktoś tak idealny.

– No ale co facet musi spełniać? Jakie warunki? – nie odpuszczała Inga.

– Mieć wielkiego – rzucił Mop i położył się obok Igora. – To najważniejsze. Znacie to powiedzenie, że jak baba nie jęczy w nocy, to ryczy w ciągu dnia. To cała filozofia, a reszta to ściema. Kobiety udają, że chcą czegoś innego, czegoś niespotykanego, a tak naprawdę chodzi tylko o dobre bzykanie. Świat byłby taki piękny, jakby ludzie się do tego stosowali.

– Ciekawa teoria – przyznałam z uśmiechem, pozostając na miejscu.

– Ja też się z tym zgadzam. – Dawid siedział na białym skórzanym fotelu pod oknem. – Co więcej, jak chcesz, mogę cię przekonać do tego poglądu.

Puścił mi oko. Uśmiechnęłam się, rozumiejąc jego aluzję, ale nie skomentowałam jej. Pokiwałam jedynie głową z dezaprobatą.

– Igor, a ty co myślisz? – wywołałam go do odpowiedzi.

Podciągnął się wysoko na poduszki.

– Ja nic nie myślę – wykręcił się sprytnie.

– Pierdolenie – zareagował błyskawicznie Mop. – Masz takie samo zdanie, ale nie masz odwagi się przyznać otwarcie.

– To nie to – zaczął, uśmiechając się zadziornie. – Ktoś mi kiedyś powiedział, że jak otwieram japę, to wszystko psuję, więc wolę się ugryźć w język.

– Nic nowego – rzucił spod okna Dawid, a potem zwracając się do mnie, zapytał: – Czemu mieszkasz tu sama?

– Powinnam mieszkać w domu z ojcem. Jak się wychylisz, zobaczysz budynek. – Podeszłam do okna i odsunęłam zasłonę. – W tym roku jednak chciałam być sama. Wiem, że dla was brzmi to śmiesznie, ale ja mam dość tej bajki, jak to powiedziała Inga.

– Ale czemu dość? – Dawid nie odpuszczał. – Masz hajs, dom, zajebiste auto. Wszystko, co chcesz.

– Ale nie mam wolności – wyznałam. – Nie mogę podjąć pracy, nie mogę wyjechać, nie mogę zostać w Warszawie w trakcie wakacji. Ściągnął mnie tutaj, żeby mieć mnie na oku, żebym chodziła na durne przyjęcia, pełne nadętych ludzi…

– Żeby znaleźć męża? – przerwała mi Inga.

– Nie – uśmiechnęłam się gorzko i usiadłam na szerokim parapecie okna. – To nie te czasy.

– A gdzie jest twoja mama? – zapytał tym razem Igor.

– W wariatkowie.

Oczy wszystkich zwróciły się w moją stronę.

– Pierdolisz. – Mop spojrzał na mnie, badając, czy żartuję. – Mówisz serio?

– Tak, jest zamknięta prawie od dekady.

– Ukrywacie to? – Kolejne pytanie padło od Ingi.

– Nie, wszyscy wiedzą i gdyby nie kasa ojca, pewnie by o nas zapomnieli.

– Przykro mi. – Igor wyraził swoje współczucie jako pierwszy, a następnie wszyscy do niego dołączyli.

Nie chciałam, żeby się nade mną użalali, żeby mnie traktowali specjalnie, więc nie zwlekając, wyjaśniłam, że zdążyłam się już przyzwyczaić. Zapadła cisza.

– Co robi twój stary? – przerwał milczenie Mop.

– Jest prawnikiem, ale takim od trudnych spraw, jak uniewinnienie mordercy. Jak widzisz – pokazałam ręką na dom – to dobrze płatna praca.

– To my zapierdalamy po naście godzin, tatuując tych, których on wyciąga – rzucił żartobliwie Dawid. – Tylko czemu nam nie płacą, skoro mają?

– Bo już nie mają – dokończyłam za niego, a reszta się roześmiała.

– To jeszcze jedno pytanie – Inga dalej poważnie upominała się o odpowiedź – to przez ojca jesteś sama? Nie pozwala ci się spotykać z chłopakami?

– Nie – rozbawiła mnie tym pytaniem – tak po prostu wyszło. Choć nie powiem, gdybym tu kogokolwiek przywiozła, to ojciec na bank by się starał go przegonić. A ty czemu jesteś sama? – odbiłam piłeczkę, chcąc, by dla odmiany rozmowa dotyczyła kogoś innego.

– Zapytaj Dawida. – Poważny wyraz twarzy Ingi zdradził mi od razu, że to temat, którego nie powinnam była poruszać.

Dawid nie odzywał się, ewidentnie nie chciał o tym rozmawiać, ale dla mnie też niewygodny był temat mamy, a mimo to udzieliłam im szczerych odpowiedzi.

– A jeszcze chwilę temu Igorowi zarzuciłeś brak odwagi – podsumowałam jego zachowanie.

– Nie wyszło. – Dawid nerwowo wstał i poszedł do łazienki.

– A ja byłam pewna, że to z Igorem masz jakąś historię – stwierdziłam.

– Co? – Igor rechotał jak wariat. – Czemu tak pomyślałaś?

– Nie wiem, jakoś tak. – Ukryłam prawdziwy powód.

Gdzieś podświadomie czułam, że Inga kilka razy zachowała się tak, jakby była o niego zazdrosna. Zupełnie nie pasowała do Dawida. Nie było między nimi żadnej widocznej interakcji. Nic, co mogłoby sugerować, że coś ich łączyło. Psychologowie mówią, że bardzo łatwo można odróżnić tych, których połączył seks, od pozostałych, bez kontaktu fizycznego. Nie zauważyłam, żeby choć raz spojrzeli na siebie inaczej. Jednakże nie byłam w tej sprawie ekspertem, bo przecież mogłam przysiąc, że tak właśnie wyjątkowo patrzył na mnie Igor, a on do tej pory nie zrobił nic. Tak jakbym była mu zupełnie obojętna. Nie podjął żadnej próby bliższego kontaktu ze mną. Zaczynałam sądzić, że moje ciało mnie myli, że źle odczytuję sygnały. Może faktycznie nie był mną zainteresowany.

– A czemu wy jesteście singlami? – rzuciłam ogólnie do pozostałej dwójki.

– Ja – Mop klepnął się w pierś – z wyboru, a Igora nikt nie chce albo on ma syndrom ginekologa.

– Ginekologa? – Nie mogłam powstrzymać śmiechu.

– Wiesz, napatrzy się w pracy i już mu się nie chce w domu.

– Ale patrzeć, a robić to różnica – zauważyłam.

– Tak – Igor pokiwał głową – mam ten syndrom.

– A może jesteś gejem i o tym nie wiesz? – dodałam, będąc na fali.

– Coraz ciekawsze macie pomysły – uśmiechnął się do mnie. – Dalej, dalej, bo jestem zainteresowany, co będzie dalej.

– Dalej nic nie będzie – rzucił Dawid od progu. – Ja spadam.

– My też już powinniśmy iść. – Inga zerknęła na zegarek.

Jak małe dzieci wygnane do łóżek po dobranocce tak teraz wszyscy razem zebrali się do wyjścia. Zeszliśmy na dół, a oni podziękowali za gościnę. Zrobiło się dziwnie niezręcznie przy drzwiach, więc szybko zapytałam, czy mają jak wrócić do domów. Najpierw zapewnili, że jakoś sobie poradzą, ale gdy zaproponowałam, że ich podwiozę w jakieś dogodne miejsce, nie protestowali. Tym razem tylko ja, jako ta trzeźwa, mogłam prowadzić. Dzięki temu nie słyszałam żadnych kąśliwych uwag.

Dawid z Ingą wysiedli w centrum, a Mop mieszkał blisko Igora. Jak się okazało, byli sąsiadami, dzięki temu się zresztą poznali. Zaprzyjaźnili się, od kilku lat byli dobrymi kumplami. Mop dumnie opowiadał o swojej pracy w markecie z elektroniką. Pękaliśmy ze śmiechu. Potem serio wyjaśnił, że w wakacje sobie dorabiał, że był na ostatnim roku studiów i że za późno złożył dokumenty rejestrujące studentów na praktyki. Rodzice na niego naciskali, więc znalazł pracę – jak to określił – dla jaj. Studiował inżynierię budowlaną. Robił sobie żarty na temat swojego kierunku, a Igor dopowiadał, widząc, że ja płakałam ze śmiechu. Droga minęła nam błyskawicznie. Mop wysiadł jako pierwszy, a Igor mieszkał kilka budynków dalej. Jeśli wcześniej musiał mnie pilotować, bo nie pamiętałam drogi, teraz wiedziałam dokładnie, gdzie skręcić. Zaparkowałam w jego bramie wjazdowej.

– Dzięki – rzucił i złapał za klamkę.

– Nie zaprosisz mnie do środka? – zapytałam śmiało.

Spojrzał na mnie poważnie i jakby od niechcenia bąknął, że jeśli chcę, to mogę wejść. Nie brzmiało to zbyt miło, ale postanowiłam zaryzykować. Szłam za nim i zastanawiałam się, czy on zrozumiał to jako sugestię, że chciałabym się z nim przespać. Czułam zmieszanie. Chciałam coś powiedzieć, ale nie wiedziałam co. Otworzył drzwi i wszedł jako pierwszy.

– Co chcesz robić? – spytał, zapalając światło.

– Myślałam, że moglibyśmy pogadać – zasugerowałam niepewnie.

– O czym? – wypalił, czym totalnie zbił mnie z tropu.

W ogóle mi nie pomagał.

– O niczym – westchnęłam. – Nieważne.

Miałam już wyjść, ale zdecydowałam, że muszę się odezwać. Igor nie był ani niemiły, ani poirytowany moją obecnością. Przywykłam do chłopaków, z których reakcji mogłam szybko wyczytać, czy byli mną zainteresowani. Ani razu nie znalazłam się w takiej sytuacji jak teraz. Do tej pory umiałam porozumiewać się z facetami bez słów. Z Igorem nie wiedziałam, co myśleć. Czasami wydawało mi się, że była między nami jakaś chemia, a innym razem, tak jak teraz, miałam wrażenie, że przyszłam do obcego w odwiedziny porozmawiać o czymś tak trywialnym jak problem oświetlenia na ulicy.

– Wiesz, dzisiaj pielęgniarz w ośrodku mamy mi coś fajnie wytłumaczył – przemówiłam, pozostając nastawiona przyjacielsko. – Powiedział, że przy jej kondycji próba rozmowy z nią to jak dzwonienie pod nieistniejący numer.

– Dobrze powiedziane.

– A ty czasem odbierasz? – zapytałam dwuznacznie, uśmiechając się szeroko.

– Ale co? – Pokazał mi ręką fotel.

Sam usiadł na kanapie, gdzie było jeszcze dużo miejsca. Zdecydował się jednak posadzić mnie daleko od siebie, zachowując się formalnie, jak przystało na obcych sobie ludzi. Posłuchałam go jednak i spoczęłam posłusznie w miejscu, które mi wskazał. Był śmiertelnie poważny. Nie poddawałam się jednak.

– Masz czasem tak, że chciałbyś kogoś po prostu przytulić i wyłączyć myśli. Zrobić to tylko po to, by nie być samemu? Tak jakby sam ten fakt, że ktoś zamyka cię w objęciach był jak tarcza? Taka niewidzialna, bezgłośna pomoc?

– Chcesz, żebym to zrobił? – zapytał.

– Nie o to cię spytałam – sprostowałam. – Pytałam, czy tak się czujesz?

– Lena – zaczął poważnie. – Musisz zdać sobie sprawę, że jestem facetem i nie zastanawiam się nad tym, co czuję, jak czuję. Jeśli chcesz, żebym cię przytulił, to powiedz.

Milczałam. W życiu nie pomyślałabym, że tak mi odpowie. Gdzie romantyzm? Mój poprzedni chłopak od razu by wykorzystał taką sytuację. Zacząłby mówić o samotności w tłumie i o potrzebie kontaktu. Nie żebym używała takiego zagrania z każdym z poznanych mężczyzn. Tylko po prostu wiedziałam, co on mógłby powiedzieć. Umiałam to przewidzieć. Teraz siedziałam naprzeciw faceta, którego w ogóle nie mogłam rozszyfrować.

– Jeśli to jakiś babski sposób – wznowił, uśmiechając się zalotnie – żeby poprosić o seks, to musisz być bardziej bezpośrednia.

– Poprosić? – Irytowało mnie to słowo. – Nic nie rozumiesz.

To był właśnie kolejny przykład na dzwonienie pod nieistniejący numer. Nie wiedziałam, czego od niego oczekiwałam. Być może tych kilka spojrzeń, które wymieniliśmy, to był jedynie jego popęd i nic więcej. To nie dla mnie. Uśmiechnęłam się i wstałam, dziękując mu za gościnę. Choć to słowo zupełnie nie pasowało do sytuacji, bo Igor nie zaproponował mi nawet wody.

– Poczekaj – zatrzymał mnie.

Stanął koło mnie, a następnie przyciągnął mnie do siebie. Przytulił mnie mocno, wtulając się we mnie dokładnie tak, jak mu to wcześniej opisałam. Westchnęłam głośno. Objęłam go ramionami. Jego zapach był mieszanką potu i opalonej od słońca skóry. W każdych innych okolicznościach uznałabym to za niezbyt przyjemne, ale zaskakując samą siebie, wciągnęłam powietrze i pozwoliłam, by wypełniło mnie od środka. Byliśmy jak zawieszeni w czasie. Chciałam tak zostać jak najdłużej, ale dźwięk mojego telefonu sprawił, że wyskoczyłam z jego objęć jak poparzona. Rzuciłam się do torebki. Wiedziałam, kto i w jakim celu szukał mnie w nocy.

– Gdzie jesteś? – zapytał spokojnie ojciec.

– U Ingi – skłamałam, patrząc na Igora.

Zrozumiał, z kim rozmawiałam, i wyszedł do swojej sypialni, dając mi możliwość przeprowadzenia tej rozmowy bez świadków.

– U kogo? – dopytywał.

Wszystkie moje koleżanki znał bardzo dobrze, więc to imię nic mu nie mówiło. Mogłam mu skłamać, że jestem z Agatą, ale pewnie sprawdził już współrzędne samochodu. Wybrałam kłamstwo, którego nie był w stanie tak szybko zweryfikować. Powtórzyłam więc jej imię i wytłumaczyłam mu, że to nowa znajoma, którą bardzo polubiłam.

– Jeśli chcesz, mogę ją przyprowadzić do domu, żebyś ocenił, czy jest dla mnie wystarczającą partią lub możesz zaufać mojemu osądowi – blefowałam.

Dałabym sobie głowę uciąć, że nigdy by nie zaaprobował takiego typu znajomych, ale sądziłam, że w ten sposób spławię go szybciej.

– Kiedy będziesz w domu?

– Niedługo, OK? – Niecierpliwiłam się, że trzymał mnie na linii.

– Może byś do matki pojechała, a nie tylko koleżanki i koleżanki.

– Byłam dzisiaj – syknęłam, wyczuwając w jego głosie jakiś wyrzut. – Kiedy ty byłeś?

– Przed twoim przyjazdem – odpowiedział spokojnie, zupełnie nie dając po sobie znać, że poczuł się urażony moim pytaniem. – Cieszę się, że to zrobiłaś. Teraz jest taka opcja, że można wziąć chorego na spacer…

– Proszę cię – ściszyłam głos. – Jej nic nie pomoże.

– Ale tobie może pomóc. – Słyszałam w jego głosie tylko spokój.

– Czy możemy porozmawiać o tym jutro? Chcę już jechać do domu.

– Dobrze, jedź bezpiecznie. Ja już idę spać.

– Dobranoc – powiedziałam i rozłączyłam się.

Chciałabym kiedyś odbyć z nim rozmowę, po której poczułabym zastrzyk energii, usłyszeć coś, co podniosłoby mnie na duchu. Obecnie każda nasza wymiana zdań powodowała, że miałam ochotę coś rozbić. Zniszczyć.

Zawołałam Igora, ale nie odpowiedział. Powoli weszłam do jego sypialni. Leżał na brzuchu rozciągnięty na łóżku. Jedną rękę trzymał pod poduszką. Spał w najlepsze. Położył się w ubraniach. Korzystając z okazji, że był nieprzytomny i nie zniszczyłby tego momentu, odzywając się nieadekwatnie do sytuacji, podeszłam do niego i dotknęłam jego włosów. Samo dotknięcie go powodowało u mnie błyskawiczną reakcję. Wypełniło mnie ciepło. Uśmiechnęłam się do niego. Wahałam się, czy dotknąć palcem jego ust, ale bałam się, że mogłabym go obudzić. Szepnęłam „dobranoc" i wyszłam.

Pedro był jak na haju. Z jakąś niewytłumaczalną radością opowiadał o tym, jak pociął twarz Krisa, jak mu poobcinał palce. Patrzyłem na niego i nie mogłem zrozumieć, czy to zawsze w nim siedziało, czy ta jedna chwila tak go odmieniła. Słyszałem, jak relacjonował zabicie Krisa kilka razy pod rząd. Każdemu, kto tylko chciał tego słuchać. W końcu Czarny kazał mu się zamknąć. Wszystko dlatego, że zadzwonił po dziewczyny, a przy nich nie chciał poruszać kwestii biznesowych.

Przyjechały dwie kobiety. Ubrane były dość dziwnie, bo pod kurtkami miały jedynie obcisłe sukienki z krótkim rękawem. Byłem pewien, że to są te same babki, które w ciągu dnia stoją na trasach wyjazdowych i czekają na klientów, by odbyć szybki numerek w lesie.

Mario wyciągnął woreczki z tabletkami i różnymi proszkami, dając możliwość dziewczynom, by sobie coś wybrały. Obydwie ochoczo sięgnęły po tabletki, a jedna z nich zapytała, czy mogłaby wziąć dwie. Mario skinął głową i dał im do popicia piwo. Po chwili, bez niczyjej ingerencji zaczęły się rozbierać. W pierwszej chwili myślałem, że to będzie striptiz. Jakiś nieudany, bo mało zmysłowy pokaz, ale one po prostu ściągały z siebie ubrania tak, jakby to robiły wieczorem, przed snem. Jedna usiadła Czarnemu na kolanach. Musiały doskonale wiedzieć, jaka była hierarchia w grupie. Z pewnością już wcześniej tu bywały. Druga głaskała Maria i Pabla po ich kroczach. Po chwili uklęknęła i rozpięła im spodnie, zsuwając je do kostek. Chłopakom w ogóle nie przeszkadzało obnażenie. Zamurowało mnie. Czułem się jak podglądacz i uważałem, że powinienem wyjść. Nigdy jednak nie miałem kobiety i nie widziałem seksu, więc ciekawość wzięła górę. Pedro zdawał się bardziej obeznany, bo podszedł do tej kobiety i zaczął ją głaskać po piersiach, jednocześnie wkładając sobie drugą rękę w spodnie. Kobieta przeskakiwała pomiędzy penisami chłopaków, biorąc w usta każdego po kolei. Pablo zaprosił mnie do kółka, ale ja stałem tam jak sparaliżowany. Mario po raz kolejny wyciągnął z kieszeni torebeczkę z prochami i rzucił mi ją. Zapewne myślał, że potrzebowałem czegoś dla odwagi. Złapałem torebkę i już miałem ją otworzyć, kiedy Czarny uderzył w twarz swoją dziewczynę. Czekałem na jej reakcję, ale ona nie zrobiła nic. Obróciła się i wypięła do niego tyłem, co on od razu pochwalił. Odłożyłem tabletki na bok i nadal stałem tam jak słup. Chciałem być przytomny, na wypadek gdyby odwalili jakiś numer. Patrzyłem, jak wymieniali się tymi kobietami przez kilka godzin. Nawet Pedro nie odmawiał. Chciałem do nich dołączyć, skorzystać z okazji, ale coś mnie w środku blokowało. Nie były to wyrzuty sumienia ani brak popędu. Nie, nie to. Czekałem na seks od dawna i myślałem o tym ostatnimi czasy bardzo często, ale bałem się chłopaków. Bałem się Czarnego. Nie ufałem im na tyle, by wyluzować w ich towarzystwie. Gdzieś podświadomie czułem, że powinienem ich obserwować, badać ich reakcję, by sprawdzić, jakimi ludźmi byli naprawdę.

Czarny rozciągnięty w fotelu popijał piwo, a dziewczyny zaczęły się ubierać, rozumiejąc, że ich praca dobiegła końca.

– Kejsi? Prawiczek jesteś? – zapytał rozbawiony.

– Tak – przytaknąłem.

– Dziewczyny – zwrócił się do prostytutek – niech jedna z was pójdzie z nim do jego pokoju. On się wstydzi.

Kobieta posłusznie wzięła mnie za rękę i wyszła ze mną na korytarz. Zapytała, który pokój jest mój. Wskazałem jej drzwi, a ona bezgłośnie weszła do środka. Nie uśmiechała się, nie rozmawiała ze mną. Była tak obojętna, że aż czułem od niej chłód. Zamknąłem za sobą drzwi, a ona ponownie się rozebrała. Zachowując przytomność umysłu, zapytałem, czy ma prezerwatywy. To jedno pamiętałem ze szkoły – konieczność dbania o siebie. Nie po to walczyłem o swoje życie, by jakaś kobieta mi je odebrała chwilą przyjemności. Milcząc, wyciągnęła gumkę i kucnęła przy mnie. Sam fakt, że dotykała mnie kobieta, był dla mnie wystarczający. Byłem gotowy na seks. Tak jak z Czarnym, oparła się o biurko i czekała na mnie. Nie wiedziałem, jak zacząć. Po chwili się odwróciła, przyciągnęła mnie do siebie i naprowadziła. Dotknąłem jej bioder. Była lepka od spermy chłopaków. Obrzydziło mnie to, ale zamknąłem oczy i wyobrażałem sobie coś zupełnie innego. Przywoływałem w pamięci zadbane nagie kobiety. Nie trzeba mi było dużo. Ona doskonale wiedziała, kiedy miałem orgazm. Poczekała chwilę, a ja szybko się wysunąłem. Bez słowa ponownie się ubrała. Wyszła, zostawiając mnie w pokoju. W obawie, że Pedro zaraz wróci, szybko posprzątałem. Masturbacja była przyjemniejsza, bo bardziej spokojna, niewymuszona, ale w takim seksie było coś innego, co na mnie podziałało. Chciałem spróbować jeszcze raz, ale z inną kobietą. Taką, której by choć trochę zależało, albo taką, która potrafiłaby udawać, że jej zależy.

Gdy Pedro wrócił do pokoju, robił sobie ze mnie żarty. Potem przyznał, że dokładnie tak samo wyglądał jego pierwszy raz. Zapytałem go wtedy, czy mu nie przeszkadzało, że bzykał je razem z innymi, ale on mówił, że to było bardzo pobudzające, że robili to jako grupa. Zapytany o zabezpieczenia powiedział, że nie lubi prezerwatyw i że chłopaki mieli już wszystko to, co tamte dziewczyny.

– Często są takie imprezy? – dociekałem.

– Czasami, ale nie zawsze Czarny się dzieli. Jak nie ma humoru, to zadzwoni po jedną tylko dla siebie i wtedy my możemy wyłącznie popatrzeć.

– To nie wyprasza was?

Rozmawiając z Pedrem, podnosiłem ciężarki. Przekładałem je co chwilę, żeby pracować nad konkretnymi partiami mięśni. Pedro leżał plackiem na łóżku i palił papierosa.

– Nie – zaprzeczył. – Dostaniemy robotę Krisa.

– Co? – przerwałem na chwilę.

– Słyszałeś.

– To koniec z dilowaniem?

Kris na pewno nie sprzedawał, więc zakładałem, że nasza praca zmieni się całkowicie.

– Nie wiem. Jutro Czarny z nami pogada.

Tej nocy Pedro chrapał jak stary chłop, ja za to nie mogłem zasnąć. Zastanawiało mnie, co się jeszcze zdarzy. Do czego nas Czarny jeszcze zmusi. Wtajemniczenie w jego sprawy wcale nie sprawiało, że czułem się lepiej. Bałem się odpowiedzialności, momentu, w którym będę musiał powiedzieć „nie".

Rano zostaliśmy poproszeni do Czarnego na krótką pogawędkę. W kamienicy panował mrok przez cały czas, a jedyne światło w pomieszczeniach pochodziło z lamp lub przedzierało się pomiędzy deskami zabitych okien.

Szef był poirytowany. Chyba miał kaca, bo siedział z dłonią na twarzy. Na dodatek odchylił głowę na oparciu fotela.

– Słuchajcie, gówniarze – zaczął – od dziś idziecie do Pabla. On wam powie, co macie robić. Przy tej robocie dostaniecie porządną kasę dla siebie.

– A ulica? – zaryzykowałem z pytaniem.

– Czemu mi, kurwa mać, przerywasz?! – ryknął na mnie Czarny, zrywając się na równe nogi.

Podszedł do mnie i złapał mnie za ubranie tuż pod szyją. Nazwał mnie wszą, niewdzięczną pijawką. Nie wiedziałem, że był taki wściekły. Przelotnie zerknąłem na Pedra. Stał obok. Był cicho i starał się nie przyciągnąć uwagi Czarnego. Obydwaj czekaliśmy, aż szef się uspokoi. Opanował się po chwili, a kiedy mnie puścił i myślałem, że odejdzie, obrócił się i uderzył mnie pięścią w brzuch. Zgiąłem się wpół.

– Nie przerywaj mi, jak mówię. – Wrócił na swój fotel. – Z podkulonym ogonem przyszedł, a teraz taki bohater. Na każdego jest sposób, wiesz? Kris też myślał, że rozgryzł system.

Wahałem się, czy powinienem przeprosić, ale zdecydowałem, że on miał w dupie mnie i to, co myślałem. Odesłał nas do Pabla. Posłusznie wyszliśmy do niego na zewnątrz. Kiedy kazał nam wsiąść do samochodu, który wczoraj z ledwością dopchaliśmy po zabiciu Krisa, obaj zbledliśmy. Nie wiedzieliśmy, czy Czarny wysyłał nas do pracy, czy na tamten świat. Jechaliśmy jednak w milczeniu, mijając kolejne ulice. Zbliżał się do centrum, a potem skierował się do bogatej dzielnicy. Krążył wokół domów. Zaparkował w końcu przy chodniku.

– Co widzicie? – zagadał.

– Domy – rzucił Pedro.

– A ty, Kejsi?

Rozejrzałem się, lustrując okolicę.

– Ładnie tu – stwierdziłem, nie wiedząc, czego więcej ode mnie oczekiwał.

– Widzicie... okazję – wyjaśnił. – W tych hacjendach jest ogromna kasa. Biżuteria, elektronika, a często też gotówka...

Wygląda to tak: przygotowujemy się do skoku, wchodzicie do środka, zabieracie, co się da, i wracamy do siebie.

– Proste – palnął Pedro.

– A gdzie są ludzie? – zapytałem.

– W domu – oświadczył dumnie.

Starałem się zrozumieć, co to oznaczało dla nas. Po minie Pedra wiedziałem, że rozważał dokładnie to samo co ja. Zaniemówił, więc ja, przełykając głośno, nazwałem rzeczy po imieniu.

– Mamy ich zabić?

– Nie! – uśmiechnął się Pablo. – Ale z was twardziele. To znaczy jak coś pójdzie nie halo, to tak, trzeba będzie zająć się ludźmi, ale do tej pory nie było problemu.

– Kris to robił? – dociekałem.

– Tak, ale on był cienki jak dupa węża. Nic nie mógł dźwignąć, nie miał odwagi ani instynktu. Yeti się na niego wściekał, bo nie było z nim porozumienia.

– Yeti? – wyłapałem ksywkę, której do tej pory nie słyszałem.

– Poznasz go niedługo.

Nie zdradzając więcej szczegółów, Pablo odjechał. Prowadził jak szaleniec. Trzymając się kurczowo foteli, siedzieliśmy w milczeniu. Muzyka dudniła tak głośno, że aż bolały mnie uszy. Może przez to, że siedziałem z tyłu, najbliżej głośników.

Kiedy wróciliśmy do domu, Czarny zawołał nas do siebie. Włączył program informacyjny i kazał nam usiąść na starej kanapie. Reporter donosił o znalezionym ciele w rzece. Tak jak oczekiwał tego szef, nie udało im się zidentyfikować Krisa, mimo że znaleźli go bardzo szybko. Krótki reportaż pokazywał ogrodzony taśmą policyjną teren. Reporterka wysłana na miejsce z poważnym wyrazem twarzy donosiła, że to była egzekucja.

Sugerowała, że ofiara została zabita przez mafię. Obcięte palce Krisa interpretowali jako tajemnicze sygnały w świecie przestępczym. Miała to niby być tajna informacja, coś na kształt przestrogi dla innych w biznesie. Im więcej mówiła, tym bardziej wszyscy dookoła się śmiali. Czarny wychwalał fantazję Pedra.

– Następnym razem odwalimy jakiś jeszcze lepszy numer, nie wiem… wsadzimy rękę w dupę, ciekawe, co na to powiedzą – dusił się ze śmiechu.

Zmroziło mnie na dźwięk słów „następnym razem". Kto miał być następny? Rozumiałem, że Pedro mógł spać spokojnie, jako że to on poszatkował Krisa i zdobył tytuł finezyjnego mordercy. Ogarniało mnie przerażenie, zasychało mi w ustach. Blokowałem w sobie strach i myśli. Reszta grupy zdawała się w ogóle nie zwracać uwagi na to, co Czarny wycedził. Rechotali zupełnie nieświadomi, że taki news może za jakiś czas dotyczyć jednego z nich. Poczekałem, aż Czarny nas odprawi, i wyszedłem się przejść. Najpierw szedłem spokojnie, potem rzuciłem się do biegu. Gnałem przed siebie, jakby mogło mnie to uwolnić od problemów. Nie miałem jednak gdzie pójść, wróciłem więc do kamienicy.

Następnego dnia Pablo zabrał nas na spotkanie z Yetim. Był to chłopak, który miał swoje „biuro" w starej hali magazynowej. Byłem pewien, że przyjechaliśmy tu po łomy, maski i inne atrybuty złodzieja. Gdy wpuścił nas do środka, oniemiałem. Gość miał kilka komputerów, masę monitorów i różnego sprzętu. Część wyglądała jak studio nagraniowe z teledysków, a reszta jak mieszkanie. Stało tam też łóżko, ale nie umiałem powiedzieć, czy faktycznie był to jego dom. Od razu uderzyło mnie zimno. Zapewne przez to, że hala była wysoka, ciepło szybko uciekało w górę. Miał co prawda grzejniki gazowe, ale dawały one ciepło tylko wtedy, kiedy stało się blisko nich.

Zrozumiałem też, czemu nazywali go Yeti. Zarośnięty był jak jakiś dzikus z buszu. Musiał chyba długo zapuszczać taką brodę, bo wyglądał jak rozbitek ze statku, który kilka lat spędził na bezludnej wyspie. Przyszło mi do głowy, że może Czarny go tutaj więził.

– Kogo przyprowadziłeś? – zaczął od razu. – Macie jakąś szkołę czy znów matoły z ulicy?

– Ja jestem matoł z ulicy – przyznał się wesoło Pedro.

– Nie! – sprzeciwił się Yeti i usiadł do komputera. – Znajdź kogoś dobrego, bo ja nie będę marnował swojego czasu.

– Oni są zajebiście kumaci, a ten tutaj – pokazał na mnie – to inteligent.

Yeti podrapał się po głowie, a potem zaczął tłumaczyć. Był specem od systemów alarmowych. Teraz w większości domów były zainstalowane alarmy, co oczywiście utrudniało dostanie się do środka. Kradzieże stanowiły skomplikowany proces. Rola Yetiego była bardzo trudna, musiał bowiem rozgryźć system w danym domu, my mieliśmy się dostać do środka, zaś on miał nam przekazać, jak należy rozbroić alarm. Mieliśmy z nim współpracować na żywo, mając słuchawkę bluetooth w uchu.

– A co z ludźmi w środku? – przerwałem mu ten piękny plan.

– Śpią – odpowiedział.

– Alarm ma syrenę – zauważyłem. – Obudzi każdego. Plan jest spoko, ale to się nie uda.

– Dobrze kombinujesz – przyznał mi rację. – Włamanie by się nie udało, ale my używamy gazu usypiającego. Waszym zadaniem będzie podejść do domu i zastosować go w stosunku do nich, by sobie smacznie spali, a następnie włamujecie się do środka. Włącza się alarm, rozbrajacie go i czekacie na telefon od firmy chroniącej dom. Powinni zadzwonić w ciągu kilku minut, więc czym prędzej biegniecie przez dom do telefonu, podajecie hasło, które ja wam wcześniej przekażę, i wtedy czyścicie chatę z wszystkiego, a państwo Kowalscy budzą się za jakiś czas bez kilku kosztowności w domu. Zanim się zorientują, jesteśmy daleko i bezpieczni.

– A co, jak nie dobiegnę do telefonu? Albo co, jeśli telefon będzie wyciszony i nie znajdziemy go odpowiednio szybko? – dociekałem.

– Wtedy macie pięć minut, by spierdalać – odpowiedział z uśmiechem. – Obrabiać w nocy jest dużo łatwiej, ale też łatwiej zostać przyłapanym. Bywało, że firma przyjeżdżała dopiero po dwudziestu minutach i udawało się coś wynieść, ale to właśnie dlatego potrzebuję kogoś kumatego.

– Kris jest zbyt wolny – obwieścił Pedro.

– Był – poprawił go Pablo.

– Stawka jest wysoka. – Yeti nie zwracał uwagi na chłopaków i patrząc mi prosto w oczy, kontynuował: – Możesz wyjść z domu z ogromnym majątkiem albo z niczym.

– Ludzie zwykle zostawiają telefon na stoliku nocnym lub gdzieś w widocznym miejscu – myślałem na głos. – Nie powinno to być trudne. Powiedz nam, z czym sobie Kris nie radził, to będziemy wiedzieć, na co zwracać uwagę, bo zakładam, że to, co robił dobrze, przyjdzie nam instynktownie.

– Dobre myślenie – pochwalił mnie Yeti. – Zrobimy jakiś mniejszy dom w ten weekend i sprawdzimy, jak nam się pracuje.

To sprawdzenie lub właśnie niesprawdzenie się mogło nas sporo kosztować. Nie mogłem sobie pozwolić na porażkę, więc kiedy tylko Pedro zaczynał dowcipkować, strofowałem go, prosząc, by słuchał, bo to pomagało nam zrozumieć cały proces.

Yeti podniósł się na chwilę i podszedł do szafy. Wyciągnął z niej dwa worki wyglądające dokładnie jak te, w których dzieci noszą buty do szkoły. Podał nam je, mówiąc, że w środku znajdziemy maski gazowe.

– Masz dwie, to znaczy, że Kris miał pomocnika? – spytałem, siłując się z zapięciem swojej.

Yeti spojrzał na Pabla, a potem całkiem serio potwierdził.

– Tak, pracowali we dwóch, ale ten drugi odszedł.

– Na nogach czy na tamten świat? – domagałem się prawdy, ale żeby ich nie poirytować, zrobiłem to w sposób żartobliwy.

– Na nogach. – Yeti klepnął mnie w ramię. – Dobry jesteś. Nadajesz się.

Kolejne dni mijały nam na przygotowywaniu się do skoku. Pablo woził nas w miejsce, w którym mieliśmy pracować. Obserwowaliśmy mieszkańców i ich wieczorne nawyki. Niezwykle ważne było dla nas poznanie ich zwyczajów: o której szli spać, czy spali spokojnie bez przerwy, czy też wstawali, czy ktoś wychodził w środku nocy. Musieliśmy wiedzieć o nich wszystko. Szukaliśmy otwartych lub uchylonych okien. Był co prawda luty, ale czasami mieszkańcy zostawiali lufcik, żeby wpuścić trochę świeżego powietrza. Przy okazji dowiedzieliśmy się, że zwykle zostawia się jakieś okna wyłączone, poza obiegiem, właśnie po to, żeby móc je zostawić otwarte przy jednocześnie włączonym alarmie. Dzięki temu moglibyśmy wejść tymże oknem bez uruchamiania syreny. Tymczasem żeby sprawdzić jego działanie i hasło, Yeti, poprzez jakieś zwarcie, prowokował system alarmowy do uruchomienia syreny. Sprawdzaliśmy czas dojazdu samochodu ochrony na miejsce.

Wydawało się, że byliśmy dobrze przygotowani. W końcu gdy nadszedł weekend, czuliśmy podekscytowanie. Dla mnie najważniejsze było, że nikomu nie działa się krzywda. Nikt z tego powodu nie cierpiał. Nie fizycznie, a to było dla mnie ważne.

Ubrani na czarno przeskoczyliśmy ogrodzenie i zaczęliśmy szukać możliwego sposobu na wpuszczenie gazu. Mieszkańcy tego domu ułatwili nam sprawę, bo zostawili rozszczelnione okno w łazience. Założona była wprawdzie na tym oknie blokada uniemożliwiająca rozsunięcie go na więcej niż dwa centymetry, ale to nie był dla nas problem. Pozostając w kontakcie z Yetim, dostawaliśmy instrukcje, jak mamy przeprowadzić włamanie. Zaczekaliśmy na jego pozwolenie na działanie. Główny panel od alarmu był umieszczony przy drzwiach wejściowych, ale mieli też dodatkowy przy schodach na górze. Yeti sprawdził, że ci ludzie włączali czujniki ruchu tylko na dole, a wyłączali je, schodząc w dół z panelu dodatkowego. Wymyśliłem więc, że dostaniemy się górą. Wnieśliśmy drabinę na tył podwórka. Wdrapałem się na nią i zajrzałem przez okno łazienki przy głównej sypialni. Mieliśmy wycinarkę do szkła, więc po zrobieniu dziury wsadziłem puszkę z gazem i z powrotem włożyłem szybę w miejsce wyciętego otworu. Odczekaliśmy kilka minut. Po chwili przełożyłem rękę, zdjąłem blokadę i otworzyłem okno na oścież. Podciągnąłem się i wszedłem do środka. Starałem się nasłuchiwać jakichś odgłosów, ale przez tę maskę słyszałem głównie własny oddech. Wszedłem po cichu do sypialni. Spali grzecznie. Pedro zdążył wejść do środka. Zamknęliśmy za sobą drzwi łazienki, a następnie położyliśmy ręcznik pod drzwiami, żeby gaz nie uciekał przez dziurę w oknie. Puszkę z gazem przenieśliśmy do sypialni i tak samo, używając kolejnego ręcznika, uszczelniliśmy szparę nad progiem. Nie zwlekając dłużej, zaczęliśmy schodzić w dół. Yeti podał nam kod, więc szybko rozbroiliśmy alarm. Potem poszło już sprawnie. Wynosiliśmy sprzęt, który odbierało dwóch gości: Pablo i jakiś nieznany nam chłopak. Yeti od czasu do czasu podpowiadał, gdzie warto było zajrzeć. Miałem zestaw słuchawkowy na jednym uchu. Głównie panowała cisza, ale kiedy wymagała tego sytuacja, Yeti był na zawołanie. Na koniec poszliśmy do sypialni. Ludzie dalej spali, więc sprzątnęliśmy telefony, biżuterię z komody i wyszliśmy po drabinie. Zabraliśmy wszystko z podwórka i odjechaliśmy do hali.

Yeti był zadowolony z roboty, ale nie zachowywał się tak, jakbyśmy dokonali cudu. Spodziewałem się czegoś więcej, jednak szybko zrozumiałem, że to tylko ja miałem wysoki poziom adrenaliny. On robił to wiele razy i nie ruszało go już powodzenie.

Pablo zabrał nas do kamienicy. Po raz kolejny wyszedłem biegać. To mi dawało siłę, nie tylko fizyczną. Tamtego wieczoru nogi zaprowadziły mnie pod most, gdzie kiedyś zabrał nas Kris. To miejsce oddalone było zaledwie kilkadziesiąt metrów od pola, na którym odebraliśmy mu życie. Z malowideł nie zostało już nic, ale coś mnie tknęło i pomyślałem, że oddam mu hołd, pisząc coś na tej ścianie. Za pieniądze zarobione na włamaniach kupowałem między innymi farby. Miasto walczyło ze mną non stop, bo za każdym razem gdy coś namalowałem lub napisałem, służby to zamalowywały. Potem zorientowałem się, że zamontowali w tym miejscu monitoring i musiałem przestać. W ten głupi, dziecinny sposób wybaczyłem sam sobie zabicie Krisa. Tak jakby zrobienie czegoś dla niego było czymś dobrym.

Po czterech miesiącach od wyrzucenia z domu moje życie wyglądało zupełnie inaczej. Przestałem się bać, wydawało mi się, że uspokoiło się w kamienicy. Pedro zwerbował jakichś młodych ludzi do sprzedawania prochów. Niestety nie było dla nich miejsca u nas, więc musieli mieszkać na ulicy. Wszystko szło sprawnie aż do czasu, gdy Czarny wściekł się, że jeden z chłopaków zniknął z dużą ilością towaru. Swoją złość wyładował na nas, zagroził, że jeśli nie znajdziemy winowajcy i nie odzyskamy narkotyków, to nas zabije. Byłem więcej niż pewien, że nie zrobiłby tego ze względu na nasz aktywny udział we włamaniach, ale już zdążyłem się przekonać, że każdego da się zastąpić, więc po raz kolejny, w strachu o własną dupę, poszliśmy na miasto w poszukiwaniu tego chłopaka. Obaj z Pedrem, jako dzieci ulicy, wiedzieliśmy, gdzie można się schronić. Licząc się z tym, że chłopak uciekł, zakładaliśmy dwa scenariusze. Pierwszy, że był mądry, sprzedał towar i prysnął, a drugi, że pękł i leżał gdzieś zaćpany. Było już bardzo późno, bo wcześniej obrobiliśmy jeden dom. W pośpiechu pojechaliśmy na dworzec. Przeczesywaliśmy podziemia, zaglądając pod kartony. Zawsze gdy wracałem w to miejsce, przechodziły mnie ciarki, bo jeszcze nie tak dawno temu sam tutaj spałem. Znaleźliśmy go nad ranem. Był nieprzytomny. Nie reagował na nic. Leżał płasko schowany za jednym ze sklepów. Ewidentnie wziął, ile się udało. Reszty nigdzie nie było. Zapewne miał to przy sobie, ale ktoś nas ubiegł i ograbił go już wcześniej.

– Co teraz? – zapytał Pedro.

– Są dwa wyjścia – powiedziałem opanowany. – Możemy poszukać kogoś, kto diluje, i go napaść.

– A druga opcja?

– Zabić tego i zobaczyć, co powie Czarny.

– To mam lepszy pomysł. – Pedro wyprostował się i zaczął się rozglądać. – Połączymy te dwie opcje w jedną. Sprzątniemy go i zwiniemy komuś towar.

– A co, jeśli ten ktoś też pracuje dla kogoś takiego jak Czarny i nas dopadnie?

– No tak – Pedro podrapał się po głowie – to będziemy musieli go zabić, żeby na nas nie doniósł.

– Zaraz wstanie dzień – przypomniałem mu. – Nie znajdziemy żadnego frajera pracującego o tej porze.

– Dobra, to załatwimy tę mendę dzisiaj, a resztę planu przedstawię Czarnemu i zobaczymy, co powie.

Przytaknąłem. Wzięliśmy tego chłopaka pod pachy i wyciągnęliśmy za tory. Pedro poprosił mnie o nóż. Podałem mu go, wiedząc, co zaraz zrobi. Kazał mi przytrzymać tego chłopaka, którego ksywy nawet nie pamiętaliśmy. Nie musiałem go w ogóle unieruchamiać, bo był tak naćpany, że leżał, jakby już był martwy. Pedro podciął mu gardło, a następnie wbił mu nóż, celując w serce. Najpierw trafił w żebro, odbiło mu ostrze, które prawie wbił sobie w nogę. Zaklął głośno i wziął kolejny zamach – tym razem celny. Widziałem, że to pierwsze niepowodzenie go ruszyło, więc w obawie, że znów wpadnie w szał, poprosiłem go, żebyśmy odeszli, ale Pedro przywołał słowa Czarnego. Jego żart, kiedy słuchaliśmy wiadomości. Poczułem, jak zaschło mi w gardle, ale Pedro był zdecydowany. Zdjęliśmy mu spodnie, obróciliśmy na bok i staraliśmy się włożyć mu jego dłoń w odbyt. Udawało nam się włożyć jednak tylko jeden palec. Dla mojego szalonego kompana nie wyglądało to zbyt dobrze, więc obciął swojej ofierze dwa palce i wsadził je do środka. Zadowolony ze swojego dzieła wyciągnął telefon i zrobił zdjęcie tak, żeby potem pochwalić się szefowi.

Świtało, a mnie ogarniało poczucie, że byliśmy widoczni jak na patelni. Poganiałem Pedra, ale on chodził nad tym ciałem jak sęp nad padliną, kombinując, co można by było jeszcze zrobić, żeby wyglądało bardziej dramatycznie. W końcu wpadł na pomysł, że tajemniczym znakiem byłoby obcięcie języka. Kiedy ja otworzyłem mu usta, Pedro wyciągnął chłopakowi język i jednym szybkim ruchem go odciął. Następnie obrócił narkomana na brzuch po raz drugi i włożył język między palce umieszczone wcześniej w odbycie. Wykonał drugie zdjęcie. Patrzyłem na tego chłopaka, który kilka miesięcy temu mi pomógł, i nie mogłem uwierzyć, że to była ta sama osoba. Wtedy wydawało mi się, że byliśmy tacy sami, ale teraz widziałem, że Pedro tracił rozum. Nie zauważał już tragizmu sytuacji. Dla niego to, co zrobiliśmy, było zabawą, tak jakby życie tego chłopaka nic nie znaczyło.

Czarny był w pokoju tylko z Mariem. Obydwaj dyskutowali o czymś zagorzale. Kiedy weszliśmy, szefa interesowało tylko, czy odzyskaliśmy towar. Pedro, niczym aukcjoner, w zawrotnym tempie zrelacjonował, jak wymierzyliśmy złodziejaszkowi karę, a widząc, że mina szefa tylko lekko się zmieniła, dodał, że mieliśmy jeszcze plan obrobić innego dilera. Czarny ochoczo podszedł do Pedra i kazał pokazać zdjęcia. Śmiał się jak wariat. W tym czasie do pokoju wszedł Pablo. Widząc Czarnego w dobrym humorze, rzucił:

– Nic dziwnego, że nam się nie udało. Ubiegliście nas. – Miał na myśli mnie i Pedra, więc klepnął mnie w plecy w geście pochwały.

Pedro stał w głębi pokoju, bliżej szefa. Odwrócił się i kiwnął głową, dając sygnał, żeby Pablo się zamknął.

– Jutro wszyscy trzej pójdziecie obrabiać turystów. – Czarny wyciągnął palec w kierunku Pedra. – Kasa musi się zgadzać.

Było to lepsze niż napad czy kolejne morderstwo. Dla mojego kompana wysłanie na dworzec stanowiło rodzaj kary, ale nie zwracałem na niego uwagi, kiedy narzekał na rozkaz Czarnego. Skupiałem się na robocie. To był mój priorytet.

Dworzec wywoływał we mnie wspomnienia. Przypominało mi się, jak siedziałem tutaj przerażony. Powracałem wzrokiem do miejsc, które znałem ze swojego krótkiego mieszkania tutaj. Wizyta na dworcu brutalnie przyciągała mnie do źródła moich problemów, do ojca, o którym już przestałem myśleć, i do Malwiny, która co jakiś czas powracała w moich myślach. Zdecydowałem się iść do domu po skończonej robocie. Dziś wyjątkowo mi nie szło, bo nie mogłem się skupić. Mając świadomość, że powinniśmy odrobić stratę, namierzyłem biznesmena kupującego bilet na nocny pociąg w pierwszej klasie. Okradłem go. Kasy było wystarczająco dużo, by zakończyć pracę. Pedro zabrał pieniądze i poszedł w przeciwnym kierunku, a ja ruszyłem na spotkanie z siostrą. Przez jakiś czas obserwowałem wejście do domu, a następnie zadzwoniłem domofonem. Nikt się nie odezwał. Zaryzykowałem i wszedłem na górę. Pukanie do drzwi też nie przyniosło rezultatu. W końcu zacząłem wołać jej imię w nadziei, że tak jak kiedyś usłyszy i wyjdzie do mnie. Tak też się stało. Gdy ją zobaczyłem, stwierdziłem, że od dłuższego czasu chorowała. Jej twarz była zmieniona, jakby zielona. Wyglądała na bardzo chorą. Z jej blond włosów nie zostało prawie nic. Były dziwnie obcięte w okolicach uszu. Zapytałem o ojca, a ona otworzyła drzwi szerzej, dając do zrozumienia, że go nie ma.

– Co się stało? – zapytałem, wchodząc do środka.

Rozejrzałem się dookoła. Mieszkanie wyglądało okropnie. Wszędzie walały się jakieś śmieci, śmierdziało moczem i czuć było jakiś dziwny odór. W każdym rogu leżały porozrzucane butelki po wódce lub piwie. Jedno słowo, jakie przychodziło mi do głowy, to melina. Nic dziwnego, że Malwina tak wyglądała.

To nie było zdrowe środowisko dla dziecka. Nie odpowiadała na moje pytania. Spuściła głowę i usiadła na taborecie. Kiedy podszedłem do niej, chcąc ją przytulić i pocieszyć, zareagowała tak, jakbym chciał ją uderzyć. Odsunęła się w róg, pomiędzy lodówkę a stół.

– Co się dzieje? Ojciec cię bije? – dopytywałem.

– Idź już – szepnęła.

– Nie pójdę, dopóki mi nie powiesz, co się dzieje.

– Nie chcę. – Schowała twarz w dłoniach i zaczęła płakać.

Znów wyciągnąłem do niej rękę, ale ona odskoczyła jak spłoszone zwierzę. Wtedy do mnie dotarło, że ona nigdy wcześniej tak nie reagowała, że jej strach przed dotykiem to coś nowego. Odsuwałem od siebie myśl, że ojciec zaczął ją molestować, ale to było najbardziej prawdopodobne. Kiedyś ten człowiek oddałby życie za swoją śliczną jak aniołek córkę, a teraz… nie, to niemożliwe. Wiedziałem, że mówienie o tym mogło być trudniejsze niż samo wykorzystywanie, ale potrzebowałem potwierdzenia.

– Czy ojciec cię dotyka? – zapytałem wprost.

– Tak – potwierdziła cichuteńko.

– Tylko on czy ktoś inny też?

– Inni też.

– To skurwysyn! – zakląłem, co od razu sprawiło, że ona wybuchła płaczem. – Zajmę się tym. Nie bój się. To już koniec.

Chciałem ją pogłaskać po głowie, ale każda próba dotknięcia jej stanowiła dla niej cierpienie. Odpuściłem. Nie mogłem uwierzyć, że ojciec na to pozwalał, że niszczył to niewinne dziecko. Ten człowiek już się nie zmieni, już nie naprawi swoich błędów.

Zostałem z Malwiną do wieczora. Z czasem uspokoiła się, ale humor jej nie wracał. Była posępna i nieobecna. Patrzyła na mnie, ale tak jakby jej w środku nie było. Jakbym miał przed sobą puste ciało. Bez człowieka w środku. Im dłużej z nią przebywałem, tym bardziej nie mogłem sobie wybaczyć, że ją tutaj z nim zostawiłem. Nie miałem pojęcia, że był takim bydlakiem.

Odesłałem Malwinę do pokoju i kazałem jej nie wychodzić bez względu na to, co usłyszy. Czekałem na ojca, czując buzujące we mnie nerwy. Robiłem wszystko, co mogłem, żeby się nie nakręcać, ale jego podłe zachowanie zniszczyło we mnie resztki szacunku do niego. Był dla mnie nikim.

Kiedy wszedł do środka, nie widział mnie. Chciałem od razu do niego wyskoczyć, ale wolałem oswoić się z jego obecnością. Wziąłem głęboki oddech i wyszedłem mu na spotkanie. Stanąłem naprzeciw niego po drugiej stronie korytarza. Spojrzał na mnie i zaczął przeklinać. Ruszył do mnie do bójki. Nie miał najmniejszych szans, ale nie wiedział, że od ostatniego razu, gdy się z nim szarpałem, wiele się zmieniło. Zanim mnie dotknął, uderzyłem go tak mocno, że padł na podłogę. Zagotowało się w nim. Wstał gotowy na drugą rundę. Dostał ponownie, ale nie tracił nadziei. Znów się podniósł. Podszedłem do niego spokojnie i złapałem go oburącz za ubranie pod szyją. Podniosłem go, demonstrując swoją siłę. Uderzyłem nim o drzwi wejściowe. Patrzył mi prosto w oczy, ale nie było w nim strachu ani innych emocji.

– To za Malwinę – oznajmiłem mu, a następnie niczym bokser w ataku okładałem go pięściami, gdzie popadło.

W pewnym momencie był jak wór i opadał na mnie, ale salwa uderzeń trzymała go w pionie, odpychając jego ciało ode mnie w stronę drzwi. Gdyby nie miał niczego za plecami, to by się przewrócił, a tak przyjmował każdy mój cios. Czując, że opadałem z sił, zacząłem zdawać sobie sprawę, że on nie odpowiadał. Przestałem, a on upadł bezwładnie pod moimi nogami. Przyglądałem się jego zakrwawionej gębie i wahałem się, czy powinienem mu odebrać życie, czy pozwolić stoczyć się samemu. Starałem się przewidzieć, czy dla pieniędzy walczyłby o odzyskanie Malwiny. Zacząłem chodzić po mieszkaniu i robić zdjęcia jako dowód warunków, w jakich mieszkała moja siostra. Wziąłem ojca za nogi i odciągnąłem go od drzwi w stronę kuchni. Nie chciałem, żeby Malwina go widziała. Choć ślady krwi na linoleum wyglądały okropnie, było to lepsze niż widok ojca. Wszedłem do niej do pokoju i poprosiłem, żeby się ubrała. Pierwsze, co rzuciło mi się w oczy, to jej ścięte włosy leżące po jednej stronie łóżka. Wyglądało to tak, jakby sama to sobie zrobiła. Boże drogi, czemu ja tu nie przyszedłem wcześniej? Malwina nieśmiało wypełniła moje polecenie. Kiedy wyszła na korytarz i zobaczyła plamy, złapała się za usta i oddychała tak, jakby dostała jakiegoś ataku. Kazałem jej zamknąć oczy i przeprowadziłem ją do wyjścia. Poszliśmy do opieki społecznej. Kobieta, która próbowała mnie kiedyś zatrzymać, wyglądała tak, jakby zobaczyła ducha. Byłem wściekły na ich lekceważący stosunek, ale wiedziałem, że agresywne zachowanie mi nie pomoże. Wystarczyło jedno spojrzenie na Malwinę, by zrozumieć, że w jej domu źle się działo. Zostaliśmy poproszeni do oddzielnego pokoju. Mówiłem tylko ja, a Malwina siedziała, jak ludzkiego rozmiaru lalka. Sztywna, nieobecna, bez ruchu. Kobieta mnie przeprosiła i kazała wypełnić dokumenty opisujące dokładnie moje wnioski i spostrzeżenia. Pokazałem jej zdjęcia. Poprosiła o przesłanie ich e-mailem. Zrobiłem, co powiedziała. Zostawiła nas na chwilę, prosząc o kilka minut na załatwienie formalności. Przyniosła nam dwa kubki z gorącą herbatą, tak jakby to miało nam w jakikolwiek sposób pomóc.

Gdy po dobrych dwóch kwadransach wróciła z policją, zjeżył mi się każdy włos na widok mundurowych. W ogóle nie myślałem o swojej przestępczej historii u Czarnego, o zabiciu Krisa czy tego młodego chłopaka, o włamaniach. Było to dla mnie jak inne życie, tak jakby Krystian i Kejsi to były dwie różne osoby, żyjące oddzielnymi życiami. Teraz bałem się o to, że i mnie będą chcieli objąć opieką. Nadal byłem nieletni. Nie mogłem im jednak powiedzieć, że świetnie żyło mi się na ulicy.

Obaj usiedli po przeciwnej stronie stołu i zadawali te same pytania, które wcześniej usłyszeliśmy od pracownicy opieki społecznej. Opowiadałem tylko ja, ale oni chcieli usłyszeć od Malwiny, że to, co mówiłem, było prawdą. Potwierdziła, ale dopiero po kilku ponagleniach. Było mi jej żal, jednak wiedziałem, że postąpiłem słusznie, przyprowadzając ją tutaj. Nie mogła tam zostać, a ja nie mogłem jej zapewnić dachu nad głową.

Policja zapewniła nas, że możemy się czuć z nimi bezpiecznie. Po chwili jeden z nich otrzymał raport, że inna jednostka dostała się do naszego mieszkania i znaleźli ojca pobitego, ale jeszcze żyjącego. Od razu zapytał, czy ja to zrobiłem, ale zaprzeczyłem. Malwina po raz pierwszy spojrzała na mnie, co od razu zwróciło uwagę funkcjonariuszy. Wiedzieli, że kłamałem. Drugi z policjantów zapytał Malwinę o częstotliwość stosunków, które odbywała z ojcem i jego kompanami. Znów spuściła głowę. Nie rozumiałem, jakie to miało znaczenie, więc zaprotestowałem, pytając, czy nie powinien rozmawiać z nią jakiś psycholog, żeby jej pomóc przejść przez to najłagodniej, jak to możliwe, biorąc pod uwagę, że oprawcą był ojciec. Gliniarz rzucił, że oni są w tym celu szkoleni i zajmują się tylko takimi sprawami. Nie wyglądało to jednak profesjonalnie. Wrócił do przesłuchania i notowania spostrzeżeń. Zaczął podawać liczby, zwiększając je co dziesięć, ale Malwina nadal była cicho. W końcu zapytał ją, czy to było tak wiele razy, że nawet nie umiała określić liczby. Przytaknęła, a mnie ścisnęło w środku dokładnie tak samo jak wtedy, gdy Czarny uderzył mnie w brzuch. Kolejne pytanie policjanta dotyczyło mojego udziału w sprawie. Dopytywał, gdzie byłem, więc przywołałem sytuację, jak ojciec ją zbił, i powiedziałem, że uciekłem z domu, że mieszkałem, gdzie popadło. Obydwaj zlustrowali mnie i widząc, że byłem zbyt czysty jak na bezdomnego, sporządzili sobie notatki bez komentowania tego faktu. Nie dawało im to jednak spokoju. Koniecznie chcieli znać moje miejsce pobytu, więc skłamałem, że pomieszkiwałem u kolegi. Malwina znów spojrzała na mnie zupełnie nieświadoma, że przysparza nam tym kłopotów. Miało to jedną zaletę, potwierdzało, że słuchała, że był z nią kontakt. Funkcjonariusze odpuścili, kiedy powiedziałem, że mam siedemnaście lat i że jestem wystarczająco zaradny, żeby o siebie zadbać, że proszę o pomoc jedynie dla siostry.

Siedzieliśmy w tym pokoju przez kilka godzin, parę razy zostawiali nas samych, aż w końcu zdecydowali o naszym losie. Spokojnie oznajmili, że w każdym innym przypadku odesłaliby nas do jednego ośrodka, ale Malwina, ze względu na jej stan psychiczny, trafi do tymczasowej rodziny zastępczej, gdzie miała mieć zagwarantowany spokój i fachową pomoc. To było tylko chwilowe rozwiązanie, później należało wystąpić o prawne ustalanie jej i mojego pobytu. Do tego czasu zostałem skierowany do placówki dla nieletnich. Nie dali nam się nawet pożegnać, bo, jak twierdzili, przecież niedługo mieliśmy się znów spotkać. Nie miałem pojęcia, kiedy i czy w ogóle jeszcze zobaczę swoją siostrę. Każde z nas odwieźli innym samochodem. Jadąc radiowozem, zastanawiałem się, czy powinienem w jakiś sposób dać cynk Pedrowi, że nie będzie mnie dzisiaj w nocy. Obawiałem się jednak kontaktu z kimkolwiek, na wypadek gdyby chcieli skontrolować mój telefon. Teraz wydawało im się, że pomagają biednym dzieciakom, które skrzywdził ojciec. Nie mieli najmniejszego pojęcia o tym, kogo wieźli na tylnej kanapie wozu.

Placówka, do której trafiłem, wyglądała jak zaniedbana szkoła podstawowa. Był to długi budynek z bramą wjazdową zamkniętą na kłódkę. Zatrzymaliśmy się tuż przed nią, a jeden z policjantów otworzył mi drzwi samochodu i poprosił, bym wysiadł. Nacisnął guzik, który zapewne był domofonem, ale nikt nie zareagował. Po chwili jego kolega włączył koguta i zawył syreną. Ktoś się nami zainteresował, bo bez zgłaszania się otworzył zdalnie furtkę. Policjant zaprowadził mnie aż pod drzwi. Tam wszedł ze mną na chwilę do środka, przekazał dokumenty jakiejś kobiecie i wyszedł. Ona wypytywała mnie o moje pochodzenie i przyczyny, które doprowadziły mnie w to miejsce. Współczuła mi tragedii i zapewniała, że będzie mi u niej dobrze, jeśli będę grzeczny i nie będę szukał guza. Jedyne, o czym myślałem, to jak stamtąd uciec. Tych kilka skoków na domy nauczyło mnie obserwowania otoczenia, analizowania możliwości dookoła siebie. Główkowałem, którędy i przede wszystkim kiedy dam nogę z tego więzienia. Kobieta oprowadzała mnie po ośrodku, pokazując miejsca kluczowe, takie jak łazienka, pokój do gry, do ćwiczenia, stołówka i pokoje sypialne. Gdybym trafił tutaj zaraz po tym, jak mnie ojciec wyrzucił, byłbym wdzięczny. Rozważałem nawet opcję zostania. Dałoby mi to dach nad głową i możliwość dokończenia szkoły, ale potem byłbym w tym samym miejscu i musiałbym sobie radzić sam. Poza tym zawsze istniało ryzyko, że w jakiś sposób policja dowie się, czym się zajmowałem i ile trupów miałem na koncie. Doszedłem do wniosku, że po przejściu na włamania u Czarnego szło nam całkiem nieźle. Robota nie była już tak ryzykowna jak przy dilowaniu. Miałem też swoje pieniądze, które starannie odkładałem na wypadek, gdybym musiał uciekać. Jedyne, co mnie przerażało, to fakt, że Malwina mogłaby potrzebować pomocy, a ja nie byłbym w stanie jej udzielić. Rozważałem różne możliwości, ale w końcu zdecydowałem się na ucieczkę. W nocy na mojej sali nikt nie raczył iść spać. Byli to chłopcy podobni do mnie, tyle że bardziej wulgarni i zmanierowani. Wydawało im się, że coś im się należy od państwa za ich zły los. Podpytywali o moją historię, ale odburknąłem im kilka razy, więc dali mi spokój. W końcu jeden z nich podszedł do mnie i zapytał bez ogródek, czy mam jakieś prochy. Nowi często mieli jakieś „pozostałości" po życiu w melinach. Zaprzeczyłem i wyszedłem do łazienki. To miejsce miało być dla mnie schronieniem, a czułem się jak w więzieniu. W każdym pomieszczeniu były kraty w oknach. Jedyne miejsce bez krat to była nasza sypialnia. Nie rozumiałem tego, ale doszedłem do wniosku, że po prostu będę musiał wyjść przez okno przy wszystkich. Wróciłem do pokoju. Szykowałem się do wyjścia, gdy jeden z chłopaków mnie zatrzymał.

– Tak nie uciekniesz – stwierdził.

– Niby czemu? – zapytałem zawieszony nad oknem.

– Spróbuj. Zaraz się przekonasz. Ten budynek to był kiedyś poprawczak…

– Pilnują nas? – Rozejrzałem się dookoła w poszukiwaniu monitoringu.

W rogu ściany, tuż pod sufitem, wisiała jedna kamera, która obejmowała praktycznie cały pokój.

– Jak można stąd nawiać? – poprosiłem o pomoc.

– Jest sposób, ale za darmo ci nie powiem. – Mówiąc to, usiadł na swoim łóżku.

– Co chcesz? – zareagowałem szybko, przymykając okno.

– Masz jakieś prochy? – Kolejny założył, że coś ukryłem dla siebie.

– Nie mam nic.

– Dobranoc. – Położył się, odwrócił się do mnie tyłem i nakrył kołdrą.

– Czekaj – podszedłem się do niego – mam nóż. Bardzo dobry. Automatyczny.

– OK. – Wstał. – Chodź do łazienki.

Szedłem za nim korytarzem i zastanawiałem się, czy faktycznie mój nóż, moja jedyna broń, był wart oddania za wskazanie wyjścia. Doszedłem do wniosku, że jeśli się uda, to oszukam tego chłopaka. Zakładałem, że pójdzie mi łatwo, że pokaże mi dziurę, a potem poprosi o nóż. Myliłem się. Kiedy weszliśmy do łazienki, czekała na mnie grupka trzech chłopaków. On był najmniejszy, najmłodszy. Od razu kazali mi oddać prochy. Kiedy po raz kolejny tłumaczyłem, że nic nie mam, młody zdradził, że ukryłem nóż. Zrozumiałem, że oni czekali na tę sytuację, że nie mieli zamiaru pokazać mi sekretnego przejścia. Chcieli mnie ograbić. Myśleli sobie, że byłem mięczakiem ze świeżo rozbitej rodziny, któremu włożą głowę w kibel i zastraszą. Nie mieli pojęcia, co ja widziałem i co robiłem, a przede wszystkim, jaki byłem silny. Jeden z nich wyciągnął rękę po nóż, komunikując mi, że jeśli oddam po dobroci, to nie zrobią mi krzywdy. Wiedziałem doskonale, że potrzebna mi była jakaś taktyka, więc wyciągnąłem nóż, sugerując, że im go oddam. Kiedy on podszedł, błyskawicznie otworzyłem go i skaleczyłem go w rękę. Zawył jak kojot. Dwóch pozostałych ruszyło na mnie, ale widząc moją sprawność, nie mieli odwagi zacząć bójki. Wiedząc, że byli tylko drobnymi łobuzami, powiedziałem im, że zabiłem trzech ludzi i że mogę tę liczbę podbić do sześciu dzięki nim, że mi nie zależy i że jeśli chcą ujść z życiem, niech dadzą mi spokój. Jeden z nich mimo to rzucił się na mnie. Trzymając nóż w dłoni, uderzyłem go łokciem i kolanem. Zwijając się z bólu, padł na kafle. Zapytałem, czy któryś jeszcze chce spróbować sił, zanim wyjdę. Nikt nie podjął próby. Schowałem nóż do kieszeni i życzyłem im dobrej nocy. Rzuciłem się biegiem do swojego pokoju, szybkim ruchem otworzyłem okno i wyskoczyłem. W kilku susach dobiegłem do bramy. Była wysoka, a drut kolczasty zawijał się na szczycie niczym element dekoracji. Po raz kolejny poczułem się jak w pułapce. Wziąłem kilka głębokich oddechów i mimo wszystko wdrapałem się na bramę. Kolce cięły moją skórę. Czułem się tak, jakbym wpadł w jeżyny. Z tą różnicą, że roślina nie kaleczyła tak boleśnie. Sycząc z bólu, przeskoczyłem na drugą stronę. Rzuciłem się pędem przed siebie. Po chwili usłyszałem wycie syreny. Widocznie ktoś włączył jakiś alarm. Nie oglądałem się. Biegłem przed siebie, aż wypadłem na większą ulicę. Na moje szczęście na przystanku właśnie zatrzymał się autobus. Schowałem krwawiące dłonie w kieszenie i wsiadłem do środka. Musiałem się kilkakrotnie przesiadać, ale po prawie godzinnej podróży dojechałem w końcu do kamienicy.

Czarny był na mnie wściekły, ale powiedziałem mu, co mnie zatrzymało. Nie wzruszyło go to. Odesłał mnie do mojego pokoju.

Kiedy Pedro wrócił, powiedział, że wszyscy byli nabuzowani, bo myśleli, że nawiałem. Słysząc moją opowieść, stwierdził, że on by tam został, że nie wracałby tutaj, mając alternatywę. Skrytykował moje wybory, a potem rzucił, że nie sądził, że miałem jakąś rodzinę. Założył, że nie został mi nikt, dla kogo warto byłoby walczyć. Potem opowiedział mi o sobie, o tym, jak jego rodzice uciekli, zostawiając go na pastwę losu w mieszkaniu. Gdyby nie sąsiedzi, którzy się nim zainteresowali, umarłby z głodu w mieszkaniu. Miał wtedy zaledwie kilka lat. Sąsiadka znała jego matkę i udało jej się odnaleźć babcię, która przyjęła go do siebie. Nie była to babcia, którą chciałoby mieć dziecko. Też miała problemy. Piła, ale przynajmniej udawało jej się nie wpadać w ciąg. Przetrwał tak kilka lat, aż do momentu śmierci kobiety. Mieszkanie komunalne, w którym żyła, było zadłużone, nie płaciła rachunków. Po jej śmierci został przesłany na nazwisko kobiety nakaz eksmisji. Pedro tłumaczył, że gdyby go zameldowała w mieszkaniu, byłoby inaczej, a tak nie miał żadnych praw i kiedy pojawił się zarząd budynku, kazali mu się wynosić. Tak samo jak ja, w wieku szesnastu lat trafił na ulicę. W przeciwieństwie do mnie on spędził na ulicy kilka lat. Pomógł mu Kris. Gdy to powiedział, przeszły mi ciarki po plecach. Nigdy nie wystąpiłbym przeciwko Pedrowi. Gdyby nie on, zdechłbym na ulicy jak zatruty szczur. Leżałbym na chodniku, gnijąc, a ludzie przechodziliby obok mnie obojętnie. Nie oceniałem jednak Pedra, to było jego sumienie.

Rano Czarny poprosił nas do siebie. Włączył telewizor – jedyny odbiornik był u niego, więc bez jego zgody nie mieliśmy dostępu do telewizji. Pokazał nam program informacyjny. Główną wiadomością dnia była moja sprawa. Pokazywali moje mieszkanie, ślady krwi. Mówili, jak bestialsko pobiłem własnego ojca. Z dalszych informacji dowiedziałem się, że ojciec zmarł wskutek obrażeń. Pękło mu kilka narządów i mimo dwóch operacji nie udało się go uratować. Następnie było jakieś niewyraźne wideo ze szpitala, gdzie po chwili pojawiła się twarz lekarza, który zaczął mówić o mojej siostrze. Poinformował, że po badaniu ginekologicznym stwierdzono u Malwiny kilkutygodniową ciążę i ze względu na jej wiek przewieziono ją do szpitala w celu dokonania zabiegu aborcji. Pokazywali jakąś osobę leżącą na łóżku, ale obraz był tak niewyraźny, że nie umiałem stwierdzić, czy to była ona, czy nie. Byłem wściekły. To ogromnie bolało, ale czekałem, aż reportaż się skończy. Ton wiadomości się zmienił, bo pokazali mój rysopis, prosząc o pomoc w znalezieniu mnie. Policja chciała mnie dorwać za pobicie ze skutkiem śmiertelnym, a także za napaść z nożem na chłopaków z ośrodka. Zrobili ze mnie potwora, a moja gęba i moje imię pojawiały się w każdym możliwym medium. Czarny był wściekły. Najpierw kazał mnie wyrzucić, ale przekonywałem go, że będę pracował podwójnie, żeby tylko pozwolił mi zostać. Zgodził się, ale stwierdził, że do czasu, aż sprawa nie przycichnie, nie mogę się pokazywać w świetle dziennym.

Moja intuicja mnie nie zawiodła. Dobrze zrobiłem, uciekając z tego ośrodka. Gdybym tam został, następnego dnia przewieźliby mnie do aresztu.

Lena *Lato 2015*

Rankiem obudziło mnie pukanie do drzwi. Ktoś dobijał się tak, jakby coś się stało. Zarzuciłam na siebie szlafrok i zeszłam na dół. Stanęłam jak wryta, widząc mojego gościa.

– Agata? – Przetarłam oczy, niedowierzając, że do mnie przyszła. – Coś się stało?

– Mogę wejść? – Niecierpliwiła się, stojąc w progu.

Przesunęłam się, robiąc jej miejsce. Weszła do salonu i rozejrzała się dookoła. Zobaczyła szklanki niesprzątnięte po wczorajszej imprezie.

– Musimy pogadać – uśmiechnęła się do mnie zachęcająco.

– OK – wskazałam jej ręką kanapę – siadaj.

Chcąc dać przykład, usiadłam, ale ona była zbyt zdenerwowana, by spocząć. Kręciła się w kółko, mówiąc pośpiesznie. Miałam wrażenie, że gonił ją czas i musiała w kilka minut przedstawić swoją sprawę.

– Wiem, co się stało tamtego wieczoru – zaczęła, a kiedy ja chciałam coś powiedzieć, uciszyła mnie. – Wczoraj rozmawiałam z Pati. Oświadczyła mi, że jeśli jeszcze raz będzie w sytuacji, która zmusi ją do wyboru między nami, to wybierze ciebie. Nie chcę was stracić.

– Czyli nie chcesz mnie przeprosić za to, jak się zachowałaś, tylko boisz się, że Pati kopnie cię w dupę?

– Przepraszam! – Kucnęła koło mnie. – Nawet nie wiesz, jak mi głupio, że cię uderzyłam. Do teraz nie miałam pojęcia, jaki on jest…

– Zerwałaś z nim? – przerwałam jej.

– Nie. – Wbiła we mnie wzrok. – Nie mogę.

– Jak to nie możesz?

– Ech, Lena… – westchnęła ciężko i usiadła koło mnie. – Mój tatuś źle zainwestował i stracił bardzo dużo. Nie ma już dla nas przyszłości. Jest bankrutem, a przynajmniej wkrótce nim będzie.

– Przykro mi, ale co to ma wspólnego z tobą i Bartkiem?

– Bo widzisz… – spuściła wzrok – tatuś nie chce, żebym musiała walczyć o przetrwanie. Chce, żebym miała pewny dach nad głową i życie na wysokim poziomie.

– O rany. – Nie wierzyłam własnym uszom. – I dlatego masz wyjść za mąż za Bartka? Dla pieniędzy?

– Łatwo się mówi, ale co byś zrobiła, jakbyś straciła to wszystko. – Machnęła ręką dookoła, wskazując na mój dom. – Nie poradziłabyś sobie.

– Skąd to wiesz? – zirytowałam się. – Może właśnie znalazłabym jakąś pracę i żyłabym godnie, bez szampana, kawioru i luksusowego wozu. To nie jest definicja szczęścia.

– Oj, Lena, jest – zaprzeczyła. – Mamusia będzie musiała się z nim rozwieść, podpiszą dokumenty tak, żeby uratować cokolwiek z tego, co mamy. Dom, auta… wszystko pójdzie pod młotek.

– Przykro mi – powtórzyłam.

– Przepraszam – po raz kolejny zatrzymała swój wzrok na moim – ja nie wiedziałam, że on już kilka razy robił takie numery. Tatuś powiedział, że mogłabym za niego wyjść nawet tylko po to, by przyłapać go na zdradzie i rozwieść się z korzyścią.

– Agata! – Zerwałam się na równe nogi. – Co ty mówisz? Czy ty go w ogóle kochasz?

– Tak… – Wstała i chwyciła mnie za rękę. – Zakochałam się w nim, dlatego cię uderzyłam, byłam zazdrosna. Gdyby mi nie zależało, machnęłabym na to ręką, ale zabolało mnie to.

– Rozumiem.

Odeszłam od niej, starając się ułożyć sobie wszystko w głowie. Z jej zachowania, sposobu mówienia wywnioskowałam, że była bardzo zdesperowana. Pewnie rodzice trzymali przed nią wszystko w tajemnicy, a dopiero teraz, przyciśnięci do muru, podzielili się z nią prawdą. Agata błagała o wybaczenie, zapewniała, że tylko ze mną mogła się podzielić takimi wiadomościami. Powtarzała w kółko, że Pati nie zrozumiałaby tego, podobnie jak reszta znajomych. Rzuciła, że tylko ja płynęłam pod prąd, a na koniec dodała coś, co mnie poruszyło.

– Wczoraj, gdy cię zobaczyłam z tymi nowymi znajomymi, zrozumiałam, że nie oceniasz ludzi po tym, co mają, jacy są, że nie zadzierasz nosa i jeśli ja będę goła, to mnie nie opuścisz. Zachowałam się głupio, nie dałam ci szansy, ale muszę grać.

Muszę nadal być w tym związku, udawać, że to faktycznie była twoja wina po to tylko, by nie skończyć marnie.

– Czyli przepraszasz mnie, ale jednocześnie chcesz, żebym utrzymywała, że faktycznie go uwiodłam?

Agata po raz kolejny podeszła do mnie i objęła moje dłonie.

– Błagam cię, utrzymajmy taką wersję. Tylko na wszelki wypadek. Gdyby ktoś zapytał, powiem, że mnie przeprosiłaś.

– Nie. – Odepchnęłam jej dłonie. – Nie mam za co przepraszać.

– To będę mówiła, że pogadałyśmy – zaproponowała. – Lena...

– Czy ty w ogóle słyszysz, co do mnie mówisz? Jesteś pełna sprzeczności. Po pierwsze boisz się, że Pati cię zostawi, po drugie obawiasz się, że jak ludzie się dowiedzą, to się odwrócą, i chcesz mnie mieć na taką ewentualność, a po trzecie mam udawać winną czegoś, czego nie zrobiłam, po to, żebyś ty sobie dumnie wyszła za mąż, a następnie albo się rozwiodła i obłowiła, albo zapomniała o wszystkim i żyła jak księżniczka, podczas gdy twoi rodzice ogłoszą bankructwo.

– To nie tak... – próbowała zaprzeczyć zmieszana.

– Jeszcze nie masz odwagi przyznać się otwarcie. – Odwróciłam się i podeszłam do drzwi. – Nie mamy o czym rozmawiać.

Ruchem dłoni poprosiłam ją o wyjście.

– Nie wyrzucaj mnie, proszę. – Podeszła do mnie i po raz kolejny chciała złapać mnie za rękę, ale tym razem byłam szybsza i zdążyłam zrobić unik.

– Rozumiem twój strach – wyjaśniłam – ale podchodzisz do tego od złej strony. Chcesz, żeby wszyscy nagięli się do twoich potrzeb. Myślisz bardzo samolubnie.

– Wiem, wiem...

– Nie, nie wiesz – przerwałam jej i otworzyłam drzwi. – Postępujesz, a przynajmniej chcesz postąpić tak jak nasi rodzice, a ja mam do tego awersję. Te układy, układziki i kombinacje to nie dla mnie. Nie chodzi o honor ani o przerośnięte ambicje bycia kimś innym, ale o to, w co wierzę. Czułabym się podle z samą sobą.

– Rozumiem… – Spuściła wzrok i wyszła.

To właśnie był problem z naszym środowiskiem. Przyzwyczajeni do dobrobytu byliśmy jak hieny gotowe rzucić się do ataku, by tylko bronić zdobyczy. Agata, którą do tej pory miałam za delikatną i mało rozgarniętą, zaskoczyła mnie swoją przebiegłością.

Wieczorem zadzwoniła do mnie Inga z pytaniem, czy mogłabym wpaść do niej do studia, posiedzieć z nią i wypełnić czas pogaduchami. Nie miałam nic lepszego do zrobienia, więc ubrałam się i wyszłam. Dzisiaj był dzień pracy Dawida. Kiedy weszłam do środka, Inga czytała książkę, a z pokoju słychać było dźwięk pracy maszyny.

– Masz rozrywkę – wskazałam na książkę – wcale nie jestem ci potrzebna.

– Siedzę tu od południa i nic się nie dzieje. – Odłożyła książkę pod ladę i wskazała mi wysoki taboret w rogu studia.

Przyciągnęłam go sobie do kontuaru i usiadłam naprzeciw niej. Na jej twarzy widać było zmęczenie. Jakby nie spała. Jej ufarbowane na czarno włosy zupełnie nie pasowały do jasnobrązowych brwi. Miała kilka niebieskich pasemek w różnych odcieniach. Musiała zrobić to jakiś czas temu, bo kolor zdążył już wypłowieć.

– Bezsenna noc? – Skinęłam głową w stronę odgłosów, zakładając, że spędziła ją z Dawidem.

Oboje wysiedli wczoraj w tym samym miejscu.

– Tak, ale to nie to, co myślisz. – Posmutniała. – My się chyba nigdy nie dogadamy.

– A co jest przyczyną? – dopytywałam.

– Dużo tego – odpowiedziała wymijająco. – Pokłóciliśmy się tak, że w środku nocy wracałam sama przez miasto do Igora.

Zaskoczyła mnie tym wyznaniem.

– Może właśnie mu o to chodzi, że jesteście z Igorem za blisko – zasugerowałam.

Zaskoczyło mnie, że przyjeżdżała do niego w nocy. Nie znam innej pary znajomych z takim układem. Czyżby Inga leczyła niepowodzenia z jednym chłopakiem szybkim numerkiem z drugim.

– Nie, on wie, że nas nic nie łączy – dodała szybko.

– To czemu do niego chodzisz? – zapytałam już dla siebie.

– Bo nie chcę być sama, on to rozumie.

– Wiesz – zaczęłam niepewnie. – Trochę to do mnie nie przemawia, że on rozumie takie rzeczy. Jak was wczoraj porozwoziłam, Igora dom był ostatnim przystankiem. Sama się wprosiłam do niego do środka, bo on miał plan wysiąść, rzucając mi krótkie „dzięki". W każdym razie jak już weszliśmy do środka, posadził mnie kilometr od siebie, a kiedy mówiłam o samotności, o potrzebie bycia obok kogoś, on tego nie rozumiał. Gapił się na mnie jak cielę na malowane wrota.

Inga wybuchnęła śmiechem, ale dla mnie to nie było zabawne. Zwierzyłam się jej, a ona potraktowała to jako coś błahego.

– Oj, Lena – wycedziła w końcu – bo z nim wszystko jest czarno-białe. To prawdziwy facet, a nie wytwór wyobraźni autorek romansideł. Nie ma facetów, którzy padają na kolana, gdy tylko kobiety pomyślą o tym, że coś by od nich chciały.

– Nie oczekuję wiele – broniłam się.

– Taak… – Inga, widząc moją poważną minę, walczyła z kolejnym atakiem śmiechu.

– To co ja mam zrobić?

– Wziąć sprawę w swoje ręce – poradziła. – Ale jeśli pytasz mnie o zdanie, to taki związek nie ma szans. Ty jesteś z innego świata, a poza tym za chwilę wyjedziesz, a on zostanie. Nie to, że on nie jest przyzwyczajony do wakacyjnych dziewczyn, ale zauważyłam, że nie chodzi ci tylko o seks. Nie bardzo widzę, po co to wszystko komplikować.

– Jeśliby tak racjonalizować każdy związek, to nic się nie opłaca. Monogamia się nie opłaca. Branie odpowiedzialności za czyjeś zaufanie…

– No właśnie. – Inga spojrzała na mnie wnikliwie.

– To lepiej, gdybym powiedziała: „przeleć mnie, a potem zobaczymy?".

– Dokładnie! – Znów zaczęła się zanosić śmiechem. – Tak działają faceci, bo jak im mówisz o monogamii, zaufaniu, odpowiedzialności, żaden nie rozumie.

– Generalizujesz – walczyłam o swoje.

Inga nie przestawała się śmiać. Udało mi się ją rozbawić, to pewne.

Do środka wszedł jakiś mężczyzna, który zapytał, czy artysta byłby wolny za jakiś czas na odświeżenie starego tatuażu. Inga wstała z krzesełka i poszła zapytać Dawida. Korzystając z okazji, zapytałam delikwenta, czy wolałby pogadać serio o oczekiwaniach w związku, czy najpierw przespać się z kimś, a dopiero po tym zdecydować, co dalej. Nie dał mi nawet dokończyć zdania i wybrał opcję drugą.

Po chwili Inga wróciła i poprosiła mężczyznę o chwilę na przygotowanie wszystkiego. Poinformowała go, że Dawid zaraz kończy. Poprosiła mnie o przeprowadzenie ankiety, a sama poszła do środka. W korytarzu minęła się z poprzednim klientem, który właśnie wychodził. Zatrzymałam go, pytając o płatność, a on uśmiechnął się i powiedział, że już uregulował. Poczułam się, jakbym tutaj pracowała. Stanęłam na miejscu Ingi i zaczęłam rozmowę z następnym chętnym. Zadawałam mu te same pytania, które wcześniej sama słyszałam.

– Inga! – krzyknęłam, gdy wróciła po tym, jak odprowadziła klienta do pokoju. – Czy mogłabym tu pracować?

– Pracować? – powtórzyła zaskoczona.

– Tak, ale nie muszę mieć pensji. Chciałabym po prostu mieć coś do roboty.

– Myślę, że to byłaby duża ulga dla mnie, ale trzeba o tym pogadać z szefem.

– A gdzie on jest? – Spoważniałam w obawie, że to mogło być nielegalne lub podejrzane i że ktoś, kto mnie nie zrozumie, od razu odmówi.

Zastanawiałam się, czy mogłabym to nazwać stażem, bo przecież dostępne były różne darmowe praktyki dla absolwentów szkół. Może studio tatuażu nie było zbyt obleganym miejscem, ale ja nie potrzebowałam ani pieniędzy, ani referencji.

– Cholera wie – zażartowała. – Może na plaży, może w domu, może biega, może na desce jeździ, może…

– OK, rozumiem. A jak się z nim skontaktować?

– Ale ty jesteś niekumata. To Igor. Z nim gadaj.

Zaskoczyła mnie tym stwierdzeniem. Nie spodziewałam się, że to studio Igora. Ucieszyła mnie ta informacja. Byłam pewna, że się zgodzi. Gdy podzieliłyśmy się tym pomysłem z Dawidem, zauważył, że nie wyglądałam zbyt wiarygodnie jak na pracownicę studia tatuażu.

– Widzisz – przekonywałam – ktoś taki jak ja przyciągnąłby ludzi mojego pokroju. Takich, którzy myślą o tatuażu, ale boją się go zrobić.

Zamilkli na chwilę, a potem odezwał się Dawid:

– Inga, pokaż jej, co i jak się robi, to może jutro pójdziemy rano na plażę. Do wieczora nie powinno być ruchu.

Spojrzenie Ingi mówiło wszystko. Tą niewinną propozycją zrobił jej ogromną przyjemność. Jej humor poprawił się na dobre. Opowiadała mi o sposobie kasowania pieniędzy, wypełnianiu ankiet, przygotowywaniu łóżka i każde zdanie kończyła: „w razie czego Igor ci pomoże". Na koniec kazała mi założyć coś seksownego i wytłumaczyła, że nawet jak coś poszłoby nie tak, to nikt nie będzie się awanturował z gorącą laską. Bardzo się ekscytowała. Zapewniała, że sobie poradzę, choć widziała, że nie miałam bladego pojęcia o tatuażach. Kiedy zapytałam, gdzie dziewczyna, która rozdawała ulotki, Inga powiedziała, że ona przychodziła tylko w weekendy, bo za dużo kosztowała. Obiecałam dać z siebie wszystko. Sam fakt, że sprawiłam jej tyle radości, wart był spróbowania.

Wieczorem, po zamknięciu, nie mogłam doczekać się spotkania z Igorem. Chciałam zobaczyć jego minę, jego reakcję. Jeśliby się ucieszył, miałabym namacalny dowód, że chciał mieć mnie blisko. Jechaliśmy do niego do domu w najlepszych humorach. Wszystko szło sprawnie aż do momentu, gdy zadzwonił do mnie ojciec i wezwał mnie do siebie tak szybko, jak tylko będę w stanie dojechać. Nie wyjaśnił, co się stało. Miałam natychmiast wracać do domu.

Zatrzymałam się w bramie domu Igora i nie gasząc silnika, poczekałam, aż moi pasażerowie wysiądą. Kilka razy zerkałam w stronę domu, ale drzwi pozostawały zamknięte. Inga dziękowała wylewnie za moją ofertę i obiecała, że pogada z szefem. Poprosiła, żebym pojawiła się o jedenastej w pracy.

Do domu jechałam bardzo szybko. Za szybko. Bałam się, że coś się stało z mamą. Kiedy wbiegłam do domu, zastałam ojca w gabinecie.

– Udało mi się zorganizować wakacje! – wypalił, gdy tylko przekroczyłam próg pokoju.

– Jak to? – Podeszłam do biurka.

– Jedziemy do Grecji.

– Jedziemy? My? – dopytywałam, nie rozumiejąc, skąd ta nagła decyzja.

Tyle razy go prosiłam o jakiś wyjazd, a teraz, gdy znalazłam coś, co mnie zajmowało, on wyskoczył z pomysłem wyjazdu.

– Tak, na tydzień lub dwa.

– Skąd taki pośpiech?

– Bo jest klient, który popadł w Grecji w kłopoty i…

– Aaaa, to już wszystko jasne – przerwałam mu. – Jedziesz do pracy i chcesz mnie zabrać ze sobą.

– Ale to jest bardzo dobra okazja. Od kiedy pamiętam, prosiłaś o wakacje.

– Ale nie takie! – zaprotestowałam. – Nie chcę sama chodzić po mieście, którego nie znam. Jak sobie to wyobrażasz? Mam całe dnie spędzać sama w hotelu i czekać, aż wrócisz? Czy może mam…

– Możemy wynająć przewodnika – zaoferował szarmancko.

– Nie o takie wakacje mi chodziło – podkreśliłam. – Nie chcę przewodnika. Chcę czasu spędzonego normalnie, rodzinnie. Razem. Zapomniałeś już, co to znaczy spędzać czas z bliskimi, i wydaje ci się, że będę się tłukła piętami po tyłku, bo rzuciłeś mi złudną wizję wakacji. Nie, nie jadę.

– Lena… – wypowiedział moje imię błagalnym tonem.

– Nie – utwierdziłam go w mojej decyzji. – Jak znajdziesz czas, że nie będzie klienta, nie będzie telefonu w stanie czuwania, że będziesz dyspozycyjny tylko dla mnie, to tak, możemy wyjechać. W każdym innym wypadku nie pojadę.

– Rozumiem – przytaknął. – Dasz sobie radę sama?

– Tak. Możesz zamknąć dom na klucz i spać spokojnie. Będę w domku, tak jak do tej pory.

Uprzedziłam jego pomysł na przeniesienie mnie do domu. Widząc moją zdecydowaną postawę, nie upierał się przy jakichś niepotrzebnych zmianach. Powiedziałam mu, że idę popływać, a on uśmiechnął się znad dokumentów.

Kiedy byłam w basenie, podszedł do krawędzi i poczekał, aż dopłynę do jego stóp. Zakomunikował mi, że poprosił Marcina i jego tatę o przypilnowanie mnie. Wypowiadając słowo „przypilnowanie", zorientował się, że nie zabrzmiało to zbyt dobrze, więc poprawił się, mówiąc, że będą obok na wypadek, gdybym potrzebowała pomocy. Na koniec dodał, że robi to wszystko dla mnie i poprosił, żebym odwiozła go na lotnisko. Okazało się, że miałam go odwieźć na pierwszą, co kolidowało z pracą w studiu. Nie mogłam mu odmówić, więc zgodziłam się ze świadomością, że zawiodę Ingę. Poczekałam, aż odszedł i wyskoczyłam z basenu. Wzięłam telefon. Starałam się połączyć z Ingą, ale nie odbierała. Bałam się, że rano nikt się nie pojawi w pracy i Igor się wścieknie. Napisałam jej wiadomość. Odpisała dopiero po północy, że rozumie i że przyjdzie do pracy. Było mi przykro, że odebrałam jej to wolne południe. Ona jako jedyna pracowała każdego dnia. Chłopaki mieli co drugi dzień wolny. Szybko odpisałam, że prosto z lotniska przyjadę do studia i że ją zastąpię. Wysłała mi jedynie krótkie „OK".

W drodze na lotnisko ojciec kilka razy omawiał ze mną procedury na wypadek, gdyby coś się stało. Dał mi pozwolenie dzwonienia do niego o każdej porze dnia i nocy. Zapewniałam go, że dawałam sobie radę sama w Warszawie, że Sopot nie różnił się niczym i że samodzielność miałam już wykształconą. Kiedy skierowałam się do strefy odlotów i wysadziłam go tuż przed terminalem, był zawiedziony. Liczył, że odprowadzę go aż do kontroli bezpieczeństwa. Trzymając klamkę, nieśmiało zapytał, czy odebrałabym go z lotniska po powrocie. Z uśmiechem potwierdziłam, że to zrobię, a jedyne, co myślałam to: „idź już, z Bogiem".

Dzięki Indze moje wakacje nie wyglądały tak mizernie, jak to sobie wyobrażałam przed przyjazdem do domu. Nie chciałam tego stracić, bałam się, że może przez to, że ją wystawiłam, nie będzie chciała się ze mną kumplować. Ostatecznie ją zawiodłam.

Wpadłam do studia, jakby ktoś mnie gonił. Igor miał klienta, a Inga siedziała za kontuarem z książką. Przepraszałam ją wiele razy, ale ona zupełnie nie miała mi tego za złe. Pokazała mi raz jeszcze, jak przyjmować płatności, zaprowadziła mnie też do pokoju, którego wcześniej nie widziałam. Chłopaki tam odpoczywali. Było to małe pomieszczenie ze zlewem, lodówką, kilkoma szafkami i wielkim rozkładanym fotelem.

Uśmiechnięta od ucha do ucha pożyczyła mi powodzenia i wyszła. Usadowiłam się na jej miejscu i sięgnęłam po książkę, którą ona czytała jeszcze przed chwilą. Była to powieść Mastertona, która, typowo dla tego autora, bardzo szybko wciągała. Pochłonięta lekturą usłyszałam, jak Igor woła Ingę do pomocy. Szybko poszłam do niego i stanęłam w drzwiach. Nie obrócił się.

– Zawiniesz? – zapytał, sądząc, że to Inga za nim stoi.

– Spróbuję – odparłam, a on momentalnie się obrócił.

– Inga wyszła? – upewnił się.

– Tak.

– OK. To stań tutaj. – Wskazał łóżko po drugiej stronie. – Pokażę ci, jak się zawija, to następne będziesz robić już sama.

Tłumaczył mi dokładnie, jak miałam to zrobić, a klient sam zaproponował, że mogę na nim wielokrotnie poćwiczyć. Igor, zaraz po tym, jak go zawinął, zdjął folię i przywołał mnie do siebie. Wdzięczna uśmiechnęłam się i obeszłam łóżko. Stanęłam tuż koło Igora. Kiedy już chciałam przystąpić do pracy, powstrzymał mnie i upomniał o konieczności włożenia rękawiczek. Przeprosiłam, a on się uśmiechnął. Zawijałam biceps, więc poszło łatwo. Klient, zadowolony, wyszedł i ku mojemu zaskoczeniu dał mi napiwek. Nie zrobiłam nic, a on mimo to mnie nagrodził. Włożyłam te pieniądze do kasy.

Igor wyszedł z pokoju i poprosił mnie, żebym posprzątała. Tak jak mnie Inga przeszkoliła, odkaziłam łóżko, zmieniłam papierowe nakrycie, a następnie tak, jak umiałam, zebrałam narzędzia. Zapukałam do Igora do pokoju, poprosił mnie do środka. Leżał w fotelu z odchyloną głową. Wytłumaczyłam, że zanim przystąpi do pracy, powinien skontrolować, czy zrobiłam wszystko dobrze. Skinął głową. Nie był zbyt rozmowny, więc zamknęłam drzwi i wyszłam. Wróciłam do siebie z przekonaniem, że nie wyglądało to dokładnie tak, jak sobie wyobrażałam. Znów sięgnęłam po książkę. Zdążyłam przebrnąć przez kilka stron, gdy do środka weszły dwie dziewczyny. Naśladując Ingę, podeszłam do nich i zaczęłam pytać o ich zainteresowania. Obydwie chciały mieć coś małego na biuście. Nie miałam pojęcia, jakie wzory proponuje się na taki tatuaż, więc czekałam na ich pomysły. Oglądały ściany i bez przerwy chichotały. W końcu zdecydowały się na konkretne wzory. Najpierw poszłam do Igora i poinformowałam go o dwóch klientkach, a następnie wróciłam do ankiety. Obie weszły jednocześnie. Cały czas słyszałam ich wybuchy śmiechu. Nawet Igor do nich dołączał. Nadstawiałam ucha, by wyłapać jakieś słowa z ich rozmowy, ale maszyna zagłuszała je skutecznie. Nie mogłam się skupić na czytaniu, bo w kółko przewracałam oczami, jak dziewczyny zaśmiewały się w głos.

Po prawie dwóch godzinach poprosił mnie do siebie. Weszłam do pokoju jak zawsze, ale stanęłam jak wryta, widząc jedną z nich roznegliżowaną. Leżała na plecach, a jej oba sterczące sutki pokazywały sufit. Starając się zatuszować swoje zaskoczenie, sięgnęłam po rękawiczki. Igor pokazał mi, jak się zakłada folię w nietypowych miejscach. Dziewczyny podziękowały mu wylewnie, a on jak zawsze wyszedł, zostawiając w pokoju bałagan.

– Nie wiesz czasem, czy on jest wolny? – zapytała jedna.

– Nie jest – skłamałam kierowana zazdrością.

– A mogłabyś mu dać numer, gdyby coś się zmieniło?

Gdy wyszłyśmy na korytarz, usłyszałam z pokoju obok Igora krzyczącego, ile policzyć za pracę. Nawet nie raczył wyjść. Dziewczyna ponowiła pytanie i poprosiła o kawałek papieru. Napisała na ni swoje imię i numer. Podała mi karteczkę, zapłaciły i wyszły. Trzymałam ten skrawek papieru w dłoni i zastanawiałam się, czy powinnam to wyrzucić, ale doszłam do wniosku, że to nie byłoby zbyt rozsądne zachowanie. Skierowałam się do niego do pokoju, ale on w tym samym czasie wychodził. Trzymał pod pachą deskę. Zapytał, czy chciałabym kawę, poprosiłam o latte i podałam mu kartkę. Zerknął na nią, zmiął w kulkę i rzucił do kosza. Wyszedł i odjechał.

Kolejne godziny mijały nam coraz szybciej. Im bliżej wieczoru, tym więcej było pracy. Na koniec dnia przeklinałam swoje buty na obcasie. Gdyby ten wysoki taboret, na którym siedziałam, miał kółka, jeździłabym na nim jak na wózku. Igor w ostatnich godzinach w ogóle nie odchodził od łóżka. Jeden klient schodził, wchodził następny. Padałam ze zmęczenia, ale nie narzekałam. Pomagałam, jak mogłam, współczując Indze. Kiedy Igor kończył ostatni tatuaż, leżałam na kontuarze plackiem. Nie miałam siły na nic. Cieszyłam się, że nie zostałam poproszona do folii ani sprzątania. Klient wyszedł w towarzystwie Igora, a ja się wyprostowałam. Igor wysłał mnie do pokoju, na swój fotel, a sam dokończył wszystko. Kiedy się położyłam, zrzuciłam buty i masowałam sobie nogi. Czułam pulsowanie w łydkach. Nie miałam najmniejszego wyobrażenia, jak wyglądała ta praca. Do tej pory wydawało mi się, że to coś fajnego, ale po swojej pierwszej w życiu, w dodatku niepełnej zmianie miałam ochotę płakać. W końcu Igor stanął w drzwiach i ogłosił koniec pracy. Usiadłam na krawędzi fotela i starałam się włożyć stopy w buty, ale tak mnie wszystko bolało, że zdecydowałam się iść na boso. Gdy Igor zamykał drzwi, oparłam się o szybę. Nawet stanie w pionie sprawiało mi trudność.

– Mógłbyś prowadzić? – zapytałam.

Przytaknął, wziął ode mnie kluczyki i ruszyliśmy w kierunku mojego domu. Wyłożyłam nogi na deskę rozdzielczą i masowałam sobie łydki.

– Dałaś radę – zaczął.

– Nie dałam – zaprzeczyłam. – Boli mnie wszystko od łopatek po pięty. Tylko głowa i szyja są OK.

Igor ryknął śmiechem.

– Ale wiesz – kontynuowałam – na początku myślałam, że taki z ciebie cham, że po każdym tatuażu się zamykasz i mnie olewasz, ale teraz się nie dziwię.

Znów się zaśmiał.

– Mnie najbardziej dokuczają plecy i ramię – poskarżył się. – Dlatego ćwiczę, żeby nie było to dla mnie ponad siły.

– Nie sądziłam, że to taka ciężka praca – zauważyłam.

– Pracowałaś kiedyś? – spytał, nie odrywając wzroku od trasy.

– Nie – uśmiechnęłam się, wiedząc, że było to zabawne.

Zadzwonił mój telefon. To była Inga. Chciała zapytać, jak minął dzień i – najważniejsze – czy przetrwałam. Zapewniałam ją, że było dobrze, a ona ucieszyła się ogromnie. Zaraz po tym zapytała, czy mieliśmy ochotę na wyjście. Nie miałam siły chodzić, a co dopiero iść na plażę. Podziwiałam ich za to, że dawali radę siedzieć do późna po całym dniu pracy. Zaproponowałam jednak, żeby przyjechali do mnie. Inga potwierdziła, że będą za jakiś czas.

Igor zaparkował pod domem, weszliśmy do środka, a ja zostawiłam otwarte drzwi dla Ingi. Zaproponowałam mu basen, a on przytaknął. W milczeniu ruszył za mną w kierunku tarasu. Nie zwracając na niego uwagi, zrzuciłam z siebie ubrania tuż nad basenem i w bieliźnie wskoczyłam do wody. Unosiłam się na wodzie jak tratwa. Ten przyjemny stan nieważkości pomagał mi uporać się z bólem mięśni. Igor dołączył do mnie, ale on przecinał basen, pływając od brzegu do brzegu. Zdumiewało mnie, jak sprawnie sobie radził. Co chwilę zmieniał styl. Wyglądał jak zawodowiec w trakcie treningu. Podczas gdy ja rekreacyjnie pływałam żabką, on nurkował i zostawał tak długo pod wodą, że czasami zastanawiałam się, czy wszystko w porządku. W końcu Igor opadł z sił w jednym rogu i zatrzymał się. Podpłynęłam do niego, uśmiechając się przyjaźnie. On tymczasem zanurkował i przepłynął pode mną. Znów pływał jak szalony. Nie mogłam zrozumieć, skąd miał jeszcze na to siłę. Wyszłam z wody i poszłam do szafki pod dachem, gdzie trzymaliśmy ręczniki. Przyniosłam mu jeden i usiadłam w fotelu. On, jak w transie, nie przestawał pływać. Nie odrywałam od niego oczu. W pewnym momencie położył się na plecach i dryfował bez ruchu. W tym czasie pojawili się Inga, Dawid i Mop. Chłopaki widząc, że Igor jest w wodzie, wzięli rozbieg i wskoczyli w ubraniach. Inga podeszła do mnie i dziękowała mi za pomoc. Była szczęśliwa. Nie widziałam jej jeszcze tak zadowolonej. Przeprosiłam ją i poszłam do siebie się przebrać. Zmieniłam bieliznę i włożyłam sukienkę. Po drodze na basen zabrałam napoje. Postawiłam wszystko na stoliku koło leżaków i skierowałam się do domu ojca po jakiś alkohol. Zabrałam dwie butelki. Tym razem wypadło na brandy i szampana Moët & Chandon. Musiałam zrobić kolejną rundkę po szklanki. Kiedy wróciłam, cała paczka leżała już na leżakach. Wskazałam im szafkę z ręcznikami i szlafrokami, ale oni, zadowoleni z siebie, ociekali wodą.

– Mógłbym tak żyć – odezwał się jako pierwszy Mop.

– Ja też – przytaknęłam. – Pracowałam jeden dzień i padłam jak mucha. Już mi starczy na kilka lat.

Wszyscy zaczęli się śmiać.

– Zarobiłaś coś? – drażnił się ze mną Mop.

– Dostałam napiwek – pochwaliłam się.

– Na pewno nie za pracę, tylko za cycki – spuentował.

– No wiesz co! – oburzyłam się. – Jak możesz tak mówić, naprawdę się starałam.

– A właśnie, cycki masz prawdziwe czy silikony? – nie zmieniał tematu.

– Co? – Spojrzałam na niego zdumiona, że miał odwagę zadać takie pytanie.

– No wiesz, jesteś za drobna na takie zderzaki – wyjaśnił. – Masz hajs, więc jak nic zrobiłaś sobie operację.

– Nie – zaśmiałam się. – Cycki są prawdziwe.

– Muszę to potwierdzić. Nie uwierzę, jak nie dotknę – forsował swoje.

– Ja mogę potwierdzić – zaoferował Igor.

– Ty? – Mop przeskoczył wzrokiem na Igora, a ja dołączyłam do niego.

– Tak, widziałem masę sztucznych i zwykle mają blizny pod spodem po operacji. Na tyle, na ile widziałem, u Leny nie ma blizn.

– I co? – zwróciłam się do Mopa. – Teraz wierzysz?

– Bez dotykania nie wierzę.

Zaśmiałam się. Dawid sięgnął po kieliszki, a następnie zebrał zamówienia. Zdałam sobie sprawę, że od południa nie jadłam nic, więc wstałam, żeby coś przynieść, ale Inga zaproponowała, że mnie wyręczy. Przygotowała nam przekąski i kanapki. To było miłe z jej strony. Siedzieliśmy na zewnątrz i rozmawialiśmy o różnych rzeczach. W pewnym momencie temat zszedł na związki. Inga przypomniała sobie o naszej rozmowie i zapytała:

– Chłopaki, pytanie do was. Czy wolicie najpierw pogadać z dziewczyną o związku, odpowiedzialności i zaufaniu, czy wolicie zacząć od seksu i potem zobaczyć, co dalej? – Zanim jednak dała im dojść do głosu, wyjaśniła, że mają odpowiedzieć jednocześnie, wybierając pomiędzy numerem jeden i dwa.

Wszyscy jednogłośnie wybrali opcję drugą, a Mop, korzystając z okazji, wyskoczył ze swoim pytaniem.

– To ja mam pytanie do dziewczyn. Czy wolicie takiego zajebistego inteligenta jak ja czy mięśniaków jak chłopaki?

– Mięśniaków! – odpowiedziałyśmy jednocześnie, a Mop udał obrażonego.

Mając jednak duży dystans do siebie, zerwał się z fotela i zaczął robić pompki. Doszedł do pięciu i padł płasko na drewniany podest okalający basen. Mimowolnie zaczęłam się śmiać.

– A ile ty zrobisz? – kontratakował.

– Pewnie żadnej, ale umiem zrobić deskę na kilka minut.

Na dowód swojej siły zaprezentowałam książkową deskę. Długie godziny spędzone na aerobiku właśnie się odpłaciły. Mop chciał do mnie dołączyć, ale nie wytrzymał. Chłopaki zaczęli się śmiać, że jest słabszy niż dziewczyna. Mop wyzwał ich na pojedynek. Obydwaj wstali z miejsc i położyli się na płasko. Zarówno Igor, jak i Dawid, przyzwyczajeni do ćwiczeń, robili pompki na jednej ręce, potrafili nawet odbić się do góry, klasnąć i opaść, nie tracąc prostej linii ciała koniecznej do wykonania prawidłowej pompki. Wszystko to wyglądało tak lekko, jakby zupełnie nic ich nie kosztowało. Nie było widać wysiłku, a na koniec Igor jakimś zwinnym ruchem stanął na nogi.

– Wow – powiedziałam. – Skąd to znasz?

– To z taekwondo – przechwalał się, po czym pocałował swój biceps.

– Chodzisz na sztuki walki? – dopytywałam.

– Nie – zaprzeczył, siadając. – Kiedyś, jak byłem gówniarzem, mama mnie zapisała i tak zostało przez kilka lat. Miało mi to pomóc się wyżyć.

– Mama? – wychwyciłam najważniejsze. – Mieszka tutaj?

– Mieszkała – odpowiedział, popijając brandy. – Jak była ta fala emigracji, wyjechała do Londynu.

– Pracuje tam?

– Tak, sprząta.

– Masz z nią kontakt? – nie odpuszczałam.

– Tak. Czasami dzwoni, ale nie bardzo mamy o czym gadać. Pyta, czy wszystko w porządku, czy studio funkcjonuje i tyle.

– Biorąc pod uwagę twoje wygadanie, to i tak dużo – zażartowałam.

Zaśmiał się i pokiwał głową.

– A tata? – Skorzystałam z okazji, że temat wypłynął.

– Nie znałem nawet gościa. To była wakacyjna miłość, a facet zniknął, jak mama była jeszcze w ciąży.

– Przykro mi.

– No coś ty – odezwał się pogodnie. – Jak się kogoś w ogóle nie zna, to się za nim nie tęskni.

– Prawda – potwierdziła Inga.

– Masz jakieś rodzeństwo? – dociekałam.

– Nie. – Spojrzał na mnie z uśmiechem. – Sam jak palec, ale mam zajebistych ziomali.

– Skończcie z tymi smutami – zaoponował Dawid.

– To ja mam historię – odezwał się z drugiego końca leżaków Mop.

Siedział tuż koło mnie. Zaczął opowiadać autentyczną historię o rodzicach, którzy zgubili córkę. Szukali jej przez cały dzień, aż w końcu ktoś im powiedział, że widział jakiegoś mężczyznę prowadzącego małą do piwnicy. Obydwoje pobiegli tam i od schodów w dół zobaczyli ślady krwi. Szli powoli, wypatrując każdej kropli, aż zeszli na sam dół. Namierzyli ponownie ślad i wchodzili coraz głębiej. W końcu, przyświecając sobie telefonem, trafili na dużą kałużę krwi. Skierowali światło do góry i zobaczyli nogi wiszące tuż przed ich oczami. W tym momencie Mop, widząc, że słuchamy w skupieniu, wyskoczył i przestraszył mnie. Zaczął się śmiać, ale ja prawie spadłam z leżaka. Zupełnie mi się to nie podobało. Mop, widząc moją reakcję, przeprosił. Zrobiło się dziwnie niezręcznie. Siedzieliśmy kilka chwil w ciszy, patrząc w niebo. Po kilku minutach Mop stwierdził, że musi rano wstać do pracy. Inga zapytała, czy mogliby u mnie zostać na noc. Wstałam i zaproponowałam im pokazanie pokoi gościnnych. Mop podziękował i powiedział, że musi włożyć strój, do którego zobowiązywała go korporacja. Zostawił naszą czwórkę. Miałam na górze jeszcze dwie sypialnie, więc nie chcąc niczego sugerować, zaproponowałam, żeby się podzielili pokojami i kanapą na dole. Igor rzucił się na duże łóżko i krzyknął „zaklepane". Inga weszła do pokoju obok z Dawidem. Zaczęłam im przynosić ręczniki i pościel. W trójkę mieli dostęp do łazienki dla gości. Nie chciałam oferować im swojej, ale na wszelki wypadek rzuciłam lekko, że gdyby potrzebowali, to mogą spokojnie przyjść do mnie. Zostawiłam ich i ruszyłam do siebie. Wykąpałam się, wtarłam kremy w ciało, psiknęłam perfumami we włosy i wyszłam do sypialni. Było bardzo cicho. Potrzebowałam jakiegoś pretekstu, więc zdecydowałam, że zejdę na dół po szklankę wody i sprawdzę, co robią pozostali. Drzwi do pokoju Ingi były zamknięte, co mnie w ogóle nie zaskoczyło. Igora zaś były otwarte. Spał dokładnie w takiej pozycji, w jakiej rzucił się na łóżko. Nie miałam mu za złe, że nie poczekał na mnie. Pracował zbyt ciężko. Napiłam się wody i doszłam do wniosku, że jeślibym się koło niego położyła i przytuliła, a następnie wyszła, zanim by się obudził, to nawet by tego nie zauważył. Kiedy wróciłam do jego pokoju, stanęłam w futrynie i przyglądałam mu się. Podciągnął się wyżej na poduszki. Weszłam do środka, delikatnie usiadłam na łóżku i położyłam się. Nie zareagował. Przysunęłam się więc i położyłam mu głowę na klatce piersiowej. Oddychał spokojnie. Sprawiał wrażenie takiego silnego, opiekuńczego… choć być może to tylko ja chciałam, by taki był. Pogłaskałam jego tors i zatrzymując dłoń na jego sercu, zasnęłam.

Rano obudziłam się, gdy Igor jeszcze spał. Leżeliśmy ułożeni na łyżeczki. Słyszałam jego spokojny oddech, a jego ramię spoczywało na moim boku. Korzystając z okazji, że się nie ruszał, zaczęłam wysuwać się po cichu z jego objęcia, ale on przyciągnął mnie do siebie mocniej. Najpierw myślałam, że zrobił to odruchowo, przez sen, ale pogłaskał moje ramię, co potwierdziło, że już nie spał.

– Pomyliłaś łóżka? – zapytał cicho, ale słyszałam po jego głosie, że był uśmiechnięty.

– To ty pomyliłeś.

– Hm… dziwne, a byłem przekonany, że ten największy pokój z białym fotelem jest twój.

Położył głowę na moim policzku i przykleił się całym sobą do mnie. Dawało mi to poczucie bezpieczeństwa, takiego nieopisanego spokoju. Wsunęłam swoją dłoń w jego i splotłam nasze palce. Jego skóra była taka ciepła. Poczułam ukłucie w brzuchu.

– Nawet palce masz drobne. Mógłbym ci je połamać, jakbym zacisnął rękę – skomentował.

– To bardzo romantyczne – odparłam zrezygnowana. – Zawsze wiesz, co powiedzieć.

– To co mam powiedzieć? – szepnął.

Był tak blisko mnie. Szeptał mi prawie w ucho, co sprawiało, że każdy mięsień mojego ciała się napinał. Działało to na mnie ogromnie.

– Coś miłego, co sprawiłoby mi radość.

– Fajnie, że do mnie przyszłaś – powiedział po chwili zastanowienia. – Może być?

– Może, a coś więcej? – nalegałam.

– Więcej? – przerwał na chwilę. – Hm… zaraz poczujesz moją erekcję.

Przycisnął swoje biodra do moich pośladków, pozwalając mi się przekonać na własnej skórze, że mówił prawdę. Powąchał moje włosy, wciągając powietrze na tyle, na ile pozwalała mu objętość płuc.

– Igor! – upomniałam go. – To ma być coś miłego!

– Zajebiście pachniesz – szepnął, zupełnie nie zwracając uwagi na moją reprymendę.

Choć chciałabym, żeby umiał zdobywać mnie słowami, zadowalałam się tymi skromnymi reakcjami z jego strony. Był to dla mnie jakiś sygnał, że on też coś czuł. Być może był to tylko popęd, ale nie mogłam narzekać, nie mogłam też oczekiwać zbyt wiele. Chciałabym, żeby mnie dotknął, żeby zainicjował kontakt, ale on jedynie dotykał mojej dłoni.

– Ej, gołąbki. – Inga stanęła w otwartych drzwiach. – Musimy z Dawidem iść do pracy.

Igor odkleił się ode mnie, jednocześnie nakrywając się kołdrą. Byłam pewna, że zrobił to tylko dlatego, że chciał ukryć się przed Ingą. Wstałam z łóżka i zeszłam z nią na dół. Nie komentowała faktu, że zastała mnie w łóżku z Igorem.

Dawid czekał na dole pod drzwiami.

– Jak się stąd wychodzi? – zapytał, szarpiąc klamkę.

– Trzeba zdjąć blokadę. – Podeszłam do panelu i wpisałam kod zwalniający zamek automatyczny w drzwiach.

– Bawcie się dobrze – rzuciła Inga, wychodząc.

– Dzięki – uśmiechnęłam się. – Miłego dnia w pracy.

W każdej gazecie, w każdej telewizji byłem pokazywany jak gwiazda. Tyle że zrobiłem coś złego, coś, co zostało potępione przez całe społeczeństwo. W jednym z programów jakiś gliniarz wypowiadał się, że jeśli poddałbym się dobrowolnie, zaoferowaliby łagodniejszy wymiar kary. Miałem to gdzieś. Przełączyłem się na nocny tryb życia. Z kapturem zarzuconym na głowę biegałem, ćwiczyłem i mazałem po każdej napotkanej w pobliżu powierzchni płaskiej. Nawet jak mnie ktoś zauważył i próbował złapać, nie miał ze mną szans. Byłem szybki jak dziki kot. Skakałem przez płoty, biegałem po dachach. Nie było siły, która mogłaby mnie zatrzymać. Poczułem się po raz pierwszy bezkarnie. Tak jakby nic nie mogło mnie dopaść.

Czarnemu nie podobało się moje lenistwo. Rozkazał Pablowi wciągnięcie mnie z powrotem do pracy. Trafił nam się trudniejszy przypadek, bo dom był świetnie zabezpieczony, ale Yeti już rozpracował wszystkie kody i plan domu, więc musieliśmy zrobić skok. Pedro gorączkował się, że ryzyko było zbyt duże. Zobaczyłem, że na ogrodzeniu mieli tabliczkę ostrzegającą przed psem.

– Mam sposób – powiedziałem krótko do zestawu słuchawkowego, łącznika z Yetim.

Tylko ja miałem Bluetooth, co zobowiązywało mnie do wzięcia odpowiedzialności za przebieg akcji. Dałem sygnał Pedrowi, żeby został. Przeskoczyłem przez ogrodzenie. Zakradałem się z boku domu, idąc tak blisko ściany, jak to możliwe. Obchodziłem dom dookoła, szukając wejścia dla psa. Znalazłem dość dużej wielkości klapkę. Uderzyłem w nią, ale pies nie zareagował. Zawsze wrzucaliśmy gaz gdzieś blisko sypialni, mając pewność, że ludzie się uśpią, wdychając go. Moim zadaniem było teraz wywabienie psa, więc co jakiś czas hałasowałem przy gumowych drzwiczkach. Za którymś razem usłyszałem odgłos łap na podłodze. Poczekałem na niego, aż wysadzi łeb poza drzwiczki. Złapałem go wtedy i jak krokodyl obróciłem go, zwalając z łap. Szybkim ruchem skręciłem mu kark. Nie zdążył nawet pisnąć. Rzuciłem jego cielsko i szeptem przekazałem Yetiemu, żeby się przygotował, bo znalazłem wejście. Wróciłem po Pedra. Przeskoczył przez ogrodzenie. Obydwaj przecisnęliśmy się przez psie drzwiczki. Skradając się po domu, usłyszeliśmy hałas. Ktoś z domowników chyba poszedł się napić, bo po chwili dotarł do nas szum wody. Następnie tuż obok pomieszczenia, w którym staliśmy, przeszła ta osoba z powrotem do sypialni. Wiedzieliśmy już, że nie mieli włączonych czujników ruchu. Odczekaliśmy chwilę i odbezpieczyłem puszkę z gazem. Włożyłem ją delikatnie do korytarza. Mieliśmy z Pedrem maski na twarzy, co wymuszało na nas posługiwanie się gestami. Pokazałem mu rozcapierzoną dłoń, co znaczyło, że za pięć minut wchodzimy. Zerkałem kilka razy na zegarek, a potem po cichu wyszliśmy. Drugą puszkę miałem przygotowaną w dłoni. Położyłem ją w sypialni i zamknąłem drzwi. Yeti podał mi kod do rozbrojenia alarmu. Otworzyliśmy okno i przez następne dwie godziny wynosiliśmy sprzęt z domu. Pablo przejmował torby, komputery, kosztowności. Kradliśmy wszystko. Nawet wielkie i ciężkie plazmowe telewizory. Wszystko, co mogło mieć jakąś wartość. Uwinęliśmy się dość szybko, więc wróciliśmy do sypialni po puszkę. Nie zostawialiśmy ich na wypadek, gdyby policja przeszukiwała potem mieszkanie. Pedro powiedział mi, że źle odbezpieczyłem górę i że sączyło się bardzo wolno. Zostało jeszcze dużo gazu. Podniósł puszkę i postawił ją koło szafki nocnej. Tuż przy głowach ludzi. Splądrowaliśmy ich sypialnię. Znaleźliśmy jeszcze jakieś drobnostki i mały sejf. Nie traciliśmy czasu na otwieranie go. Podałem go przez okno jak inne rzeczy. Kiedy wróciłem do sypialni, Pedro dotykał kobiety. Podwinął jej koszulę nocną i przesuwał dłońmi w rękawiczkach bo jej bladej skórze. Chwyciłem go za ramię, dając sygnał, że już czas na wyjście. On jednak pokazał mi puszkę, sugerując, że mogliśmy jeszcze zostać. Serce waliło mi jak oszalałe, ale on wydawał się nieugięty. Po chwili rozsunął jej nogi, ściągnął spodnie i położył się na niej.

– Pedro! – powiedziałem głośniej. – Co ty, do kurwy nędzy, robisz?

– Spierdalaj! – warknął, nie przestając. – Albo jak chcesz, poczekaj, aż skończę.

– W dupie z tym.

– Co się dzieje? – usłyszałem w słuchawce.

– Pedro gwałci babkę – wytłumaczyłem, wychodząc z sypialni.

– Pierdolisz! – Yeti zaczął się śmiać.

– To nie jest śmieszne – upomniałem go. – Mieliśmy nie robić ludziom krzywdy.

– A kto tak powiedział? – rzucił serio Yeti. – Jak ma chęć, niech robi, co chce. Tylko niech nie bawi się zbyt długo.

Zerknąłem przez drzwi. Kobieta była jak martwa, a Pedro przyspieszał. Po chwili z niej zszedł i powiedział, że jeśli się uwinę, mogę ją zaliczyć. Wróciłem po puszkę. Zerknąłem na kobietę, która nadal leżała w pozycji z lekko ugiętymi nogami. Nie tak miało być.

Wróciliśmy do bazy w milczeniu. Od tamtej chwili nasze stosunki znacznie się pogorszyły. Nie zgadzałem się z Pedrem, który twierdził, że ta kobieta nawet nie będzie pamiętała, że miała stosunek, a nawet jak odkryje ślady, pomyśli, że to mąż ją przeleciał. Od tamtej pory każdy skok kończył się tak samo. Pedro wracał do sypialni i gwałcił kobietę. Czarny nic o tym nie wiedział przez długi czas. Pedro się nie przyznawał, a ja nie miałem odwagi na niego donieść. Yeti, który też o tym wiedział, nie wtrącał się. Dla niego liczyło się tylko zdobycie łupu, a działanie Pedra z tym nie kolidowało. Sytuacja się zmieniła, gdy sprawa trafiła do mediów. Dziennikarze przestrzegali ludzi przed szajką złodziei, którzy grabili mieszkania i dodatkowo gwałcili kobiety. O ile wcześniej nikt nie wspominał nawet o naszych kradzieżach, tak teraz huczeli o tym, jak przeprowadzaliśmy skoki, jak usypialiśmy ludzi. Znali doskonale naszą technikę. Powstał popłoch. Ludzie instalowali nowe formy zabezpieczeń. Pojawiły się kamery, dodatkowe lampy z czujnikami ruchu. Krótko mówiąc, robili na nas obławę. Yeti się wściekał, bo miał przez to więcej pracy. Czarnemu też w końcu puściły nerwy. Mieliśmy zastój przez kilka dni, bo Yeti potrzebował więcej czasu na rozgryzienie nowych zabezpieczeń.

– Pedro! – ryknął Czarny. – Zapłacisz mi za to!

– Czarny – zaczął spokojnie Pedro. – Yeti wie, co robi, zaraz będzie jakiś dom gotowy na włam.

– Wszystko przez to, że nie możesz się powstrzymać.

– Słuchaj, jakbyś tam był, to byś zrozumiał, w czym rzecz. – Usiadł obok niego. – One są zadbane, pachnące. Ich ciała są jak ciała aktorek z telewizji. Od samego patrzenia człowiekowi staje. To nie to, co te dziwki na telefon, które nie dość, że ledwo stoją, to są tak obrzydliwe, że na rzygi się zbiera.

Z tym musiałem przyznać mu rację. Włamywaliśmy się do domów bogaczy, więc kobiety miały pieniądze, by o siebie dbać.

Faktycznie zawsze przyciągały uwagę, a przez to, że spały, stanowiły łatwy cel. Słuchałem Pedra, zastanawiając się, gdzie się podział jego strach. Wyglądało to tak, jakby rozmawiał z kolegą, jakby Czarny wcale nie był szefem.

– Przynieście mi jedną – rzucił po chwili Czarny.

– Co? – wyrwało mi się, mimo że wcześniej nie uczestniczyłem w rozmowie.

– Jajco. Słyszałeś. Tak jak wynosicie telewizor, tak przynieście mi jedną babkę.

– Czarny, ale to już jest uprowadzenie – nazwałem sprawy po imieniu.

– Oddamy ją – zapewnił. – Chce się przekonać o tym, co mówił Pedro.

Starałem się go odwieść od tego planu, ale napalił się do tego stopnia, że zadzwonił do Yetiego i kazał mu zorganizować skok na ten sam wieczór. Yeti protestował, ale Czarny się wściekł i groził mu śmiercią. Nie wiedziałem, czy był w stanie go dopaść, bo z tego, co się zorientowałem, Yeti miał własnego szefa. Niemniej jednak wieczorem przyszedł po nas Pablo i jak zwykle pojechaliśmy do pracy. Tym razem skok nie był taki łatwy, bo włączyliśmy alarm. Ludzie wprawdzie spali, ale syrena wyła. Okazało się, że mieli dwa niezależne systemy, a Yeti tego nie przewidział. W ciągu kilku minut rozdzwonił się telefon od firmy ochroniarskiej z pytaniem o przyczynę uruchomienia alarmu. Yeti szukał czegoś w komputerze, a ja trzymałem dzwoniący telefon w dłoni. Pedro w tym czasie w biegu wynosił to, co dało się złapać na pierwszy rzut oka. Po chwili Yeti podał mi hasło, więc zdjąłem maskę i odebrałem połączenie. Stoickim, spokojnym głosem odezwałem się do dyspozytora i podałem hasło. Poprosiłem ich o wyłączenie syreny. Po chwili podjechał wóz firmy, by sprawdzić, czy wszystko w porządku. Nie zwlekając, zrzuciłem buty, podciągnąłem spodnie, wrzuciłem na siebie szlafrok i wyszedłem do drzwi, udając mieszkańca. Zapewniłem ich, że sam niechcący włączyłem syrenę i że wszystko w porządku. Trochę poziewałem dla uwiarygodnienia swojej wersji i zamknąłem im drzwi przed nosem. Pedro mnie dopadł i klepnął w plecy tak, że aż echo poszło. Yeti przez zestaw słuchawkowy wychwalał mnie pod kosmos. Mówił, że miałem łeb nie od parady. Ochrona kilka razy krążyła wokół domu, więc musieliśmy przeczekać sytuację. Pablo podrzucił nam więcej gazu, więc tylko wymienialiśmy puszki, dbając, by ludzie się nie obudzili. Siedzieliśmy w środku kilka godzin, zbierając towar pod okno, przez które mieliśmy potem przekazać go w ręce Pabla. W końcu okolica stała się bezpieczna i dokończyliśmy. Pedro nie mógł odpuścić i mimo że czekał nas jeszcze najtrudniejszy etap, poszedł szukać w sypialniach innych kobiet. Znalazł nastolatkę. Dziewczyna wyglądała bardzo młodo. Być może była nawet dziewicą, ale dla Pedra nie miało to znaczenia. Kiedy ją rozebrał, mnie też ruszyło. Wyglądała tak świeżo i ponętnie, ale przypomniała mi się Malwina, jej reakcje po dramatycznych przejściach, więc wyszedłem, zostawiając Pedra z dziewczyną w pokoju. Nie trwało to długo. W tym czasie kobiecie w głównej sypialni zakleiłem usta taśmą i założyłem jej czarny, materiałowy worek na głowę. Wszystko na wypadek, gdyby się obudziła. Przełożyłem ją sobie przez ramię. Była bardzo ciężka, ale niosłem ją dość sprawnie. Pedro spotkał mnie w korytarzu i chciał pomóc, ale kazałem mu posprzątać puszki po gazie. Zapytałem Yetiego, czy ulica jest czysta. Zadzwonił do Pabla. Potwierdził. Poprosiłem, by wysłał Pabla pod dom. Wynieśliśmy kobietę głównym wejściem, jak gdyby nigdy nic. Wpakowałem ją na tylną kanapę i puknąłem w dach. Sam obróciłem się na pięcie i zacząłem biec przed siebie. Pedro przeklął i podbiegł w stronę samochodu. Pablo zatrzymał się i pozwolił mu wsiąść. Kiedy odbiegłem kilkaset metrów od domu, powiedziałem do słuchawki, że robota skończona, a kobieta w aucie. Rozłączył się. Biegłem dla rozładowania emocji. Nie podobało mi się to. Nie tak miało być, nie tak miało być. Krzywdziliśmy ludzi, w tym dzieci.

Wróciłem do kamienicy, a chłopaki od razu wysłali mnie do Czarnego, który koniecznie chciał się ze mną widzieć. Od progu zobaczyłem kobietę siedzącą na krześle. Była związana. Usta miała zaklejone, a jej oczy nerwowo przeskakiwały po twarzach. Cała była spocona.

– Słyszałem, jak wybrnąłeś. Dobra robota. – Czarny podszedł do mnie. – Choć kusiło mnie, to zostawiłem ją dla ciebie. Możesz mieć ją pierwszy.

Spojrzałem na nią i zrobiło mi się niedobrze. Czarny dał sygnał Mariowi, który podszedł do kobiety, odkleił jej kawałek taśmy z ust i palcem wepchnął jej jakąś tabletkę do środka, a następnie z powrotem przykleił jej taśmę do skóry. Kobieta szarpała się przez chwilę, ale potem poddała się. Jej wzrok był mniej przerażony, aż w końcu stała się całkowicie uległa. Odmówiłem, tłumacząc, że od czasu sprawy z Malwiną nie mogłem się z tym uporać. Czarny nie naciskał. Było mu to na rękę. Pozwolił mi odejść. Nie chciałem nawet patrzeć na to, co będą z nią robić. Poszedłem do siebie i położyłem się na łóżku. Słyszałem głośną muzykę przez wiele godzin. Nad ranem wszyscy poszli spać. Po kilku godzinach Pedro obudził mnie i pokazał ruchem głowy na pokój Czarnego. W bokserkach i bez słowa stawiłem się na wezwanie.

– Kejsi – zwrócił się do mnie szef – masz łebskie pomysły. Jak ją oddamy?

– Bez kitu! – zaprotestowałem. – Chciałeś, dostałeś ją, ale teraz to nie mój problem.

– Jesteś moim najlepszym człowiekiem – Podszedł do mnie i zarzucił mi rękę na szyję.

Zaprowadził mnie w kierunku kobiety, która – odurzona narkotykami – siedziała na tym samym krześle co wcześniej. Wyglądała tak, jakby się nie ruszyła z miejsca, co oczywiście było tylko złudzeniem. Doskonale wiedziałem, że zabawiali się nią całą noc. Na koniec posadzili ją z powrotem. Nawet jej niczym nie przykryli. Była naga, a na jej ciele były ślady przemocy. Była podrapana, miała siniaki nawet na piersiach.

– Jak ją oddasz? – zapytał wprost, zaznaczając, że to moje zadanie.

– Czarny...

– Chcesz za to dodatkową kasę? – zaproponował. – Jakieś prochy? Mamy dobrą metamfetaminę.

– Nie.

– Pomyśl jak i powiedz mi.

Zdjął swoje ramię i pokierował mną tak, żebym usiadł w fotelu. Włączył telewizor na kanał informacyjny. Reporter donosił o włamaniu z gwałtem na nieletniej i z porwaniem. Pokazywali dom, jak zawsze zabezpieczony taśmami policyjnymi. Po kilku wypowiedziach specjalistów pokazali męża kobiety, który obiecywał każdą sumę pieniędzy za żonę. Zanim skończył, Czarny zrozumiał, że mógł na tym zarobić. Wiedział, że ja też domyśliłem się, jaki miał plan.

– Musimy mu dostarczyć list z żądaniem okupu – oświadczył.

– Może ukradniemy jakiemuś kurierowi rower i przywieziemy mu jako przesyłkę – wypalił Pedro.

– A skąd będziesz miał kopertę i potwierdzenie zlecenia? Kartkę, którą zawsze podpisują, potwierdzając odbiór. Pomijając fakt, że facet zobaczy twoją gębę.

– Zamknij się, Pedro – rzucił Czarny. – Daj Kejsiemu pomyśleć. On wpadnie na pomysł.

– Moim zdaniem – powiedziałem – poczta to najlepsza możliwość. Wysyłamy wiadomość priorytetem i jutro ją dostanie. Trzeba od razu wyznaczyć miejsce przekazania kasy i jej. – Pokazałem na kobietę.

– Genialne – rzucił Czarny. – A gdzie wymiana? Jakie miejsce?

– Może pod mostem? – zaproponował Pedro.

– Nie – sprzeciwiłem się. – W tę sprawę zaangażowali dużo policji. Na bank będą śledzić transakcję. Trzeba znaleźć inne miejsce, gdzieś, gdzie da się zabrać kasę poza oczami psów.

Czarny podszedł do Pedra i jak kiedyś mnie, tak teraz jego walnął w brzuch tak mocno, że zwalił chłopaka z nóg.

– Mówiłem ci raz, żebyś się zamknął! – Czarnego ogarnęła furia.

Zaczął kopać leżącego Pedra, który poddawał się karze, zasłaniając jedynie głowę. Czarny nie zwracał uwagi, czy trafiał w brzuch, nogi, czy głowę. Kopał go, aż opadł z sił. Nikt go nie powstrzymał. Mogłem coś powiedzieć, ale po cichu życzyłem Pedrowi takiego lania. Należało mu się za to, co zrobił.

– Zaraz zadzwonię do Yetiego – zwrócił się do mnie, ocierając pot z czoła. – Poczekaj tutaj, a ty, Mario, wynieś to gówno z mojego pokoju.

Mario dźwignął Pedra pod pachami i wyprowadził powoli do naszego pokoju. Siedziałem w fotelu, gdzie mnie wcześniej Czarny posadził, i żałowałem, że uciekłem z tego ośrodka dla nieletnich. Wtedy bałem się więzienia za pobicie ojca, a teraz z każdym tygodniem robiłem coraz gorsze rzeczy.

Czarny ustalił z Yetim, że zapłaci mu dziesięć procent okupu, jaki dostanie za tę kobietę. Nie mieli pojęcia, jaką kwotę rzucić, więc wymyślili, że zagrają o pięćset tysięcy. Yeti podał mu numer skrytki koło Tesco. Była to taka jakby szafa umieszczona na zewnątrz, do której kurierzy dostarczali paczki ludziom mniejszym kosztem. Ktoś przyjeżdżał na zakupy i mógł przy okazji odebrać przesyłkę. Mieliśmy numer trzydzieści sześć. Yeti chciał gadać tylko ze mną, więc Czarny oddał mi telefon. Kazał mi przyjechać do niego po list i potrzebne rzeczy. Nie umiałem prowadzić samochodu, więc Czarny wysłał ze mną Pabla. Yeti kazał mu jednak zostać w samochodzie.

– Słuchaj – zaczął, gdy usiedliśmy sami – jesteś jedyny z tej grupy, który ma olej w głowie. Pracujesz z debilami, ale mimo to udaje ci się ochronić swoją i ich dupy. Może chcesz przejść do nas?

– Do was? – zapytałem.

– Jest gość, wołają go Kozak. On jest moim szefem. Wspominałem mu kilka razy o tobie, a po ostatnim skoku zaimponowałeś mu i powiedział, że chciałby z tobą pogadać.

– O czym? O przejściu?

– Tak. Taka sama robota, tylko dla nas.

– To czemu teraz współpracujecie z Czarnym?

– Chcesz serio odpowiedzi? – Yeti włączył komputery. – Traktujemy was jak mięso armatnie. Ktoś wpadnie, przyjdzie następny. Nasi ludzie robią inne skoki, bardziej profesjonalne. Kradniemy dzieła sztuki, pamiątki, samochody. Klonujemy numery kart. Stawka jest większa, więc i kasa lepsza.

– Rozumiem.

– Ile ci płaci Czarny? – zapytał wprost.

– Grosze – odpowiedziałem zgodnie z prawdą.

– Widzisz – powiedział. – Kozak doceniłby takiego człowieka jak ty. Miałbyś wszystko. Samochód, mieszkanie. Byłbyś panem, a nie jak u Czarnego – sługą.

– A co na to Czarny? – wytknąłem słaby punkt tego genialnego planu.

– No cóż – Yeti obrócił się do komputera i zaczął coś pisać – dziś jest, jutro go nie ma.

– Wiesz – zacząłem – czuję się tak, jakbym wpadł do rzeki z wartkim strumieniem. Chciałbym dobić do brzegu, chciałbym uwolnić się od tego, ale prąd jest zbyt szybki, a ja zbyt słaby, więc pcha mnie dalej i dalej. Teraz pytanie, czy gdzieś tam, na końcu, jest spokojne morze, czy też wodospad, który mnie zabije.

– Nie dam ci tej odpowiedzi. – Yeti wstał i podszedł do drukarki. – Tutaj masz list.

Chwycił go przez ubranie i podał mi go. Nie bardzo wiedząc, jak go wziąć, wyciągnąłem z portfela prezerwatywę, którą kiedyś włożyłem po tym, jak pierwszy raz przeleciałem tamtą prostytutkę. Chciałem mieć swoje zabezpieczenie. Yeti parsknął śmiechem i znów powiedział, że tylko ktoś cholernie inteligentny mógłby mieć taki pomysł. Kazał mi pomyśleć o przejściu i odesłał mnie na pocztę. Miałem do niego wrócić po wypełnieniu pierwszej części planu. W samochodzie włożyłem rękawiczki, których używaliśmy do skoków. Poprosiłem Pabla, żeby pojechał do Tesco, w którym miało nastąpić przekazanie okupu. Chciałem zerknąć, jak to wyglądało. Nigdy wcześniej nie słyszałem o tej opcji. Zachowywałem się jak normalny klient, poszedłem do działu z papeteriami i kartkami. Kupiłem kartkę z życzeniami urodzinowymi. Z półki wziąłem ją w rękawiczkach i włożyłem do koszyka, który położyłem kasjerce na taśmie. Upomniała mnie o odłożeniu koszyka na miejsce, ale poczekałem, aż ona wyjmie kartkę do zeskanowania. Następnie poprosiłem o siatkę i wyszedłem ze sklepu. W samochodzie napisałem adres na kopercie i poszedłem na pocztę. Kobieta przy okienku nie przyjęła listu bez adresu zwrotnego. Upominała się o nadawcę. Nie chciałem wzbudzać podejrzeń, więc szybko się wycofałem. Rozejrzałem się dookoła i z plakatu instruującego, jak prawidłowo wypełnić pola listu poleconego, zapamiętałem dane. Wyszedłem i kazałem jechać Pablowi do innego oddziału poczty. Dopisałem adres i tym razem wysłałem bez problemu.

Wróciłem do Yetiego, który kiwając głową, mówił, że jestem niezawodny. Następnie przysunął mi krzesło do swojego biurka. Pokazał mi zdjęcia z kamer Tesco. Zadziwiał mnie, że miał dostęp do takich rzeczy.

Skrytka numer trzydzieści sześć miała dostęp z dwóch stron: standardowo z zewnątrz, ale też od środka, od strony sklepu. Jednakże można się tam było dostać jedynie po przejściu przez drzwi przeznaczone tylko dla pracowników. Moje zadanie polegało na wejściu do sklepu, przepakowaniu kasy w torbę i podrzuceniu gazet w miejsce banknotów. Plan był dopracowany, ale bałem się, że czegoś mogliśmy nie przewidzieć.

Wieczorem w pokoju Czarnego nie było już tej kobiety. Narobiła pod siebie, więc ją razem z krzesłem wsadzili pod prysznic i zamknęli kabinę. Tam siedziała i czekała na ochotnika gotowego ją umyć. Unikałem wchodzenia do środka, żeby tylko nie musieć na nią patrzeć.

W naszym pokoju Pedro leżał na łóżku zwinięty w literę C.

– Kejsi – szepnął – on chyba coś mi uszkodził w brzuchu. Coś mi złamał, bo nie mogę wytrzymać z bólu.

– Co mam zrobić? – Stanąłem nad nim.
– Zabierz mnie do szpitala – prosił.
– Mogę podrzucić cię pod drzwi – zaproponowałem.

Skinął głową. Chwyciłem go, ale wył z bólu. Po raz pierwszy widziałem, jak Pedro płakał. Zapakowałem go do samochodu i poprosiłem Pabla, żeby mi pomógł. Zgodził się. Podrzuciliśmy go pod drzwi szpitala. Miałem go zostawić, ale widziałem, że nie byłby w stanie podnieść się i iść po pomoc samodzielnie, więc zaciągnąłem go na pełną ludzi izbę przyjęć. Poczekał, aż wyjdę.

– Czarny go zabije – stwierdził Pablo, kiedy wróciłem do auta.
– Wiem.
– Zleci to albo mnie, albo Mariowi…
– Albo mnie – dokończyłem.
– Tak.
– Może on się uspokoi po tym, jak dostał wpierdol – myślałem na głos.
– Nie – Pablo spokojnie prowadził aut – on zawsze miał w sobie coś z szaleńca, a od kiedy sprzątnęliście Krisa, zarobioną kasę pakuje w prochy.

Nie podjąłem tematu. Pablo włączył radio, muzyka, dudniąc głośno, miała zagłuszyć nasze myśli. Obydwaj zastanawialiśmy się, kiedy i komu przypadnie w udziale sprzątniecie Pedra.

W liście do męża tej kobiety Yeti napisał, że ma po prostu zostawić pieniądze, bez żadnego zbędnego kontaktu z nami. Skrzynka była gotowa od następnego dnia rano. Podjeżdżaliśmy na parking i obserwowaliśmy wejście do Tesco. Byliśmy pewni, że list do niego dotarł, więc to była tylko kwestia czasu – jak szybko zorganizuje pieniądze. Czarny miał być za chwilę bogaty. Z okupu odpadło mu około dwudziestu procent. Dziesięć wziął Yeti, a pozostała dziesiątka poszła do podziału pomiędzy pracownikiem Tesco, który miał od niechcenia wpuścić mnie do środka, oraz ochroniarzem, który miał skierować kamerę w inną stronę. Wszyscy byli w pogotowiu i czekali na sygnał od Yetiego.

Następnego dnia zauważyliśmy tajne samochody policji. Rozmawiali przez radio i wydawało im się, że są niewidoczni. My nie musieliśmy być tam cały czas. Chcieliśmy tylko obserwować policję, bo ochroniarz był zobowiązany dać nam sygnał, jak tylko pieniądze zostaną podrzucone. W okolicach południa kasa znalazła się w skrzynce. Ten sam facet, który płakał na wizji za swoją żoną, podrzucił torbę. Ochroniarz dał cynk Yetiemu. Czekaliśmy aż do godzin największego natężenia ruchu. Yeti, tak jak przy włamaniach, kierował mną przez telefon. Tym razem po prostu wszedłem do Tesco, rozmawiając z nim jak zwyczajny człowiek. Oparłem się o drzwi, które zgodnie z planem otworzyły się „niechcący". Wpadłem do środka. Szybko znalazłem skrytkę. Przepakowałem zawartość i zostawiłem obok działkę dla pracownika Tesco. W środek włożyłem gazety. Wpakowałem wszystko do plecaka, a następnie wszedłem do marketu. Mając pół miliona w plecaku, kupiłem chleb, masło i butelkę coli. Udając klienta, wyszedłem na parking i skierowałem się na przystanek. Odczekałem na autobus, wsiadłem do umówionej linii i odjechałem dwa przystanki. Tam czekał na mnie Pablo. Kiedy wysiedliśmy pod kamienicą, uścisnęliśmy się wdzięczni, że się udało. Yeti doniósł mi, że policja się nie zorientowała, że kasa została pobrana i dalej obserwowali skrzynki.

Czarny wyciągnął z torby plik pieniędzy i dał mi w prezencie, w podziękowaniu za dobrą robotę. Przyjąłem to, ale nie miałem pojęcia, ile było w pliku ani co z tym zrobię. Od razu wyciągnąłem jedną trzecią kasy i podałem Pablowi. Podziękował mi.

– Jak ją oddamy? – zapytał Czarny.

– Przywiążemy ją w lesie do drzewa i damy gościowi cynk, dzwoniąc z budki, gdzie ją zostawiliśmy – rzuciłem.

– Dobra, bierzcie ją – polecił.

Nie było nikogo innego do wykonania tej roboty. Weszliśmy do łazienki, w której śmierdziało niemiłosiernie. Kobieta siedziała tak od dwóch dni. Pablo spojrzał na mnie i zaciągnął sobie koszulkę na twarz. Zrobiłem to samo. Ściągnęliśmy jej taśmę z rąk i podnieśliśmy ją. Mdlała. Nie była w stanie utrzymać pionu. Pablo stwierdził, że się udusimy, siedząc z nią w jednym samochodzie. Ja ją trzymałem, a Pablo ustawił strumień wody na mocniejsze uderzenie i zmywał z niej przyschnięte gówno. To, co przygniotła ciałem, dawało się zmyć, ale reszta nie chciała. Pablo sięgnął po szczotkę do kibla i zdrapał resztki z jej pośladków. Zakręcił wodę. Pobiegł do naszego pokoju i przyniósł prześcieradło z łóżka. Na moje szczęście wyciągnął pościel Pedra. Zawinęliśmy ją, jak to się robi z naleśnikiem. Zarzuconą na ramię zaniosłem ją do auta. Pojechaliśmy do lasku. Poczekaliśmy tak długo, aż ludzie przestali się kręcić, i przywiązaliśmy ją do drzewa. Głowa wisiała jej bezwładnie, ale kobieta nadal żyła. Odjechaliśmy tak daleko, żeby być niezauważonymi, a jednocześnie, żeby ją widzieć. Pablo zostawił mnie, a następnie pojechał do budki zadzwonić do gościa. Gdy wrócił, zaparkował dalej i przyszedł do mnie pieszo. Minął może kwadrans, jak zjechały się wozy policyjne. Wsiedliśmy w auto. W tym czasie zadzwonił Yeti i przekazał nam, że jak tylko daliśmy cynk o miejscu ukrycia babki, ochroniarz doniósł mu, że jakiś tajniak wyskoczył z auta i rzucił się do skrytki, a następnie wyciągnął torbę z gazetami.

W kamienicy przez dwa dni była impreza. Chłopaki balowali na potęgę. Nikt nie pytał o Pedra. Nie było z nim kontaktu, równie dobrze mógł być martwy, a nie zmieniłoby to nic. Programy informacyjne nie porzucały tematu, co chwilę dodawali jakieś szczegóły. W jednym z wieczornych wydań paneli dyskusyjnych wystąpił detektyw Nazaruk, który zajmował się naszą sprawą. Opowiadał o świecie przestępczym, o porwaniu, o sposobie zabezpieczenia domu. Podał nawet numer infolinii dla tych wszystkich osób, które potrzebowały konsultacji. To porwanie zmieniło dużo, bo o ile wcześniej ludzie bali się molestowania, teraz żyli w strachu o swoje życie. Do programu zadzwonił jakiś człowiek, który wylewał żale na bezradność policji, a na koniec rzucił, że kupi sobie maskę, żeby nie dać się uśpić gazem. Panika była ogromna, ale policja czekała na nasz kolejny ruch. Czarny był na tyle mądry, żeby nie ryzykować. Miał wystarczająco dużo pieniędzy, żeby pozwolić sobie na kilka tygodni przerwy. Dni mijały, a my wróciliśmy do okradania turystów i handlowania prochami.

W tym czasie zaprzyjaźniłem się z Pablem. Zaczął ze mną biegać i ćwiczyć. W jednej z luźnych rozmów rzucił, że byłem już na tyle mądry i silny, żeby pozbyć się Czarnego i zająć jego miejsce. Złapałem go wtedy i przycisnąłem do ściany. Ostrzegłem go, że za takie teksty może dostać nóż w plecy, jak będzie spał. Pablo twierdził, że Czarny jest głupi i nie umie przewidywać. Odchylił się wtedy i pokazał mi bliznę na szyi. Miał szramę ciągnącą się od obojczyka do obojczyka. Wyjaśnił mi, że kiedyś Czarny się na niego wściekł i podciął mu gardło. Cięcie było jednak płytkie i oprócz skaleczenia skóry nie zrobił mu większej krzywdy. To wydarzenie sprawiło, że Pablo wyczekiwał momentu na zmianę sił. Nie chciał pracować dla Czarnego. Wydawało mu się, że gdybym ja zajął jego miejsce, życie wyglądałoby inaczej. Nie zdawał sobie sprawy, że bycie przywódcą grupy przestępczej to nie taka prosta sprawa.

Spotkałem się też z Yetim i powiedziałem mu, że będzie jakieś ostre wydarzenie u Czarnego w grupie, bo chłopaki rosną w siłę. Zapytałem go wtedy, czy gdyby coś się stało, to czy by mnie przyjęli, a Yeti zapewnił, że jego oferta nie ma terminu ważności. Mieli czekać na mnie tak długo, jak to było konieczne. Omawiałem możliwości, ciesząc się chwilowym spokojem, ale intuicyjnie czułem, że to cisza przed burzą.

Lena *Lato 2015*

Gdy wróciłam na górę, Igora już nie było. Szukałam go, ale na próżno. Wyszłam na dwór i zobaczyłam, że znów pływa w basenie. Tak jak poprzedniego wieczoru, wyglądał jak pływak trenujący, by pobić rekord. Po chwili wyszedł z basenu i zaczął robić pompki. Ociekał wodą i ćwiczył. Biegał boso wzdłuż trawnika, schylając się co chwilę tak, jakby coś podnosił z trawy. Potem boksował w powietrzu, a następnie udawał, że walczy z jakimś niewidzialnym przeciwnikiem. Na koniec wskoczył z powrotem do wody. Jeszcze nie widziałam, żeby ktoś tak sumiennie ćwiczył. Zaskoczył mnie, że potrafił naprawdę długo wstrzymać powietrze. Podziwiałam jego kondycję. Stałam tak wpatrzona w niego. Nie chciałam go speszyć, więc zostawiłam go samego w ogrodzie i poszłam na górę doprowadzić się do porządku. Wzięłam prysznic, przebrałam się i poszłam na dół przygotować coś do jedzenia. Igor nadal pływał. Sądząc, że dba o zdrowe odżywianie, przygotowałam szejk z warzyw i owoców. Ułożyłam jedzenie na tacy i wyniosłam je na zewnątrz. Widząc, że podchodzę do leżaków, podpłynął do krawędzi.

– Mógłbym jeszcze popływać? – zapytał.

– Jeszcze ci mało? – nie dowierzałam.

– Zwykle ćwiczę przez dwie godziny – wyjaśnił.

– OK – zgodziłam się. – To pływaj, ja zjem.

Widziałam go pod wodą, jak zwinnie zawracał, odpychając się nogami od krawędzi. Nie mogłam wyjść z podziwu, jak pilnie pracował. Kiedy wyszedł z wody, ułożył się obok mojego leżaka i zrobił deskę. To też nie sprawiało mu trudności.

– Codziennie tak ćwiczysz? – zapytałam.

– Co drugi dzień – uśmiechnął się, nie zmieniając pozycji.

– Chcesz być przystojny?

– Nie – śmiał się, a jego ciało zaczęło falować. – Kondycja pomaga mi w pracy, w dobrym samopoczuciu. Poza tym mama mówiła, że jak będę zmęczony, to będę trzymał się z dala od kłopotów.

– I słusznie. Mądra kobieta.

– Co dziś robisz? – zapytał.

– Chciałbyś poznać moją mamę?

– Co? – Spojrzał na mnie, poważniejąc.

– Moją mamę. Chciałbyś ją poznać?

– A po co? – rzucił.

– Nieważne. – Odwróciłam wzrok. – To był głupi pomysł.

Igor podniósł się i usiadł koło mnie.

– Jeśli chcesz, to w porządku, ale nie bardzo wiem, w jakim celu. Nic nas nie łączy, a poznawanie starych to etap dość zaawansowany.

– Wow – podniosłam brwi zaskoczona – po pierwsze jej się nie da tak formalnie poznać, to raczej wizyta, bo ona nie odpowiada ani nie kontaktuje, a po drugie twoje podejście jest naprawdę dołujące.

Sięgnął po kanapki, a następnie podniósł wysoką szklankę pełną zielonego płynu.

– Co to jest? – zmienił temat.

– Szejk warzywno-owocowy.

– Wypiłaś to? – Spojrzał na mnie podejrzliwie, jakbym co najmniej chciała go otruć.

– Tak, sądziłam, że dbasz o zdrowie.

– Dbam, ale nie do tego stopnia, żeby napić się zielonej mazi.

Zabrałam mu szklankę z ręki i postawiłam obok siebie. Byłam na niego zła za to, że był... no właśnie jaki. Nie taki, jaki chciałabym, żeby był. Dla niego ta krótka bliskość ze mną nic nie znaczyła. Widocznie był przyzwyczajony do tego, że dziewczyny się do niego kleiły, a mnie uważał za jedną z tych, której numer telefonu powędrowałby do kosza. W zasadzie do tej pory nawet nie poprosił mnie o niego, co już o czymś świadczyło. Nasza relacja ograniczała się do spędzania czasu ze sobą, co wynikało jedynie ze zbiegu okoliczności, a nie świadomego wyboru, potrzeby bycia razem. Ogarnęła mnie irytacja na samą siebie za taką postawę. Skarciłam się w myślach i obiecałam sobie, że będzie mi obojętne, co robi ten facet. Owszem, było w nim coś, co mnie interesowało, ale wiele zachowań powodowało we mnie rozdrażnienie.

Bez słowa wzięłam naczynia i poszłam do domu. Igor podążył za mną i przyglądał mi się, jak zamykałam drzwi i przygotowywałam się do wyjścia. On wciągnął na swoje mokre bokserki jeansy. Włączyłam alarm i wyszliśmy.

– Co się stało z twoją mamą? – zapytał w samochodzie. – Czemu zwariowała?

Spojrzałam na niego, zupełnie nie rozumiejąc jego postępowania. Z jednej strony nie chciał jej poznać, a z drugiej dopytywał o przyczynę jej choroby. Powstrzymałam się od kąśliwych komentarzy i podzieliłam się z nim prawdą.

– Moja mama zawsze miała tendencję do załamań nerwowych. Po porodzie wpadła w depresję, z której wyciągał ją psychiatra. Ojciec zatrudnił dla niej pomoc i jakoś się udawało. Kolejny moment nastąpił, gdy poszłam do szkoły, a ona bała się o moje bezpieczeństwo. Ponownie była leczona, ale za każdym razem wracała do stanu normalności.

– Aż stało się coś, co ją zablokowało na amen?

Igor zgadł.

– Pewnie o tym słyszałeś. Swego czasu było o tym głośno. Grasowała taka banda, która napadała na domy. Najpierw tylko kradli, a potem zaczęli gwałcić kobiety. Ojciec wariował, bo większość włamań była blisko nas. Mama panikowała jak nigdy wcześniej. Zabezpieczaliśmy się, jak się dało. Mieliśmy alarmy, piloty, czujniki ruchu, ale na nic to się zdało. Włamali się i do nas. Mama była już wtedy na proszkach, więc środek, którego używali do usypiania ludzi, nie zadziałał, a przynajmniej nie w oczekiwanym stopniu. Obudziła się, kiedy jeden z oprawców ją gwałcił. Przez chwilę się z nim szarpała, ale uderzył ją w głowę lampką stojącą na stoliku nocnym. Straciła przytomność, a on, niczym niezrażony, dokończył…

Przerwałam. Jeszcze nikomu nie opowiadałam tej historii. Znajomi wiedzieli, co się stało, ale nikt nie pytał o szczegóły. Skupiona na opowiadaniu automatycznie podjechałam pod studio tatuażu. Zaparkowałam, a Igor wyjrzał przez okno. Zrozumiał, że nie zabieram go ze sobą.

– I co było dalej? – zapytał.

– Kiedy jeden z nich ją gwałcił, drugi siedział na dole i czekał, aż skończy. Wynieśli z domu wszystko, co było wartościowe, a potem zniknęli. Dobre jest to, że po jakimś czasie policja ich dopadła. Jednego zabili na miejscu, a drugi siedzi.

Igor kiwnął głową i przyglądał mi się uważnie, jakby czekając na dalszą opowieść.

– Mama nie wytrzymała. Przeprowadziliśmy się do Sopotu. Miało jej to pomóc w oderwaniu się, bo te włamania miały miejsce tylko w Warszawie, ale jej stan z dnia na dzień się pogarszał. W końcu przeszła elektrowstrząsy i po silnych psychotropach wyłączyła się z życia.

– Jak ja się myliłem… – Igor dotknął mojej ręki. – Myślałem, że to z dobrobytu jej odbiło.

– Co? – Wyciągnęłam moją dłoń spod jego. – Jak możesz tak mówić?

– Sorry – rzucił zaskoczony – nie chciałem, żeby to tak zabrzmiało. Sorry.

– Sorry?! – wybuchłam. – To ja się dzielę z tobą czymś, czego nigdy nikomu nie mówiłam, a ty mówisz coś takiego? Mogłeś powiedzieć „przykro mi" albo „współczuję", albo nawet zamknąć się.

– Jest mi przykro – dodał pośpiesznie.

– Tak, na pewno – ironizowałam. – Idź stąd!

Spojrzał na mnie zdezorientowany, a ja wyrzuciłam go z samochodu, nie dając mu dojść do głosu. Odjechałam z piskiem opon. On nigdy, przenigdy nie byłby w stanie być tym, kogo potrzebowałam. Nie tak reaguje ktoś, komu zależy na drugiej osobie. Czułam, jak łzy płynęły mi po policzkach. Byłam na siebie zła za swoją naiwność. Niepotrzebnie opowiedziałam mu o mamie. Zakpił z nas obu.

Pojechałam do mamy. Tak jak zawsze była nieobecna, a ja wypłakiwałam się, trzymając głowę na jej kolanach. Nie była w stanie mi pomóc, ale mimo to potrzebowałam kogoś, kto by powiedział, że wszystko będzie dobrze, że się ułoży. Nie miałam w życiu nikogo, kto mógłby mi to powiedzieć.

Kiedy wróciłam do domu, wszystko było posprzątane, a dom wyglądał tak, jakby nikogo w nim nie było. Wieczorem, po pracy, zadzwoniła do mnie Inga z pytaniem, czy nie dołączyłabym do nich w wypadzie na plażę. Wykręciłam się zmęczeniem. Po chwili ciszy zapytała jednak, czy byłaby możliwość, żebym ją ponownie zastąpiła w pracy. Błagała mnie, mówiąc, że wreszcie zaczęło jej się układać z Dawidem i chciałaby spędzić z nim więcej czasu.

– Słyszałaś o mojej rozmowie z Igorem? – zapytałam wprost.

– Nie – wycedziła niepewnie. – Coś chlapnął?

– Tak – potwierdziłam. – I to dużo.

– To dlatego nie chcesz przyjść ani dziś, ani jutro?

– Tak. Czuję się jak idiotka.

– Niepotrzebnie, ale… może tak będzie lepiej – pocieszyła mnie. – Nie chciałam się wtrącać, ale to od początku nie wróżyło niczego dobrego.

– Masz rację.

– Olej go – poradziła. – Jeśli on nie wie, czego chce, niech traci.

– Tak zrobię.

– Nie musisz jutro przychodzić, coś wymyślę. Przepraszam, że naciskałam…

– Nie, Inga – przerwałam jej. – Jesteś jedną z niewielu osób, która jest dla mnie bezinteresownie miła. Pracujesz ciężko i zasługujesz, by być szczęśliwa.

– Dzięki, Lena! – ucieszyła się, ale orientując się, że jej entuzjazm był za duży dodała: – Przykro mi z powodu Igora.

– Ale wiesz – zaczęłam – nie rozumiem jego postępowania. Wydawało mi się, że jest mną zainteresowany, wydawało mi się, że coś widzę. Jednak co jakiś czas mówi coś takiego, jakby chciał mi wymierzyć policzek za spoufalanie się.

– Nie – zaoponowała Inga. – On nie robi tego świadomie. To pewne.

– Jest niewychowany, bez taktu – wymieniałam, nie zwracając uwagi na odpowiedzi Ingi. – W ogóle się nie stara, kładzie laskę na wszystko i wszystkich. Za wyjątkiem studia – dodałam z przekąsem.

– A mimo wszystko płakałaś… – zauważyła.

– Skąd wiesz?! – rzuciłam.

– Bo brzmisz, jak osoba bardzo rozgoryczona, zraniona, jak ktoś, kto nie może się pogodzić. Już w pierwszych słowach naszej rozmowy radziłam ci, żebyś go olała.

– Tak… – przyznałam. – Zrobię to. Tylko jeszcze chwilę pogrzebię w ranie.

– Dobrze. – Inga zaczęła się śmiać. – Jak będzie bolało, to się uodpornisz?

– Chyba tak.

– Znam go dobrze i mogę ci zagwarantować jedno. To nie jest zły facet, ale musi się zdecydować, czego chce.

Pogadałyśmy jeszcze chwilę i rozłączyłyśmy się. Tego wieczoru nie mogłam zasnąć. Zastanawiałam się, czego JA chcę w życiu. Do tej pory wydawało mi się, że samodzielności, że potrzebowałam przestrzeni, wolności, ucieczki od ojca, zniknięcia z jego pola widzenia, ale powoli docierało do mnie, że walczyłam z tym, kim byłam. Nigdy nie miałam w sobie takiego luzu jak Inga. Nie pasowałam do nich. Do faceta takiego jak Igor.

Poszłam do pracy z poczuciem, że wchodziłam na ring. Przygotowywałam się jak do walki, co było słuszne, biorąc pod uwagę, że Igor przywitał mnie słowami: „ty tutaj?". Zlekceważyłam go i poszłam za kontuar. Pracowałam sumiennie, ale robiłam to dla Ingi, nie dla niego. Kiedy mnie wołał, przychodziłam. Kiedy kazał sprzątać, zbierałam narzędzia i odkażałam wszystko. W ogóle się do niego nie odzywałam. Traktowałam go jak powietrze, jak nieobecnego. Po południu pojechał po kawę i przywiózł mi latte, tak jak w pierwszym dniu mojej pracy. Odsunęłam ją na koniec lady i demonstrując mój sprzeciw w dziecinny sposób, nie napiłam się nawet łyka. Widząc, że byłam wściekła, Igor ograniczał się do kontaktu tylko w sprawie pracy. Wieczorem, kiedy poprosił mnie do klienta, weszłam posłusznie i włożyłam rękawiczki. On w tym czasie wymieniał narzędzia i szykował się do kolejnego tatuażu.

– Czemu jesteś taka smutna? – zapytał mnie facet, któremu zakładałam folię na klatkę piersiową. – Taka ładna dziewczyna nie powinna być smutna.

Wiedząc, że Igor był tuż za mną, powiedziałam na głos:

– Bo spotkałam faceta, który wydawał mi się kimś wyjątkowym, ale okazał się dupkiem.

– Oj – skomentował. – Głupi ten facet, nie wie, co traci.

– Ma inne priorytety – wyjaśniłam. – Faktycznie nie grzeszy inteligencją. Taki typowy zapatrzony w siebie mięśniak.

– Jakby co, ja taki nie jestem – zapewnił facet.

– To dobrze, ale ja chyba zostanę sama… albo przerzucę się na kobiety. One rozumieją potrzebę rozmowy, znalezienia kogoś bliskiego. Kogoś, na kim można polegać, komu można zaufać.

Ściągnęłam rękawiczki i wrzuciłam je do kosza. Klient poszedł ze mną do kontuaru. Zapłacił i zostawił mi na blacie napiwek. Pod banknotem była jego wizytówka z numerem telefonu. Poczekałam, aż wyjdzie, wyrzuciłam wizytówkę do kosza, a banknot włożyłam do kasy.

Drugi dzień w pracy już mnie tak nie zmęczył. Tuż przed zamknięciem przyszli Inga z Dawidem. Po raz pierwszy zobaczyłam ich trzymających się za ręce. Komuś się udało. Tak wyglądało życie. Bilans musiał się zgadzać. Miałam tylko nadzieję, że i mnie kiedyś się poszczęści.

Igor skończył sprzątać i wyszedł do nas.

– Myślę – zaczął Dawid – że jesteś winny Lenie jakiś tatuaż za pomoc.

– Lena mówiła, że nie pomaga mnie, tylko Indze, więc... – Spojrzał na niego wymownie i zgasił światło.

– Uuuu – zawył Dawid – wiesz, że kiedyś ci odpadnie, jak będziesz tak wszystkie babki odpychał.

– Dobrze, że tobie się trzyma – rzucił agresywnie i otworzył drzwi.

Wyszliśmy.

– To co robimy? – zapytała Inga, udając, że nie zauważyła napięcia.

Nikt nie odpowiedział, a ona przeskoczyła po nas wzrokiem.

– Było tak fajnie – zaczęła. – Czy możemy wrócić do punktu wyjścia i wszystko wyzerować? Czy też będziecie jak przedszkolaki sypać w siebie piachem?

Znów brak odzewu. Chcąc odrzucić od siebie podejrzenia, że to ja popsułam atmosferę, zaproponowałam wyjście na plażę. Inga przyklasnęła zadowolona, że udało nam się znaleźć rozwiązanie. Ku mojemu zaskoczeniu dołączył do nas Igor.

Nie spędziłam jednak z nimi za dużo czasu, bo zupełnie przypadkowo spotkaliśmy się z grupą Agaty. Grali w siatkówkę. Pati wybiegła do mnie i gdy tylko mnie dopadła, zganiła mnie za brak kontaktu. Zanim zdążyłam odpowiedzieć, dołączył do nas Marcin.

– Przepraszam, że się nie pojawiłem, tak jak obiecałem twojemu ojcu.

– Nic nie szkodzi – zapewniłam go. – Wszystko w porządku.

– Nadal boisz się spać sama? – zapytał poważnie.

– Ciii – przyłożyłam palec do ust. – Jak się nie mówi o czymś na głos, to to nie istnieje.

Usiedliśmy obok nich na kłodach, a po chwili zapadła niezręczna cisza. Widząc Igora i Dawida, Bartek zaproponował rewanż. Przyjęli wyzwanie, ale nie grali tak jak wcześniej. Tym razem nie była to walka o przetrwanie, a zwykła gra.

Dziewczyny dopytywały o powód mojego milczenia, więc wyjaśniłam, że pomagałam Indze w studiu. Od razu musiałam pokazać tatuaż. Teraz wyglądał już ładnie. Nawet Pati, która wcześniej widziała okropną wersję, przyznała, że naprawdę fajnie to wyszło.

W pewnej chwili ktoś wpadł na pomysł zrobienia imprezy u mnie w domu. Sugerowali, że to zwyczaj. Kiedy rodzice wyjeżdżali, dziecko musiało zrobić imprezę. Nieważne, czy miało dziesięć, piętnaście, czy dwadzieścia lat. Na początku opierałam się, ale naciskali. W końcu uległam namowom. Wszyscy bez wyjątku przyjechali do mnie.

Widząc tak dużą grupę, wyniosłam cały zapas alkoholu, jaki ojciec trzymał w swoim gabinecie. Inga kilka razy dopytywała, czy to w porządku, ale zapewniłam ją, że cieszyła mnie ich obecność. Igor zdawał się wyluzować i schodził mi z drogi, więc szło naprawdę dobrze. Muzyka dudniła, aż w końcu Pati zapowiedziała dedykację dla mnie. Włączyła moją ulubioną piosenkę, *Without You* Mariah Carey. Obydwie śpiewałyśmy, trzymając szklanki w dłoniach. Pati dodatkowo robiła miny, żeby w aktorski sposób przedstawić dramatyzm słów. Co chwilę wybuchałyśmy śmiechem. Kiedy piosenka dobiegła końca, zapytałam o ulubiony kawałek Ingi. Był to *All by Myself* Céline Dion. Po raz kolejny wyłyśmy do gwiazd. Każda z nas znała tę piosenkę. Nawet Agata dołączyła. Faceci albo pili, albo gadali. Naprawdę dobrze się bawiliśmy. Oczywiście nie zabrakło kopniaka w stylu Bridget Jones po drugiej zwrotce. Agata rzuciła mi się na szyję i po raz kolejny mnie przepraszała. Może to za sprawą alkoholu, a może pamiętając słowa Ingi, powiedziałam dokładnie to samo, co ona wcześniej, że czas wyzerować wszystko i przestać sypać piachem w oczy. Ucieszyła się.

Zmieniałyśmy piosenki, wyciągając coraz to starsze hity. Leciało *Power of Love* i inne wolne kawałki, które w większości śpiewały zranione kobiety. Zaczęłyśmy nawet tańczyć, a po chwili Bartek przyszedł do Agaty, a Dawid do Ingi. Każda z nich śpiewała „I'm your lady and you are my man", co mnie bez reszty rozczulało. Po chwili podszedł do mnie Igor i zapytał, czy bym z nim zatańczyła. Zaczęłam się śmiać, ale on stał pewny, poważny, czekając na moją reakcję. Chciałam coś mu rzucić, odgryźć się jakoś, ale skinęłam głową. Przytulił mnie, a mnie… dopadła pijacka czkawka.

– Przepraszam – szepnął mi do ucha.

Przebierałam nogami i śpiewałam tekst. On przycisnął mnie mocniej do siebie i po raz kolejny przeprosił. Nie zareagowałam, bo nie wiedziałam, co powiedzieć. Nie umiałam stwierdzić, za co mnie konkretnie przepraszał. W zasadzie to już nie miało znaczenia. Piosenka dobiegła końca, a ja wyślizgnęłam się z jego objęcia i zaczęłam skakać. Szybko jednak opadłam z sił. Usiadłam na leżaku i czułam, jak cały ogród wirował. W tym czasie opróżniliśmy wszystkie butelki. Nie byłam przyzwyczajona do picia tak mocnego alkoholu.

– Ej, Lena – zawołał Bartek – ochroniarz przyszedł.

– Co? – Spojrzałam na niego, nie rozumiejąc, o czym mówił.

– Ochroniarz przyszedł.

– No to polej mu – zarządziłam.

– Nie – zaczął się śmiać. – On chciał się upewnić, że wszystko w porządku.

– O Jezu… – Wstałam, ale zakręciło mi się w głowie. – Zaraz do niego pójdę.

Facet, który siedział w budce przy bramie wjazdowej do domu, miał kilka telewizorów, w których na żywo obserwował ruch w domu. Kiedy do niego doszłam, poczułam, że zaraz zwymiotuję. Zapytał mnie, czy potrzebuję pomocy, czy mam kontrolę nad przyjęciem, ale zapewniłam go, że to tylko najbliżsi przyjaciele i żeby się nie martwił. Zanim odszedł, wcisnął mi pilota napadowego w dłoń. Uśmiechnęłam się oparta o drzwi. Za dużo wypiłam. Zsunęłam się na podłogę. Schowałam głowę pomiędzy kolanami w nadziei, że jak ją będę mocno trzymała, otoczenie przestanie się kręcić.

– Lena?

– Tak? – zapytałam, nie podnosząc wzroku.

– Wszystko w porządku?

Spojrzałam w górę. Igor stał nade mną, a po chwili przykucnął, żeby zrównać się ze mną wzrokiem.

– W porządku – odpowiedziałam. – Tylko mnie strasznie siekneło.

– Pomóc ci? – zaoferował.

– W czym?

Bez uprzedzenia chwycił mnie pod pachy i postawił na nogi jak małe dziecko, gdy się przewróci, ale ja czułam się, jakby ktoś mnie popychał w różnych kierunkach. Igor pomógł mi usiąść na kanapie. Skarżyłam się na wirujące światła, więc je zgasił. Przyniósł mi też wodę, ale to w ogóle nie pomagało. Usiadł koło mnie i milczał. W ogródku rozbrzmiewał Michael Bolton: „Said I loved you but I lied".

– Kocham tę piosenkę – powiedziałam.

Otworzyłam oczy i chciałam wstać, żeby zatańczyć, ale Igor mnie przytrzymał, prosząc, bym usiadła. Obróciłam się w jego stronę i przyglądałam mu się uważnie. Nieważne, jak zła na niego byłam, podobał mi się ogromnie.

– Pocałuj mnie – powiedziałam.

– Jesteś pewna? – zapytał, uśmiechając się szeroko.

Nie czekając na jego reakcję, usiadłam okrakiem na jego kolanach i dotknęłam jego twarzy. Nie powstrzymywał mnie. Zamknęłam oczy i zatopiłam się w jego ustach. Odwzajemnił pocałunek od razu.

– Dotknij mnie – szepnęłam mu w usta.

Objął moje biodra, a potem powoli przesuwał dłońmi w górę. Kiedy doszedł do piersi, westchnęłam, czując ogarniające mnie pożądanie. Prosiłam go, żeby nie przestawał, więc dotykał mnie wszędzie. Czułam jego dłonie na mojej twarzy, na piersiach i rozpływałam się od jego dotyku. Dokładnie tak to sobie wyobrażałam. Wszystko się zgadzało prócz jednego:

– Mam wrażenie, że syrena wyje.

– Bo wyje – odpowiedział.

Po chwili do domu głównym wejściem wpadł ochroniarz z paralizatorem w ręku. Włączył światło i zastał mnie na kolanach Igora. W tej samej chwili reszta grupy wbiegła do środka wejściem od strony ogrodu. Syrena wyła cały czas, a my przeskakiwaliśmy wzrokiem pomiędzy sobą, nie rozumiejąc, co się stało. Ochroniarz stał gotowy do ataku.

– Czemu ta syrena wyje? – zapytałam go.

– Wcisnęłaś napad! – krzyknął.

– Nie wcisnęłam – zapewniłam. – Pilot jest o, tu…

Zaczęłam go szukać na kanapie, ale nigdzie go nie było. Byłam jednak pewna, że siadając na kanapie, miałam go w dłoni. Schodząc z Igora, zobaczyłam, że pilot leżał tuż pod moim kolanem. Podniosłam małe urządzenie i śmiejąc się, wybełkotałam:

– Ale to nie był napad… ja sama chciałam.

Reszta grupy dołączyła do mnie, parskając śmiechem. Mina ochroniarza w ogóle się nie zmieniła. Stał dalej w miejscu, wpatrując się we mnie. Ponagliłam go, żeby wyłączył wycie i się opanował, bo wyglądał, jakby zobaczył ducha. Dobry humor mnie nie odpuszczał, ale po chwili zadzwonił ojciec. Dostał powiadomienie o sabotażu z systemu alarmowego w swojej aplikacji w telefonie.

– Wszystko w porządku – zapewniałam do słuchawki, nadal się śmiejąc. – Zrobiliśmy imprezę i niechcący włączyłam pilota. Kolanem…

Nie mogłam powstrzymać się od śmiechu. Im bardziej się śmiałam, tym łatwiej traciłam równowagę. Podeszłam do drzwi, do panelu, i wstukałam kod, zdejmując zły migający wykrzyknik z wyświetlacza. Oparłam się o marmurowy stolik przy drzwiach i patrzyłam na ochroniarza. Chciałam go wystawić za drzwi, ale czekałam na rozkazy ojca.

– Lena!

– No przecież cię słucham – wycedziłam.

– Jesteś pijana?! – krzyknął. – Kto tam jest?

Rozejrzałam się po pokoju i omijając każdego z nowych znajomych, wyrecytowałam imiona ludzi, których znał. Kiedy doszłam do Marcina, chciał z nim porozmawiać.

– A czemu z nim? – protestowałam. – Mówię ci, że wszystko w porządku. Co ma do tego Marcin? Sięganie po faceta w tej sytuacji jest jawnym przykładem traktowania kobiety jako słabszej. Takie wpajanie nam przekonania, że bez tej kupy mięśni z penisem nie jesteśmy w stanie sobie poradzić…

– Lena! Daj mi z nim porozmawiać, bo inaczej wysyłam tam policję.

– Ej, Marcin! – krzyknęłam i gdzieś w jego stronę rzuciłam telefon. – Masz połączenie z Grecji.

Ochroniarz dalej stał gotowy do ataku. W tym swoim uniformie wyglądał, jakby pracował w centrum handlowym, a nie u nas. Był czujny. Jego napięcie rozbawiało mnie jeszcze bardziej. Nachyliłam się i krzyknęłam: „BU!", żeby go przestraszyć, a on jedynie spojrzał na mnie jak na wariatkę. Z pewnością tak wyglądałam, bo nie umiałam powstrzymać się od ataku śmiechu. Nawet ból mięśni brzucha od długiego rechotania nic nie zmienił.

– Tak, proszę pana. – Marcin chodził po pokoju i tłumaczył się gęsto. – Tak… zrozumiałem… tak… poproszę wszystkich o wyjście… dobrze… zostanę… najmocniej przepraszam.

Rozłączył się i zakomunikował, że to koniec imprezy. Ochroniarz stanął obok mnie i pokazywał ręką, w której trzymał paralizator, kierunek drzwi. Zachowywał się jak policjant na skrzyżowaniu z awarią świateł. Znajomi powoli opuszczali dom. Zostali tylko Igor i Marcin.

– Proszę wyjść – zwrócił się do Igora ochroniarz.

– Nie – zaprotestował. – Pomogę Lenie.

– Ale ja nie potrzebuję pomocy! – Znów wybuchłam śmiechem. – Z wszystkim sobie świetnie radzę. Jestem… niezależna!

– Słyszałeś – zwrócił się do Igora Marcin – możesz iść.

– Nie, jestem jej chłopakiem.

– Nie jesteś – zaprzeczyłam i po raz kolejny zaczęłam się śmiać.

Igor stał, uśmiechając się. Był zupełnie niezbity z tropu.

– No – szturchnęłam ochroniarza – niech pan w nich strzela.

– W którego? – zapytał poważnie.

– W obu! – rzuciłam i lekko się osunęłam, tracąc po raz kolejny równowagę.

Złapał mnie za ramię i pomógł wstać. Tak jak wcześniej oparłam się o stolik, który bardzo pomagał mi trzymać pion.

– Dobra, panowie – stwierdził sucho. – Out.

Igor spojrzał na mnie, a ja wzruszyłam ramionami. Ruszył do drzwi, a ja w chwilę potem zdałam sobie sprawę, że żarty się skończyły.

– Zostaniesz ze mną? – poprosiłam, gdy był obok mnie.

– Jesteś niemożliwa. – Pokręcił głową, stanął do mnie plecami i pokazał Marcinowi drzwi.

Ochroniarzowi nie podobał się taki obrót spraw. Marcina, owszem, znał, ale Igor nie wyglądał na godnego zaufania. Kazałam jednak mężczyźnie wyjść. Po raz kolejny wcisnął mi w dłoń pilota napadowego i zamknął za sobą drzwi. Chciałam rzucić tym małym urządzeniem w ścianę, ale bałam się, że zaraz znów włączy się alarm. Wydawało mi się, że kładę go na stoliku, ale spadł. Na szczęście nic się nie stało. Igor, nie czekając dłużej, wziął mnie na ręce i zaczął iść na górę. Rzucił mnie na łóżko jak worek. Cała zawartość żołądka podskoczyła

mi do gardła, ale udało mi się opanować odruch wymiotny.
– Romantyczny jak zawsze – stwierdziłam.
– Prawie mnie wywaliłaś. – Przygryzł wargi.
– To nie ja – położyłam dłoń na piersi – to ten ochroniarz.
Igor ściągnął mi buty i położył się obok mnie. Spojrzałam na niego. Nie zwracając uwagi na to, co mógłby powiedzieć, wyciągnęłam dłoń i pogłaskałam go po policzku.
– Wiesz, że jesteś śliczny?
Pokręcił głową, pozwalając mi wodzić dłonią po jego twarzy. Dotknęłam palcem jego ust.
– Kochaj się ze mną.
– Jesteś pijana. Nie wiesz, co mówisz.
– Wiem – uśmiechnęłam się triumfalnie. – Chcę, w pełni świadomie, żebyś się ze mną kochał.
Nie odrywał ode mnie wzroku, badając, ile z tego, co mówiłam, było prawdą, a ile wynikiem pijackiego bełkotania. Opadłam na plecy i rozmarzyłam się.
– Chciałabym poczuć twój ciężar. Tak, żebyś mnie przygniótł, żebym poczuła twoją siłę, żebym czuła się bezpieczna i bezbronna jednocześnie. Chciałabym nie móc złapać oddechu, ale jednocześnie dyszeć z przyjemności…
Igor wsparł się na łokciu, tak żeby lepiej widzieć moją twarz, a ja uśmiechnęłam się do niego zachęcająco. Zamknęłam oczy i wysunęłam usta w jego kierunku, czekając na pocałunek. Przysunął się do mnie i delikatnie musnął moje usta. Zaskoczyła mnie ta krótka czułość.
– Jak Boga kocham nie spotkałem jeszcze takiej dziewczyny jak ty – powiedział, uśmiechając się.
– Chcesz dalej o tym rozmawiać czy jednak wolisz przystąpić do działania? – ponaglałam go, ściągając sobie bluzkę.

Nie mogąc się doczekać, przyciągnęłam go do siebie. Zaczął mnie rozbierać. Gdy byłam kompletnie naga, wyciągnęłam do niego ręce, dając mu do zrozumienia, że chciałabym poczuć na sobie jego ciężar, tak jak mu to wcześniej opowiedziałam. Igor, świadomy, że był naprawdę ciężki, wspierał się cały czas na jednej dłoni. Po chwili klęknął nade mną i ściągnął swoją koszulkę, następnie usiadł i zsunął spodnie. Przyglądałam mu się, podziwiając jego ciało. Gdy w końcu, najdelikatniej jak mógł, opadł na mnie, zaczął całować – jak szaleniec – każdy centymetr mojego ciała. Rozpływałam się od jego czułości. Obydwoje zasysaliśmy skórę czasami do granic bólu, ale było w nas coś, co przypominało wybuch po zbyt długim okresie czekania. W pewnym momencie wyciągnął prezerwatywę, którą otworzył w zębach. Nawet to było seksowne w jego wykonaniu. Od tego momentu Igor zwolnił. Wsuwał się we mnie delikatnie i mimo że go przyciągałam do siebie, konsekwentnie stawiał mi opór.

– Nie skrzywdzisz mnie – zapewniłam go.

– Wolę nie ryzykować – szepnął.

Przyszło mi do głowy, że być może myślał, że nigdy wcześniej nie miałam chłopaka, więc żeby dodać mu odwagi, złapałam go za pośladki i popchnęłam jego biodra, szepcząc mu, że chciałam więcej i mocniej. Podziałało to na niego, bo zmienił się w jednym momencie. Poczułam jego pasję, a my przeistoczyliśmy się w spragnione siebie bestie. Igor drżał, co działało na mnie niesamowicie. Przeciągałam dłonią po jego plecach, czując, jak jego mięśnie się napinały. W sekundę przyspieszył i jęknął. Chciał się ze mnie wysunąć, ale go zablokowałam. Zwinnym ruchem obrócił nas, czym sprawił, że to on był na dole. Podwinęłam nogi i usiadłam na nim. Protestował, że potrzebował chwili na zregenerowanie się, ale ja nie przestawałam ruszać biodrami. Kołysałam się wolno z zamkniętymi oczami. Kiedy na chwilę je otworzyłam, zobaczyłam, jak wpatrywał się we mnie uśmiechnięty. Speszona uciekłam z powrotem w ciemność. Na nowo mnie dotykał, a ja przyspieszałam. W pewnym momencie słyszałam tylko siebie. Moje dyszenie i jęki zagłuszały wszystko dookoła. Poczułam jednak, że Igor chwycił mnie mocniej za biodra.

– Nie trzymaj mnie – poprosiłam cicho.

Kiedy zwolnił uścisk, niczym w opętaniu ruszałam się w każdym możliwym kierunku. Świat przestał dla mnie istnieć. Czułam przeszywającą mnie na wskroś przyjemność, jak zwarcie albo jak porażenie prądem. Opadłam na niego, dysząc ciężko. Słyszałam własne serce, walące jak oszalałe.

– Nic dziwnego, że ojciec cię tak pilnuje – wypalił Igor, przytulając mnie do siebie.

– Ciii – odezwałam się mimo nierównego oddechu. – Nie popsuj tego.

– Nie mam zamiaru – szepnął.

– Czemu mnie przytrzymywałeś? – zapytałam, kładąc się obok niego.

– Bo tak skakałaś, że bałem się, że spadniesz albo że gumka się zsunie – wyjaśnił.

– Aaa – uśmiechnęłam się. – Myślałam, że ci się nie podobało.

– Coś ty – obrócił się na bok – to był seks mojego życia.

Zaśmiałam się.

– Chodź do mnie. – Wyciągnął ręce, a jak się przysunęłam, zamknął mnie w objęciach.

Położyłam głowę na jego klatce. Głaskał moje włosy. Po raz pierwszy miałam poczucie, że wreszcie mogłam odetchnąć.

Ogarnął mnie błogi spokój. Wreszcie było tak, jak tego pragnęłam. Zapomniałam o tym, co było wcześniej. Liczyło się tylko to, co teraz. Zasnęliśmy wtuleni w siebie.

Wstając rano, odruchowo sięgnęłam obok, mając nadzieję, że zastanę tam Igora, ale nie było go w łóżku. Usiadłam na krawędzi. Kac uderzył mnie jak walnięcie obuchem. Głowa mi pękała. Zeszłam na dół po jakieś proszki. Podeszłam do okna i wyjrzałam w kierunku ogrodu. Igor znów pływał w typowym dla siebie zawrotnym tempie. Skąd ten facet brał siłę? Zanim wyszłam na dwór, włożyłam okulary przeciwsłoneczne. Podeszłam do leżaka i rozłożyłam parasol. Igor podpłynął do krawędzi i sprawnie podciągnął się. Wyszedł z wody i podszedł do mnie. Położył się taki mokry i zimny na mnie. Próbowałam go zepchnąć, ale moje ciało ze mną nie współpracowało. On delikatnie rozsunął mi szlafrok i obnażył moje piersi. Szybkim ruchem zakryłam się i upomniałam go, żeby się opanował. Byłam pewna, że ojciec miał kamery nawet tutaj. Nie chciałam, żeby mnie widział ani on, ani ochroniarz. Igor wykrzywił usta niepocieszony, cmoknął mnie w usta i wstał. Stojąc tyłem do basenu, jakimś zwinnym ruchem odbił się od podestu i robiąc salto w powietrzu, wskoczył tyłem do wody. Miałam wrażenie, że patrzę na jakieś morskie zwierzę, które bawi się w wodzie. Pływał jeszcze chwilę, po czym wyszedł i zaczął ćwiczyć.

– A ty bywasz kiedyś zmęczony? – zapytałam.

– Bywam, ale wmawiam sobie…

– I to wystarczy? – przerwałam. – Że też wcześniej na to nie wpadłam.

Po kilkunastu pompkach zrobił deskę. Przysunęłam się z leżakiem bliżej niego. Seks zbliżał do tego stopnia, że już nie zastanawiałam się, czy mogłam go dotknąć. Po prostu to zrobiłam.

Przeciągnęłam mu palcem po boku. Napięte mięśnie jego brzucha układały się w wałeczki. Jak tylko go dotknęłam, pokrył się gęsią skórą.

– To mnie w ogóle nie rusza – zablefował. – Mogłabyś nawet na mnie usiąść i bym nie drgnął.

– OK. – Wstałam i stanęłam nad nim w rozkroku.

Delikatnie, żeby nie wytrącić go z równowagi, położyłam mu się na plecach. Zanim to jednak zrobiłam, rozchyliłam szlafrok i przywarłam do niego nagim ciałem.

– To nie fair – zaprotestował.

– Bardzo fair. – Objęłam go i zaczęłam głaskać dłońmi jego mięśnie brzucha.

– Nie wytrzymam tak…

– Przecież ty się nigdy nie męczysz i potrafisz sobie wmówić, że nic cię nie boli – przedrzeźniałam go. – Jak dasz tak radę przez dwie minuty, to zrobię coś, co będziesz chciał.

– Cokolwiek? – zapytał.

– Tak – potwierdziłam serio.

– OK.

Chcąc utrudnić mu zadanie, włożyłam mu dłoń w spodenki. Zaśmiał się i powiedział, że mnie nie doceniał, że wyglądałam niewinne, a tak naprawdę byłam istnym diabłem. Po chwili poczułam, jak jego ciało zaczęło drżeć. Nie wiedziałam, czy to od wysiłku, czy też od mojego dotyku.

– Długo jeszcze? – dopytywał.

– Nie wiem – przyznałam otwarcie.

– To nie mierzysz czasu?

– Czym? – zażartowałam. – Mam się zorientować po pozycji słońca?

– O nie! – Igor opadł na deski.

Obrócił się pode mną i przytulił mnie do siebie.

– Chodź do środka – zaproponowałam. – Ochroniarz już miał wystarczające kino.

Wróciliśmy do sypialni, trzymając się za ręce. Zapytałam, co chciałby za nagrodę, a on mnie zaskoczył jak nigdy. Powiedział, że chciałby zrobić mi nagie zdjęcie. Na początku myślałam, że chciał mieć je do wiadomych celów, ale on przedstawił mi swoją wizję. Chciał, żebym usiadła na piętach, wygięła się i podniosła ręce, krzyżując je z tyłu głowy, na karku. Na koniec dodał, że wytatuuje sobie mnie i w ten sposób, nieważne co by się stało, zawsze z nim będę – na jego skórze. Wszystko, co mi wcześniej mówił, a co powodowało zgrzyt, zostało wyparte przez tę jedną rozczulającą prośbę. Zrzuciłam szlafrok i usiadłam na łóżku tak, jak to opisał. Robił zdjęcia swoim telefonem i dawał mi rady, jak powinnam zmienić pozycję, by zobrazować jego koncepcję. Za którymś razem uśmiechnął się do telefonu i pokazał mi wyświetlacz.

– I co dalej? – zapytałam.

– Dawid mi to wytatuuje – powiedział, uśmiechając się.

– Dawid? – powtórzyłam, krzywiąc się.

– Sam nie dam rady – wyjaśnił. – Połowa z tego, co mam, to dzieło Dawida. On ma moje.

– Ale Dawid? – wyraziłam swoje niezadowolenie tak delikatnie, jak umiałam.

Zerknęłam raz jeszcze na zdjęcie. Wyglądało ładnie za wyjątkiem malinek na szyi i piersiach.

– W którym miejscu go sobie zrobisz?

Igor uśmiechnął się do mnie.

– Tam, gdzie ty masz swój. Od tego się zaczęło.

– O rany – poczułam jak ścisnęło mnie w środku – to takie miłe.

Wyciągnęłam do niego dłoń. Przyciągnęłam go do siebie i pocałowałam. W tym momencie zadzwonił telefon. Szybkim ruchem włożyłam na siebie szlafrok i usiadłam na brzegu łóżka. Ojciec dopytywał, czemu wcześniej nie odbierałam. Zgodnie z prawdą powiedziałam, że byłam przy basenie. Igor klęknął koło mnie i rozchylił mi nogi. Widząc, co chciał zrobić, zaczęłam go odpychać, ale on był zdesperowany i całując moje uda od wewnątrz, przekonywał mnie do rozluźnienia się.

– Nie podoba mi się ta wczorajsza impreza – stwierdził ojciec.

– Czy… możemy… porozmawiać o tym, jak wrócisz? – wycedziłam.

Starałam się zapanować nad głosem. Igor nie przestawał, a ja nadal zakrywałam się jak mogłam, blokując mu dostęp. Wiedziałam, że jeśliby mnie dotknął gdzieś wyżej, straciłabym kontakt z rzeczywistością.

– Tak, jestem na lotnisku. Wracam dzisiaj – powiedział.

– Co? – Zerwałam się na równe nogi, jednocześnie odpychając od siebie Igora.

– Przyspieszam powrót – tłumaczył. – Odbierzesz mnie tak, jak ustaliliśmy?

– Tak – zapewniłam. – O której lądujesz?

– Kwadrans po drugiej. Możesz poczekać na przylotach. Nie musisz wchodzić do środka – zaproponował.

– OK. Do zobaczenia – powiedziałam, udając radość.

Rozłączyłam się i zerknęłam na wyświetlacz. Miałam ponad dwie godziny na przygotowanie się. Igor był zawiedziony, ale zrozumiał. Wzięliśmy razem prysznic. Czułam się z nim wspaniale. Cały czas żartowaliśmy, przytulaliśmy się i całowaliśmy. Miałam wrażenie, jakbym znała go od dawna. Tak jakby seks zmienił wszystko między nami.

W locie złapałam coś do jedzenia i wyszłam przed dom. Mój escalade był zastawiony autami znajomych. Musieli wczoraj wrócić do domów taksówkami. Pozostawiona bez wyboru pociągnęłam Igora w kierunku domu ojca. Kiedy wszedł do środka rozejrzał się dookoła i stwierdził, że widział już ładne domy, ale ten był zjawiskowy. Z garażu wzięliśmy porsche ojca. Dałam kluczyki Igorowi, zostawiając sobie ten czas na makijaż. Kiedy on prowadził, nakładałam na siebie warstwy pudru, starając się zamaskować malinki na szyi. Dobrze, że wzięłam apaszkę. Zawinęłam sobie szczelnie materiał wokół szyi. Igor zatrzymał się pod studiem i życzył mi powodzenia. Wysiedliśmy, żeby się zmienić, a on mnie zatrzymał przed maską, wziął na ręce, sadzając sobie na biodrach, i pocałował. Uśmiechnęłam się do niego lekko, ale byłam zdenerwowana. Wiedziałam, że ojciec nie puści tego płazem. Igor kazał mi wracać tak szybko, jak to możliwe. Obiecałam, że się postaram. Pobiegłam do drzwi kierowcy, a zaraz po tym wskoczyłam do środka. Przysunęłam fotel i odjechałam.

Kejsi *Wiosna-lato 2007*

Dni mijały. Spędzałem bardzo dużo czasu z Pablem. Kilka razy wspominał, że dałem mu pieniądze, mimo że nie musiałem. Wracał do tego wielokrotnie. Dziwnie się wtedy czułem, ale Pablo już taki był. Lubił rozmawiać o pracy, o Czarnym, o biznesie. Dochodziłem do wniosku, że wynikało to z tego, że albo nie miał o czym rozmawiać, albo sprawiało mu to radość. On nigdy nie był w środku w trakcie skoków, więc w kółko dopytywał o jakieś szczegóły. Kręciły go wygłupy Pedra.

Każdą rozmowę zaczynał od słów: „a pamiętasz, jak Pedro...". Nie chciałem o tym rozmawiać. Nie czułem się z tym dobrze. Pablo powtarzał, że obydwaj z Pedrem mieliśmy coś w sobie, co nas wyróżniało. Drażnił mnie fakt, że mówił o nas jak o jednej osobie, że nas łączył, ale słuchałem go. Przyznał, że on nie umiałby tak reagować na bieżąco jak my. Jako przykład podał przypadek, w którym jedna z kobiet ocknęła się, gdy Pedro ją gwałcił. Zatkał jej dłonią usta i przywalił jej mosiężną lampką nocną w głowę. Kobieta nie była w stanie go zidentyfikować ze względu na maskę gazową, ale musiał ją znokautować, żeby opuścić bezpiecznie dom. Te numery stawały się coraz bardziej niebezpieczne, dlatego też cieszyłem się, że teraz Pedra nie było. Byłem w tym osamotniony, bo Pablo jakby do tego tęsknił. Omawianie tych starych skoków robiło się już nudne nawet dla niego samego, bo ileż można było wałkować te same napady. Potrzebował czegoś nowego, ekscytującego. Pedro jednak nie wracał. Przebywał w szpitalu od dwóch tygodni.

Jednego dnia Czarny rozkazał nam wznowienie włamań. Pablo chciał iść ze mną do środka. Wydawało mu się, że zajmie miejsce Pedra, ale się sprzeciwiłem. Wszedłem sam. Obrobiłem dom bez strachu o ludzi w środku, o kobiety i młode dziewczyny. Poszło sprawnie. Zdałem sobie sprawę, że Pedro niewiele mi pomagał, a co więcej, powodował, że bałem się o jakąś wpadkę, tak jakbym miał ze sobą dziecko. Sam mogłem odetchnąć i skupić się na najważniejszym. To był jeden jedyny samotny skok. Na moje nieszczęście Pedro wrócił do kamienicy i błagał Czarnego o drugą szansę. Modliłem się, żeby go odsunął od włamań, ale nie poskutkowało. Następny włam mieliśmy zrobić razem. Byłem wściekły, ale tym razem zdecydowałem się z nim pogadać. Kiedy wieczorem byliśmy sami, Pedro zaczął pierwszy. Zwierzył się, że miał pękniętą śledzionę i inne obrażenia. Przeszedł operację. Szpital zawiadomił policję, która z kolei dopytywała o sprawcę i przyczynę pobicia. Pedro przysięgał, że nie pisnął słowa i że zachował się lojalnie. Ta jego spowiedź spowodowała, że podjąłem decyzję o przeniesieniu się. Ugryzłem się w język i nie powiedziałem nic na temat tego, jak chciałem, żeby się zachowywał, co więcej, miałem nadzieję, że pęknie i wróci do swojego zboczonego nawyku. Byłem pewien, że Yeti się wścieknie i że zajmą się Pedrem.

W nocy, gdy wszyscy spali, odchrząknął:

– Śpisz?

– Nie – powiedziałem.

– Musimy sprzątnąć Pabla – stwierdził.

– Pabla? A kto nas będzie woził? – dopytywałem. – Ani ja, ani ty nie umiemy prowadzić.

– Mario – odpowiedział. – Już z nim gadałem.

– Gadałeś z Mariem i z Czarnym? – upewniałem się.

– Nie, tylko z Mariem – odpowiedział. – Czarny lubi tego chuja.

– A niby czemu mamy go sprzątnąć?

– Bo nam zagraża.

Doskonale wiedziałem, że mi nie zagrażał. Natomiast Pedro czuł się niepotrzebny, a wiadomo było, że prędzej czy później Czarny też doszedłby do takiego wniosku. To było być albo nie być Pedra, ale zbyłem go, mówiąc, że o tym pomyślę. On jednak przypomniał mi, że to dzięki niemu miałem, co miałem, i że to był czas na podziękowanie, na odwdzięczenie się.

– Nie, Pedro – usiadłem na łóżku – podziękowałem ci tysiąc razy, kiedy pilnowałem, żebyś mógł w spokoju gwałcić te kobiety. Nigdy cię nie zostawiłem, a mogłem, bo robota była skończona. Chcesz sprzątnąć Pabla, proszę bardzo, ale ja mam dość krwi.

– Myślisz, że taki porządny jesteś? – Zerwał się i on.

Mierzyliśmy się wzrokiem.

– Nie, nie jestem. Co więcej, mam świadomość, że w momencie, w którym najbardziej nie będę tego chciał, zostanę ukarany. Za wszystko, co zrobiłem i… czego nie zrobiłem.

– Pierdolisz! – sprzeciwił się.

– Zobaczysz. Przyjdzie taki moment, że będziesz szczęśliwy i wtedy, kiedy stawka będzie najwyższa, stracisz wszystko. Tak to działa.

– Chyba u takich frajerów jak ty.

– Może – położyłem się. – Ja nie dotknę Pabla.

– To może ktoś dotknie ciebie – zagroził.

– Może… – powtórzyłem.

Następny skok był cztery dni później. Pedro czuł podekscytowanie, jakby czekała go jakaś frajda, zabawa, coś miłego. Udawałem, że go nie widziałem. Nie mogliśmy dostać się do mieszkania. Wszystkie okna były zamknięte, a na dodatek Yeti mówił, że plan domu wskazywał, iż dół domu był całkowicie odcięty od góry. Oznaczało to, że nawet gdybyśmy wrzucili gaz na dole, nie uśpilibyśmy ludzi. Po raz pierwszy weszliśmy po drabinie na piętro domu, gdzie znajdowały się sypialnie. Po cichu wycięliśmy małą dziurę w szybie i przez otwór włożyłem gaz do środka. Postawiłem puszkę na jakiejś komodzie w nadziei, że nie spadnie. Nic nie widzieliśmy. Działaliśmy po omacku. Kiedy weszliśmy do sypialni, okazało się, że drzwi na korytarz były zamknięte. Nie mogliśmy się przedostać do dalszej części domu. Musieliśmy ponownie wyjść na zewnątrz, zejść na dół, na poziom gruntu, i dostać się do środka z dołu. Tak jak zawsze zaczęliśmy wynosić sprzęt z pokoju gościnnego. Zaskoczyło nas, że wszystkie pozostałe pokoje stały zamknięte. Zameldowałem Yetiemu, że oprócz sprzętu nie mamy nic innego. Ten zapytał, czy możemy wyważyć drzwi, ale baliśmy się hałasu. Pablo podał mi przez okno łom, jednak nie mogliśmy wyważyć ani jednej pary. Drzwi do pokoi były dokładnie takie same jak te wejściowe. Yeti stwierdził, że to zabezpieczenia z bolcami, które trzymały drzwi mocno w futrynie. Walczyliśmy przez kilka chwil, ale musieliśmy się poddać. Yeti odwołał akcję, Pedro był wściekły. Jego pierwszy skok po przerwie i porażka. Rzucił, że wraca na górę, a ja odruchowo chciałem go zatrzymać. Stwierdził, że musi ukarać tych ludzi. Pozwoliłem mu iść, choć tak naprawdę nie czekał na moją zgodę. Wszedł po drabinie do sypialni. Podążałem za nim, zakładając, że powstrzymam go, jeśli będzie chciał ich zabić. Zatrzymałem się na ostatnim stopniu drabiny i obserwowałem go. Najpierw przystawił kobiecie puszkę pod nos. Potem odkrył ją i zaczął bić, wyzywając od dziwek. Leżała bez ruchu. Pedro wymierzał jej uderzenia w twarz i w piersi. Po chwili ściągnął spodnie, stojąc nad łóżkiem. Odepchnął szafkę nocną i stanął tuż obok głowy kobiety. Chwycił ją oburącz i włożył penisa w jej usta. Był brutalny jak nigdy. Odgłosy, jakie wydawało jej gardło, mieszały się z przekleństwami wykrzykiwanymi przez Pedra. Zszedłem po drabinie, zostawiłem go. Dałem sygnał Pablowi, że może odjeżdżać. Sam wróciłem biegiem do kamienicy. Miałem dość. Nie interesowało mnie, czy wpadnie, czy nie. Sprzęt był zabrany, a my czekaliśmy tylko na Pedra.

Od razu poszedłem do Czarnego i poprosiłem, żeby odsunął Pedra od tej pracy. Czarny się nie zgodził. Wtedy zapytałem, czy każdy z nas mógłby włamywać się samodzielnie, ale też mu nie pasowało. Bawiło go to szaleństwo Pedra. Nie miał zamiaru go zatrzymać. Czułem wściekłość.

Pedro wrócił do nas. Musiał przytaszczyć ze sobą drabinę. Był zdziwiony, że go zostawiliśmy. Naskoczył na mnie, a ja mu wprost powiedziałem, że od tej pory nie będę czekał, aż on się zabawi, że praca kończy się na wyniesieniu ostatniej wartościowej rzeczy przez okno. Pedro rzucił się na mnie. Był osłabiony po szpitalu, więc nie miał ze mną szans. Wykręciłem mu rękę i powaliłem na podłogę jednym ruchem. Leżał tak, aż się uspokoił. Czarny śmiał się z przedstawienia, ale rozkazał nam, byśmy się pogodzili. Wyszedłem do siebie, a Pedro dogonił mnie na korytarzu. Rzucił, żebym spał czujnie, bo mi kosę wsadzi w plecy. Wiedziałem, że ta groźba była prawdziwa. Byłem świadomy, że uciekał mi czas na działanie, ale nie mogłem się zdecydować.

Pierwotnie myślałem o przejściu do Yetiego, ale podświadomie czułem, że moja odporność na otaczające mnie zło sięgnęła granic. Kiedy następnego dnia dowiedziałem się, że Pedro zabił tę kobietę, coś we mnie pękło. Reporter wyjaśniał, że zmarła od zadławienia się spermą. Najgłupsza możliwa śmierć. W programie pokazali dom, wyciętą dziurę w oknie i opowiadali o tym, że ta kobieta miała dwoje małych dzieci, a na dodatek była w ciąży z trzecim. Wyobrażałem sobie moment, w którym jej mąż się obudził i znalazł ją martwą obok. Do tej pory w ogóle o tym nie myślałem. Nie zastanawiałem się, co czuli ci ludzie zaraz po tym, jak się obudzili i zorientowali, że zostali napadnięci.

Czułem się jak padlina. Chciałem wyłączyć myśli. Wyszedłem pobiegać. Zdecydowałem wtedy, że nadszedł czas na zakończenie tego. Przejście do Yetiego też nie wchodziło w grę. Bałem się, że prędzej czy później znajdę się dokładnie w takiej samej sytuacji jak teraz. Zatrzymałem się przed komisariatem policji. Wziąłem głęboki oddech. Oficer dyżurujący, siedzący za biurkiem z wysoką do sufitu szybą, wyglądał jak rybka w akwarium. Zapytał mnie, czy wszystko w porządku. Byłem zdyszany i spocony.

– Witam, nazywam się Krystian Chmielewski i jestem poszukiwany.

– Ooo – wydobyło się z niego samoistnie.

– Chciałbym rozmawiać z detektywem Nazarukiem, odpowiedzialnym za włamania – powiedziałem spokojnie.

Policjant wstał i przyglądał mi się. Zapewne zastanawiał się, czy ucieknę, zanim zrobi krok, ale po chwili wyszedł zza biurka i wcisnął guzik, który odblokował drzwi obok, i zaprosił mnie do środka. Zaprowadził mnie do pokoju, gdzie stał tylko stolik i dwa krzesła. Czekałem bardzo długo. Miałem wystarczająco dużo czasu, by pomyśleć o mamie, Malwinie i o ojcu, o tym, jakie życie wybrałem i gdzie się znalazłem. Nie tak nas mama wychowywała. Chciała, żebyśmy byli dobrymi ludźmi, tak jak ona. Cieszyłem się z tego, że mnie teraz nie widziała. Zawiodłem na całej linii. Umarła z przekonaniem, że będę w życiu kimś, że będę miał przyszłość, a teraz siedziałem na policji, dobrowolnie oddając się w ręce sprawiedliwości.

Drzwi skrzypnęły i ukazał się człowiek, którego znałem z telewizji. Zaproponował mi kawę, ale poprosiłem jedynie o wodę. Wypiłem wszystko duszkiem. Usiadł naprzeciw mnie i przedstawił się. Nie musiał tego robić. Obaj wiedzieliśmy wzajemnie o sobie, kim jesteśmy. On jedynie stwierdził, że nie sądził, że byłem zamieszany w sprawy włamań. Położył na środku stolika dyktafon i włączył go. Zacząłem opowiadać o swoim życiu od czasu, gdy zmarła mama. Nikt mi nie przerywał. Opisywałem ze szczegółami każdy moment, każdą chwilę, każde odczucie. Po raz pierwszy mówiłem na głos o tym, co mnie gnębiło. Wszystkie emocje nagromadzone przez te długie miesiące spowodowały, że w końcu pękłem. Kiedy doszedłem do momentu, w którym opisywałem, jak Pedro zgwałcił ostatnią swoją ofiarę, było już widno. Policjanci patrzyli na mnie bez słowa, gdy ostatecznie zakończyłem swoją opowieść. Przyznałem się do wszystkiego i powiedziałem, że jestem gotowy ponieść karę, że nie mogłem już dłużej tak żyć, że mnie to zabijało od środka.

– Synu – odezwał się Nazaruk – jeśli jesteś w stanie tam wrócić, chciałbym zaproponować ci układ i status świadka koronnego.

– Nie rozumiem – zmarszczyłem brwi. – Gdzie wrócić?

– Do Czarnego, do kamienicy.

– W jakim celu? – dopytywałem.

– Musimy ich dorwać. Wszystkich. Ty jesteś tylko płotką, a nam zależy, żeby dorwać grube ryby. Tych, którzy zlecają włamania, którzy na tym zarabiają.

– Rozumiem – stwierdziłem. – Yeti i reszta też?

– Też.

– Jak mam to zrobić?

– Założymy ci podsłuchy…

– Nie… – zaprotestowałem. – Oni ze mną nie rozmawiają. Ja dostaję tylko polecenie wyjazdu z Pablem. Musicie ich sprzątnąć podczas włamania i wtedy dorwać Czarnego. W kamienicy nie ma nic. Nawet nie wiem, gdzie jest łup. Raz widziałem, że zawieźli skradzione przedmioty do Yetiego, ale nie mam pojęcia, czy to reguła, czy zrobili tak tylko raz.

– OK – zgodził się ze mną policjant – następny skok robicie z naszym udziałem.

– Jak to będzie wyglądało? – zapytałem.

– Jak już będziesz znał adres, skontaktujemy się z tymi ludźmi i w miejsce cywilów podłożymy policję. Pozwolimy wam dostać się do środka, a wtedy przyskrzynimy tych, którzy pracują na miejscu.

– Yeti jest na słuchawce ze mną, a Czarny… – zatrzymałem się na chwilę – Czarny robi w tym czasie, co chce.

– Yetiego będziemy obserwować, a dopadniemy po aresztowaniu was. Tak samo z Czarnym. Kilka jednostek i działanie w tym samym czasie.

– W porządku – potwierdziłem. – Tylko nie umieszczajcie mnie w celi z jednym z nich.

Nazaruk spojrzał na kolegów i na mnie.

– Nie, ty nie będziesz siedział – wyjaśnił. – Dostaniesz status świadka koronnego. Przeniesiemy cię gdzieś indziej i będziesz sobie żył za pieniądze podatników. Masz szczęście, że jesteś nieletni, bo musimy zagwarantować ci opiekę.

Łzy napłynęły mi do oczu. W życiu nie sądziłem, że dostanę drugą szansę. Przychodząc tutaj, sądziłem, że pójdę siedzieć, że dostanę spory wyrok i w ten sposób zapłacę za swoje grzechy. Tymczasem dostawałem prezent, o jakim nawet nie marzyłem. Wstałem z miejsca i podszedłem do Nazaruka. Choć to było zupełnie nie w moim stylu, objąłem go, dziękując za tę ofertę. Gliniarze od razu nas rozdzielili, więc szybko przerosiłem ich i dodatkowo przyznałem się, że miałem nóż, ale że nie chciałem nic zrobić. Od razu przyparli mnie do ściany i zaczęli przeszukiwać. Zapewniałem, że zrobię wszystko, co mi każą, żeby tylko mi pomogli wyjść z tego bagna.

Nazaruk kazał mi wracać do kamienicy tak, żeby nie wzbudzić podejrzeń, i wyznaczył kolejne miejsce na spotkanie. Pasowało mu to, że biegałem. Dzięki temu docierałem w miejsca, w których ktoś, kto mógł mnie potencjalnie śledzić, musiał odpuścić.

Przez kolejny tydzień spotykałem się z detektywem w samochodach, knajpach i barach. Tłumaczyłem, jak będzie wyglądał skok, a on jednego razu, gdy siedzieliśmy w vanie, pokazał mi nagranie z kamery w domu. Był to nasz przedostatni napad. Dziwnie było patrzeć na własną pracę. Widziałem siebie wynoszącego sprzęt. Gdybym się nie przyznał, w życiu by nas nie zidentyfikowali. Dzięki maskom gazowym byliśmy nie do rozpoznania.

– Skąd macie to nagranie? – zapytałem.

– Właściciel zamontował system monitoringu na własną rękę – tłumaczył Nazaruk. – Nie chciał korzystać z oferty firmy ochroniarskiej. Potem płakał, bo gdyby udostępnił ochronie podgląd, przyłapalibyśmy was raz-dwa.

– Czemu tego nie zrobił?

– Widzisz – pokręcił głową – bał się podglądania. Bał się, że ktoś włamie się do systemu firmy ochroniarskiej i będzie miał wszystko podane jak na tacy.

– To obłęd.

– Umieścił sobie na strychu dysk, na którym nagrywał się materiał, a po fakcie nic to nie dało, bo macie maski na twarzach.

Patrząc na wideo, zacząłem relacjonować krok po kroku nasze działania. Kamerę ustawiono tak, że nie było widać, jak Pablo odbierał towar, ale z ruchu należało się domyślić, że ktoś tam przebywał. Rozmawialiśmy o możliwych scenariuszach dostania się do środka domu, który mieliśmy na oku. Było to dla mnie zupełnie nietypowe wrażenie, bo o tym samym domu rozmawiałem z Yetim, starając się zaplanować skok, a następnie z policją, zdradzając to, co ustaliłem z kompanami.

Do skoku pozostał jeden dzień. Wieczorem wyszedłem pobiegać i udałem się na ostatnie spotkanie z Nazarukiem. Mieliśmy powtórzyć szczegóły.

– Jak wejdziesz do pokoju z sejfem, odsuń się w bok…

– Pod ścianę czy bliżej? – pytałem.

– Powiedzmy cztery kroki. Tak, żebyś nie tkwił na linii strzału skierowanego w Pedra.

– OK – odetchnąłem lekko zdenerwowany. – I co dalej?

– Postrzelimy cię – powiedział lekko.

– Mnie!? – krzyknąłem.

– Tak, w ten sposób podamy do wiadomości, że jeden z przestępców zginął, więc na wypadek gdybyśmy nie rozpracowali całej szajki, nikt nie będzie cię szukał. Pedro potwierdzi, że dostałeś kulkę.

– Ale naprawdę dostanę kulkę?

– Tak – uśmiechnął się do mnie. – Na akcję idziemy uzbrojeni.

– To co mam robić?

– Nic. My wpadniemy do środka, a ty będziesz stał. Masz się nie ruszać, choćby nie wiem co. Nawet jakby Pedro coś odwalił, masz stać. Pamiętaj, że my będziemy uzbrojeni, więc tylko spokój cię uratuje.

– A co, jeśli coś się stanie? – dopytywałem, czując, jak dłonie zaczynały mi się pocić.

– Nie będę cię oszukiwał – wyznał szczerze – jest ryzyko, że zginiesz, dlatego się nie ruszaj. Jeden agent będzie miał na muszce tyko ciebie, szybko się zorientujesz który, bo będziesz miał na sobie wiązkę światła. Postrzeli cię w ramię.

– A jak spudłuje? – Strach mnie paraliżował.

– Masz się nie ruszać i nie spudłuje. Strzeli, gdy będziesz stał.

Trafi w ramię. Zagoisz się szybko i wrócisz do życia. Skup się na tym, co dalej, a nie na tym strzale. Jest też szansa, że Pedro coś odwali i będą strzelać do niego, a wtedy ty wyjdziesz bez szwanku. Ja będę w drugiej linii, więc nie do mnie będzie należała ostateczna decyzja. Normalnie bym ci o tym nie mówił, ale wiem, że dasz radę, że jesteś wystarczająco mądry, by temu sprostać. Myśl o tym, co chciałbyś robić potem, gdzie chciałbyś mieszkać.

– Gdziekolwiek za granicą – wypaliłem.

– OK – skinął głową – załatwione.

Byliśmy w tym vanie tylko we dwóch. Kierowca jeździł po mieście bez celu. Czekał na koniec rozmowy.

– Słuchaj – odezwałem się po chwili – mam siostrę...

– Wiem. Malwina. Wszystko u niej OK. Sprawdziliśmy.

– Dałoby się zrobić tak, żebyśmy znów byli razem? – zapytałem nieśmiało.

– Nie – odpowiedział od razu. – Ona musi zostać. Na wszelki wypadek, gdyby ktoś cię potem szukał. Gdybyśmy ją przenieśli, od razu stałoby się jasne, że ona jest z tobą. Doprowadziłaby ich do ciebie i wtedy...

– Zabiliby mnie... – dokończyłem za niego.

Skinął głową. Obaj wiedzieliśmy, że to nie żarty, że ryzyko było ogromne.

– Czy ona wie? – wróciłem po chwili do tematu.

– O czym? O tym, że się poddałeś, czy o tym, że jesteś jednym z szajki?

– I to, i to?

– Nie wie nic. Nawet z nią nie rozmawialiśmy. Zasięgnęliśmy języka u ludzi, u których mieszka. Jest jej dobrze. Chodzi do szkoły, przeszła terapię. Jest na dobrej drodze.

– Dzięki. – Tylko tyle mogłem powiedzieć.

Wysiadłem z samochodu i pobiegłem z powrotem do kamienicy. Nikt nic nie przeczuwał, nie było specjalnych przygotowań. Tak jak zawsze ćwiczyłem, gadałem z Pablem i Pedrem. Wyglądało tak, jakby nasze stosunki lekko się poprawiły, ale zdawałem sobie sprawę, że Pedro mógł jedynie usypiać moją czujność. Był teraz ode mnie słabszy i każdy pojedynek by przegrał. Potrzebował czasu, żeby przygotować się do dnia, w którym znów moglibyśmy się zrównać siłowo. Mimo to poszedłem spać z nożem. Tak na wszelki wypadek. Kolejny dzień minął jak każdy inny, a wieczorem Pablo zabrał nas na włamanie. Dokładnie do tego domu, który policja już obstawiła. Nic nie zdradzało ich obecności. Mógłbym nawet przysiąc, że zapomnieli i nie przyjechali. Było tak cicho. Do środka dostaliśmy się przez okno na górze. Gazem uśpiliśmy parę funkcjonariuszy leżących razem w łóżku jak przykładne małżeństwo. Wynosiliśmy sprzęt, który Pablo pakował do auta zaparkowanego w bocznej ulicy. W końcu zwabiłem Pedra do pokoju, w którym był sejf. Yeti podał nam kod, a Pedro przystąpił do wbijania szyfru. Nagle usłyszeliśmy jakiś hałas.

– Słyszałeś coś? – Pedro zatrzymał się i nadstawił ucha.

– Nic – skłamałem. – Pośpiesz się.

– Kurwa! Jestem pewien, że coś słyszałem – szepnął nerwowo.

„Jeden, dwa, trzy, cztery" – odliczyłem kroki w bok, w kierunku ściany, ale moje nogi były miękkie, nie byłem nawet pewny, czy w ogóle się posuwałem. Mimo że starałem się opanować emocje, słyszałem swój głośny oddech.

– Idź na dół – zaczął po chwili – a ja tu dokończę z sejfem.

Stałem. Czekałem. Gdzie on był? Czemu to tak długo trwało? Pedro gapił się na mnie, a ja jak nigdy nie reagowałem na jego polecenia. Patrzyłem mu prosto w oczy, a serce biło mi tak głośno, że nie słyszałem momentu, w którym otworzyły się drzwi.

– Stać! Policja! – dotarły do nas krzyki.

Nie umiałem określić, kto krzyczy i skąd dochodzą głosy. Wszystko zlewało się w jeden hałas, a pokój wypełniły światła. Widziałem jedną czerwoną wiązkę skierowaną prosto w klatkę piersiową mojego kolegi.

– Na ziemię! Na ziemię!

Pedro objął mocno worek ze ściągaczem, który zawsze – wypchany kosztownościami lub pieniędzmi – nosiliśmy jak plecak na plecach i rzucił nim we mnie. Odruchowo go złapałem. On ruszył z miejsca. Ku mojemu zaskoczeniu wyskoczył przez okno, ale nie to, którym dostaliśmy się do środka. Wszystko trwało zaledwie sekundy.

– Stój!

Pedra już jednak nie było. Obróciłem się z workiem w kierunku głosów. Krzyczeli, żebym się nie ruszał, ale czułem, jakby ten worek palił mnie w ręce, więc rzuciłem go na podłogę. Tak jakby to miało teraz jakiekolwiek znaczenie. Zrobiłem krok w tył, co zapewne policja odczytała jako chęć ruszenia śladami Pedra. Nie minęła sekunda, jak oberwałem. Nigdy nie sądziłem, że mała kula jest w stanie tak znokautować potężnego chłopa. Padłem na deski, czując przenikający moje ciało ból. Gdybym miał sobie kiedyś to wyobrażać, powiedziałbym, że postrzał to ból miejscowy, ale nie, to byłoby zbyt piękne. Nerwy w całym moim ciele dały o sobie znać od razu, a dopiero po jakimś czasie poczułem to jedno miejsce, źródło bólu.

– Mamy postrzał! Potrzebna karetka!

Gdy tak leżałem plackiem na podłodze, dostrzegłem, że sufit w tym domu różnił się od tych, jakie zazwyczaj ludzie mają w swoich przeciętnych domach. Tutaj ktoś ułożył wzór, dbając o prowadzenie linii, która nagle kończyła się na ścianie. Po chwili w polu mojego widzenia pojawiły się jakieś twarze.

– Gdzie dostał? – słyszałem głosy nad sobą.

– Nie wiem... gdzieś wysoko... w klatkę. – Szarpali mnie, próbując zdjąć ze mnie kurtkę.

Jeśli tak miała wyglądać moja śmierć, to było to okropne. Umierałem bez możliwości naprawienia swojego życia, bez możliwości zrobienia czegoś dobrego. Nie tak miało się to ułożyć.

– Czemu on tak krwawi?

– A co ja lekarz jestem?

– Gdzie ta karetka?! – Wydało mi się, że znałem ten głos, ale wszystko zlewało się w jeden hałas brzmiący jak bełkot w zwolnionym tempie. – Tracimy go!

Lena *Lato 2015*

Ojciec krytykował wszystko. To, że wzięłam porsche, że zorganizowałam imprezę, że źle potraktowałam ochroniarza, że byłam pijana, że odesłałam Marcina i że nie zapytałam go o zgodę we wszystkich wymienionych wcześniej kwestiach. Drogę pokonywaliśmy, słuchając jego monologu. Cieszyłam się jedynie z tego, że to on prowadził i nie patrzył na mnie. Zaskoczyło mnie, że w ogóle nie poruszał tematu Igora. Tak jakby nie zdawał sobie sprawy, co między nami zaszło.

Po dojechaniu do domu zatrzymał się przed głównym wejściem, a potem wjechał do garażu. Wykrzyczał, że mam szlaban. Zaśmiałam się wtedy.

– Jestem pełnoletnia – zauważyłam. – Nie możesz mi dać szlabanu.

– Właśnie, że mogę – zapewnił wściekły. – Zabiorę ci auto, karty i to cię unieruchomi.

– Jeśli tak chcesz...

Odeszłam do siebie, do domku, zupełnie nieświadoma armagedonu, jaki na mnie czekał. Kiedy tylko przekroczyłam próg, zadzwoniłam do Ingi zaraportować, że ojciec mnie uziemił. Prosiłam, żeby przekazała informację Igorowi.

– Przejdzie mu – powiedziała.

– Pewnie nie będę mogła ci pomóc w najbliższych dniach.

– Spoko – rzuciła. – I tak zrobiłaś dla mnie wiele.

Zapadła cisza.

– Wiesz, co robi Igor? – zapytała po chwili.

– Nie wiem, wysadziłam go w centrum i pojechałam po starego na lotnisko.

– Nie pytałam o to w sensie „czy wiesz", tylko żebyś zgadła. – Zaśmiała się, ale nie wytrzymała i dodała: – Robi sobie boczek.

– Boczek? W sensie świński bekon? – zapytałam.

Inga nie umiała się opanować przez kilka chwil. Za każdym razem, gdy chciała wrócić do rozmowy, ogarniała ją kolejna fala śmiechu. W końcu wydukała, że tatuował sobie boczek.

– Nie wiem, co my bez ciebie robiliśmy – rzuciła rozbawiona. – Musiało być nudno.

– Widziałaś zdjęcie? – dopytywałam zmieszana.

– Tak, ale nie martw się, teraz będzie widział to każdy, kto zerknie na bok Igora.

– Pocieszające.

– Ale wiesz – spoważniała – fajnie widzieć Igora takiego szczęśliwego.

– Wiem – potwierdziłam.

Sama widziałam ogromną różnicę. Inga musiała przerwać, bo jakiś klient wszedł do studia. Rozłączyłam się i poszłam na taras poczytać. Obracałam kilkukrotnie leżak, by móc ukrywać się przed słońcem. Minęło naprawdę sporo czasu. Zgłodniałam i poszłam do domu ojca. Nigdzie go nie było. Siedziałam w kuchni przy stole, jedząc, kiedy wpadł do pomieszczenia. Patrząc na jego zachowanie, wiedziałam, że coś się stało. On bez słowa zgarnął mnie i wsadził do samochodu. Kilka razy po drodze pytałam go o cel wycieczki, ale był poważny, skupiony, a każde moje pytanie zbywał, prosząc, bym zamilkła.

Po kilkunastu minutach dojechaliśmy na komisariat policji. Nie rozumiałam działania ojca, ale zakładałam, że przywiózł mnie tutaj, starając się mnie zastraszyć. W jakiś, niewytłumaczalny dla mnie sposób zmusić mnie do posłuszeństwa.

Wszedł ze mną do środka, przedstawił się i zapytał o nazwisko jakiegoś detektywa. Zostaliśmy zaprowadzeni do niego do gabinetu. Detektyw był znajomym ojca. Nieraz go widziałam u nas w domu. Wielokrotnie ze sobą współpracowali. W wielu sprawach sobie pomagali. Zresztą sama kilka razy słyszałam, że „policja" pomagała mu zdobyć dowody uniewinniające jego klienta. Po sposobie, w jaki ze sobą rozmawiali, zrozumiałam, że obaj mieli jakiś cel, ściągając mnie tutaj.

Funkcjonariusz ubrany był jak zwykły obywatel. Wyróżniała go jedynie broń zawieszona pod pachą. Wskazał nam miejsce naprzeciw siebie. Uśmiechnął się do mnie i podał mi szarą teczkę z wielkim numerem naklejonym na środku. Polecił, bym ją otworzyła. Na początku były jakieś policyjne dokumenty, więc kazał mi przejść dalej bez wczytywania się w nie, a potem moje serce zatrzymało się na chwilę. Zobaczyłam młodego Igora trzymającego przed sobą jakiś numer. Miał trzy zdjęcia: dwa profilowe i jedno na wprost. Już wtedy wyglądał zjawiskowo. Miał w sobie coś już jako dzieciak. Ojciec pokazał mi pod spodem jego dane. W polu imię i nazwisko widniało: Krystian Chmielewski. Zupełnie nie rozumiałam, co chcieli mi przez to powiedzieć.

– To on – zawyrokował ojciec. – Był świadkiem koronnym w sprawie włamań w Warszawie.

– O czym ty mówisz? – Przeskakiwałam pomiędzy nimi wzrokiem.

– Sypnął całą bandę, z którą pracował, i dostał za to uniewinnienie. Uniknął odsiadki.

Wpatrywałam się w niego oszołomiona. Policjant stał obok w milczeniu, a ojciec wodził palcem po tekście.

– On włamywał się do domów i gwałcił kobiety – powiedział.

– Nie – przerwał policjant – on akurat nie, co potwierdziły badania DNA, ale nie zmienia to faktu, że nie jest to człowiek dla ciebie.

– Nieważne – warknął na niego ojciec. – Był tam, widział. Był w naszym domu, był kilka metrów od ciebie uśpionej gazem!

Przełknęłam głośno, czując, jak tracę grunt pod nogami. Zapadła cisza. Nie mogłam uwierzyć, że człowiek, z którym spędziłam kilka tak cudownych godzin, miał tak mroczną przeszłość, że był takim zwyrodnialcem. Policjant, jakby uznając, że byłam niewystarczająco wstrząśnięta, dorzucił:

– Zabił trzech ludzi i na pewno pobił na śmierć swojego ojca.

– O Boże… – wyrwało mi się.

– On ma teraz status ochronny – kontynuował funkcjonariusz. – Jest zarejestrowany pod innym imieniem i pracuje w studiu tatuażu.

– Ale... – zaczęłam, jednak urwałam. – Muszę się z nim zobaczyć.
– Wykluczone! – rzucił ostro ojciec.
– Muszę. – Spojrzałam na niego. – Chcę wiedzieć...
– Niech idzie – powiedział policjant. – Mogę jej dać funkcjonariusza, jeśli to cię uspokoi.
– Nie, dzięki – uśmiechnął się ojciec. – Sam z nią tam pojadę.
Wpatrywałam się w zdjęcie młodego Igora i nie docierało do mnie, że to, co przed chwilą usłyszałam, było prawdą. Policjant zamknął przede mną teczkę, a ojciec wstał. Podniosłam się z miejsca i słuchałam, jak ojciec dziękował za przysługę. Zapewniał funkcjonariusza, że się odwdzięczy. Uścisnęli sobie dłonie i wyszliśmy przed komisariat. Ojciec skierował się do zaparkowanego przy krawężniku porsche.
– Tato... – zaczęłam.
– Tak? – Spojrzał na mnie.
– Czy mogę pojechać tam sama? – zapytałam wprost.
– Nie ma mowy – zaprotestował. – Wsiadaj, zawiozę cię.
– Zrobiłam źle – przyznałam – ale daj mi to naprawić samej. Nie chcę, żebyś łatał dziury w moim życiu. Nie nauczę się niczego, jeśli wszystko będzie wykonywane za mnie. Chcę ponieść konsekwencje, chcę z nim porozmawiać, zadać pytania w cztery oczy. Przez to, co z nim zrobiłam.
– Widziałem na nagraniach – zapewnił. – Jeśli się tego wstydzisz, to niepotrzebnie, bo ja już wiem.
Zamknęłam oczy i wzięłam głęboki oddech. Policzyłam w myślach do dziesięciu. Nie chciałam teraz wybuchać, musiałam koniecznie zobaczyć się z Igorem.
– Proszę, zaufaj mi – powiedziałam. – Nigdy cię o to nie prosiłam...

Bez słowa dał mi kluczyki, ale po kilku sekundach upomniał mnie, żebym jechała ostrożnie. Zapewnił, że zamówi sobie taksówkę i jeśli nie wrócę szybko, będzie mnie szukał. Podziękowałam i odjechałam. Do zakrętu prowadziłam tak, jak wypadało, wiedząc, że rodzic patrzy, a potem wcisnęłam gaz do dechy.

Kiedy wpadłam do salonu, Inga złapała mnie i na jednym wydechu powiedziała, że dzwoniła do mnie z tysiąc razy, że mój ojciec przyjechał do studia, że zrobił Igorowi awanturę, że groził mu, że go zniszczy.

– Gdzie Igor? – zapytałam niewzruszona jej wyznaniem.

– Chyba poszedł cię szukać. – Zmarszczyła brwi i nie puszczała mojej dłoni.

Wyszłam na chodnik z nadzieją, że znajdę go w jego domu. On jednak zbliżał się szybko z naprzeciwka i jednocześnie pisał coś w telefonie. Kiedy podniósł wzrok, nasze spojrzenia się skrzyżowały. Zatrzymał się na chwilę, a potem podbiegł do mnie. Milczał, a następnie otworzył drzwi studia i zaprosił mnie do pokoju, w którym zawsze odpoczywał pomiędzy wykonywanymi tatuażami.

– Lena...

– Krystian – użyłam jego prawdziwego imienia, które uderzyło go jak policzek.

Wyraz jego twarzy zmienił się od razu.

– Skąd wiesz? – zapytał spokojnie.

– Mam ojca, który ma kontakty wszędzie – zaczęłam. – W jakiś sposób dotarł tutaj, potem do swojego człowieka w policji, a później... zobaczyłam twoją teczkę.

– O Jezu... – Złapał się za głowę. – To jest ten moment, którego tak się bałem. Wiedziałem, że prędzej czy później przyjdzie mi za to zapłacić... Właśnie wtedy, kiedy stawka będzie najwyższa.

Zaczął nerwowo chodzić po pokoju.

– Jak miło, że myślisz tylko o sobie, ale nie bój się, nikt cię nie zdradzi, możesz spać spokojnie...

– Nie mówiłem o sobie – zapewnił.

– Wiesz, że byłeś w moim domu, że twój przyjaciel zgwałcił moją matkę, że ona przez was zwariowała. To przez ciebie nie mam matki!

– Lena... – Podszedł do mnie i wciągnął rękę.

– Mogłeś coś zrobić! – krzyknęłam.

– I zrobiłem – zapewnił. – Gdybym wiedział, że dadzą mi status koronnego, to już po pierwszym numerze bym się zgłosił, ale kiedy szedłem na policję, myślałem, że będę siedział.

– Wow... – Zamknęłam oczy, starając się zablokować potok łez.

Czułam się tak, jakby ze mnie zadrwił. Nie rozumiałam, że mimo naszej historii, mimo tego, że był w moim domu, spał ze mną, zachowywał się tak, jakby nic się nie stało. Po chwili spojrzałam na niego.

– To ja ci powiedziałam wtedy, w samochodzie, co jej się stało...

– Przepraszałem cię, jak tańczyliśmy. Wiedziałem, że dałem ciała, że może być za późno, ale już mi za bardzo zależało i nie chciałem się wycofać.

– Czemu mi nie powiedziałeś?

– Nie mogłem – wyznał. – To warunki układu.

Zamknęłam oczy po raz kolejny, ale tym razem starałam się sobie poukładać, co od niego słyszałam. W ogóle nie znałam człowieka, który stał przede mną.

– Zabiłeś swojego ojca? – wyrzuciłam z siebie pytanie.
– Słuchaj, musiałbym ci dużo opowiedzieć, żebyś zrozumiała.
– Zadałam ci pytanie.
– Nie bezpośrednio – powiedział po raz kolejny, robiąc krok w moim kierunku.
– Jesteś okropny…
– Byłem, byłem. – Położył rękę na swoim sercu. – Przysięgam ci, że to trwało tylko kilka miesięcy w moim życiu, ja taki nie jestem. Zmieniłem imię i stałem się sobą, tym, komu mogę spojrzeć w oczy w lustrze.
– Wiesz… – zaczęłam – jest mi teraz ciężko w cokolwiek uwierzyć. Po tym, co usłyszałam, nic mnie już nie zaskoczy, a co więcej, mam podejrzenia, że kłamałeś na każdym kroku.
– Nie! – zaprzeczył. – Błagam, uwierz mi.
Wzięłam głęboki oddech.
– Nie kontaktuj się ze mną – powiedziałam stanowczo, patrząc mu prosto w oczy. – Nie dzwoń, choć nie… nawet nie masz mojego numeru. Nie potrzebowałeś go do tej pory. Nieważne.
Obróciłam się na pięcie i wybiegłam ze studia. Kilka razy krzyknął moje imię, ale ja nie miałam zamiaru ani się oglądać, ani się zatrzymać. Wpadłam do samochodu i od razu uruchomiłam silnik. Nie miałam pojęcia, czy on będzie mnie gonił, ale czułam potrzebę uciekania. Zalewałam się łzami i pędziłam ulicami do domu. Ojciec czekał na mnie na podjeździe.
– Lena. – Wyciągnął do mnie ręce, ciesząc się, że dojechałam cała.
Zaskoczyłam go i rzuciłam się w jego objęcia.
– Ja się w nim zakochałam – szepnęłam i znów wybuchłam płaczem.
– Słucham? – Ojciec odsunął mnie i spojrzał mi w twarz.

– Chcę stąd wyjechać. Nie chcę tu być ani minuty dłużej.

– Możemy wrócić do Grecji – zaproponował. – Nie dokończyłem tam spraw.

– Dobrze. Pójdę się spakować.

Igor *Lato 2007*

– Budzi się – usłyszałem.

– Witaj, Igorze. – Lekarz nachylił się nade mną.

Chciałem powiedzieć, że to jakaś pomyłka. Wołali przecież kogoś innego. Otworzyłem usta, żeby coś powiedzieć, ale zorientowałem się, że miałem coś w buzi.

– Zostałeś zaintubowany. – Lekarz odchylił mi głowę i szybkim ruchem wyciągnął rurę z mojego gardła.

Paliło mnie ogromnie. Miałem wrażenie, że ktoś wlał mi do przełyku kwas. Poza tym nie mogłem się w ogóle ruszyć. Początkowo pomyślałem, że jestem sparaliżowany. Nie byłem w stanie ruszyć nawet głową. Przeskakiwałem jedynie wzrokiem pomiędzy twarzami personelu medycznego.

– Witamy wśród żywych – uśmiechnął się do mnie szeroko lekarz. – Trochę sobie pospałeś.

Mieli zapewne doświadczenie w takich przypadkach, bo informowali mnie o rzeczach, o które właśnie chciałem ich zapytać. Powiedzieli, że trafiłem do szpitala po postrzale i że przeszedłem operację, że narodziłem się na nowo. Przypomniało mi się od razu, co doprowadziło mnie w to miejsce.

Zacząłem wydawać z siebie charczące dźwięki, ale lekarz kazał mi milczeć i czekać, aż moje gardło się zregeneruje. Następnie zadawali mi pytania dotyczące mojego samopoczucia, zbadali mnie. Odessali jakieś płyny z mojej tchawicy, a na koniec założyli maskę z tlenem na twarz. Zalecili mi odpoczynek i zanim wyszli, lekarz rzucił lekko, że detektyw Nazaruk został poinformowany i jest już w drodze.

Czekałem na niego całą wieczność. Kilka razy zasnąłem. Po jakimś czasie przyszła pielęgniarka i oznajmiła mi, że do następnego dnia będą podawać mi kroplówki. Podwiesiła jakieś plastikowe pojemniki nad moją głową i wyszła. Znów zasnąłem. Obudziło mnie szarpnięcie za rękę. Ucieszyło mnie to. Był to dowód, że miałem czucie, a moje ciało pozostawało sztywne jedynie w wyniku długiego leżenia.

– Igor – zawołał mnie ktoś.

Otworzyłem oczy i zobaczyłem Nazaruka siedzącego na moim łóżku. Chciałem zadać mu milion pytań. Pochylił się blisko i mówił do mnie ściszonym głosem.

– Cicho – powstrzymał mnie przed próbą mówienia. – Zrelacjonuję, co się stało i jak będziesz miał jakieś pytania, to mi je potem napiszesz na kartce. Jeśli zrozumiałeś, mrugnij dwa razy.

Mrugnąłem.

– Pedro uciekł przez okno, ale my już otoczyliśmy dom, więc wpadł prosto w ręce policji. Zeskakując z piętra, złamał nogę, dlatego zaliczył jeszcze wizytę w szpitalu. Yeti został zatrzymany w tym samym momencie, w którym wpadliśmy do was. Pabla ujęli, kiedy pakował towar do samochodu. Do Czarnego i kilku jego ludzi wpadli tajniacy, powalając ich na ziemię. Nie wszyscy byli w środku i mimo że na nich potem czekaliśmy, nie pojawili się. Do kompletu brakuje nam jedynie Maria. Kozaka nie udało się zatrzymać. Yeti nawet nie pisnął słowa o nim, ale przewieźli go do jednostki ze specjalistami, więc za jakiś czas zacznie śpiewać. Kamienica została zajęta przez policję, a wszystko w środku skonfiskowane. Chłopaki czekają w areszcie na proces. Ty dostałeś postrzał w klatę. Mówiłem ci tysiąc razy, żebyś się nie ruszał, a mimo to odwaliłeś jakąś akcję z workiem i zacząłeś się cofać. Wezwaliśmy karetkę, ale że Pedro był ranny, to jego zabrali. Stało tylu gapiów, że baliśmy się ryzykować. Zapakowaliśmy cię w worek jak trupa i wywieźliśmy w pogrzebowym aucie. Po drodze podjechaliśmy do szpitala, a tam załatali cię, jak mogli. Chcieli, żebyś został w szpitalu w Warszawie, bo kilka razy gasłeś, ale ja się nie zgodziłem. Dali nam lekarza i wsadzili w helikopter do Sopotu. Tutaj miałem kolegę, który mi szybko wszystko zorganizował. Musieliśmy cię zabrać daleko, ale o wyjeździe poza granice kraju nie było mowy. Twój stan na to nie pozwalał. Do szpitala trafiłeś już z nowymi papierami. Prawdopodobnie tutaj zostaniesz. Ustalamy, co dalej. Masz pytania?

Mrugnąłem raz.

– Przyjechałem do ciebie z Warszawy. Poczekam tu kilka dni, aż poczujesz się lepiej, i wprowadzę cię w nowe życie. Wymyślimy historię tak, żebyś mógł mówić o swoim życiu i rodzinie bez problemu.

Popatrzyłem w okno. Czekałem na ten moment. Miałem nadzieję, że poczuję się lepiej, że uczucie ulgi będzie wyraźne, tak jakby faktycznie ktoś zdjął mi ciężar z serca. Byłem jednak przerażony. Zupełnie nietypowo dla siebie wyczekiwałem momentu, w którym ktoś po mnie przyjdzie, bałem się, że dowiedzą się, że ich oszukałem, i każą mi za to zapłacić.

– W telewizji podali, że szajka została rozpracowana, a jeden z ludzi zginął, ty. Krystian, pseudonim Kejsi, zginął. Rozumiesz?

Mrugnąłem dwa razy.

– Od tej pory jesteś Igorem. Jesteś dobrym człowiekiem, który postępuje tylko właściwie. Jeśli złamiesz jakiekolwiek warunki układu, przestaniemy cię chronić. Rozumiesz?

Znów dwa mrugnięcia.

– Wiedziałem, że się dogadamy.

Klepnął mnie w kolano i poprosił, bym szybko doszedł do siebie. Wyszedł, życząc mi spokojnego snu. Budziłem się i zasypiałem przez całą noc. Kilka razy nie mogłem rozpoznać miejsca. Kilka razy miałem napady paniki i budziłem się spocony, ale pielęgniarki do mnie przychodziły i zapewniały, że wszystko w porządku. Byłem bardziej zmęczony nocą, niż gdybym w ogóle nie spał. Rano musieli mnie budzić. Wytłumaczyli mi, że odłączyli cewnik i przyrządy po to, by zmusić mnie do ruchu. Kiedy usiadłem, poczułem potworny ból w klatce piersiowej. Lekarz położył delikatnie palec na bandażu, pokazując mi miejsce, w którym kula przeszyła moje ciało. Zażartował, że dostałem drugą szansę, bo kilka centymetrów dalej zatrzymałaby się na moim sercu. Spojrzałem wtedy na niego i poczułem, jak ściskało mnie w brzuchu. Zastanawiałem się, czy czekało mnie w życiu coś tak wartościowego, że moja obecna walka miała sens. Lekarz położył mi rękę na ramieniu.

– To nie bandaż leczy rany po postrzale, tylko czas. Tak samo z ranami w środku, psychicznymi. Pozbierasz się.

Skinąłem głową, a lekarz podciągnął mnie do góry i stanąłem na nogach. Początkowo kręciło mi się w głowie, ale to szybko minęło. Ktoś z tyłu powiedział, że przy takiej kondycji ciała szybko wrócę do sprawności.

Dni mijały, a ja spacerowałem po szpitalnym korytarzu i wyczekiwałem na moment, w którym z niego wyjdę. W końcu któregoś popołudnia Nazaruk zabrał mnie do mojego nowego domu. Miałem wrażenie, że powinienem się ukrywać, więc narzuciłem sobie kaptur na głowę.

– Nie rób tego – skrytykował mnie, gdy siedzieliśmy w samochodzie. – Krystian nie żyje, Kejsi też, więc kogo chowasz pod kapturem? Fajnego chłopaka, który wprowadza się do nowej dzielnicy?

– Rozumiem – chrypnąłem i zsunąłem kaptur z głowy.

Zatrzymaliśmy się przy barze. Obok nas zaparkował inny samochód, a Nazaruk uścisnął mi dłoń i pożyczył powodzenia. Zrozumiałem, że to był moment, w którym widziałem go po raz ostatni. Podziękował mi za to, co zrobiłem, i przestrzegł, że jak coś spieprzę, to sam dopilnuje, żebym wylądował w jednej celi z Pedrem, Pablem i resztą. Zaśmiałem się po raz pierwszy, od kiedy obudziłem się w szpitalu. Trzymając jego dłoń, poprosiłem, by miał Malwinę na oku. Zawahał się przez chwilę, ale obiecał kontrolować ją od czasu do czasu. Zaznaczył, że do mnie żadna informacja nie dotrze, że jeśli świadomość, że ktoś nad nią czuwa, mi wystarcza, to on zobowiązuje się ją pilnować. Przytaknąłem. Nachyliłem się i przytuliłem go. Klepnął mnie w ramię i mówił, że takim ludziom jak ja warto pomagać. Czułem ucisk w brzuchu, ale nic nie powiedziałem. Tak jak polecił, przesiadłem się do auta obok.

– Cześć. – Kobieta wyciągnęła rękę. – Mam na imię Irena i jestem twoją mamą. Mieszkaliśmy do tej pory w innej części Sopotu, ale dostaliśmy w spadku pieniądze i w końcu kupiliśmy dom częściowo za gotówkę, a częściowo na kredyt. Z czasem cię zostawię, wyjadę zarabiać na kredyt, a tak naprawdę dostanę inną pracę. Dom będzie twój od początku, wprowadzamy się tam dzisiaj. Twój ojciec zostawił mnie, jak byłam jeszcze w ciąży. Nie wiesz, kim jest i nigdy go nie poznałeś.

Wyrecytowała mi to wszystko w sposób miły, a jednocześnie jakoś tak dziwnie obcy. Słowa „mama", „ojciec", „spadek" brzmiały dla mnie całkowicie nierealnie, ale przytakiwałem.

– A, jeszcze jedno. – Wrzuciła wsteczny. – Potrącił cię samochód, kiedy jechałeś rowerem, i dlatego wprowadzamy się do spokojniejszej dzielnicy, bo mama się o ciebie bardzo martwi.

Uśmiechnąłem się. Wmawiałem sobie, że od teraz słysząc słowo „mama", nie będę miał w głowie obrazu swoje prawdziwej mamy, tylko tę właśnie kobietę.

Krystian nie żył, tak samo Kejsi, był Igor z mamą i domem, który wyglądał normalnie. Zupełnie normalnie. Żałowałem jedynie, że nie było ze mną Malwiny.

Zostałem zapisany do szkoły, gdzie poznałem kilku kolegów. Jeden z nich, Kamil, mieszkał na tej samej ulicy co ja. Chciałem go wciągnąć w bieganie, w ćwiczenie, ale jego interesowało tylko reggae i Bob Marley. Był chudy i nie dbał o to, że większy podmuch wiatru by go przewrócił. Spędzaliśmy razem dużo czasu. Któregoś dnia poznałem jego kolegę Rafała. Chłopak miał sporo tatuaży i życie, które bardzo dało mu w kość. Opowiadał, że każdy z rysunków na jego ciele to jakieś ukryte znaczenie. Stwierdziłem, że byłby to dobry sposób wyrażenia swoich uczuć bez mówienia o nich wprost. Założyłem, że gdyby ktoś mnie potem zapytał, mógłbym powiedzieć, że tak mi się po prostu podobało, bez zagłębiania się w symbolikę. Musiałem jedynie ukryć to, co było dla mnie ważne. Zaprojektowałem własny tatuaż, który w pełni poświęciłem mamie i Malwinie, życiu na ulicy i swojej nowej tożsamości. Poszedłem z nim do gościa, który miał prowizoryczne studio w swoim mieszkaniu. Zapewniał mnie, że był czysty i nie zarażał niczym ludzi, więc mu zaufałem. Kiedy pokazałem mu projekt, gwizdnął i zapytał, czy sam to narysowałem. Przytaknąłem, a on zaczął dopytywać, czy nie chciałbym się nauczyć tatuować. Zażartował, że talent już miałem, a brakowało mi jedynie umiejętności pracy igłą. Przytaknąłem. To on nauczył mnie wszystkiego, to dzięki niemu stałem się artystą. Musiałem oczywiście dokończyć technikum i zdać maturę, ale potem dostałem zielone światło na pracę u gościa. Początkowo pomagałem mu z prostymi tatuażami, wypełniałem jego kontury, ale z czasem klienci prosili o mnie. Nie złościł się, że go przerosłem. Mówił, że będę jego godnym następcą.

Kiedy zakomunikowałem Irenie, że chciałbym pracować w studiu, powiedziała jedynie, że mam utrzymać treningi taekwondo, i zgodziła się. Chciała, żebym się męczył, żebym miał zajęcie. Widząc, że znalazłem pracę, zostawiła mnie i – tak jak wcześniej uprzedziła – wyjechała pracować na kredyt. Od czasu do czasu rozmawiam z nią, by utrzymać wersję zdarzeń. Na wypadek ważnego wydarzenia w moim życiu zobowiązana była do przyjazdu i pełnienia roli mojej matki. Wszystko zostało ułożone i zaplanowane.

Z czasem zapomniałem o Krystianie, o tym, co się wydarzyło w Warszawie. Wracałem za to myślami do Malwiny. Zastanawiałem się, jak jej się wiodło, czy była szczęśliwa, czy zapomniała. Nie miałem możliwości dotarcia do informacji o niej. Zresztą z nikim z policji nie nawiązywałem kontaktu.

Ostatni raz słyszałem o Pedrze i reszcie przy okazji wyroku w sprawie. Kiedy sędzia używał ich prawdziwych imion, nie kojarzyłem, kto ile dostał. Dopiero gdy pokazywali ich twarze, zrozumiałem, kto był kim. Pedro za gwałty, w tym jeden ze skutkiem śmiertelnym, dostał dożywocie. Czarny, za działalność przestępczą, zlecenie uprowadzenia, zgarnięcie okupu i inne drobne sprawy, dostał piętnaście lat. Pablo dychę, Luka, o dziwo, łagodny wyrok – sześciu lat. Yeti, jak się okazało, wcale nie był takim specem komputerowym, który rozgryzał systemy zabezpieczeń. Miał wtykę w największej i najpopularniejszej firmie ochroniarskiej. Dogadał się z jednym monterem, który zakładał ludziom alarmy. To on ustalał kody, więc jeśli ludzie ich nie zmienili, sprzedawał kod Yetiemu. Gdyby nie on, Yeti w ogóle nie wiedziałby, jak odgadnąć kod. Sprawiał wrażenie speca, a był po prostu cwaniakiem, który tylko odczytywał cyfry z wykazu. Za swoją działalność dostał dychę. Policja dość sprytnie przedstawiła sprawę. Podali, że obserwowali ich od dłuższego czasu i czekali na odpowiedni moment, żeby zgarnąć wszystkich naraz. Mieli testy DNA, dzięki którym udowodnili winę Pedra i reszty szajki po tym, jak gwałcili uprowadzoną kobietę w kamienicy. Dopadli też ochroniarza z Tesco i pracownika. Była wzmianka o mnie, ale nie pokazywali ani zdjęcia, ani opisu. Jeden z gangsterów, Krystian Ch., pseudonim Kejsi, zmarł na skutek postrzału. Słuchając wyroku, poczułem tę ulgę, na którą wcześniej czekałem. Dopiero ten moment mi uświadomił, że było warto ponieść to ryzyko. Kejsi faktycznie został zabity. Nic po nim nie zostało, a ja coraz bardziej cieszyłem się ze swojego nowego życia.

Lata mijały, a ja w końcu dorobiłem się miejsca i swoich własnych maszyn. Na początku było mi trudno, bo gdy miałem klienta w jednym pokoju, a ktoś wchodził do studia, musiałem przerywać i wychodzić. Nie było mnie stać na zatrudnienie pomocy, więc tak się bujałem długi czas. Padałem na pysk, ale nie odpuszczałem sobie. To było to, co chciałem robić, co dawało mi radość. Wkrótce ludzie dowiedzieli się o mnie, o moim stylu i każdego dnia miałem co robić. Pozwoliło mi to zatrudnić dziewczynę do recepcji. Miałem wrażenie, że była w kółko naćpana i zacząłem bać się o kasę, więc zmieniłem ją na chłopaka zbliżonego do mnie wiekiem. Dawid od razu powiedział, że miał kartotekę i że musiał uciekać ze swojego rodzinnego miasta. Każdy normalny człowiek nie zaufałby takiemu, ale mieliśmy ze sobą dużo wspólnego. Okazało się, że Dawid całkiem nieźle radził sobie z maszynami. Mówił, że jego najlepszy kumpel miał studio i że nauczył się podstaw. Podzieliłem się z nim swoją wiedzą i pracowaliśmy we dwóch. Szło naprawdę dobrze. Dawid się cieszył, że stanął na nogi, a ja, że studio się rozrastało.

Lena *Lato 2015*

Mimo że spędziłam z Igorem tylko jedną noc, wszędzie, gdzie spojrzałam, widziałam jego twarz. Tak jakby był tutaj kilka lat. Każde miejsce kojarzyło mi się z nim. Pakując walizkę, zobaczyłam jego skórzaną bransoletę, która musiała mu się odpiąć w nocy. Założyłam ją sobie. Powinnam ją była wyrzucić, ale ta drobna rzecz w jakiś niewytłumaczalny sposób dodawała mi otuchy. Spakowałam się i zeszłam na dół. Sięgnęłam po telefon. Miałam wiadomość od Ingi z prośbą o kontakt. Odpisałam, że wyjeżdżam do Grecji i że nie mogę się z nią spotkać. Szybko dostałam odpowiedź. Pytała, kiedy wrócę i czy w ogóle wrócę do Sopotu. Zgodnie z prawdą napisałam, że nie mam żadnych planów, że muszę po prostu zniknąć na jakiś czas.

Samolot był pełny. Ojciec kupił dwa bilety w pierwszej klasie, ale nie siedzieliśmy obok siebie. Próbował zamienić miejsca, ale go powstrzymałam. Nie potrzebowałam jego towarzystwa.

Chciałam być sama. Założyłam słuchawki na uszy i słuchałam muzyki. Wyglądałam przez okno i od czasu do czasu popłakiwałam.

Ojciec chciał mi zrobić frajdę i wynajął limuzynę. Dojechaliśmy do ekskluzywnego hotelu i zostaliśmy zameldowani w apartamencie z dwiema sypialniami. Pierwszego wieczoru zjedliśmy razem kolację i tyle go widziałam. Spędzałam dni sama. Nic, absolutnie nic się nie działo. Rano włóczyłam się po mieście, jadłam w jakiejś knajpce, spacerowałam i wracałam do hotelu. Wydawało mi się, że jak wyjadę, to ucieknę od Igora, od myślenia o nim, ale nieważne, gdzie byłam, dręczyły mnie wspomnienia. Myślałam o tym, czego mi nie powiedział, jak mnie traktował. Analizowałam każde słowo, każdy jego ruch, szukając jakiegoś logicznego wytłumaczenia. Podczas jednego ze spacerów wyrzuciłam jego bransoletkę w morze. Po chwili jednak wskoczyłam do wody i ją wyłowiłam. Nie wiedziałam, co robić, jak sobie z tym poradzić. Stwierdziłam, że muszę zacząć coś robić, że to bezczynność mnie zabijała. Zakomunikowałam ojcu, że wrócę do Warszawy, że może wezmę jakiś kurs, przygotuję się do nowego semestru. Nie zatrzymywał mnie, więc następnego dnia wróciłam do stolicy.

Do akademika szłam radośnie, przekonana, że będzie dobrze. Zaskoczyło mnie, że korytarze stały puste. Życie w tym miejscu zamarło. Nic się nie działo. Zaczęłam chodzić do biblioteki, obmyślałam fabułę opowiadania, które miałam zamiar napisać, ale każdy bohater prędzej czy później stawał się Igorem. Wściekałam się na siebie. Po raz pierwszy w życiu nie umiałam opanować swoich myśli. Przekornie zdecydowałam, że napiszę coś o kimś innym, kimś lepszym niż on. Zaczęłam sobie wyobrażać potencjalnego chłopaka, który byłby głównym bohaterem mojej love story. Zatrzymałam się chwilę na Bartku, ale gdybym opisywała jego, nie byłaby to książka o miłości. Przeskoczyłam na Marcina, ale ten z kolei wydawał mi się bezbarwny. Bez charakteru, bez tej zadziorności, która sprawiała, że kobieta by się uśmiechnęła. Każda z nas marzyła o chuliganie, który byłby grzeczny tylko z nią. O kimś takim jak Igor, kto miał mroczną przeszłość. Choć może nie aż tak mroczną. Zastanawiałam się, co mnie bardziej zraniło. To, że faktycznie był wtedy u mnie w domu, czy to, że mi o tym nie powiedział. Z drugiej strony może rzeczywiście nie był w stanie przeciwstawić się temu drugiemu człowiekowi, może tamten był jego szefem. Stwierdziłam, że to, co wiedziałam, to zbyt mało, żeby zdecydować, co tak naprawdę powinnam myśleć. Chciałam raz jeszcze zobaczyć te akta. Wiedziałam, że ojciec tego nie pochwali, więc w tajemnicy przed nim przyjechałam nocnym pociągiem do Sopotu. Od razu poszłam na komisariat i poprosiłam o spotkanie z tym samym detektywem co wcześniej. Zapytałam, czy mógłby mi pokazać teczkę raz jeszcze. Patrzył na mnie podejrzanie i zadawał wiele pytań. Głównie interesowała go celowość mojego działania.

– Bo widzi pan – zaczęłam – gdy się kogoś pokochało, robi się wszystko, żeby tę osobę jakoś wytłumaczyć. Załagodzić to, co zrobił, bo przecież miłość jest bezwarunkowa, prawda? Chciałabym to jeszcze raz zobaczyć, przeczytać wszystko od deski do deski, żeby nie mieć nawet szans na tłumaczenie go.

Gdybym była przeciętnym obywatelem, wyrzuciłby mnie od razu, ale pieniądze mojego ojca otwierały wszystkie drzwi. Byłam pewna, że ojciec go słono wynagrodził za ujawnienie tych tajnych akt. Patrzył na mnie przez chwilę, po czym skinął głową i wyszedł. Po chwili przyniósł mi raz jeszcze jego akta, ale tym razem było to pudełko. Postawił je przede mną. Chwyciłam pudełko i usiadłam na podłodze. Oczekiwałam choć odrobiny prywatności, ale policjant siedział za biurkiem i śledził każdy mój ruch. Jako pierwszą rzecz wyciągnęłam foliowy worek z nożem. Zmroziło mnie to. Odruchowo zerknęłam na policjanta, ale wyraz jego twarzy się nie zmienił. Przyglądał mi się uważnie. Zapewne czekał na to, aż wyjdę. Nie spieszyłam się. Chciałam odpowiedzi na pytania. Wiedziałam, że to była moja jedyna szansa. Drugi raz nie będę mogła tu wejść. Gdyby ojciec się dowiedział, że tu przyjechałam, kazałby mnie wyrzucić za drzwi. Musiałam wykorzystać okazję. Otworzyłam raz jeszcze teczkę. Przeciągnęłam palcami po jego zdjęciu. Upomniałam siebie w myślach i wyciągałam po kolei wszystkie przedmioty z pudełka. Natrafiłam na starego typu taśmę magnetofonową. Rozejrzałam się dookoła i zobaczyłam stojący na biurku odtwarzacz. Policjant musiał odczytać moje myśli, bo skinął głową z przyzwoleniem. Włożyłam taśmę do środka i wcisnęłam play. Musiałam ją przewinąć, bo ktoś ją odsłuchiwał i zostawił w połowie przesłuchania. Gdy tylko usłyszałam jego głos, zatkało mnie. W jego tonie wyczuwałam ogromny smutek. Byłam w jednej trzeciej nagrania, gdy płakałam jak bóbr. Zalewałam się potokiem łez, współczując Igorowi, że musiał tyle przejść. Po ponad dwóch godzinach spędzonych razem policjant, wyraźnie poirytowany moimi reakcjami, rzucił, że ma ważniejsze sprawy na głowie. Wycierałam wierzchem dłoni nos i błagałam go, żeby mnie nie wyganiał. Patrzył na mnie z politowaniem. Wahał się, co zrobić. Stwierdził oschle, że nagina prawo w tak błahej sprawie. Traciłam grunt pod nogami. Nie umiałam wytłumaczyć, dlaczego to było dla mnie takie ważne, ale mówiłam wszystko, co tylko przyszło mi do głowy. Gdy skończyłam, rozpłakałam się ponownie. Patrzyłam na niego, czekając na jego decyzję. Machnął dłonią i zostawił mnie siedzącą na podłodze i czerwoną od płaczu.

Spędziłam tam kilka godzin, wsłuchując się w spowiedź Igora. Kiedy skończył, położyłam się na podłodze i szlochałam. Przyszłam tu z zamiarem przekonania siebie, że nie było warto o nim myśleć, a jedno, na co miałam teraz ochotę, to przytulenie go. On nie był zły, tylko nieszczęśliwym zbiegiem okoliczności trafił tam, gdzie nie powinien, szybko to jednak naprawił. Na tyle, na ile się dało. Przytuliłam do siebie jego zdjęcie. Policjant wszedł do środka i powiedział, że jego zmiana już się kończyła i że powinnam wyjść. Widząc mój stan, zaproponował mi podwiezienie do domu. Skorzystałam z jego propozycji. Weszłam do domu, ale nawet nie usiadłam. Wzięłam kluczyki do escalade i ruszyłam do centrum. Zaparkowałam nieopodal studia. Wzięłam głęboki oddech i weszłam do środka, a Inga stanęła jak wryta.

– Jest Igor? – zapytałam.

Pokazała jedynie drzwi do pokoju. Wiedziałam, że miał klienta, ale zapukałam. Zaprosił mnie. Weszłam. Pracował właśnie nad tatuażem na piersi jakiegoś starszego mężczyzny. Nie odwrócił się nawet.

– No? – ponaglił mnie.

– Przyszłam z tobą porozmawiać – powiedziałam, a on, rozpoznając mój głos, błyskawicznie zerwał się z taboretu.

Przypatrywał mi się, a ja, kierowana emocjami, podeszłam do niego i go objęłam. Rozłożył ręce szeroko na boki.

– Nie przytulisz mnie? – szepnęłam w jego klatkę.

– Nie mogę, mam krew gościa na rękach i nie chcę cię dotknąć – powiedział.

Nie mogłam się od niego odkleić, słuchałam bicia jego serca. Tkwiliśmy tak chwilę, aż jego klient odchrząknął. Igor przeprosił go nad moją głową.

– Ona jest moim priorytetem. Przykro mi, ale nie skończymy dziś.

Westchnęłam i objęłam dłońmi jego twarz. Wyglądał na zmęczonego, ale nadal był zniewalająco przystojny. Pocałowałam go, a on upuścił igłę na podłogę i ściągnął rękawiczki. Przyciągnął mnie do siebie. Zatopiliśmy się w sobie. Nawet nie wiedziałam, że tak za nim tęskniłam. Całowaliśmy się, mówiąc sobie w ten sposób, co czuliśmy. Wiedziałam, że u Igora to też było coś więcej niż tylko zauroczenie. Oprzytomniło nas dopiero wyjście klienta, który trzasnął drzwiami i krzyknął do Ingi, że nie zapłaci nawet grosza.

– Co się stało? – zapytał Igor. – Byłem pewny, że już nie wrócisz.

– Odsłuchałam nagranie – wyznałam.

– Jakie nagranie? – Przyglądał mi się, cały czas trzymając mnie w objęciach.

– Policyjne, z dnia, w którym się poddałeś.

– Tamto nagranie? – Jego głos aż świsnął, gdy wciągnął powietrze. – Wiesz wszystko?

Skinęłam głową, a on mnie puścił i podszedł do ściany.

– I o prostytutce, i o Krisie, i o porwaniu?

Znów skinęłam.

– To co tutaj robisz? – Zatrzymał się przede mną.

– Przyszłam do ciebie. – Podeszłam do niego, lekko uśmiechając się. – Wierzę, że taki nie jesteś naprawdę, że tutaj – puknęłam go w serce – masz coś więcej niż mięsień.

– A twoja mama? – dopytywał.

– Słyszałeś kiedyś o kobietach, które zachodziły w ciążę w wyniku gwałtu, rodziły dzieci i kochały je mimo tego, że poczęto je wbrew ich woli? Tak właśnie się czuję. Jestem zraniona, ale nie potrafiłam przestać o tobie myśleć. Podejrzewam, że byłoby dla mnie bezpieczniej odcierpieć to i zapomnieć. Nie będę ukrywała. Dużo mnie to kosztuje, ale… jestem gotowa zaryzykować.

– O Boże, Lena! – Chwycił mnie i przytulił. – A ja byłem pewien, że straciłem cię na zawsze.

Przytuliłam go.

– Już cię nie puszczę – powiedział, zaciskając mnie w objęciach. – Ten tydzień to był koszmar.

– Wiem – przytaknęłam.

– A co na to twój ojciec? – zapytał, odrywając się ode mnie, żeby znaleźć moje spojrzenie.

– Będzie ciężko, ale będę walczyła.

– Chodź, pojedziemy gdzieś – zaproponował i wziął mnie za rękę.

Kiedy wyszliśmy z pokoju, Inga stała z otwartą buzią. Igor, widząc jej zszokowanie, zarzucił mi rękę na szyję i pocałował mnie w czubek głowy.

– Ja po prostu mam szczęście w życiu – skomentował.

Inga podeszła do mnie i nie zwracając uwagi na Igora, przytuliła się, dziękując za moje zrozumienie. Pytała, co się stało, a ja zerknęłam na Igora, nie wiedząc, jak dużo wiedziała i co mogłam jej powiedzieć, więc tylko lekko rzuciłam, że musiałam wrócić.

Igor zarządził dzień wolny i mimo wahań ze strony Ingi zamknął studio. Była zszokowana, ale podziękowała i poszła. Odprowadziłam ją wzrokiem, a następnie dałam kluczyki

Igorowi. Mając w pamięci słowa ojca o oglądaniu nas na monitoringu, poprosiłam go, żeby zawiózł nas do siebie.

Igor *Lato 2011*

Tatuowałem jednego chłopaka i rozmawialiśmy o nagłośnieniu podczas koncertów. Pracował przy konsoli i opowiadał różne ciekawostki ze świata muzyki. Były to zarówno techniczne rozwiązania, jak i skandale z pierwszych stron gazet. W pewnym momencie zapukał do mnie Dawid i powiedział, że przyszedł klient, który nalega na spotkanie ze mną. Poprosiłem Dawida, żeby mnie zastąpił. Miałem już do niego pełne zaufanie. Wiedziałem, że wykona tatuaż równie profesjonalnie jak ja. Usiadł na moim miejscu, a ja wyszedłem z pokoju.

Nazaruk stał tyłem i oglądał prace na ścianie. Poznałem go od razu. Ludzi takich jak on, którzy pomogli mi w życiu, nigdy się nie zapomina.

– W czym mogę pomóc, panie Nazaruk? – zawołałem radośnie, ale kiedy się odwrócił, po jego minie poznałem, że coś było nie tak. – Bardzo źle?

– Tak – odpowiedział. – Spotkamy się za godzinę pod tamtym barem.

Wyszedł, nie czekając na moją odpowiedź. Wiedział, że zrozumiałem, o co mu chodzi. Wytłumaczyłem Dawidowi, że muszę wyjść, i wskoczyłem na deskę. Jechałem w kierunku baru i zastanawiałem się, czemu się pojawił. Może moje życie było w niebezpieczeństwie, może ktoś się dowiedział, że to ja ich sypnąłem, i zaczęli mnie szukać. Zrobiło mi się gorąco.

Nazaruk siedział w samochodzie zaparkowanym dokładnie tak samo jak w dniu naszego rozstania. Puknąłem w dach, żeby odblokował drzwi. Wsiadłem do środka.

– Słuchaj – zaczął bez ogródek – wiedziałem, że nie powinienem dawać ci tej obietnicy, ale za dobry z ciebie dzieciak, żeby ci odmówić.

Momentalnie zrozumiałem, że chodziło o Malwinę, bo to była jedyna obietnica, jaką mi złożył. Nie ponaglałem go. Wiedziałem, że przyjechał tutaj, żeby ze mną pogadać. Widocznie potrzebował czasu na zebranie myśli. Choć biorąc pod uwagę, że przyjechał z Warszawy, miał go aż nadto, przemierzając dzielące nas kilometry.

– Wszystko było całkiem nieźle, ale poznała chłopaka. Coś w stylu punka skrzyżowanego z gothem. Zmieniła się bardzo. Uciekała. Sprawiała coraz więcej kłopotów. Jej opiekunowie donosili mi, że było coraz gorzej, ale nie wtrącałem się. Polecałem im, żeby zasięgnęli pomocy. Wiesz… jakaś poradnia czy coś. Co ja wiem o wychowaniu dzieciaków? Moja żona mnie kopnęła w dupę, zabrała dzieci, a ja siedzę teraz sam jak jakiś pieprzony pustelnik. Dzieci widzę co jakiś czas, bo roboty tyle, że nie wyrabiam.

Przerwał i spojrzał przed siebie. Wziął głęboki oddech.

– W każdym razie… Szło im źle, ale pojawiło się światełko w tunelu, bo ten chłopak ją zostawił. Nie wiadomo, o co poszło, ale zerwali z przytupem. No i Malwina nie wytrzymała. Targnęła się na swoje życie…

– O Boże… – Zakryłem dłońmi twarz.

W ogóle się tego nie spodziewałem. Domyślałem się, że coś poszło nie tak, ale nie sądziłem, że przyjechał mi donieść o jej śmierci.

– Kiedy to było? – zapytałem.

– Tydzień temu – powiedział.

– Pochowali ją już? Może dałoby się, żeby gdzieś tutaj leżała, żebym… miał ją blisko…

– Matko, chłopie – Nazaruk mnie przytulił – jaki ty jesteś dobry dzieciak. Ona żyje.

– Jak to żyje? – Wpatrywałem się w niego.

– Targnęła się, ale jej się nie udało. Odratowali ją, zrobili jej płukanie żołądka, bo się nałykała jakiegoś gówna. Poleżała na toksykologii.

– Kurwa… – zakląłem, opierając głowę o zagłówek. – Nie mogłeś od tego zacząć?

– Zmęczony jestem – wyjaśnił. – Słuchaj, bo to nie koniec. Myśmy ją uśmiercili jak ciebie. Pochowali jak ciebie.

– To mnie pochowaliście? – zapytałem.

– Tak, wzięliśmy jakieś NN ciało z kostnicy na wypadek, gdyby ktoś wygrzebał, by sprawdzić, czy trumna nie jest pusta. Walnęliśmy ci nagrobek. Twoje stare dane są tam wygrawerowane w kamieniu. A co myślałeś? Sądziłeś, że mówimy był, nie ma i to wszystko?

– Nie myślałem o tym – przyznałem otwarcie.

– Musi być wiarygodnie – kontynuował. – Malwinę też uśmierciliśmy. Dołożymy jakiegoś nieboszczyka do twojej mogiły, dopiszemy jej dane i sprawa załatwiona.

– To gdzie ona jest? – zapytałem.

– Tu, w Sopocie. Teraz to będzie twój problem – uśmiechnął się. – Jak się obudziła i starałem się z nią pogadać, była na mnie zła. Nie mówiłem jej, że żyjesz. Jest wściekła na cały świat.

– Rozumiem – powiedziałem.

– Muszę ci coś wyjaśnić. – Spojrzał na mnie. – Ona jest inna niż wtedy, gdy ją widziałeś ostatni raz. Zmieniła się. Być może nie będzie chciała mieć z tobą nic do czynienia. Cholera wie, co w tym babskim umyśle siedzi… – przerwał i dotknął mojego ramienia. – Obiecałem ci, to dotrzymałem słowa, ale ostrzegam, że może być ciężko.

– To nic – zapewniłem.

– Czekaj – wstrzymał mnie. – Mam do zaoferowania dwa rozwiązania. Pierwsze jest takie, że lokujemy ją gdzieś na odwyku, a potem wywozimy w świat. Ona nie wie o tobie, ty nie wiesz o niej. Kiwnął do mnie głową tak, jakby chciał mi dać do zrozumienia, że to najlepsze możliwe rozwiązanie.

– A drugie? – ponagliłem go.

– Bierzesz ją na własną odpowiedzialność.

– Jako siostrę?

– Nie. Ma zmienioną tożsamość. Jeśli zdecydujesz, że tu zostanie, załatwimy jakieś lokum, ale w jej przypadku nie będzie żadnej innej pomocy ze strony policji. Nic. Ona jest tylko cywilem. Zrobiłem to dla ciebie, sukinkocie.

– Zaopiekuję się nią – zaoferowałem. – Dzięki, naprawdę doceniam twoją pomoc.

– Podziwiam twój entuzjazm, ale mam nadzieję, że zdajesz sobie sprawę, że ona może wszystko zniszczyć.

– Ale ja jej nie zostawię – zdecydowałem. – Już raz to zrobiłem.

– Weź – klepnął mnie w ramię – twardziel jestem, a ściska mnie w środku, jak słyszę, co mówisz.

– Jak cię to pocieszy, to mnie też.

Siedzieliśmy jeszcze przez chwilę, trawiąc informację. Potem Nazaruk uruchomił silnik i odjechał. Zabrał mnie do szpitala. Tego samego, w którym ja dochodziłem do siebie. Zaprowadził mnie pod drzwi pokoju i życzył powodzenia. Jednocześnie poprosił, bym za jakiś czas wyszedł i dał mu ostateczną odpowiedź. Wszedłem do środka i zobaczyłem Malwinę. Ostatni raz widziałem ją jako dwunastoletnią dziewczynkę. Teraz była młodą kobietą. Wyglądała mizernie. Miała ogromne sińce pod oczami, włosy ufarbowane na czarno. Kiedy podszedłem bliżej, zobaczyłem, że nad uchem miała obszar wygolony prawie do łysa, a miejsce wypełnione było tatuażem zrobionym naprawdę profesjonalnie. Usiadłem obok niej na łóżku. Poczuła ruch i otworzyła oczy. Poznała mnie. Zaczerpnęła powietrza i wstrzymała oddech. Zmarszczyła brwi. Zrobiła jakiś dziwny ruch, a ja odchyliłem kołdrę, sądząc, że usiadłem na niej, a przez to zablokowałem jej ruchy. Szybko spostrzegłem, że przywiązano ją do łóżka.

– Cześć – powiedziałem z uśmiechem.

– Ty żyjesz? – zapytała. – Czy to mi się śni?

– To ja, naprawdę – zapewniłem ją i wyciągnąłem rękę, żeby dotknąć jej głowy.

Przypomniało mi się, jak kiedyś unikała jakiegokolwiek kontaktu, dlatego zatrzymałem dłoń w powietrzu, ale doszedłem do wniosku, że minęło wystarczająco dużo czasu. Położyłem dłoń na jej głowie, a ona zamknęła oczy. Zobaczyłem, jak łzy wypłynęły jej spod powiek. Płakała bezgłośnie. Otarłem je i zacząłem tłumaczyć:

– Detektyw, który mi pomógł, dał mi nową tożsamość i drugą szansę na normalne życie. Pracuję, żyję tak jak wszyscy pozostali obywatele tego kraju. Koszmar, przez który przeszedłem, odciąłem jak ostrym nożem i pochowałem razem z Krystianem. Teraz mam na imię Igor i jeśli chcesz, zaopiekuję się tobą, ale jest jeden warunek... – przerwałem na chwilę i zaczerpnąłem powietrza. – Jako świadek koronny muszę pozostać w ukryciu. Nikt się nie może o tym dowiedzieć. Powierzam ci swoje życie. Najmniejszy błąd i po mnie.

– Rozumiem. – Nie przestawała płakać.

– Musisz pochować Malwinę, zapomnieć o niej, o życiu, jakie miałaś, i zacząć od nowa. Jeśli to za dużo dla ciebie, znów nas rozdzielą.

– Dam radę – zapewniła, łkając.

Uśmiechnąłem się do niej.

– Jak masz na imię?

– Mówili, ale zapomniałam. – Przygryzła górną wargę, blokując kolejną falę płaczu.

– Zaraz sprawdzę. – Wstałem i sięgnąłem po kartę zawieszoną na łóżku. – Kinga.

– Nie lubię tego imienia – szepnęła.

– To nic. Przywykniesz – zapewniłem.

– A nie da się go zmienić?

Pokręciłem głową. Nie było takiej dyskusji ze mną. Nikt mnie nie pytał, czy mi pasuje imię. Dostałem dokumenty i cieszyłem się, że mogłem na nowo odetchnąć pełną piersią. Kiedy skierowałem się do wyjścia, przerażona zasypywała mnie pytaniami, czy wrócę. Rozumiałem jej strach. Poprosiłem ją, żeby skupiła się na tym, by dojść do siebie najszybciej, jak to możliwe, a ja zajmę się resztą.

Pod drzwiami siedział Nazaruk. Wyjaśnił mi, że nie możemy nigdy zdradzić, że jesteśmy rodzeństwem. Obiecał załatwić dla Malwiny, to znaczy dla Kingi, jakieś lokum w najbliższych dniach. Zasugerował, że mógłbym ją zatrudnić u siebie, żeby miała zajęcie i pieniądze na opłacanie mieszkania. Przyznałem mu rację i zapytałem o jej historię.

– Niech mówi prawdę – uśmiechnął się. – Z babami nigdy nie wiadomo, więc niech mówi, że miała rodzinę zastępczą, nawiała, zakochała się, otruła i wyjechała do Sopotu zapomnieć.

– Ma to sens – potwierdziłem.

– Dam ci radę. – Spojrzał na mnie. – Nie zakochuj się. Miłość to tylko kłopot. Człowiek jest w pełni szczęśliwy aż do dnia, w którym się zakocha. Wydaje mu się, że dotknął nieba, a tak naprawdę staje się dużo słabszy. Nic tak nie rani jak miłość.

– Dzięki. – Po raz kolejny go objąłem.

– Za kilka dni dostaniesz adres. Przyślę go pocztą do twojego domu.

– Dziękuję.

Odszedł kilka kroków i zatrzymał się, stojąc do mnie tyłem. Odczekał tak kilka chwil. Wyglądał, jakby o czymś zapomniał. Odwrócił się i przez moment na mnie patrzył.

– Nie powinienem tego robić – zaznaczył – ale polubiłem cię. Jest w tobie coś takiego, że nie mogę tak odejść. Masz. – Sięgnął do kieszeni i wyciągnął małą kartkę papieru. – Gdyby coś się stało, ale tak naprawdę stało, zadzwoń do mnie.

Wziąłem od niego wizytówkę i po raz kolejny uścisnąłem mu dłoń.

– Obym nigdy nie musiał dzwonić.

– Jestem… – zaczął i spojrzał w sufit, machając głową, a po chwili wbił we mnie swoje spojrzenie i łamiącym się głosem dokończył: – …z ciebie dumny.

Po chwili odwrócił się i odszedł. Nie odrywałem od niego wzroku, aż zniknął za zakrętem. Ścisnęło mnie w gardle. Do tej pory słyszałem te słowa jedynie od mamy. Miało to dla mnie ogromne znaczenie. Uznanie w oczach detektywa było czymś niezwykłym. Chciało mi się płakać. Obiecałem sobie jednak, że zapanuję nad sobą, tak żeby stać się oparciem dla siostry. Wziąłem głęboki oddech i wszedłem do niej do pokoju. Musiałem nauczyć się mówić do niej, używając nowego imienia.

– A mogłabym mówić na siebie Inga? – zapytała od razu, jak zamykałem drzwi.

– Możesz, ale w papierach będzie K – wytłumaczyłem, siadając obok niej.

– Przez te wszystkie lata myślałam, że nie żyjesz... Dobiło mnie, jak się dowiedziałam, że zginąłeś w trakcie włamania. Do momentu, w którym zobaczyłam twoje imię, nie wiedziałam, co robiłeś. Wszystko jednego dnia, w trakcie jednego wydania „Wiadomości".

– Nie mówmy o tym. Nasze życie zaczyna się tu i teraz, a to, co było, to tylko zły sen. Od tej pory będzie już dobrze.

Składałem jej tę obietnicę i nie miałem pojęcia, czy faktycznie tak będzie, ale czułem, że potrzebowała to usłyszeć. Pamiętałem swój strach. Pamiętałem ten moment, w którym wolałem tkwić w tym przytłaczającym, znanym otoczeniu, niż wyjść naprzeciw nieznanemu. Musiałem jej pokazać, że nie było powodu do strachu.

Tego samego dnia na moją prośbę odwiązali jej ręce. Brałem na siebie pełną odpowiedzialność za nią. Inga doszła do siebie w ciągu kilku dni. Zgodnie z obietnicą Nazaruk przysłał adres i zaprowadziłem ją do jej nowego domu. Bała się zostać sama, ale zmuszałem ją, prosząc, by się przystosowała, że od tego zależało nasze bezpieczeństwo. Rozumiała, zapewniała, że posłucha, ale ciągle pytała, czy mogłaby zostać u mnie.

Gdy już stanęła na nogi, wywiesiłem ogłoszenie z ofertą pracy. Zgłosiło się mnóstwo osób. Dawid nalegał na zatrudnienie jakiejś gorącej, cycatej babki, która by ściągała do nas klientów swoim wyglądem. Wśród całej masy kobiet pojawiła się też Inga i zgodnie z planem zapytała o pracę. Poszło sprawnie. Musiałem podzielić pracę, ponieważ było za dużo artystów, a za mało klientów. Wymyśliłem tryb dwuzmianowy i wydłużyłem dzień pracy. My z Dawidem wymienialiśmy się co drugi dzień, Inga pracowała codziennie. Na początku ledwo dawaliśmy radę utrzymać nas troje, ale z czasem zostawało coraz więcej. Plan był taki, że gdyby mi się udało uzbierać pieniądze, to mniejsze pomieszczenie urządzilibyśmy jako drugi pokój do tatuowania. Potrzebowałem sporo kasy na wyposażenie, ale sumiennie na to odkładałem.

Wszystko wróciło do normy, Inga zaakceptowała swoje nowe imię, miejsce zamieszkania i życie. Dni mijały. Z czasem zorientowałem się, że coś zaczęło ją łączyć z Dawidem. W jednej z luźnych rozmów z nim rzuciłem, że Inga miała nieudaną próbę samobójczą i że jeśli nie zamierzał być ostrożny, to powinien odpuścić. Sądziłem, że w ten sposób uwrażliwię go na nią, ale on mnie zrozumiał dosłownie i odpuścił. Potem, kiedy spotkał ją raz u mnie, ponieważ została na noc, myślał, że ze sobą sypiamy. Inga płakała, wymuszała na mnie, żebym mu powiedział. W końcu odwróciłem kota ogonem i powiedziałem, że narozrabiała, że jej szukali i że się u mnie ukrywała. Przyznałem, że jest moją siostrą, dodałem jedynie, że przyrodnią. Dla Dawida, który sam miał kilka przejść w życiu, moje kłamstwo było wystarczającym wytłumaczeniem. Nie rzucił się do niej biegiem. Powoli się z nią dogadywał, a ja coraz częściej śmiałem się z rady Nazaruka.

U Igora w domu był taki bałagan, jakby ktoś wszystko porozrzucał. W milczeniu sprzątał porozwalane rzeczy. Chciałam mu pomóc, ale posadził mnie w fotelu i prosił, bym poczekała.

– Gosposia wzięła wolne? – zażartowałam.

– Rzuciła robotę – odparł i przechodząc koło mnie, nachylił się, żeby mnie pocałować.

Zarzuciłam mu ręce na szyję, ale on szybko się oswobodził. Wrócił do sprzątania, które w zasadzie polegało na tym, że zbierał przedmioty i wrzucał je do pokoju obok kuchni. Śmiałam się, widząc jego sposób radzenia sobie z bałaganem. W tym czasie zapytał, czy mam na coś ochotę. Była to oferta dotycząca napojów, ale ja powiedziałam, że na niego. Zatrzymał się na chwilę, rzucił wszystko, co miał w rękach, i podszedł do mnie. Wyciągnął do mnie rękę, a ja mu ją delikatnie podałam. On szybkim pociągnięciem ułożył mnie sobie na ramieniu i zaniósł do sypialni. Przygotowana, że tak jak wcześniej rzuci mnie na łóżko, chwyciłam go za koszulkę. On jednak wszedł na nie ostrożnie i położył mnie jak prawdziwą księżniczkę, dbając o moją wygodę. Położył się na mnie i uśmiechając się, zaczął mnie rozbierać. Chichotałam, nie mogąc powstrzymać radości. Sam fakt, że znów z nim przebywałam, sprawiał, że byłam bliska łez. Kochaliśmy się już bardziej spokojnie niż pierwszym razem. Do wieczora nie wyszliśmy z łóżka. Wygonił nas dopiero głód. Igor zaproponował, że zrobi coś dla nas i przyniesie do łóżka.

– Może dla odmiany zaprosiłbyś mnie na randkę? – kokietowałam go uśmiechem.

– A gdzie chciałabyś iść? – Wyciągnął się koło mnie, leżąc na brzuchu.

Podłożył obie ręce pod głowę.

– Nie wiem, to nie facet powinien zapraszać? – Pogłaskałam go po plecach.

Kiedy tak przeciągałam dłonią po jego skórze, przypomniał mi się tatuaż, który miał sobie zrobić. Szybko o to zapytałam, a on się zaśmiał.

– Musisz użyć wyobraźni. – Zasłonił dłonią bok. – Nie skończyliśmy tego jeszcze, więc nie wygląda zbyt dobrze.

Przeskoczyłam na drugą stronę łóżka i ściągnęłam dłoń z jego boku. Nie było ani głowy, ani piersi, ani ramion. Jego tatuaż to były jedynie moje dwa uda, wyglądające jak spłaszczone jądra, i tułów przypominający penisa w wzwodzie.

– Wiesz, że masz penisa… – parsknęłam śmiechem.

– Wiem – przytaknął. – To tylko kontur, niepełny.

– Myślę, że w środowisku gejowskim miałbyś teraz duże powodzenie.

Obydwoje nie przestawaliśmy się śmiać. Igor przycisnął mnie do łóżka i rzucał różne groźby za żarty o gejach. Teoretycznie powinnam się bać, powinnam myśleć o nim inaczej, ale jedyne, co czułam, to przepełniające mnie poczucie szczęścia.

Zaburczało mi w brzuchu. Przypomniałam mu o jedzeniu, więc ubraliśmy się i wyszliśmy. Igor zaproponował kebab, co sprawiło, że nie przestawałam z niego żartować. Nie znał żadnych wykwintnych miejsc, zresztą nawet by do nich nie pasował. Zjedliśmy kanapki z papierka, stojąc pod daszkiem budki. Kiedy kończyliśmy, zapytał, czy chciałabym iść na plażę, gdzie na pewno będzie Inga z resztą, czy też wolałabym wrócić do niego. Przy drugiej części zdania uniósł brew tak, że miałam ochotę rzucić się na niego na środku ulicy. Zdecydowaliśmy się jednak wpaść na chwilę na plażę, a potem wrócić do domu. Nie miałam zamiaru spędzać nocy u siebie.

Zaparkowaliśmy auto przy plaży i szliśmy w dół. Tuż przy zejściu zatrzymałam się, żeby zdjąć buty. Usiadłam na murku i odpinałam zapięcie sandałów. Igor polecił mi, żebym stanęła na murku, a następnie nachylił się i zaoferował, że mnie zaniesie.

– Faktycznie nie żartowałeś, obiecując, że będziesz mnie na rękach nosił – zauważyłam.

– Nieee – przeciągnął – to nie to. Od kilku dni nie ćwiczyłem i pomyślałem, że zrobię sobie spacer farmera.

Rechotałam, a on niósł mnie na plecach jak dziecko. Objęłam rękami jego szyję. Położyłam głowę na jego plecach i szepnęłam, że za nim tęskniłam. Kazał mi się nie rozklejać. Kiedy doszedł do grupki znajomych, postawił mnie na kłodzie. Dawid siedział w rozkroku na drugim końcu, a Inga pomiędzy jego nogami. Mop z kolei rozłożył się na piachu, opierając się o kłodę po przeciwnej stronie.

– Jak tam? – zapytał Dawid. – Grecja nie wypaliła? Czy jednak nic nie przebije walorów Sopotu?

– Bardzo śmieszne – odpowiedziałam. – Też się cieszę, że cię widzę.

– A gdzie stary? – odezwał się tym razem Mop.

– Został, ale nie gadajmy o nim. – Potrząsnęłam głową i zmieniłam temat: – Co dzisiaj robiliście?

– Co WY dzisiaj robiliście? – przedrzeźniał mnie Dawid.

Cieszyłam się, że było ciemno, bo zalał mnie rumieniec. Czułam się niezręcznie z takimi dwuznacznymi pytaniami.

– Widziałaś fiuta Igora? – dokończył z ledwością pytanie Dawid.

– Masz na myśli tego na boku? – starałam się zapytać poważnie, ale uśmiechałam się do bólu policzków.

Wszyscy jednogłośnie ryknęliśmy śmiechem. Igor usiadł na kłodzie, a ja wtuliłam się w niego. Chciałam czuć go w każdej chwili.

– Nie dokończę tego – stwierdził Dawid.

– Dokończysz – odezwał się po raz pierwszy szeroko uśmiechnięty Igor. – Inaczej zrobię ci takiego samego. Z tyłu łba.

– Tam nie ma już miejsca. – Pokazał Igorowi środkowy palec, a potem zwrócił się do mnie: – A co u ciebie będzie?

– U mnie? – dopytywałam.

– No – potwierdził. – Igor w dowód miłości walnął sobie fiuta, więc…

– W dowód miłości? – Spojrzałam na Igora, a on uśmiechnął się szeroko. – Hm, nie wiem, co się robi w dowód miłości poza penisami.

Znów zaczęliśmy się śmiać. Rzucaliśmy pomysły. Indze podobała się koncepcja dwóch dłoni. Najpierw męska, duża, a w środku damska, mniejsza. Mop rzucił, że chciałby mieć liść marihuany, ale nikt nawet nie zwrócił na to uwagi. Dawid jedynie skomentował, że najwyższy czas, żeby znalazł sobie prawdziwą kobietę, a nie tylko marychę.

Siedzieliśmy na plaży, żartując, aż zadzwonił mój telefon. Zerknęłam na wyświetlacz i zobaczyłam zdjęcie ojca. Wzięłam oddech i oddaliłam się od grupy.

– Gdzie jesteś? – pominął formy grzecznościowe.

Zawahałam się, nie wiedziałam, co powiedzieć. Chciałam skłamać, że w Warszawie, ale bałam się, że moje kłamstwo tylko bardziej go rozwścieczy.

– Założę się, że już sprawdziłeś, więc nie wiem, czemu pytasz.

– Tak, chyba zapomniałaś, że mam śledzenie twojego telefonu i samochodu.

– Nie, nie zapominam o tym. – Podeszłam bliżej wody.

Fale zaczynały moczyć mi stopy. Woda była zimna, ale przyjemnie zimna, nie mrożąca.

– Czemu wróciłaś do Sopotu?

– Wiesz czemu.

– Nie odpowiadaj mi tak! – ryknął. – Zadaję ci pytanie, więc odpowiadaj na nie.

Spojrzałam w stronę powodu mojego przyjazdu. Patrzył na mnie, tak jak reszta grupy.

– Wróciłam do Igora – odpowiedziałam, nie odrywając od niego wzroku.

– Nie zgadzam się na to! – krzyknął.

– Jestem dorosła.

– I głupia – dokończył.

– Dziękuję, że tak o mnie myślisz. Dobrej nocy.

Nie dałam mu dojść do głosu. Wzięłam zamach i rzuciłam telefonem w morze. Podeszłam do grupy, która czekała na mnie w milczeniu.

– Bardzo źle? – zapytała Inga.

– Założę się, że jutro tu będzie – westchnęłam. – Wolałabym, żeby to on zwariował, a żeby mama tu była. Ona by mnie lepiej rozumiała.

Igor wstał i mnie przytulił. Doskonale zdawałam sobie sprawę, że moje słowa mogą go ranić, ale taka była prawda.

– Gdzie jest GPS w samochodzie? – rzuciłam do ogółu.

– To zależy – odezwał się Mop. – Jak fabryczny, to wbudowany w panel, jak dołożony, to gdzieś na błotnikach lub na masce.

Poszliśmy poszukać czegoś w escalade, ale nic nam się nie udawało znaleźć, aż w końcu Dawid rzucił, że powinniśmy szukać też w środku. Szybko spostrzegłam urządzenie pod fotelem pasażera. Najpierw chciałam, żeby dołączyło do telefonu, ale Igor mnie powstrzymał. Podszedł do samochodu obok i wcisnął nadajnik pod koło.

– On i tak mnie znajdzie – stwierdziłam. – Ale niech wie, że to była moja dobra wola, że woziłam to przy sobie.

– Współczuję – Inga pogłaskała mnie po ramieniu. – Zawsze wydawało mi się, że brak rodziców jest gorszy.

Igor *Lato 2015*

Czułem intuicyjnie, że ten sezon będzie najlepszy jak do tej pory. Miasto było zatłoczone turystami od pierwszych dni lata. Przeglądając zapisy w kalendarzu, widziałem po kilka nazwisk na każdy dzień. Były też oczywiście osoby z doskoku, które zdecydowały się na dziarę pod wpływem chwili. Nie przepuściłem nikomu. Brakowało zaledwie kilkuset złotych do pełnej, potrzebnej kwoty za zakup nowego sprzętu. Od kilku lat miałem wizję rozszerzenia studia o kolejne pomieszczenie. Dawid pracowałby na moim starym sprzęcie, a ja kupiłbym nowy dla siebie. Może z czasem udałoby nam się przenieść w jakąś lepszą lokalizację albo odnowić to miejsce.

Jednego wieczoru poznałem dziewczynę. Jedną z tych, którym się wydaje, że wszystko im się należy. Najpierw mało mnie nie potrąciła, a kiedy ją dogoniłem, siedziała w najlepsze w restauracji. Zupełnie jej nie ruszyło, że mogła komuś odebrać życie. Jej samochód przypominał ekskluzywną wersję czołgu pancernego. Irytowały mnie takie osoby. Ich sposób bycia działał na mnie jak płachta na byka.

Kilka dni później przyszła zrobić sobie tatuaż zupełnie nieświadoma, że to moje studio. Zwykle znieczulamy miejsce u takich świeżaków jak ona, ale świadomie wybrałem tatuowanie na żywca. Ona pewnie i tak nie miała pojęcia, że istniała opcja zamrożenia skóry. Kiedy się położyła, mogłem obejrzeć ją z bliska. Byłem zdumiony jej urodą. Jej skóra była oliwkowa i miękka. Idealna pod tatuaż. Każda kropka wyglądała jak dzieło. Kilka razy zerkałem na jej twarz. Widziałem, że ją bolało, i z każdą upływającą minutą żałowałem, że byłem takim dupkiem, że chciałem się zemścić na niej za złość na ludzi jej pokroju. Zerkałem na jej duże piersi, a przynajmniej na kawałek ciała, który wystawał spod materiału. W przeciwieństwie do innych dziewczyn, które chętnie pokazywały wszystko, ona zakrywała się przede mną. Mimo mojego nastawienia rozmawiała ze mną naprawdę normalnie. Nie wiedziałem, co myśleć. Było w niej coś, co sprawiało, że przeciągałem pracę w czasie. Chciałem ją zatrzymać na dłużej. Pogadać. Poznać ją, bo nic się nie zgadzało z tym, co o niej początkowo myślałem. Przypuszczałem, że takiego pokroju dziewczyna miała księcia na białym koniu, ale dla samego faktu przekonania się, jaka była, chciałem coś zrobić. Chciałem – to dobre słowo, bo na tym się skończyło. Nie starczyło mi odwagi, więc wolałem zgrywać obojętnego, na wypadek gdyby to ona pierwsza mnie odrzuciła.

Potem pojawił się tatuś w porsche, który traktował ją podle. Poniewierał nią na środku ulicy, zupełnie nie zwracając uwagi na gapiów. Gdyby była taka jak reszta panienek jej pokroju, z pewnością zachowywałaby się jak urażona księżniczka. Ona jednak była smutna, spokojna i z dumą znosiła furię starego. Inga obstawiała, że już nie wróci, że nie odda pieniędzy, które mi była winna za pracę. Sądziłem przeciwnie. Było w niej coś, co sprawiało, że traktowałem ją serio. Zaskakując nas, uregulowała należność, a poza tym dostałem dodatkowe pieniądze za oczekiwanie na płatność. To rozwiązało problem zbierania kasy. Następnego dnia zamówiłem cały sprzęt. Zawołałem Dawida i Ingę i zakomunikowałem im, że udało nam się spełnić moje marzenie. Cieszyliśmy się jak głupi. Inga, jak to kobieta, stwierdziła, że powinniśmy podziękować tej lasce za jej duży napiwek. Stwierdziłem, że jak się nadarzy ku temu okazja, to jakoś podziękuję. Nie sądziłem jednak, że jeszcze ją zobaczę.

Tymczasem zupełnie znienacka, gdy siedziałem nad piwem, stanęła przy ognisku, przyprowadzona przez Ingę. Nie mogłem oderwać od niej wzroku. Dawid rozmawiał z nią z taką łatwością, że aż pozazdrościłem skurczybykowi. Cokolwiek ja powiedziałem, powodowało zgrzyt. Widziałem, że ona marszczyła brwi i patrzyła na mnie tak, jakby pytanie było zupełnie inne. Nie umiałem rozmawiać z dziewczynami takimi jak ona. Zwykle kobiety śmiały się z moich żartów, z mojego sposobu bycia – ona nie. Im dłużej z nią przebywałem, tym bardziej przekonywałem się, że różnica między nami była za duża, że pochodziliśmy z dwóch różnych światów, że ktoś taki jak ona nie zadaje się z takimi jak my. Potem się okazało, że odwrócili się od niej znajomi, a ona po prostu nie miała co robić. Na początku powiedziałem Indze, że to nikomu nie wyjdzie na zdrowie i żebyśmy uważali, bo takie dziewczyny mają dużą władzę, ale Inga bardzo chciała mieć jakąś koleżankę i ku mojemu zaskoczeniu ona dogadywała się z nią bez problemu. Mimo tego, że początkowo namawiałem Ingę, by jej nie zapraszać, nie mogłem się doczekać, kiedy ją zobaczę. Nie miałem jednak odwagi, żeby podejść bliżej, coś zainicjować. Czekałem na nią. Na jej decyzję. Zdecydowałem, że wszystko zostawię w jej rękach, ale ona też była ostrożna. Niepewna. Wyczuwałem to. Przypomniałem sobie radę Nazaruka, żeby unikać zaangażowania, ale nie mogłem o niej zapomnieć.

Dni mijały, a ja nie rozumiałem nic z tego, co się działo, do momentu, kiedy powiedziała mi o swojej matce. To było jak tamten postrzał. Bolało wszędzie. Zdałem sobie sprawę, że byłem w jej domu, że Pedro zgwałcił jej matkę. Mylnie założyłem, że zwariowała od dobrobytu. Zrozumiałem wiele z jej życia i patrzyłem na nią inaczej. Zobaczyłem, jak silna była i jak słabą relację miała z ojcem. Dusiła się.

Nie było ryzyka, że moja przeszłość wypłynie. Inga pilnowała się na każdym kroku, a nikt poza naszą dwójką nie wiedział, kim naprawdę byłem. Pocieszałem się myślą, że ja nic nie zrobiłem, że nie mogłem powstrzymać Pedra, ale jednocześnie dotarło do mnie, że gdybym się po tylu latach dowiedział, że Pedro skrzywdził Lenę, zabiłbym go gołymi rękami. Rozumiałem już doskonale, co czuli ci ludzie. Przez te wszystkie lata zdążyłem zapomnieć o tamtych wydarzeniach, a ona przypominała mi o tym na każdym kroku. Powinienem był wtedy odpuścić, ale było już za późno. Ta drobna istotka, jak to mówił Dawid, zalazła mi za skórę. Noc, którą z nią spędziłem, była najlepsza w moim życiu. To było jak nagroda za moją walkę. Zrozumiałem, że to właśnie dla takiej chwili jak tamta nie poddawałem się, że to był mój cel w życiu. Odpuściłem wtedy mimo świadomości, że ona wyjedzie, że być może nic z tego nie wyjdzie. Jednak potrzebowałem jej i tak. Jak walczyłem o siebie wcześniej, tak zdecydowałem walczyć o nią. Nie przewidziałem tylko jednego scenariusza: że moja przeszłość się o mnie upomni. Wszystko działo się szybko. Byłem w pracy, gdy przyszedł jej ojciec. Namierzył mnie po płatności za tatuaż jej kartą u mnie w studiu. Potem rozpoznał mnie na nagraniach z monitoringu w jego domu, jak wygłupialiśmy się z Leną nad basenem. Groził mi, wyzywał od szumowin. Stałem tam dumnie, mimo że czułem w środku, jakby ktoś ciął mnie nożem. Doszedłem do wniosku, że się facet powścieka, ale jakoś się wszystko ułoży. Nie doceniłem gościa. Zadbał o to, by Lena dowiedziała się o Krystianie. Wiedziałem, że nie było logicznego sposobu na wyjaśnienie komukolwiek tego, co się stało. Ten krótki czas z mojego życia nie dawał się zawrzeć w kilku słowach. Lena była potwornie zraniona, nie dziwiło mnie to. Gdybym ja się dowiedział o takiej przeszłości, też bym tak zareagował. Chociaż nie, ja rozwaliłbym wszystko dookoła. Ona i tak zachowała się z godnością. Zostawiła mnie. To był moment, którego od zawsze się bałem. Wiedziałem, że w życiu musi istnieć równowaga i że możliwość ucieczki jako świadek koronny była zbyt piękna, by mogła okazać się prawdziwa. „I żyli długo i szczęśliwie" było zakończeniem w sam raz dla bajek, nie dla prawdziwego życia. Bolało jak cholera. Każde słowo Nazaruka było jak świśnięcie batem w otwartą ranę na plecach. Czułem bezsilność. Nic ani nikt nie był w stanie jej przekonać, że to, co robiłem w przeszłości, nie definiowało mnie teraz. Zrozumiałem, że to koniec. Zostało mi po niej tylko kilka zdjęć i niedokończony tatuaż, wyglądający jak penis w erekcji. Od początku było wiadomo, że taka dziewczyna jak ona nie mogłaby być z kimś takim jak ja, ale nigdy nie sądziłem, że koniec okaże się taki drastyczny. Po raz pierwszy w życiu tak cierpiałem. Czułem się tak, jakby wszystko, co do tej pory robiłem, nie miało już najmniejszego znaczenia. Nic mnie nie cieszyło. Funkcjonowałem w zawieszeniu. Przychodziłem do pracy mimo, że nie musiałem. Nie dawałem sobie rady sam ze sobą.

Kiedy po ponad tygodniu wróciła i stanęła w progu pokoju studia, nie mogłem uwierzyć własnym oczom. Tliła się nadzieja, że jakimś cudem Inga ją przekonała albo... sam nie wiedziałem co. To było wręcz nierealne. Zakładałem, że może przyszła na mnie nawrzeszczeć jeszcze raz. Czekałem na nią po raz kolejny, a kiedy rzuciła się w moje ramiona, po raz pierwszy w życiu poczułem się słaby. Po uszy zakochany.

Jej wybaczenie miało dla mnie wyjątkowe znaczenie. Byłem świadomy, że znalazłbym kogoś, kto by pokochał Igora, ale nie sądziłem, że ktoś mógłby mnie kochać, wiedząc o mnie wszystko.

Lena

– Widziałeś ten film, *Ostatni Mohikanin*? – zapytałam, gdy leżeliśmy obok siebie w jego łóżku.

– Nie przypominam sobie.

– Tam jest taka scena, że oni spędzają noc pod wodospadem – opowiadałam. – Ostatnią noc razem, a potem rozdzielają się i on ją zapewnia, że ją znajdzie. Nie udaje im się jednak spotkać, bo rozdziela ich śmierć.

– A kto ginie? Ona czy on?

– Igor! – upomniałam go.

– Ale ja serio pytam. – Pogładził moją głowę. – Lepiej jak babka ginie, bo facet sobie zawsze poradzi. Nieważne, jakim gównem dostanie od życia.

– Tak myślisz? – Spojrzałam na niego.

– Tak mi się wydaje.

– Babka ginie.

– No widzisz. Scenariusz w filmie musi być wiarygodny, więc chyba mam rację.

– Czuję się jak w tym filmie – powiedziałam nieśmiało.

– A ma twój stary broń? – rzucił lekko. – Jest ryzyko, że zacznie strzelać?

Zaczęłam się śmiać i wyobrażać sobie, co ojciec mógłby zrobić. To, że się nie zgadzał na ten związek, to jedno, ale mój upór to drugie. Formalnie mogłam podjąć dowolną decyzję.

– Chyba nie ma.

– Chyba – powtórzył Igor. – Mało pocieszające.

– Oni naprawdę do ciebie strzelali? – zapytałam.

Igor wziął głęboki oddech, a ja widząc, jaką trudność mu to sprawiało, zapewniłam, że nie musi odpowiadać, że zapytałam z ciekawości. Zamknął na chwilę oczy, a potem spojrzał na mnie z łagodnym wyrazem twarzy.

– Strzelili raz. – Wziął moją dłoń i ustawił palec na swojej klatce, pokazując, gdzie dostał. – Potem, pozorując moją śmierć, włożyli mnie w czarny worek z suwakiem i wynieśli z domu jak trupa.

– O matko – wyrwało mi się. – I widziałeś ten worek od środka?

– Nie – uśmiechnął się do mnie. – Byłem już wtedy jedną nogą na tamtym świecie. Układ był taki, że miałem trafić za granicę, ale postrzał był tak poważny, że helikopterem przetransportowali mnie do Sopotu, gdzie dostałem drugi postrzał.

– Drugi postrzał?! – zerwałam się, ale on się uśmiechał.

– Tym razem w serce.

Zrozumiałam, że mówił o mnie. Pocałowałam go.

– Wiesz, że łamię teraz warunki układu, mówiąc ci o tym, co zrobiła dla mnie policja.

– Naprawdę? Więc w razie czego będziesz musiał mnie zabić? – zapytałam całkowicie serio.

– Nie! – zaśmiał się głośno. – Nie wiem, co bym musiał zrobić, ale chyba nikomu nie powiesz?

– Po moim trupie! – zapewniłam.

Resztę nocy spędziliśmy na zmianę rozmawiając i kochając się. Choć Igor starał się zachowywać tak, jakby wcale nie czuł zagrożenia, czułam u niego ten niepokój. Dodawał mi otuchy, powtarzając, że wszystko się ułoży, że on ma szczęście w życiu, czego ja byłam żywym dowodem. Zasnęłam w jego objęciach, starając się zapamiętać jego zapach, sposób, w jaki oddychał, jak biło jego serce.

Rano obudził mnie śniadaniem do łóżka. Zjedliśmy razem.

– Wiesz – zaczęłam, odgryzając kawałek kanapki – już wiem, jaki będzie mój następny tatuaż.

– Nie zrobisz – rzucił, popijając herbatą. – Jesteś zbyt tchórzliwa.

– Chciałabym ci przypomnieć, że jeden już mam.

– Bo bałaś się mnie… inaczej byś uciekła.

Pacnęłam go w ramię, choć to, co mówił, było absolutną prawdą.

– No ale mów jaki.

– Zrobię sobie twój odcisk palca.

– Noo – uniósł brwi – oryginalnie. A gdzie?

– Jeszcze nie wiem, teraz na to wpadłam.

Po śniadaniu pojechaliśmy do studia. Był to dzień pracy Igora, ale – ku naszemu zaskoczeniu – Dawid i Inga też tam byli. Oni chyba także przeczuwali, że nadejście mojego ojca będzie niczym tornado. Zostaliśmy we czworo, a ja stwierdziłam, że chciałabym zrealizować swój plan. Koncepcja odcisku zrobiła wrażenie na Indze. Trochę trudności sprawiło nam znalezienie odpowiedniego miejsca. Ani pośladek, ani linia bikini, ani pierś nie wydawały mi się dobrą lokalizacją. Po pierwsze dlatego, że chciałam go dobrze widzieć, a po drugie dlatego, że każde z tych miejsc wydawało mi się zbyt oklepane. Po dłuższym zastanowieniu zdecydowałam się na nadgarstek od wewnętrznej strony.

– To wrażliwe na ból miejsce – ostrzegała Inga.

– Słyszałam – zaczęłam – że to zależy od tego, kto tatuuje.

Igor wybuchnął śmiechem.

– Myślałem, że jesteś na tyle duża, by nie wierzyć w bajki – powiedział.

– Wierzę – podniosłam dumnie głowę – i co więcej, nie uważam, żeby miało to jakikolwiek związek z wiekiem. Wierzę w dobre zakończenia. Wierzę, że można żyć długo i szczęśliwie.

Puścił mi oko. Klepnął fotel, zapraszając mnie na miejsce. Usiadłam, a on skaleczył się w mały palec. Dotknął miejsce kciukiem i odcisnął ślad na kartce.

– Wow – wypuściłam powietrze – nie sądziłam, że to będzie z krwi.

– Takie są najlepsze – zapewnił. – Poza tymi policyjnymi.

Wszyscy wybuchnęliśmy śmiechem, a ja, nie zważając na Ingę i Dawida, pocałowałam Igora tak namiętnie, jak tylko mogłam. Jedno z nich odchrząknęło z tyłu, więc odkleiłam się od niego, nie przestając się uśmiechać. Igor włączył maszynę i obrócił moją dłoń wierzchem do góry. Nadgarstek był faktycznie bolącym miejscem. Mimo znieczulenia zaciskałam zęby z bólu. Podziwiałam jednak Igora za staranność wykonywania odcisku. Gdy wolną ręką dotknęłam jego włosów, przerwał i powiedział, że w kodeksie zawieszonym na ścianie jest wyraźnie napisane, że nie wolno dotykać artysty. Przeprosiłam artystę i zabierając dłoń, przeciągnęłam palcem po jego ustach. Pokiwał głową i wrócił do pracy.

Kiedy skończył, pokazał mi kartkę i mój nadgarstek. Wyglądało to identycznie, ale czegoś brakowało.

– Nie podoba ci się – spostrzegł Igor.

– Czegoś brakuje... – zastanawiałam się na głos.

– Fiuta – rzucił Dawid.

– Czym się skaleczyłeś? – zwróciłam się do Igora.

Pokazał mi igłę, a ja się skrzywiłam. Wystawiłam jednak mały palec, a on ukłuł mnie i ścisnął skórę. Dotknęłam kciukiem skaleczenia, a następnie przyłożyłam swój palec pod kątem do odcisku Igora i z naszych śladów zrobiłam kształt serca. Powiedziałam mu, żeby nie nakładał mojego śladu na swój, żeby zostawił kilka milimetrów pomiędzy nimi. Uśmiechnął się do mnie i znów przygotował mój nadgarstek do pracy. Kiedy skończył, byłam zachwycona. Inga też wychwalała pomysł i rzuciła do Dawida, że ona też by taki chciała.

– A gdzie strzała? – zażartował Dawid. – Albo inicjały z plusem pośrodku.

– Moim zdaniem jest super – broniłam swojego serduszka.

Gdy siedzieliśmy w pokoju, przyszedł klient. Dawid zadeklarował, że zajmie się tym tatuażem, a my opuściliśmy pomieszczenie. Nie wiedząc, co ze sobą zrobić, pojechaliśmy na plażę, ale ze względu na wczesną porę nie mieliśmy gdzie zaparkować. Zdecydowaliśmy się wrócić do Igora. Najpierw posiedzieliśmy na tarasie na zewnątrz, a potem schowaliśmy się do środka.

– Mam nieodparte wrażenie, że czekamy na niego – stwierdziłam, gdy Igor ściągał mi folię z nowego tatuażu.

– Też chciałbym mieć to już za sobą. – Nie podniósł wzroku.

Nasmarował moją skórę i pocałował rękę tuż nad nową ozdobą.

– Myślisz, że mamy czas na jeszcze jeden raz? – zapytałam, a on wybuchnął śmiechem.

Nie zwlekając, porwał mnie do góry i posadził sobie na kolanach. Wsunął mi obie dłonie pod koszulkę, a ja uśmiechnęłam się szeroko. Nachyliłam się, żeby go pocałować i wtedy usłyszeliśmy pukanie do drzwi. Igor puścił mi oko i odszedł. W progu stał mój ojciec, wściekły jak diabli. Igor zaprosił go do środka.

– Czemu wyrzuciłaś telefon i zdjęłaś GPS? – zaczął, nie zwracając uwagi na Igora.

– Chciałam ci pokazać, że moją dobrą wolą było, że pozwalam ci się śledzić – zauważyłam.

– Tak jak moją dobrą wolą jest dać ci samochód i telefon. Wiesz o tym?

– To zabierz to wszystko – rzuciłam. – Nie dbam o to.

– Idziemy – zarządził.

– Nie – sprzeciwiłam się i podeszłam do Igora.

Ścisnęłam jego dłoń i stanęłam obok niego.

– Zapomniałaś już, co ten człowiek zrobił?! – ryknął.

– Nie, ale wiem też, że go kocham – rzuciłam i poczułam, jak Igor ścisnął moją dłoń.

– To się oduczysz – zadrwił. – Czy ty w ogóle zdajesz sobie sprawę, co robisz? Jak to wygląda? Matkę masz w psychiatryku, a puszczasz się z przestępcą, który ją tam wsadził.

Igor zrobił krok do przodu, ale dotknęłam jego ramienia. Wiedziałam, że ojciec lubił tak prowokować.

– Albo idziesz po dobroci… – zaszantażował.

– Albo? – zapytałam.

– Albo masz dwadzieścia cztery godziny na tę parodię.

– Co to znaczy? – zmarszczyłam brwi.

– To znaczy, że dam cynk ludziom, których on sypnął, żeby uratować swoją dupę, a oni na pewno się nim zainteresują.

Otworzyłam usta zszokowana, a Igor poluźnił uścisk. Chwyciłam go mocniej, dając do zrozumienia, że nie odpuszczę, że będę przy nim niezależnie od tego, co się stanie.

– Wybieraj – ojciec pokazał palcem na Igora – albo wychodzisz stąd ze mną, albo on już może żegnać się z tym światem.

– Nie zrobisz tego! – krzyknęłam.

– Ooo – uśmiechnął się jak szaleniec – to mnie jeszcze nie znasz. W dupie mam jego życie i nie pozwolę, żebyś przez to zmarnowała swoje.

Puściłam Igora i ruszyłam do ojca. Stanęłam naprzeciw niego. Byłam sporo niższa, ale czułam się tak, jakbym była gladiatorem.

– Jeśli zrobisz coś, co mogłoby mu w jakikolwiek sposób zaszkodzić, to mnie już nigdy nie zobaczysz. Stracisz i żonę, i córkę! – zagroziłam, ale widząc, że nie zrobiło to na nim większego wrażenia, dodałam: – Jeśli uważasz, że blefuję, to też mnie nie znasz. Myślisz, że dlaczego wybrałam studia w Warszawie? Tylko dlatego, żeby być z dala od ciebie. Przez pierwsze dni pobytu tutaj obmyślałam, jak oblać egzaminy, żeby zagwarantować sobie kilka dni spokoju od ciebie.

Wreszcie coś do niego zaczęło docierać, bo jego spojrzenie się zmieniło. Zapewne myślał, że moje zachowanie było rezultatem wpływu Igora, że wcześniej byłam dobrą córką, która kochała tatusia bezgranicznie. Prawda była taka, że w ogóle nie miałam z nim kontaktu – łączyły nas jedynie więzy krwi. Patrzyłam na niego jak na obcego człowieka.

– Wiesz, kogo winię za stan mamy? – zapytałam. – Ciebie. Pracowałeś całe dni, myślałeś, że jak zapewnisz jej specjalistów, to ona upora się z tym sama. Gdzie byłeś?! Gdzie byłeś?!

Zatkało mnie na chwilę. Czułam, jak łzy mi napływały do oczu.

– Nigdy nie miałeś dla nas czasu. Nigdy. – Zatrzymałam się na chwilę i posłałam mu pełne politowania spojrzenie. – Słyszałam, jak lekarz mówił, że mama nie powinna być sama. Myślałeś, że ja jestem głucha, że nie widzę, nie słyszę. Wiem, że to ty zaproponowałeś elektrowstrząsy i zabranie jej...

– Bo chciałem ją oddzielić od ciebie – przerwał mi. – Ona już i tak by do siebie nie doszła.

– Wykreśliłeś ją z życia – zauważyłam gorzko – a teraz mnie wysyłasz do niej, bo to cię żre od środka.

Staliśmy naprzeciw siebie gotowi do pojedynku, ale ojciec złagodniał. Przyglądał mi się z niepewnością. Zapewne nie spodziewał się, że usłyszy ode mnie taką odpowiedź.

– Jeśli zrobisz coś Igorowi, gwarantuję ci, że też będziesz żałował, bo ucieknę, nie spędzę z tobą ani chwili dłużej.

– Już bym wolał, żebyś zniknęła, niż była z nim – rzucił.

– Wow – wypuściłam powietrze ze świstem – to możesz już teraz wracać do siebie i zapomnieć o mnie.

– Jesteś taka odważna, bo on jest obok, ale jak go nie będzie, to nie będziesz miała gdzie pójść i wrócisz do domu.

– Nie, nie wróciłabym.

Nie wiedziałam, jak do niego dotrzeć. Żaden argument nie był dla niego przekonujący. Szybko odwinęłam nadgarstek, a następnie podwinęłam bluzkę tak, że zobaczył także fragment napisu na żebrach.

– Mam w nosie, co myślisz – stwierdziłam. – Chcę robić w życiu to, co mnie uszczęśliwia.

Ojciec, zagotowany do granic możliwości, wymierzył mi policzek. Igor od razu wkroczył i złapał go za rękę.

– No – zachęcił go ojciec – pokaż, na co cię stać.

On jednak opanował się i puścił go.

– Do domu! – Ojciec chwycił klamkę.

– Nie idę – zaoponowałam.

Dotknęłam dłonią policzka. Ojciec zmierzył nas oboje.

– Dwadzieścia cztery godziny – powiedział, wychodząc.

Trzasnął drzwiami, a potem usłyszeliśmy, jak opony ruszyły ostro na szutrowej drodze. Igor od razu poszedł do kuchni i przyniósł mi lód do schłodzenia policzka.

– On blefuje – rzuciłam.

– Nie – Igor spojrzał na mnie poważnie – jestem absolutnie pewny, że zrobi, co powiedział.

– Ale minęło tyle lat – zauważyłam. – Pewnie nawet nie będą chcieli z nim gadać.

– Oj, Lena – Igor objął moją twarz – ja ich sypnąłem, a takich rzeczy się nie wybacza. Mario już jest na wolności, Luka spierdolił w dniu obławy, plus Kozak, którego nigdy nie znałem. To jest już trzech, gotowych wbić mi kosę w plecy.

– To co zrobimy?

– Wróć do domu, a ja pomyślę, co dalej.

– Nie chcę wracać – zaprotestowałam.

– Ale jeśli to go powstrzyma, to warto.

– Boję się, że on już mnie nie wypuści. – Przytuliłam się do niego.

– Ukradnę cię – obiecał, głaszcząc moje plecy. – Znajdę sposób, żeby wejść do środka. Tylko zostań w domku, bo tam byłem i już znam układ.

Igor sięgnął po moją torebkę i podał mi ją. Zrozumiałam, że nie było czasu do stracenia. Pocałowałam go, ale zaznaczyłam, że to nie było pożegnanie. Uśmiechnął się, starając się dodać mi otuchy. Wsiadłam do samochodu i cofałam, patrząc na niego, jak stał oparty o futrynę. Jechałam do domu jak wariatka. Wpadłam do siebie, a następnie biegiem rzuciłam się przez ogródek do domu ojca. Kiedy mnie zobaczył, uniósł brwi.

– Zamieniłaś zdanie? – zapytał znad dokumentów, siedząc przy swoim biurku.

– Nie, nadal chcę z nim być, tylko chcę powstrzymać cię przed telefonem.

– O... – zmrużył lekko oczy – to już za późno. Powiedziałem, że mają was rozdzielić i sprzątnąć go gdzieś poza twoim wzrokiem, ale jak widzę, nie muszę się już o to martwić.

– Jeśli naprawdę to zrobiłeś, to przeklinam cię! – ostrzegłam go. – Jesteś potworem choćby z tego powodu, że tak mówisz. Jeśli spadnie mu włos z głowy, przestaniesz dla mnie istnieć.

Nie mogłam się opanować. Zalałam się potokiem łez i usiadłam na podłodze. Czułam, jak powietrze ze mnie uciekło, nie mogłam złapać oddechu. Ojciec do mnie podszedł, ale odsunęłam się od niego.

Igor

– Hej, tu Igor – odezwałem się do słuchawki.

– Jadę – odpowiedział.

Siedziałem w domu i obmyślałem plan działania. Już raz zacząłem wszystko od zera, więc dałbym radę ponownie. Zastanawiałem się, gdzie mógłbym uciec, gdzie moglibyśmy uciec. Od razu pomyślałem o swoim studiu. O zbieraniu kasy przez lata, o zamówionym sprzęcie, który był w drodze, o pracy, jaką w to wszystko włożyłem. Złapałem się za głowę.

Im więcej o tym myślałem, tym bardziej mnie to przerażało. W grę wchodziło zostawienie Ingi. Ona co prawda miała teraz Dawida, więc byłaby bezpieczna, ale Lena. Ona miała inne przyzwyczajenia. Kto wie, jak by się to skończyło.

Opadłem na kanapę i zupełnie nie wiedziałem, od czego zacząć. Obiecałem jej, że coś wymyślę, ale w mojej głowie była pustka. Moje myśli skupiały się na tym, co miałem tutaj. Nie mogłem się pogodzić z tym, że przyszłoby mi zostawić to wszystko z dnia na dzień. Zupełnie inaczej jest, kiedy nie ma się nic.

Za oknem zrobiło się ciemno, nie włączyłem światła. Ogarnęła mnie taka panika, że przez kilka godzin nie ruszyłem się nawet o krok. Usłyszałem hałas na podjeździe, ale pozostałem na swoim miejscu. Drzwi otworzyły się, a następnie ktoś włączył światło. Zobaczyłem Nazaruka i odetchnąłem.

– Jak ona ma na imię? – zapytał od drzwi.

– Lena.

Usiadł koło mnie i położył mi rękę na plecach.

– Wiem, mówiłeś, żeby się nie dawać, że człowiek staje się słaby, że miłość zabija. Pamiętam – powiedziałem, nie odrywając wzroku od podłogi.

– A wiesz, że dzisiaj bym ci nie dał tej rady? – Spojrzał na mnie z uśmiechem. – Uratowaliśmy małżeństwo, żona do mnie wróciła. Wychowaliśmy razem dzieci, a ja mogę śmiało powiedzieć, że jestem szczęśliwy.

– To dobrze.

Posłał mi uśmiech, zaglądając mi prosto w oczy. Znał mnie na tyle dobrze, że potrafił wielu rzeczy domyślić się z samego patrzenia.

– Bardzo źle? – zapytał.

Streściłem mu ostatnie tygodnie, a on słuchał uważnie. Dokładnie tak samo jak w dniu, kiedy wszystkich sypnąłem. Gdy zdradziłem mu plan ojca Leny i jego nazwisko, Nazaruk wstał z miejsca.

– Wiesz, kto to jest? – Stanął przy oknie.

– Nie mam pojęcia.

– To prawnik najgorszych przestępców, dzięki niemu oni, nawet przyłapani z ręką w nocniku, wychodzą cało. Znają go wszyscy w świecie sprawiedliwości. Myślisz, że w jaki sposób miał dostęp do twoich danych? Myślisz, że my takie rzeczy trzymamy w biurku na komendzie numer pięć? Dla niego nawet policja łamie prawo.

– To co teraz? – zapytałem.

– Dobrze, że ją odesłałeś, to stary się wstrzyma.

– Albo nie – przerwałem mu.

– Mogę dać cynk swoim ludziom, żeby cię przenieśli, ale jeśli stary ma takie układy, to raz-dwa zlokalizuje twoje nowe miejsce zamieszkania… Wiesz, o co mi chodzi, prawda? – Nazaruk wyglądał przez okno, a potem, nie przestając lustrować okolicy, dopowiedział – Jeśli pomogę ci w jakikolwiek sposób, zostanie po tym ślad w aktach, a wtedy…

– On nas znajdzie… – dokończyłem za niego.

– Nas? – Nazaruk odwrócił się do mnie i uniósł brwi. – Powiedz, że się przesłyszałem.

– Nie. – Pokręciłem głową. – Gdyby nie ona, mógłbym tu poczekać, aż przyjdą, i bez walki dostać kulkę czy kosę.

– Jezu, Igor – Nazaruk wrócił do mnie – ty to masz serce jak dzwon. A co ze studiem? Z twoją pracą?

– Inga to przejmie z Dawidem.

Nazaruk podszedł do mnie. Stanął nade mną jak kat, ale po chwili poczułem jego dłoń na ramieniu.

– Gdyby mnie ktoś kiedyś spytał o najodważniejszego człowieka, jakiego znam, bez zastanawiania się wskazałbym ciebie. Czy ty się w ogóle boisz?

– Jestem obsrany ze strachu, ale nie tyle o siebie, co ogólnie, nie wiem, jak to wyrazić.

– Dobra – klepnął mnie w ramię – nie będziemy tu płakać jak dwie baby. Nie mogę ci pomóc jako policjant, ale pomogę ci prywatnie.

– Dzięki. – Wstałem.

– Tylko mnie nie przytulaj. – Wyciągnął rękę, blokując mnie. – Bo mnie zacznie ściskać. Myśl, jak tę gołąbeczkę wyciągnąć od ojca.

– Jeśli jest w domku sama, tak jak jej kazałem, to nie będzie to trudne, ale jeśli jest u niego w domu, to nie mam pojęcia.

– Chodź, pojedziemy do mojego kumpla. Może nam coś poradzi.

Lena

Ojciec próbował mnie podnieść, ale zabroniłam mu mnie dotykać. Zajęło mi naprawdę dłuższą chwilę, żeby dojść do siebie. W końcu oddech się wyrównał, a ja podniosłam się i dumnie wyszłam z domu. Ojciec ruszył za mną i stwierdził, że będzie mnie pilnować. Nie wiedziałam, czy naprawdę doniósł na Igora, czy tylko blefował, chcąc zatrzymać mnie w domu, chcąc mnie świadomie skrzywdzić za nieposłuszeństwo, za wstyd, jaki mu przyniosłam. Znałam go na tyle dobrze, że wiedziałam, że mógł to wszystko zrobić tylko po to, by zamanifestować mi swoją władzę i zmusić do podkulenia ogona. Ranił mnie ogromnie.

Wszystko przez to, że wymykałam mu się z rąk. W końcu pokazywał swoje prawdziwe oblicze. Dziwiło mnie, że w ogóle chciał rozmawiać z bandytami, którzy skrzywdzili mamę tylko dlatego, żeby mnie ukarać. Choć z drugiej strony zawsze czułam, że jemu mama nie była potrzebna do szczęścia. Już w Warszawie patrzył na nią tak, jakby budziła w nim niechęć. Niby jej pomagał, ale teraz, z perspektywy czasu, dochodziłam do wniosku, że było mu na rękę oddanie jej i zgrywanie zatroskanego męża.

Przebrałam się w czarne legginsy i ciemny podkoszulek. Byłam gotowa do ucieczki, do zlania się z ciemnością. Siedziałam w swoim pokoju przez długi czas. Zastanawiałam się, w jaki sposób skontaktuję się z Igorem, co powinnam dalej zrobić. Chcąc sprawdzić ojca, otworzyłam okno i od razu włączyłam syrenę alarmu. Ojciec przybiegł błyskawicznie sprawdzić, czy uciekam przez okno. Odsunął mnie od niego i zamknął je pośpiesznie. W swoim telefonie uzbroił ponownie alarm.

– Nawet nie próbuj uciekać – rzucił ostro.

– Otworzyłam okno – stwierdziłam. – Jest lato.

– Dzisiaj nie będzie okna. Jutro sobie otworzysz.

– A co będzie jutro? – Zmarszczyłam czoło. – Ty naprawdę wierzysz, że go dzisiaj sprzątną?

– Tak – powiedział absolutnie poważnie, patrząc mi prosto w oczy.

– To znaczy, że nigdy nie kochałeś. Nikogo. Miałeś tylko obsesję posiadania. Broniłeś mnie jak pies swojej kości, ale nie rozumiesz, że nie jestem rzeczą. Nic dziwnego, że mama się wyłączyła. Też bym nie chciała mieć takiego życia.

– Podziękujesz mi jeszcze za to – rzucił, zupełnie nie rozumiejąc, co mu przed chwilą powiedziałam.

– Współczuję ci. – Wskazałam mu drzwi. – To moja ostatnia noc w tym domu i nieważne, co będzie z Igorem. Nawet jeśli mu coś zrobią, ja tutaj dłużej nie zostanę. Choćbym miała mieszkać na ulicy czy zarabiać tyłkiem, wolę to od patrzenia na twoją twarz. Nienawidzę cię.

Ojciec stanął jak wryty.

– Lena! – upomniał mnie.

– Wychodzisz? – zapytałam.

– Nie, to mój dom, mogę robić, co chcę. – Stanął pewnie i mnie obserwował.

Chwyciłam swoją torebkę i ruszyłam na dół. Ojciec odprowadził mnie wzrokiem.

– Jeśli myślisz, że gdziekolwiek pójdziesz, to się mylisz! – krzyknął, zbiegając za mną po schodach.

– Dotknij mnie, a zadzwonię na policję – zastrzegłam. – Nie masz prawa mnie przetrzymywać siłą. Przyjechałam tutaj z myślą, że pomogę Igorowi, ale jak widzę, nie słuchałeś. Mówiłam ci, ostrzegałam, co zrobię, jeśli go zakapujesz. Zrobiłeś to, więc... żegnaj. Nienawidzę cię!

Podeszłam do drzwi i nacisnęłam klamkę. Ojciec zaczął na mnie krzyczeć, ale ja bez oglądania się otworzyłam samochód i wsiadłam do środka. Ojciec stanął przed maską, blokując mnie własnym ciałem przed odjazdem. Zamknęłam drzwi i włożyłam kluczyk do stacyjki. Poczułam dotyk na ramieniu.

– Ręce na kierownicę, laleczko. – Głos brzmiał cicho. – Powiedz ojcu, żeby odsunął się od maski.

– Odsuń się od maski! – krzyknęłam, a potem starałam się obejrzeć.

Ktoś na kanapie z tyłu szturchnął mój policzek, blokując mi możliwość obejrzenia się.

Igor

Znajomego Nazaruka nie było w domu. Nie odbierał też telefonu. Miał nam pomóc wymyślić jakiś plan, ale nie mogliśmy dłużej czekać. Przyjechaliśmy pod dom Leny, mając nadzieję, że uda mi się włamać do środka i ją jakoś wyciągnąć. Obeszliśmy dom dookoła, ale nikogo nie było w środku. Zaparkowane przed drzwiami auto sugerowało, że Lena musiała tam być choć przez chwilę. Wróciliśmy do samochodu Nazaruka. Na papierowej torbie, w której kiedyś było śniadanie z fast foodu, narysowałem plan domu. Rozważaliśmy możliwości wejścia do środka.

– Myślisz, że on ją gdzieś zamknął? – zapytał Nazaruk, przyglądając się planowi domu.

– Traktuje ją bardzo brutalnie, więc cholera wie.

– To co zrobimy?

– W najgorszym wypadku wybiję szybę w łazience na dole i wejdę do środka. Spuszczę ojcu wpierdol, znajdę Lenę i wyjdę do ciebie.

– Czemu ją wtedy odesłałeś? Równie dobrze mogła zostać u ciebie.

– Bo – spojrzałem na niego – nie wiedziałem wtedy, czy mi pomożesz, a wolałem, żeby nie była ze mną na wypadek, gdyby stary na serio ich powiadomił…

– Dobra, stary – Nazaruk spojrzał na zegarek na przegubie – czas działać, bo nam uciekają cenne minuty.

Wyszliśmy z samochodu, przekradliśmy się przez zarośla i schowaliśmy się w krzakach naprzeciw wejścia do domu Leny. Nazaruk mówił, że baby nigdy nie słuchają, co się do nich mówi, i że na pewno Lena została u ojca. Czekaliśmy. Zobaczyliśmy ich, jak weszli do środka od strony ogródka.

Ona poszła na górę, on z dokumentami siedział na kanapie. Po jakimś czasie wstał, zamknął wszystkie drzwi i okna i włączył system alarmowy. Grzebał w telefonie, a ja rzuciłem do Nazaruka, że być może zmienił kod, tak żeby Lena nie mogła wyjść sama. Jak na potwierdzenie moich słów włączyła się syrena. Ojciec zerwał się biegiem na górę. Kilka minut później wycie ucichło, a my czekaliśmy na starego, aż zejdzie na dół. Zobaczyłem Lenę zbiegającą pierwszą i jego podążającego za nią. Wybiegła przed dom. Wsiadła pośpiesznie do samochodu, a on zablokował jej auto.

– Matko, jaki dramat – rzucił Nazaruk.

Patrzyłem na Lenę i widziałem, że coś było nie tak. Ona nigdy nie prowadziła z dwiema rękami na kierownicy. Kiedy zobaczyłem, jak jej głowa odskoczyła lekko w bok, zrozumiałem, że ktoś był z nią w środku.

– Wychodzę – szepnąłem do swojego kompana.

– Zwariowałeś?! – Złapał mnie za koszulkę.

– Ktoś z nią jest – wytłumaczyłem. – Przyjrzyj się. Musieli się tam dostać, jak siedzieliśmy w samochodzie. Przegapiliśmy to…

Nazaruk wytężył wzrok i potwierdził, że zauważył, że Lena poruszała ustami, jakby z kimś rozmawiała.

– Zostań tutaj – powiedziałem. – Masz żonę i dzieci.

– Ja pierdolę – Nazaruk mnie klepnął – jak będzie tylko jeden, to go namierzę i strzelę do niego.

– Obyś strzelał lepiej niż twoi ludzie – rzuciłem.

Wiedziałem, że jak wyjadę, sprawa się wyjaśni. Stanąłem na drodze, zachowując niewielki dystans. Zatrzymałem się. Drzwi samochodu otworzyły się z dwóch stron. Ojciec Leny się wyprostował, zapewne myśląc, że to ja byłem z nią w środku. Nie przyszło mu do głowy, że stałem tuż za nim. Zobaczyłem, jak Pablo obszedł samochód dookoła od tyłu i otworzył drzwi Lenie. Przesunął się w bok, a następnie szybkim ruchem wyciągnął pistolet. Ojciec Leny podniósł ręce, myśląc, że to w niego celowali. Zobaczyłem, jak Mario wyciągnął Lenę z samochodu i przystawił jej pistolet do głowy. Czułem, że moje ciało zaczęło drżeć. Widziałem, że Lena patrzy na mnie, ale ja nie szukałem jej wzroku. Przyglądałem się chłopakom. Szacowałem ich możliwości.

– Zostaw ją, pomyliliście adres! – krzyknął ojciec. – Powiedziałem wam, gdzie on mieszka.

– Spierdalaj, pajacu! – krzyknął Pablo i pistoletem pokazał mu mnie z tyłu.

Stary odskoczył na bok, dbając o to, by nie stać na linii strzału.

– Strzelaj! – rozkazał ojciec. – Na co czekasz! Puśćcie moje dziecko!

– Tak się, chuju, nie gra. – Pablo podszedł do niego i popchnął go w kierunku drzwi.

Ojciec upadł, a Pablo nadepnął mu na nogę, uniemożliwiając mu podniesienie się.

– Zamknij się, bo twój mózg rozbryźnie się na tym ładnym marmurze – zagroził i przystawił mu pistolet do czoła. – Podejdź bliżej, Kejsi! – krzyknął do mnie Pablo.

Ruszyłem, a Mario się do niego nachylił i coś mu powiedział. Lena wierzgnęła w jego objęciu, a on ją przycisnął tak mocno, że oderwał jej stopy od chodnika. Ojciec znów coś powiedział, ale Pablo ryknął na niego. Mario ponownie odezwał się do Pabla, a Lena zaczęła się szarpać. Zatrzymałem się, obserwując sytuację. Zrozumiałem, że rozmawiali o tym, jak mnie zabić. Po raz kolejny byłem świadkiem wymiany zdań między chłopakami, aż w końcu wściekły Mario pchnął Lenę w kierunku

Pabla, krzycząc, żeby miał ją na muszce, a sam wycelował we mnie.

– Bye, bye! – krzyknął i wystrzelił.

Zastanawiałem się, czemu nie padłem, czemu mnie nic nie bolało. Czyżby spudłował? Lena wrzeszczała, a ja zobaczyłem, jak Mario upadł na kolana. Po chwili Lena wpadła na mnie, a ja zrozumiałem, że to Pablo wystrzelił w kierunku Maria. Strzelił mu w łeb od tyłu, trzymając Lenę.

Stanąłem jak wryty, starając się zrozumieć, co się stało. Po chwili odblokowało mnie i ruszyłem przed siebie. Lena mnie błagała, żebyśmy uciekali, ale powiedziałem jej, żeby się nie bała.

– Pablo… – zacząłem.

On wpatrywał się w kałużę krwi, jaka tworzyła się przy głowie Maria.

– Ja pierdolę – odezwał się w końcu.

Ruszył w moim kierunku, a Lena krzyknęła. Objął mnie, klepnął w plecy i puścił.

– Jak ten skurwiel Pedro wrócił ze szpitala, podsłuchiwałem go. Czułem, że coś odpierdoli, więc go pilnowałem. Słyszałem, jak cię namawiał, żeby mnie sprzątnąć. Słyszałem, jak mu odmówiłeś. Bez ciebie on był nikim. Nie porwałby się na to sam. Uratowałeś mi wtedy dupę. Nie wiem po co, bo jestem chuja wart, ale sam fakt się liczy.

– Słuchaj, może być lepiej. Można od tego uciec – starałem się go przekonać.

– Nie, stary. – Pablo spojrzał na Lenę, a ona odruchowo schowała się za mnie. – Cieszę się, że masz laskę, ale ja jestem zepsuty, przegniły. Ty byłeś zawsze dobry, zawsze wiedziałeś, gdzie jest twoje prawdziwe ja. Nawet nie wiesz, co my teraz robimy, do czego nas zmuszają.

– Ale...

– Nie – przerwał mi. – Zrobiłem teraz jedną dobrą rzecz. Spierdalaj, ciesz się życiem, zanim tamte hieny się dowiedzą. Dla mnie już za późno. To był właśnie mój cel w życiu. Na ten moment czekałem.

Zrobił kilka kroków w tył. Nawet nie zauważyliśmy, że ojciec Leny zniknął. Nagle wyskoczył z miniaturowym pistoletem i wycelował prosto w Pabla. Ten pewnie podszedł do niego, tak jakby szedł na spotkanie z kimś znajomym. Nie było w nim ani odrobiny strachu. Nie celował w ojca Leny, w przeciwieństwie do starego, którego ręce coraz bardziej drżały. Nerwowym ruchem starał się odblokować spust, ale brakowało mu odwagi.

– A ty, chuju, za to, że chciałeś mu zniszczyć życie, też dostaniesz za swoje. – Podszedł do niego tak blisko, że dotknął klatką piersiową lufy tego małego pistoletu. – Chciałeś gangsterów, to masz. I co teraz?

Lena wyskoczyła, ale ją zablokowałem. Owszem, miałem zaufanie do Pabla, ale nie do tego stopnia, żeby pozwolić jej ruszyć się o krok ode mnie. Przytrzymałem ją i błagałem, by poczekała.

– Musisz się nauczyć jednego – Pablo nadal stał tuż przed nim ze spuszczoną w dół bronią. – Są takie wartości w życiu, dla których warto zginąć.

W tym momencie podniósł pistolet i strzelił ojcu Leny prosto w czoło, a po chwili przystawił sobie lufę do głowy i oddał kolejny strzał. Lena zaczęła krzyczeć, ale trzymałem ją z całej siły. Z krzaków wyskoczył Nazaruk i kazał mi pakować Lenę do samochodu. Wsiedliśmy wszyscy do escalade. Ja siedziałem przy drzwiach, Lena w środku, Nazaruk po drugiej stronie.

– Ma stary gotówkę w domu? – zwrócił się do Leny Nazaruk, ale ona ryczała w histerii.

– Ona ma na pewno karty z dostępem do konta – powiedziałem, czytając w myślach Nazarukowi.

Wiedziałem, że pytał o gotówkę w celu zorganizowania ucieczki.

– Lena – złapał ją za ramiona – do kurwy nędzy, otrząśnij się i pomóż nam tutaj.

Trząsł nią tak, że miałem ochotę wyrwać ją z jego uścisku, ale jego metoda pomogła. Lena spojrzała na niego.

– W domu, w sejfie, jest na pewno dużo pieniędzy… widziałam.

– A szyfr? – Nazaruk nie puszczał jej ramion.

– Jest na biurku zdjęcie naszej rodziny, jak je otworzysz, to w środku znajdziesz szyfr.

– OK. – Nazaruk spojrzał na mnie. – Ty ogarnij ją, ja idę po kasę.

Wysiadł pośpiesznie, a ja przytuliłem Lenę, zasłaniając jej pole widzenia. Nie chciałem, by po raz kolejny musiała patrzeć na ojca. Był martwy. Nie mówiłem nic. Zamknąłem ją w objęciu, starając się dać wsparcie. Niewiele to jednak pomagało, a ja nie wiedziałem, co dalej zrobić. Po chwili Nazaruk wrócił z walizką i rzucił ją na siedzenie pasażera, a sam usiadł za kierownicą.

– Możesz wierzyć lub nie, ale upychałem kasę kolanem – rzucił i ruszył.

Odjechaliśmy jedynie kawałek i przesiedliśmy się do jego prywatnego samochodu. Nazaruk dał mi kluczyki i kazał prowadzić w stronę granicy. Lena siedziała z tyłu. Zerkałem na nią co chwilę we wstecznym lusterku i widziałem, że to było dla niej za dużo. My z Nazarukiem byliśmy w stanie skupić się na dalszych etapach, ale ona utknęła, jakby zacięła się w momencie, kiedy Pablo zabił jej ojca.

Nazaruk wisiał na telefonie. Załatwiał nam nowe tożsamości.

– Nie pierdol mi tutaj, Czaruś – mówił stanowczo do słuchawki – tylko mi pomóż. Mam świadka koronnego i muszę uciekać... tak, dwie tożsamości.... nie wiem, skąd, kurwa, to weźmiesz... patrz po trupach w kostnicy, może jest już gotowy człowiek, tylko trzeba by było zdjęcia podrobić. – Szturchnął mnie i zasłonił słuchawkę telefonu. – Ej, Igor... a skąd ja wezmę zdjęcie młodej?

Spojrzałem na niego i wyciągnąłem telefon.

– Sprawdź galerię – rzuciłem. – Może coś się da wykorzystać.

Nazaruk odłożył swój telefon na kolana, a następnie klikał przez moment w moim. Nie odrywał wzroku od wyświetlacza, a potem zakrył dłonią twarz.

– I ja mam to wysłać tajniakom, żeby jej zrobili nowy dowód?

– Nie mam lepszego zdjęcia.

– A nie przyszło ci do głowy zrobić jej zdjęcie z krajobrazem w tle, tak jak to zwykle ludzie robią?

Wzruszyłem ramionami, a on podniósł swój telefon z kolan.

– Halo? Czaruś, jesteś tam? – zaczął. – Dostaniesz ładne zdjęcie w nagrodę. Nie wiem, jak to zrobisz, ale przygotuj z tego fotkę dowodową. Zatrzymamy się na noc przy granicy, a ty mi to dostarczysz... OK?

Nie wiedziałem, co usłyszał od Czarusia, ale rozłączył się i kazał mi zjechać do motelu. Zaparkowałem, a on wysiadł. Po chwili wrócił i kazał jechać dalej. Zatrzymywaliśmy się kilka razy, aż w końcu udało mu się znaleźć hotel z podziemnym parkingiem. Schowaliśmy auto. Wynajęliśmy jeden pokój i poszliśmy na górę. Lena chodziła za nami jak nic nierozumiejący pies na smyczy. Martwiło mnie to, ale nie mogłem teraz poświęcić jej czasu. W pokoju Nazaruk otworzył walizkę i pokazał mi pieniądze. Nigdy nie widziałem takiej kasy. Wyjaśnił mi, że nie możemy zostawiać po sobie śladów, że musimy płacić gotówką, tak żeby nikt nie wyśledził kart. Wziął kilka banknotów i zszedł na dół.

– Lena. – Podszedłem od razu do niej.

Siedziała na krawędzi łóżka i patrzyła w dół. Uklęknąłem przed nią. Dotknąłem jej ręki.

– Słucham? – odezwała się cicho, a ja pocałowałem jej wewnętrzną stronę dłoni.

– Przepraszam... – szepnąłem.

– Wiesz – zaczęła – zanim zeszłam na dół... ja go przeklęłam. Powiedziałam, że go nienawidzę, ale w życiu nie sądziłam, że to będą moje ostatnie słowa do niego.

Podniosłem się z kolan. Usiadłem obok niej i przytuliłem ją do siebie.

– Co z moimi studiami?

– Będziesz musiała to zostawić.

– A dom?

– Też... wszystko – podkreśliłem.

Schowała twarz w dłoniach i zaczęła płakać. Nie chciałem jej sprawić przykrości, ale nie było innego wyjścia, a przynajmniej innego nie dopuszczałem. Mimo to musiałem być z nią szczery. To było zbyt poważne, żebym – kierowany egoizmem – ukrył przed nią możliwości.

– Oni polują na mnie, nie na ciebie – zacząłem. – Jeśli chcesz wrócić, zrozumiem.

– Nie chcę – powiedziała, a ja na nowo zacząłem oddychać. – Tylko nie wiedziałam, że to takie trudne.

– Bardzo – podkreśliłem. – Ale damy radę.

– Łatwo ci mówić, bo jesteś facetem, ale dla kobiety taka zmiana to szok.

– Przywykniesz – zapewniłem.

Wahałem się, czy powinienem, ale teraz to już nie miało żadnego znaczenia.

– Pamiętasz moją siostrę?

– Tak. – Spojrzała na mnie bardzo przytomnie.

– Inga to moja siostra – uśmiechnąłem się. – Dostała od policji imię Kinga, ale nie podobało jej się, więc zmieniła po swojemu. Przywykła i żyła szczęśliwie.

– O rany, a ja myślałam, że was rozdzielili. – Przyglądała mi się, marszcząc brwi. – Teraz ją zostawisz?

– Kto jak kto, ale ona zrozumie.

– Nie szkoda ci? – Odwróciła się do mnie.

– Takie jest życie. Coś się traci, coś zyskuje.

Nie odezwała się, więc kontynuowałem:

– Pewnie, że mi szkoda kontaktu z Ingą, studia, pracy, ale… – przerwałem na chwilę – do tej pory czekałem na coś, tylko nie wiedziałem, na co. Jak się pojawiłaś, zrozumiałem, że czekałem na kogoś, a nie na coś.

– Chciałabym, żeby ktoś mi wymazał z pamięci ostatnie kilka godzin – powiedziała i oparła głowę o moje ramię.

– Nawet nie wiesz, ile razy ja o to prosiłem – stwierdziłem.

Nazaruk wszedł do pokoju, a potem, przytrzymując drzwi, wciągnął wózek z jedzeniem. Przysunął go do stolika i zaprosił nas na krzesła. Posłusznie usiedliśmy.

– Częstujcie się. – Pokazał na tacę. – Mam już wasze tożsamości. Ty – zwrócił się do Leny – będziesz Julia, a ty, mój Romeo – pokazał na mnie – będziesz Damian. Dla ułatwienia sprawy jesteście małżeństwem.

Sięgnął jakby nigdy nic po jedną z potraw z tacy i przełożył ją na stół. Spojrzałem na Lenę.

Lena

Kiedy usłyszałam słowa detektywa, coś we mnie pękło. Dotarło do mnie wreszcie, jak bardzo zmieniło się właśnie moje życie. Przerażało mnie to. Przypomniało mi się moje pierwsze spotkanie z Agatą, to, jak śmiałam się z niej, z jej wczesnego zamążpójścia, a teraz nie dość, że musiałam zrobić to samo, to całkowicie rezygnowaliśmy z tego ważnego dnia. Nie byłam nigdy typem marzącym o białej sukni i wielkim przyjęciu, ale dla mnie ślub to było wielkie zobowiązanie. Chodziło raczej o samo zadeklarowanie zaangażowania do tego stopnia, że przysięgało się komuś wierność i miłość po grób. Dlatego właśnie śmiałam się z tych wszystkich niecierpliwców, tych, którzy tak szybko biegli do ołtarza. Wierzyłam w te wartości. Do czasu spotkania Igora uważałam, że każdy powinien podejmować te radykalne decyzje świadomie, a nie z nudów czy pod wpływem zauroczenia. Teraz policjant zdecydował za mnie. Położył mi przed nosem kartkę z nowymi danymi, z jednym wspólnym nazwiskiem. Wszystko, co mówił, wydawało się nierealne, tak jakby w ogóle nie dotyczyło mnie. Patrzyłam na to obco brzmiące imię i zastanawiałam się, co zrobić.

– Jakoś się nie cieszycie – spostrzegł Nazaruk, przełykając. – Sorry, ale będę mówił, jedząc. Ostatni raz jadłem dobrych kilka godzin temu. W każdym razie załatwiłem też ciało jakiejś młodej dziewczyny, żeby upozorować śmierć Leny. Wpadłem na pomysł, że podam do wiadomości, że po zamachu świadek koronny został przeniesiony za granicę, a umieszczę was gdzieś tutaj, w kraju. Choć też mi do końca taki plan nie pasuje. Muszę wysilić szare komórki, żeby podać mediom chwytliwą historię.

Moje ciało. Wyobrażałam sobie, jak moi znajomi zareagują na taką wiadomość. Czy ktoś powie o tym mojej mamie, czy w ogóle ktoś się nią zajmie. Do tej pory ojciec za wszystko płacił, więc co by się z nią stało, gdybym zniknęła.

– Lena. – Igor dotknął mojej dłoni pod stołem.

– Słucham? – odpowiedziałam.

Nazaruk nadal jadł. Wyglądał na zadowolonego z siebie.

– Powiedz coś. – Igor głaskał moją dłoń. – O czym myślisz?

Spojrzałam na niego i przygryzłam usta.

– Nie wiem – zaczęłam niepewnie, ale on czekał. – Myślę o mamie, o ojcu, o domu…

– Na pewno już nie będzie tak wygodnie – tłumaczył policjant. – Ale w torbie macie wystarczająco dużo, by nie musieć się martwić o życie… – przerwał na chwilę i sięgnął po szklankę. – Na pewno znajdą się jacyś krewni, którzy zgarną majątek.

– Nie o pieniądzach myślę, tylko o miejscach, ludziach – naprowadziłam go na swój tok myślenia, ale on jedynie skinął.

– Chcesz się wycofać? – zapytał Igor.

– Chyba żartujesz. – Nazaruk odłożył sztućce na tacę. – Będziemy teraz siedzieć i zastanawiać się, kto gdzie chce iść?

– Lena – Igor nie zwracał na niego uwagi i cały czas wpatrywał się we mnie. – Chcesz wrócić do domu?

– Igor! – podniósł głos Nazaruk.

– Oni mnie będą ścigać, nie ją – rzucił do niego, nawet nie odwracając się. – Nie mam prawa narzucać jej wyjazdu i konieczności rezygnowania z wszystkiego, co ma. To moje błędy, moje życie.

– Zaraz… zaraz – Nazaruk nachylił się, zaglądając Igorowi w twarz – byłem święcie przekonany, że obydwoje jesteście zdecydowani, że tu nie ma gdybania, że jesteście pewni.

– Ja jestem – oświadczył Igor.

– Jak długo się znacie? – rzucił to pytanie do nas, ale utkwił wzrok we mnie.

– Kilka tygodni – odpowiedział Igor.

– Igor – zwrócił się do niego surowo – zawsze wydawało mi się, że jesteś trzeźwo myślący, że masz równo pod sufitem, że wiesz, czego chcesz i umiesz walczyć... – Przeszywał go wzrokiem. – Zapytam raz, jeden raz. Co ty, do kurwy nędzy, wyprawiasz? Myślałem, że to jakiś długotrwały związek, że ojciec się sprzeciwił, bo byliście zbyt serio, a tu się okazuje, że wy w ogóle nic o sobie nie wiecie. Nic. I co ja mam teraz zrobić? To ja ryzykuję, angażuję swój prywatny czas, staję na głowie, żeby na szybko was przenieść, obydwoje...

Zapadła cisza.

– Wychodzę – wznowił. – Macie pół godziny. Jak wrócę i nie ustalicie, co i jak, ja o tym zdecyduję.

Nie czekał na nas. Zamknął za sobą drzwi. Igor obrócił moje krzesło w swoją stronę.

– Jeśli zdecydujesz się wrócić, zrozumiem – powiedział. – Wiem, jakie to przerażające, i wiem, że trzeba dużej odwagi, by zniknąć.

Kilkanaście minut wcześniej mówił to samo, że zrozumie. Zastanawiałam się, jak by wyglądało moje życie, gdybym wróciła. Zawsze wydawało mi się, że ojciec mnie blokował i bez niego mogłabym wreszcie oddychać i czuć się wolna. Niczym nieograniczona. Kiedyś marzyłam o tym, że mogłabym wziąć mamę z powrotem do domu, zagwarantować jej opiekę. Mogłabym przeprowadzić się do Sopotu na stałe. Cieszyć się plażą, miejscami, które znałam. Do tej pory obwiniałam ojca o swoje złe samopoczucie, ale tak naprawdę nie miałam żadnej gwarancji, że te moje wyimaginowane obrazy ułożyłyby się w coś realnego. Patrzyłam na człowieka, który według dokumentów był moim mężem. Siedział spokojnie, ale w jego oczach widziałam przerażenie. Z ciężkim sercem czekał na moją decyzję, ale nie byłam w stanie wybrać. Z drugiej strony, myśląc o zostawieniu Igora, czułam ściskanie w brzuchu. Sięgałam pamięcią do mojej reakcji w gabinecie ojca. Te prawdziwe emocje szczerze pokazywały, co naprawdę czułam, a strach powodował, że chciałam wracać.

Do pokoju wszedł z powrotem Nazaruk – uśmiechnięty od ucha do ucha, co było zupełnie nieadekwatne do sytuacji. Podejmowaliśmy życiowe decyzje, a on zdawał się taki zrelaksowany. Stanął naprzeciwko nas z rękami opartymi na biodrach. Nie przedłużając tej męczarni, cicho powiedziałam, że chcę zostać z Igorem. On zamknął oczy i odchylił głowę. Nazaruk podszedł do telewizora i włączył kanał informacyjny. Zobaczyłam swój dom, ślady krwi w miejscu, gdzie mój ojciec padł. Reporterka donosiła, że mój ojciec miał dużo wrogów i ktoś celowo ściągnął stołeczną mafię do Sopotu i wskazał nasz dom jako miejsce przebywania świadka koronnego tyko po to, żeby zabić jego. Z doniesień wynikało, że to był wyrok. Jego działalność została uznana za wątpliwą. Nie mogłam uwierzyć, że takie kłamstwa przekazywano ludziom. Według informacji ojciec strzelał wielokrotnie i trafił obydwu napastników, sam zaś zginął od postrzału. Według relacji przyczyną jego śmierci była zbyt późno udzielona pomoc. O zdarzeniu policja i służby zostały powiadomione kilka godzin po fakcie, co znacząco wpłynęło na finał wydarzenia.

Spojrzałam na Nazaruka, ale on tylko wzruszył ramionami.

– Nieźle to wymyśliłem? – zapytał, ale my milczeliśmy. – Mario i Pablo nie żyją, więc nie potwierdzą, że widzieli Igora, nie ma dowodu na to, że Kejsi żyje, że na nich doniósł. Zrobiłem ze starego gangstera, ale dzięki temu być może będziecie mogli za jakiś czas wrócić do Sopotu. Zadrwiłem z tych pacanów.

Nie podobało mi się, że taka wersja trafiła do mediów.

– Nie patrz tak na mnie – odezwał się do mnie Nazaruk. – Twój ojciec nie był święty i każdy, kto go znał naprawdę, nie będzie powątpiewał w prawdziwość tych informacji. Możesz mi wierzyć na słowo, że jego nazwisko jest bardzo dobrze znane – i to nie dlatego, że był takim wspaniałym człowiekiem. Był bezwzględny, kłamliwy i potwornie interesowny. Wiele osób życzyło mu śmierci.

Nie chciałam z nim dyskutować o tym, jaki był mój ojciec. Cokolwiek bym teraz powiedziała, nie miałoby znaczenia. W ciszy nadal oglądaliśmy program informacyjny.

– Mam! – ryknął nagle Nazaruk. – Pokażemy zrozpaczoną Lenę z jakimś gościem, który będzie pasował do opisu Igora, i wtedy stanie się jasne, że to była sprytnie zaplanowana egzekucja.

– Nie – sprzeciwiłam się odważnie – ja nie będę brała udziału w tym cyrku. Wolę już zniknąć, niż występować publicznie i robić z siebie pajaca. To nie moja wersja zdarzeń. To, co ja widziałam – spojrzałam na niego surowo – to było zabicie mojego ojca jak psa, na które pozwoliłeś jako policjant, jako stróż prawa. Owszem, zagrał poniżej pasa, ale to nie był powód, żeby go zabijać.

– No – Nazaruk pokiwał głową – a jak myślisz, czemu go Pablo zabił? Dostrzegasz w ogóle, że to wszystko stało się przez ciebie?

Nabrałam powietrza w płuca. Chciałam wybuchnąć, nakrzyczeć na niego, ale Igor przerwał mu, prosząc go o zrozumienie. Nazarukowi jednak moja postawa nie przypadła do gustu.

– Gdybyś – wznowił – odeszła wtedy, gdy ci stary pokazał teczkę, to nic takiego by się nie wydarzyło. Wróciłaś. Sama. Wbrew woli ojca, a teraz po pierwsze masz do mnie pretensje, że zostałem w ukryciu. Po drugie chcesz uniknąć konsekwencji swojego działania i wahasz się, czy chcesz zostawić to wygodne życie mlekiem i miodem płynące dla Igora, który zupełnie do ciebie nie pasuje. Nie masz pojęcia, z jakimi ludźmi masz do czynienia. Nie było żadnej gwarancji, że ich było tylko dwóch. Równie dobrze ktoś mógł siedzieć w krzakach jak ja i mieć was na muszce. Szczęście ogromne, że Pablo miał dług u Igora. Tylko dzięki temu żyjesz. – Przerwał na chwilę, a na koniec dodał: – My tu nie rozmawiamy o tym, co wypada lub nie. Nie masz wyboru, moja droga. Choć nie, masz wybór. Albo robisz to, co ja powiem, albo droga wolna.

Nazaruk *4 lata później*

W końcu doczekałem się emerytury. Przez te wszystkie lata wytężonej pracy, często na granicy ryzyka i szaleństwa, nauczyłem się jednego. Emocje to wróg numer jeden. Miałem kilka spraw, które mimo upływu lat nie dawały o sobie zapomnieć. Byłem świadomy, że niektóre z nich położyłem właśnie dlatego, że za bardzo mi zależało. To zaangażowanie to nic dobrego – zwłaszcza w przypadku policjanta. Pocieszałem się jedynie tym, że po dokonaniu rachunku sumienia mogłem spojrzeć w lustro i powiedzieć sobie, że oprócz kilku wpadek zrobiłem kawał dobrej roboty.

– Gdzie jedziemy? – zapytała moja żona.

Siedziała obok mnie w fotelu pasażera i po raz enty mimo mojej odmowy dopytywała o cel podróży.

– A czy to ważne gdzie? – przedrzeźniałem ją. – Czyż nie jest fajne to, że jako emeryci możemy się spakować i jechać w świat, nie martwiąc się o to, co z dziećmi, domem, pracą?

– Rozumiem, że brak tej tajemniczości, którą dawała ci praca, bardzo ci doskwiera…

– Tak – wybuchnąłem śmiechem.

– Gdybym wiedziała, dokąd zmierzamy, mogłabym się jakoś przygotować. Nie wiem… choćby stosownie się ubrać.

– To nie ma znaczenia… chyba.

Pędziliśmy trasą wyjazdową ze stolicy. Z kierunku moja małżonka mogła się domyślić, że miałem zamiar włączyć się do ruchu na autostradę. Chciałem zrobić jej niespodziankę, a lata doświadczeń w pracy miały mi pomóc zachować cel podróży w tajemnicy. Było jednak we mnie coś, co powodowało, że chciałem się z nią podzielić tym faktem od razu.

– No dobrze… – uśmiechnąłem się do niej. – Chciałbym ci pokazać dom.

– Dom? – Spojrzała na mnie niepewna. – Chcesz kupić?

– Tak.

– Nie uważasz, że ludzie na starość robią odwrotnie? Przeprowadzają się do mieszkania ze względu na wygodę.

– Czujesz się już taka stara, by myśleć o windzie, proszkach i wizytach u lekarza? – zapytałem rozbawiony.

– Nie, ale nie w tym rzecz. To spora zmiana. Myślę, że powinniśmy to przedyskutować.

Odchrząknąłem, nie bardzo wiedząc, co powiedzieć.

– Już kupiłeś, prawda? – zgadła.

– Tak.

Zamilkła, co nie było dobrym sygnałem. Byłem jednak pewny, że jak tylko zobaczy lokalizację, zakocha się w tym miejscu.

Miałem okazję obejrzeć ten dom tylko raz, ale to mi wystarczyło.

– Poczekaj, aż zobaczysz – przekonywałem. – Jak ci się nie spodoba, możemy się wycofać.

– Już teraz mi się nie podoba. Nie muszę nigdzie jechać.

Stanowczość jej głosu lekko zbiła mnie z tropu, ale mimo to nie zmieniłem obranego kierunku. Im bardziej oddalaliśmy się od stolicy, tym bardziej moja żona zaciskała usta. Po kilku godzinach milczenia w końcu wypaliła zła jak nigdy wcześniej.

– Mam pomysł. Sam będziesz tam mieszkał.

Wziąłem głęboki oddech. Nie chciałem się z nią kłócić, nie tuż przed pokazaniem jej domu. Starałem się pozostać w dobrym humorze przez resztę trasy. Snułem plany o naszych wspólnych spacerach, piciu kawy o poranku, wpatrywaniu się z ganku w dzikość lasu. Chciałem odreagować stres, zwolnić. Zdałem sobie sprawę, że na niej nie robiło to najmniejszego wrażenia. Pozostawała milcząca do ostatniego metra drogi.

Kiedy skręciłem w szutrową drogę prowadzącą do domu, moja żona rozglądała się uważnie.

– Jesteśmy na miejscu – zakomunikowałem, zatrzymując auto tuż przed bramą.

– Dom w górach, w dziczy, z dala od świata po mieszkaniu w apartamentowcu w centrum miasta – westchnęła. – Co ty sobie myślałeś?

– Poczekaj, aż zobaczysz resztę – zapewniałem, tracąc powoli nadzieję.

W progu stanęła właścicielka domu i pomachała do nas. Zza jej nóg wyskoczył wielki pitbull, który jak wystrzelony z procy błyskawicznie dobiegł do bramy, szczerząc zęby i szczekając, jakbyśmy mieli złe zamiary.

– Pies jest wliczony w cenę – zażartowałem.

– To nie jest śmieszne.

Uśmiechałem się mimo wszystko i podszedłem do furtki, a moja żona chwyciła mnie za ramię. W tym samym momencie jedno gwizdnięcie kobiety spowodowało, że pies się wycofał i posłusznie wrócił do niej.

– No chodź – zaprosiłem ręką moją ukochaną.

– Jestem gotowa pomyśleć, że zwariowałeś.

Zaprowadziłem ją pod drzwi, a moja żona od razu rozpoznała właścicielkę domu. Czytała jej słynną powieść. Była to historia kobiety wysłanej na praktyki do zakładu karnego, która poznała brutalny świat przestępczy. Jej powieść słynęła z wulgarnego języka, realistycznych opisów i szokujących wyznań więźniów.

– Nie musi się pani przedstawiać – zapewniła od razu. – Znam pani książkę.

Uśmiechnęła się serdecznie i wyciągnęła rękę.

– Julia.

Obydwoje z małżonką uścisnęliśmy jej dłoń. Zmieniła się bardzo od czasu, kiedy ją widziałem po raz ostatni. Choć nie przepadałem za tą dziewczyną, musiałem przyznać, że wyglądała bardzo ładnie. Mogłem śmiało powiedzieć, że była szczęśliwa.

Weszliśmy do środka. Pomieszczenie pachniało ciastem. Ten zapach sprawiał, że miałem ochotę włożyć kapcie, wyciągnąć gazetę i zaparzyć sobie mocną herbatę.

– Czemu pani sprzedaje ten dom? – zapytała małżonka, siadając w fotelu, z dala ode mnie.

Kobieta spojrzała na mnie pytająco, a następnie pogłaskała się po lekko widocznym brzuchu, czym mnie zaskoczyła. Nie zauważyłem tego wcześniej.

– Powiększa nam się rodzina. Do tej pory całe dni spędzałam sama... głównie pisząc – uśmiechnęła się. – Teraz muszę myśleć o tym, jak tego małego człowieka dostarczyć bezpiecznie na świat.

Przeprosiła nas i wyszła do kuchni. Małżonka od razu zaczęła mi pokazywać gest podcięcia ręką gardła. Udawałem, że nie rozumiem tego sygnału, który przez wiele lat małżeństwa pokazywaliśmy sobie jako znak przerwania wykonywanej do tej pory czynności czy wymawianych słów. Irytowało ją to ogromnie, ale było już za późno na wycofanie się. Po kilku chwilach Julia wróciła z tacą. Przyniosła dzbanek herbaty, filiżanki i ciasto. Miałem ochotę zabrać wszystko dla siebie, ale grzecznie czekałem.

– A gdzie pani mąż? – nie odpuszczała moja ukochana.

– Wyjechał.

– I jest pani tutaj sama?

– Nie, z psem. – Pokazała na pitbulla leżącego przy jej nogach. – Ale dzisiaj powinien wrócić, żeby się spotkać z państwem.

Małżonka przewróciła oczami.

– Podziwiam – odezwała się, sięgając po ciasto.

Zapadła cisza. Nie bardzo wiedzieliśmy, co zrobić dalej. Każdy zajął się jedzeniem. Gospodyni włączyła kominek, ale nawet to nie pomogło zmienić nastawienia mojej żony. Zerkałem na obie kobiety i nie miałem pojęcia, jak polepszyć atmosferę. Bardzo mi zależało, żeby ten dom przypadł mojej ukochanej do gustu, żeby chciała tu ze mną zamieszkać. Po jej minach i sposobie mówienia mogłem się domyślić, że przekonanie jej do tego pomysłu będzie jak zdobycie Mount Everestu. Po chwili pies podniósł głowę i w milczeniu zerwał się na równe nogi. Ruszył biegiem do drzwi. Usłyszeliśmy, jak zaczął radośnie piszczeć. Do pomieszczenia wszedł Damian, choć dla mnie już chyba na zawsze pozostanie Igorem. Nie umiałem myśleć o nim jako o kimś innym. Ta tożsamość utkwiła mi w pamięci na dobre. Choć poznałem go jako Krystiana, cały czas widziałem w nim Igora. Teraz dopiero dotarło do mnie, jak trudno jest się przestawić po zmianie tożsamości, jak wielki wysiłek trzeba włożyć, by zapomnieć o czymś takim jak własne imię. Może dlatego, że razem z porzuceniem tego imienia pozostawił za sobą tak wiele. Inaczej było z Krystianem, który nie reprezentował sobą aż takiej wartości. Mimo że nie powinienem, że umówiliśmy się, że będziemy zachowywać pozory, wstałem i przytuliłem go. Wyprzedziłem w tym jego żonę, ale nie widziałem go od czterech lat. Wydawało mi się, że już go nie zobaczę, gdy jednak napisał, że sprzedaje dom, podjąłem decyzję w mgnieniu oka. Zakochałem się w tym miejscu w dniu, w którym ich tutaj przywiozłem.

Trzymałem go w objęciach dłużej, niż powinienem. Gdy go puściłem, przyglądałem mu się uważnie. W ogóle się nie zmienił. Podszedł do swojej żony i pocałował ją w czubek głowy. Jednocześnie położył ostrożnie dłoń na jej brzuchu. Było w tym coś tak magicznego, tak miłego, że uśmiechałem się na ich widok.

Projekt okładki i ilustracja: Łukasz Różyński

Korekta: Katarzyna Wróbel

Skład: Łukasz Różyński

Druk i oprawa:

OSDW Azymut sp. z o.o., Łódź, ul. Senatorska 31

ISBN 978-83-948013-0-4